这是一个荒凉的小岛，四周是茫茫的大海。

这注定是一个发生故事的地方。

宋方金 著

逃离无名岛

单口金 炸[?]丛书

中国工人出版社

第1章

这是一个荒凉的小岛，四周是茫茫的大海。这注定是一个发生故事的地方，然而之前发生的故事已经被海水淹没，没有人再知道。但是此时此刻，这个岛上即将发生一个新故事。因为这个岛上来了很多人。凡是有人的地方就有故事，尤其是有很多人的地方。因此你可以期待，这将是一个精彩的故事。

现在是早晨，风和日丽，小岛处在宁静之中，波浪一层层涌上海滩，海面上有几只大鸟在飞。就在这座岛向阳的山坡之上，有几座楼。这就显得怪异了，如此荒凉的岛上怎么会有楼？而且不但有楼，楼内还传出了热烈的掌声。

楼是几年前就盖好的。但这些楼总是盖着盖着就停工了。开工了几次，又停工了几次，于是留下了一些高低错落的楼群。开工的原因只有一个，就是有些人或者集团为了挣钱，想开发这个小岛。但停工的原因可就多了，有的说是盖楼的时候总是有工人非正常死亡；有的说是盖楼的老板在盖楼期间无缘无故就死了。挣钱固然重要，但活着好像更重要。于是，没有人再来了，这些楼就成了荒楼。荒岛上的荒楼尤其荒凉。但是，这么荒凉的楼里怎么会突然传出了掌声？而且掌声还如此地热烈？是谁？

当然是人。这些掌声是人传出来的。这些人坐在楼里的一个大房间内。房间被布置成了一个阶梯教室。而实际上，这是一个传销课堂。随着一阵热烈的掌声，传销讲师江雪山戴着耳麦如流行歌手一样快步跃上课堂的讲台，开始激情演讲。

江雪山：各位老总——早晨好！一年之计在于春，一日之计在于晨，人生匆匆过得快，赶紧做个人上人！

讲台下面坐着一群最不像老总的形形色色的人，有男有女，有老有少，均双眼迷离或迷糊，眼球充血，为传销人员典型的狂热躁动状态。他们大声应和着江雪山的招呼。

传销人员：要做人上人，得有聚宝盆！我们就是聚宝盆——成功将属于我们，鲜花将属于我们，未来将属于我们，财富将属于我们，理想将属于我们，前途将属于我们！

江雪山：各位老总，从今天起，我们将在未来的两个月内，让各位进入百万富翁的行列，你们将是速成的百万富翁，但钱却是实打实的，想买包子买包子，想买奔驰买奔驰，请问在座的各位老总，你们有跟钱有仇的吗？

传销人员异口同声：没有！钱是我们的兄弟，钱是我们的姐妹！挣钱有理，爱钱无罪！……

但在课堂的角落里，传销人员中有个中年人却并没有跟着喊，他在人群中有些格格不入。他叫李开城。凡是不喊的人都是有想法的人。凡是有想法的人最终都可能没有什么好下场。他的下场呢？

控制他下场的人出现了。此人坐在这几座楼的一个特制的房间里。这是一个监控室。这个人叫周公梦。他从一台监控器的画面上正监视着传销课堂内的场面，传销人员都还在狂热地喊口号和鼓掌。此时周公梦还没有注意到李开城。周公梦坐在监控器前一边喝酒一边注视着监视画面中的传销人员，他脸上的表情好似在微笑，但实际上他永远是这种表情，看上去友善而亲切，事实却相反。周公梦面前是一排排监视器，可以监视岛内各个地方，犹如毒蛇的眼睛。

周公梦穿着中式的对襟复古大褂，但面前摆着的是一瓶XO和一个酒杯，他坐着一把太师椅，但房间内设有吧台。这是一个极其拧巴的人。脸上的微笑和内心的邪恶拧巴着。优雅的做派和丑陋的行为拧巴着。

周公梦惬意地喝了一口酒，吩咐站在一边服侍自己的女秘书梅艳丽。

周公梦：艳丽啊，替我发个传真给法总，说洗脑成功，一切按原定时间表进行，销售即将开始。

但梅艳丽站着没动，而是示意周公梦看监视器。因为这时监视器内出现了情况，那个李开城站了起来，周公梦赶紧将监视器的声音提高，监视器内传出了李开城激动的声音。

李开城：我听完了课觉得你们这根本不是什么正当的销售行为，你们这就是传说中的传销！是非法的，我要退出！

传销课堂这边，江雪山在试图劝说李开城。

江雪山：这位老总好像误会了我们的销售行为，我们是网络人际销售，跟传销不是一个性质，我们从事的是一种先进的、未来必将影响到世界经济进程的销售方式……

李开城：我一个普通人，也不想影响什么世界，更不想当什么嘴皮子上的老总，我琢磨明白了，不会上当了，请送我出岛吧。

课堂内一时有些骚动。

江雪山一边安抚大家的情绪，一边不经意地瞟安在房间墙角上面隐蔽的摄像头，似乎在寻求指示。

周公梦看着监视器内的画面，拿起面前的一个对讲机开始下达指令。

周公梦：淘汰出局。

江雪山从耳麦里听到了指示，知道了该怎么做。

江雪山：……既然这位老总跟钱有仇，我们也不强求，但是我可以告诉大家的是，他失去了一个宝贵的机会，因为机遇只提供给那些有准备的人、有勇气的人、不甘平庸的人，现在让我们用掌声欢送他出岛，他的出岛必将给我们留出更大的地皮空间和财富空间，我们为他遗憾，但也为我们自己的财富喝彩！

楼道里，李开城拿着自己的行李从宿舍出来，在两个身形彪悍的青年一前一后的护卫下盘旋着下楼。这两个青年，一个叫豹子，另一个叫黑子，为传销组织的骨干护卫。李开城此时还不知道，他的噩梦即将开始。

豹子在前，黑子在后。将李开城有意无意地夹在中间。李开城一边走一边感叹。

李开城：说实话，没想到这么痛快就放我走了，我听说干传销的经常有被软禁的，我还算幸运。

豹子和黑子不说话。都冷着脸。

李开城：你们俩也是干传销的吗？我劝你们赶紧退出吧，这玩意儿都是骗人的，要想挣钱还得做踏实买卖。

豹子和黑子还是不说话，李开城察觉到了蹊跷，这时已经走到一楼的楼梯拐角处，李开城不禁发出疑问。

李开城：你们怎么不说话？干传销的都能说会道的，不像你们这样……

走到一楼拐弯的地方，豹子和黑子示意李开城往走廊尽头的那个房间走，李开城觉得奇怪。

李开城：咱们不是去码头吗？

豹子：这边是近路。

李开城：那像是个房间，不像是条路啊。

跟着往那个房间走了几步，眼睛瞥见豹子腰里有鼓鼓的东西，李开城感觉不对，抽身想跑，但后脑勺被打了一棍，登时栽倒在地。

豹子和黑子干净利落地抬起李开城拖进走廊尽头的那个房间。

李开城悠悠地从昏迷中醒过来的时候，还不太明白发生了什么。他试着坐起来靠着墙壁喘息，然后观察，发现这是一个地下室，房间顶上有盏灯泡发着惨白的光。

有排气扇在墙角上方嗡嗡地工作着。

他的行李卷也被扔了下来。

墙角里有一个桶——估计是给他大小便用的。

此外空无一物。

李开城扶着墙站起来，顺着墙壁转了一圈，密不透风。他用手敲敲墙，没有回音。

李开城又绝望地坐了下去。此时他的命运开始进入一段黑暗的时期。他知道自己很难得到拯救。因为类似的经历他已经有过一次了。黑暗和死亡，是人类共同的恐惧。

成铁即将进入这个真实的故事。但此时他还在省城的大学里。他是一个大学的数学老师。成铁此刻正在对着黑板上的数学公式讲课，但课堂里乱哄哄的，有小声说话的，有接手机的，一直静不下来，成铁无奈，只好停止讲课，任由他们闹。成铁停止讲课后，下面的人倒安静了，都看着成铁，奇怪他怎么不讲了。成铁等他们静下来之后，开始说话。

成铁：你们为什么不喜欢数学？

一调皮男生：成老师，说实话，咱们学的这些数学公式和分子式对实际生活有什么作用？能当饭吃吗？或者说能挣到饭吃吗？现在我们的心思不在这上头，在生活上头，在毕业找工作上头，在未来怎么办上头。

成铁：如果你们想更好地生活，想拥有未来，那么你们就更应该学好数学，再没有比数学能更准确地帮助你生活的科学了。

调皮男生：老师，数学确实对我们很有帮助，但小学学到的数学知识就够我们用的了，主要是别数错钱就行，别的方面我实在想不出数学还有什么用处。

同学们都笑了。

成铁：看来你们对数学有误解，如果我告诉你们，所有的事物都是一个数学公式，任何问题都可以用数学计算出来结果和原因。你们相信吗？

同学们：不信。

成铁：好，那我打一个比方，比如你——

成铁一指那个调皮男生。

成铁：你今天晚上要跟女朋友约会，如果我有你以前准确的生活数据，我就能计算出你今天晚上会约你女朋友到哪个地方。

调皮男生：成老师，您是数学老师，说话得精确，牛皮可不是这么吹的，跟您直说了吧，今天晚上我还真要跟我女朋友约会，咱们就赌一把，您要真能算出我在哪儿约会，我就直接歇菜——服您了。

另外的同学起哄：对对对，我们全班都歇菜——服您敬您爱您，当您的粉丝，您说了算。

成铁从口袋里掏出一个计算器。

成铁：好，一言为定。你现在给我列出你以前跟她在一起的生活数据和约会频率——必须准确。

滴答也即将进入这个故事。滴答是成铁的女朋友。此时她正走进一家美甲店。滴答一身现代、靓丽的打扮，在嘈杂、朴实的省城大街上出现，让人眼前一亮。滴答喜欢美丽，喜欢将美丽武装到指甲。但她不知道，这次她只能美八个。当做到第八个指甲的时候，她的手机将会响起，从此开始一段颠沛流离、险象环生的生命旅程。

在成铁的老家，一座县城，成铁的父亲出现在街上。他出来吃饭。不是饭点，饭馆内吃客不多，老成显然跟柜台后边的老板老周很熟。

老成：老周，来碗拉面。

老周：这算早饭还是午饭啊？

老成：一个人吃，没个正点儿，什么时候饿什么时候吃。

而在大学的课堂上，成铁和男生的较量已经到了高潮。讲台上，成铁拿着计算器在计算。他面前摆着那个调皮男生列出的一些数据。他时而沉思，时而运算。下面的同学们都被这场别开生面的打赌比赛吸引了，都好奇地等待着结果的来临。

成铁表情认真，完全进入数字计算的世界中：一些数字、地点名称变幻成各种数学公式在他的面前和头脑中飞舞。最后数学公式全部汇集缩小，唰地似乎被他的计算器吸入。

成铁一合计算器翻盖。

成铁：算出来了。

调皮男生胸有成竹，举起自己的拳头。

调皮男生：为公平起见，我的答案早已写在掌心上面，你也写到掌心上。咱们俩同时亮出手掌，看看是不是一样。

成铁：没问题。

成铁将答案写到手掌上。

全班同学兴奋地看着。

两人把拳头举到空中。

两人缓缓把手掌打开。

调皮男生掌心中的地点是：九头鸟饭馆。

成铁掌心中的地点是：历城区。

结果出来后，全班哗然，都觉得成铁的答案极不靠谱。纷纷议论。

一男生：老师，您直接写全中国得了。

一女生：成老师，您可真幽默。

只有调皮男生看着成铁的答案发愣。

成铁一直举着手掌，等全班的议论声平息下来，对调皮男生说：很遗憾，我没有看到一个诚实的你。你违背了咱们之间公平竞赛的约定。你跟你女朋友的约会地点根本不是九头鸟饭馆。你给出的答案是错误的。

调皮男生悻悻地收起手掌。

调皮男生想了想：好吧，我承认，我的这个不是正确答案。但您的答案也不比我的正确，您的范围太大，您这是猜。

成铁：请问，你跟她的约会地点是不是在历城区？

调皮男生：是。

下面有同学支持调皮男生：成老师，历城区多大啊，您这个答案也不能说准确。我们认为您这有点蒙的成分在里面。

成铁一指那个男生：我不是在蒙，我也没法蒙，因为连他也不知道具体的约会地点在哪儿。

全班同学啧啧称奇，都纷纷询问调皮男生。调皮男生有点蒙，但也不肯认输，想要赖。

调皮男生：成老师，今天就算打个平手吧，等下次我有了准确的约会地点咱们再比。——您这确实也是猜的！

成铁：数学不是猜，是科学。为了让你相信数学的科学性，我可以说出你约会的具体地点——如果你觉得可以让我透露的话，因为这牵涉到你的隐私。

全班同学有了更大的劲头，都起哄。

——老师，您说出来吧。

——老师，您得以数服人啊！

——老师，您说出来我们就服您！

调皮男生也索性豁出去了：好，成老师，您说吧，我都不知道在哪儿，我看看您怎么能算出我去哪儿。

成铁拿起粉笔，开始在黑板上写字。

成铁写的是一个“床”字。

成铁：你们最后到达的，是一张床。

全班同学嗷嗷起哄。调皮男生脸通红。

同学们强烈要求成铁讲讲原理，成铁看调皮男生。

成铁：这牵扯到个人隐私，得问当事人让不让说。

调皮男生见同学们情绪这么高涨，知道反对也没用。

调皮男生：得，我也为了祖国的数学事业豁出去了，就给你们当一回靶子。成老师，您就出卖我吧。

成铁：从已知推算已知，是数学的基础应用，从已知推算未知，将是数学未来的主要应用领域。根据刚才我得到的这些数据，我先推算出他们两人的一般活动规律，这些活动规律中最重要的数据是约会频率，根据约会频率我可以得出他们两人的活动半径，从活动半径中我根据他们以往的约会日期、频率、地点得出他们的主要活动分类指数——这些指数包括就餐指数、逛街指数以及上床指数，当然，上床是要慎重和负责任的，这是个严肃的数学之外的话题——在这些分类指数中，与所对应的活动日期进行整合，可以得出他们的约会目的的一般概率，根据这个概率，再回头与他的活动半径做具体的分子式运算，就能得出他的约会地点的概率，概率最大的地点就是他要前往的地点。

一同学问：老师，您这个概率大约是多少？

成铁：这得看他提供的以往生活数据是否准确，如果他提供的生活数据百分之百准确的话，这个概率应该有百分之九十左右——请注意，这是一个惊人的概率。

另一同学：老师，那如果他们两人在约会的时候突然心血来潮去了一个从来没去过的地方，您也能算得出来吗？

成铁：数学算的是概率，并请你们注意，在我计算之前，像心血来潮这样的意外事件，我会做一个概率外指数加入算式当中，但是数学算的永远是一般规律，而意外常常发生——那是艺术家需要关注的领域。

调皮男生：成老师，我还有一个地方不明白，我并没有给你我们的……那个……数据，您怎么算出来的？

全班同学大笑，然后都静听成铁回答。

成铁：在你给我提供的数据中，你必须承认，有些数据你是隐瞒或避免的，但是你并没有抹掉这些数据本身，你只是隐瞒了活动行为，在你的主要活动半径中，其实并不包括历城区，所以你提供的几次和女友在历城区的活动行为引起了我的注意，这几次活动行为在你给我提供的数据上面分别是：购物、探望朋友、吃饭和散步。根据你们以往的活动半径可以得出，你所描述的活动是一个谎言，但你的活动频率和规律是没有错的，于是我可以得出你们平均每七天零三个小时四十六分钟去历城区是做同一件事情，而根据目前全国大学生的一般重复事件的基数，可以推断，是去开房。而从具体的开房行为中，你在历城区的随机性很大，这是我无法算出你具体地点的一个原因。

调皮男生不好意思地说：老去一个地方不好意思。

同学们哈哈大笑。

成铁示意大家安静：好了，现在还得继续讲课，希望大家能够好好学习数学课程。数学以后将应用到更多的领域，如破案、企业经营，甚至是谈恋爱。

同学们大笑。

有同学喊：数学万岁！

成铁转身擦黑板上刚才写的“床”字和旁边的一些公式。

县城。小饭馆里。老成已吃完面，边走到柜台前结账边跟饭馆老板老周聊天。

老周：这几天怎么老来吃面，强子呢？

老成：他打工去了，我一人也不爱做饭，凑合吃点。

老周：强子不是在锻压厂干得挺好吗？

老成：年轻人想法多呗，前几天跟我说不想当工人了，要出去创业，我也不好拦他，误了孩子的前程咱也担待不起啊。

老板：铁子没回来看您？

老成：他刚到那个大学教书，还没站稳脚跟，不想麻烦他回来。

说话间老成结完账，转身往外走，老周跟他说。

老周：慢走，回见。

老成：回见。

但老成走了两步，身子就开始摇晃，接着扑通一声，栽倒在地——此时的省城大学课堂上啪的一声，成铁手中正擦着黑板的黑板擦掉到了地上。

成铁有些心神不定。

省城。美甲店里。一只纤细的手被握在另一只涂着指甲的手里。这是滴答的手。店里有一溜顾客。别的顾客都在注意自己正被美着的手，但滴答的一双眼睛却老是观察别人。在她的眼里，人们破绽百出：坐她旁边那个女人的裤脚裂缝了、一个美艳无比的女孩眼角有一粒眼屎、一个顾盼多姿走进店来的女人脚上粘了一块口香糖。滴答看见这些细节的时候想笑，但又想忍住，终于没忍住，笑出了声，惹得人家都奇怪地看她。滴答吐吐舌头。这是她的标志性动作。

校园里，下课了。成铁快步走出课堂，后边追上来几个学生，向成铁表达自己的崇敬之情，并让成铁教几招实用的数学公式，成铁把几个同学应付走，赶紧到僻静处打开自己的手机，刚打开，果然就有电话打了进来。

成铁接电话：喂。

对方是小饭馆的老周：铁子，你爸脑血栓犯了，赶紧回来。

成铁：我弟呢？

老板：联系不上。

成铁挂断电话，略微思考了一下，用手机拨通了一个号码，边拨号码边看手腕上的手表。

电话接通了。

成铁：滴答，你美甲结束了吗？

滴答一只手接成铁电话，另一只手还在美甲小姐的手里被美着呢。

滴答一脸拧巴：干什么你都知道！是，还有俩甲就美完了。想我了吧？

成铁：你现在马上起身，出门——从你那个美甲店出门打车到火车站需要16分钟，你进站走到售票口需要大约1分30秒，你还有3分钟的买票时间，刚好能替我买到12点16分出发的去云县的火车票，我现在去宿舍收拾行李，然后出发去火车站，应该刚好能够在火车开动前的一分钟赶到站台！开始！

滴答：哎，哎，我那两个没美的指甲怎么办？

滴答手上那没美的俩指甲盖。

成铁：替我向它们道歉——，为这句话，你已经浪费3秒了！

滴答一看墙上的表，赶紧挂掉手机，像只兔子一样从座位上弹起来，冲向门口——

街道上，滴答跳上一辆出租车，说去火车站。

滴答很着急，一边看表，一边催促出租车司机再快一点儿。

出租车司机：姑娘，不能再快了，上面摄像头一照那就得罚钱，我给您开到最快限速了。

滴答：就这速度到火车站得多长时间啊？

出租车司机计算着：得个，得个……

滴答：16分钟。

出租车司机一惊：你怎么知道？

大学校园门口。成铁拎着一个简单的行李包，伸手拦了一辆出租车。上车。

成铁：师傅，去火车站，请按最高限速走，我赶12点16分的火车。

成铁说这话的时候，很优雅，很慢。但他的时间确实不多了。

司机师傅听成铁说了时间之后，漫不经心地看了一眼出租车上的表，倒吸了一口冷气。

司机：兄弟，够呛了，赶不上。

成铁：师傅您别紧张，您平时怎么开还怎么开，把速度提到最高限速，如果咱们一路上没遇上肇事车辆，会在开车前两分半钟赶到进站口。

火车站。滴答从出租车上跳下来，往火车站的售票口跑。滴答气喘吁吁跑到售票口，一看却傻眼了，售票口排着长队。

滴答急得快哭了：死成铁，你怎么就没算出我排队买票还需要时间啊！

时间紧急，滴答来不及多想，跑到队伍前头，一下挤到第一位，探头对售票员说。

滴答：去云县的！

售票员：几张？

滴答稍微犹豫了一下，赶紧说：两张！

售票员甩出两张票：马上发车了，赶紧去站台。

滴答付钱拿票转身走人，却见队伍里的人都对插队的她怒目而视。滴答吐了一下舌头，一溜烟跑进了站内。

滴答跑进站台。火车已准备发车。滴答抬头看看站台上的钟表，离发车时间只剩下两分钟了。但成铁还没出现。滴答急得直跺脚。乘警过来催促滴答上车。

时针显示还有一分钟。

滴答看见成铁出现了。

滴答：你真是活在钟表上！

两人跑上车，身后的门就砰地关上了。

火车汽笛响，发车了。

火车上。两人一边找座位一边交流情况。

成铁：我爸脑血栓犯了，强子又不见人，我得赶紧回去，所以才这么急。哎，我让你买一张票，你怎么也买票上来了？

两人找到座位坐下。

滴答：你让我买一张，我偏买两张——也不能让你什么都算对吧。

成铁：你单位那边怎么办？

忽然想起了什么，又问：——你是不是又辞职了？

滴答不好意思地点点头。

成铁：又是你们领导有心理问题？

滴答：这次不是，是跟我一个办公室的那同事有心理问题，我怀疑他有妄想症，不敢跟他一起工作了。

成铁：你们心理学毕业的人是不是都这样，眼中就没正常人。

成铁说着拿出手机，拨打一个号码，但里面传出的声音是：您拨打的电话已关机。

滴答：强子怎么会不见了呢？

成铁：这也正是我担心的问题。我早就跟强子说了，爸的脑血栓随时会犯，我还特意留了一笔钱给他急用，但他却突然不见了——根据他以前的做事方式和方法来推算，这不是他能干出来的事儿，一定是出现了意外情况。

滴答将自己的手放到成铁的手上安慰成铁。成铁看见了滴答那两个还没有美的指甲，在另外几个美艳指甲的映衬下很委屈。成铁抓起那两个手指，吻了吻那两个指甲。两人相视一笑。

火车轮子滚滚向前，即将把我们这个故事碾碎。

夜色中，成铁和滴答到了云县。按照饭馆老板老周的指引他们直接到了医院。老周已等在病房门口。

成铁：周叔叔，我爸怎么样了？

老周：脱离危险了。进去看看吧。

老周领着成铁、滴答走进病房。

老成躺在床上，手术过后，睡着了。

老周轻声说：手术费我替你们交了。我饭馆里还有事，先回去了。

成铁：周叔，大恩不言谢，明天我就取钱把手术费还您。要不是您，我爸这次就悬了。

老周：都老街坊了，应该的。

见父亲已脱离危险，成铁和滴答赶紧回家查找成强的下落。到家后，成铁从抽屉中翻出存折，一看，上面的钱数还在。成铁松了一口气。

成铁：钱还在，说明强子没带多少钱出去，我怕的就是他贪小便宜吃大亏。

滴答：你所说的贪小便宜吃大亏只是一个数学概念上的简单换算，不能算是人心理的状态性描述。从心理学上来分析，贪小便宜的人不可能吃到大亏，真正吃大亏的人是贪大便宜的人。

说到这里，滴答禁不住自己夸自己：——我的这个发现确实很深刻啊！

但在银行里，成铁在取钱的时候遇到了意外。成铁将存折递进柜台。

银行的办事员：取多少？

成铁：全取出来。

办事员将存折号输进电脑查看，诧异地看了一眼成铁。

办事员：您这上面只有五块钱，是全取出来吗？

成铁目瞪口呆。

成铁：您能帮我查一下取款记录吗？

办事员操作电脑查询：该笔款项十天前就被用银行卡从自动取款机上分几次取走。

成铁：走，去找我爸问问情况。

医院。病房内。老成躺在病床上，已清醒。成铁和滴答坐在一边。

成铁：强子走几天了，爸？

老成：十一二天了。

成铁：十一天还是十二天？

老成琢磨了一下：十一天。

成铁：他去哪儿说没说？

老成：没说。只说有个好机会，要去创业。

成铁：爸我要把你送到我姑家，我得去把强子找回来。

老成：他不就是出去打工了嘛，不用找。

成铁：他要打工我不反对，但他跟您说的不是打工，是要创业。

老成：这不一回事儿吗？

成铁：要是一回事儿的话我们就不会联系不上他了。

滴答：咱们去找他工作单位问问吧。

县城。锻压厂。成强在这里工作。当然，目前成强肯定是不在这里了。成铁和滴答问了一些成强在这里的好朋友和领导，可没有人知道成强的下落。

成铁很沮丧，忧心忡忡。

成铁：这就算失踪了吧？你觉得应不应该报案？

滴答：这还不能算失踪，只能说暂时联系不上。——强子是个什么样的人，你跟我说说。还是得靠我的心理分析术啊！

成铁：他倔强，不服输，想出人头地但能力又不足；一根筋，不轻易改变主意，但下定了主意九头牛也拉不回来。

滴答：小时候你们两人较过劲吗？

成铁：较过。

滴答：举个例子。

成铁：他跟我玩纸牌，老玩不过我。

滴答：心服口服吗？

成铁：心服口不服。

滴答：我也许有办法找到他。

成铁：什么办法？

滴答：找到跟他关系最差的那个人就有可能找到线索！

跟成强关系最差的人是陈工。陈工被成铁找到问这件事的时候很尴尬。

成铁：陈工您好，听说你在车间里是跟我弟弟关系最不好的。

陈工尴尬地点头。

成铁：我想打听一下您有没有他的消息。

陈工很拧巴：我跟他关系不好，怎么会有他的消息！

成铁很失望，无助地看看滴答。

滴答对陈工：如果您不知道就算了，谢谢您。

滴答冲陈工一笑，然后示意成铁跟着自己走。成铁不解地跟着滴答走。滴答一边走一边小声对成铁说。

滴答：看见厂区那个大门没有，不用走到大门，他就会追上来告诉咱们强子的消息。我已经分析出他的心理了。

成铁要回头看，被滴答制止住。

滴答：一直匀速走，别回头，一回头就完了。

两人快要走到大门了，也没见那陈工追上来。

成铁：怎么还没来？

滴答也开始有些不自信了：我以前分析你分析得很准啊。

成铁哭笑不得：你也就分析我的本事。

这时后边传来脚步声，有声音喊他们：等一下。

两人回头，陈工果然追来，说了一些情况。

陈工：半个月前，我就发现他有情况，老是在上班的时候偷偷溜出去，好像在谋划什么事儿，而且他走的那天经过我身边的时候正好在打一个电话，我听到了一些内容。

滴答：你都听清楚了吗？

陈工：很清楚，因为好像他通话的时候信号不是很好，所以他讲话的声音很大，我都听见了。

滴答：请给我们回忆一下那天的情景好吗？

陈工：那天，我从食堂出来，成强也正好走过来……

根据陈工的回忆，情况是这样的：那天，陈工端着饭盒从食堂门口出来，成强从远处走来，看见陈工的时候从口袋里掏出了手机拨号码，在快要与陈工擦肩而过的时候手机恰好拨通了，成强开始说话。他的声音很大，生怕别人听不到似的。

成强：喂，喂，喂，我的手机信号不好，你大声一点儿，对，我马上出发去恒远伟业，对，对，就是我的新公司嘛，我在那儿是主管……

陈工走过去之后，转回头不服气地看了一眼成强的背影，恰好成强也转头看陈工，成强是得意，陈工有点儿失落。

滴答听完了陈工的讲述，开始有了信心。她知道，线索已经有了。等陈工走后，滴答开始给成铁分析。

滴答：那个电话是强子故意打给陈工听的，这还是他倔强不服输的心理在作祟。他跟陈工关系不好，所以更要让陈工知道自己过得很好，反而不会告诉自己的好朋友。也就是说，对于要去从事的这个所谓的创业，他自己并没有百分之百的把握。但是这里面有一个信息是准确的，就是那个“恒远伟业”应该不是强子编出来的，因为像强子这样一个没多少文化的工人是想不出这样一个公司名字的。所以，咱们从这个名字找起。

成铁和滴答到了网吧。成铁啪啪啪打上“恒远伟业”几个字，一输入，搜索出来一些消息。成铁和滴答查看这些消息。

成铁：确实有这个公司，但注册地在香港。

滴答：这条无效，往下翻。

一些消息在电脑屏幕上被翻过。其中一条引起了他们的注意。

成铁：滴答，看这条：荒岛成了金饽饽——香港《恒远伟业》入驻我县无名岛。

成铁将这条新闻的标题点开。两人凑上去看。

成铁：有线索了，他们在这儿有一个培训中心。

岛外码头。一艘艘快艇驶来。下来一堆堆人。传销课堂里，新到来的传销人员正在接受培训。江雪山依然在激情演讲。

江雪山：……一生二，二生三，三生万物，万物成自然！这伟大不伟大——伟大，这深刻不深刻——深刻，但我要告诉你们的是这还不够伟大，不够深刻，我们的人际网络销售方式更伟大、更深刻，因为我们是一生二,二生四,四生千百万……

岛上。电话间里一片繁忙。电话间是专门给传销人员打电话联系业务用的。按键声此起彼伏。传销人员正在忙着给各自的联络对象打电话。

电话间里有两个人在来回走动，监视着传销人员打电话的内容。

成强也在打电话。他果然在这里。

成强：喂，是张小娟吗？你好，我是成强啊，你的小学同学啊，记起来了吧？我？我现在恒远伟业工作呢，咳，没什么，只是一个部门的老总……

岛上。财务科里。一个房间被设置成财务科，传销人员在排着队交钱。互相打着招呼，开口都是某某总。看似谈笑风生，但手中的钱都攥得很紧，这个姿势出卖了他们——他们远不像谈论的那样。比如，周总和王总。

王总：周总，您觉得什么车好，我正发愁呢，不知道买什么牌子的好。

周总：王总啊，您没听人说吗，坐奔驰开宝马，这意思就是说如果是自己开，当然宝马最好，如果有司机开，那么还是坐奔驰舒坦。所以，我很难取舍，觉得不如两辆都买了拉倒，一辆宝马一辆奔驰，自己开就开宝马，不想开了就让司机开奔驰。

王总：周总，还是你脑子灵便啊，想的就是比我周到。不过我听说油价又涨了，两辆车比买一辆车要费油啊，这你可得好好想想。

钱在一边的点钞机上唰唰翻卷着。已经与他们无关。

岛上。监视室里。周公梦一边喝着XO一边满意地注视着岛上热闹的场面。女秘书在旁边给他揉肩。

周公梦问女秘书：艳丽啊，比尔·盖茨知不知道？

艳丽：听着不熟，像是外国名儿，他也是搞传销的吗？

周公梦：除了传销，你就不知道别的了吗？我早就跟你说了，不要鼠目寸光，要关注一下传销界以外的事情——比尔·盖茨是世界上卖电脑最多的人，据说他脚下有钱都不敢低头捡，因为低头捡钱的工夫，就得少挣好几百万元，你觉得我现在能跟他比吗？

艳丽奉承得不伦不类：周老师，我觉得你比他厉害，他连低头都不敢，多累啊，你不一样，你喝着洋酒就能挣钱，我觉得他脑子不如你灵活。

周公梦谦虚道：艳丽啊，不能这么说，山外有山，人外有人嘛，我觉得这个外国老头儿还是有点儿本事的，我跟他比还是有差距——人家把电脑卖到了中国，但我的事业还没踏出国门。外国也有穷人啊，他们的市场咱们也不能不考虑。

这时监视器中的传销课堂上又有人提出质疑，艳丽赶紧把音量调大。是一个小伙子在跟江雪山理论。从监视器中可以看到小伙子很激动。

小伙子：……我纯粹就是被骗来的，什么人际销售网络，这不就是老鼠会吗？

周公梦叹息了一声：有的时候，当个明白人也不是什么好事。

说着拿起一个对讲机，下达指示：淘汰出局！

岛上。幽暗的地下室里，李开城有气无力地倚在墙角。突然，地下室的盖子一开，一丝亮光透入，接着一个什么东西被扔了进来，吓了李开城一跳。李开城爬过去一看，是个人。

正是刚才那个激动的小伙子。确实，明白人总是遇见糊涂事。

成铁和滴答走进一家宾馆，看见宾馆门前聚集着一堆形形色色的人。有一个人在维持秩序。这个人的T恤衫上印着“恒远伟业”的字样，是该公司培训站的工作人员。

工作人员正指挥大家排队：大家排好队，公司的观光车马上就到。

成铁上前咨询：您好，我想请问成强在什么部门工作？

工作人员：你是干吗的？

成铁：我是他哥。

工作人员很警惕：你来找他，还是他让你来的？

滴答：他让我们来的。

同时她瞥见一辆印有“恒远伟业观光”字样的面包车驶进院子，遂灵机一动，说：他说让我们来观光什么的。

工作人员：哦。怎么不早说，正好车来了，赶紧排队上车去！

成铁和滴答在面包车上，观察着上车的人。

成铁小声地问滴答：咱们要不要问问这些人内幕？

滴答：不用，我观察过了，这些人不比咱俩多知道什么。

到了码头。这是近海的一个码头。面包车驶过来停下。几艘快艇等在码头边上时刻准备出发。工作人员指挥大家下车，然后又安排他们分别上了这几艘快艇。

成铁和滴答以及另外几个人上了一艘快艇。这艘快艇由黑子和豹子驾驶。豹子和黑子一头一尾坐在快艇上，面无表情。

人都上齐后，豹子发动快艇，驶出码头。

成铁在快艇离岸的时候看了一下手腕上的表。这是他的习惯性动作。

快艇急速行驶在海面上。大海一望无边。

成铁注意看快艇行驶的方向和来路，滴答在观察豹子和黑子。

快艇在海面上以一个极大的弧线行驶。

成铁突然感觉到了什么。

成铁对滴答：我觉得有问题——这快艇行驶的航向不是直线，是一个弯路。我觉得他们故意在绕弯，好像是在迷惑我们。

滴答：我这儿的问题更大——这两个人身上都有家伙，注意，可不是玩具。

成铁顺着滴答的示意看去，黑子的腰上一条铁棍若隐若现。

滴答：另外那个人身上的东西更可怕，等快艇拐弯的时候你看他左边的裤兜上方。

这时成铁和滴答的嘀嘀咕咕引起了坐在他们旁边一个女孩儿小娟的注意。小娟也跟着成铁的视线看。

快艇拐弯了，瞬间的转向和风速将豹子的衬衣掀起来，一把手枪赫然在目。小娟惊得叫了起来。

小娟：啊——

又赶紧捂住了自己的嘴。

豹子和黑子目光迅速逼向小娟。小娟的目光还在豹子身上。豹子和黑子将快艇停下。四面海水茫茫。

两人站起来，走向小娟。黑子的手放在腰间。

豹子走到小娟跟前：你刚才为什么喊？

第2章

小娟仰头看着豹子，不知道说什么好。

小娟：我，我……

黑子的手在腰间慢慢开始移动。他攥住了铁棍。

船上的其他人都不知道发生了什么，但都感觉到了危险。滴答知道自己必须开口了，但开口的结果如何，她也不知道。

滴答：我知道她为什么喊，但是，但是——

豹子和黑子看着滴答。滴答装出一副为难的样子。

滴答：但是——她不可能告诉你们的，我可以告诉你们。

豹子：说。

滴答：不能当众说，到一边我跟你说。

滴答说着站起来，走到一边。豹子狐疑地跟着走到一边。

成铁担心地看着滴答和豹子。

滴答凑到豹子耳朵边轻声嘀咕了几句，豹子往小娟旁边看着。小娟紧张地挪了挪身子。豹子似乎相信了滴答的话，摆手向黑子示意。两人又走到一头一尾，快艇重新在海面上行驶。

成铁想凑过来跟滴答说话，滴答感觉到豹子和黑子其实在注意他们，就一头扎到成铁怀里作撒娇状，嘴上却在叮嘱成铁。

滴答：别说话，他们在注意咱们。

成铁眼角的余光看见，豹子和黑子一直在不动声色地观察着他们这边。

成强站在码头边上等人。

已接到人的传销人员走过成强身边。

有人跟他打招呼：成总，你的人还没到吗？

成强：就快了，就快了，应该是今天到。

看见最后一艘驶来的快艇，成强兴奋地冲到码头边上。

快艇驶到岸边。成铁抬手看了看手腕上的表。

滴答：我看见强子了。

成铁抬头也看见了成强。成强也在这时看见了成铁，兴奋的表情立刻变成目瞪口呆。

成铁、滴答、小娟以及其他人下了快艇。小娟受到了惊吓，一下快艇见了成强就质问：你们这到底是个什么公司啊？

但成强却不关心小娟的问话，而是看着成铁。他没想到哥哥来了，而且哥哥的女朋友也来了。成铁刚要严肃地质问成强，但滴答却上来拉着几个人走开了。

滴答：都听我的——有话去别的地方说。

码头另一边，豹子和黑子依然没有放过对他们的注意和观察。

成强还不太明白：哎，就在这儿说吧，哥你怎么来了？

成铁严肃地说：打住。

成铁等四人走在一条路上。滴答观察了一下四周再无人注意他们了，才开口：有话请说吧，相信大家都有很多疑问。

成强：哥你怎么来了？——哦对了，先给你们介绍，这是张小娟，我的小学同学，我以前的梦中情人，小娟，这是我哥成铁，英俊潇洒又聪明，这是我哥的女朋友滴答，我也才第二次见，我哥能有这样的女朋友我都嫉妒死我哥了。

这一番话说得成铁、滴答和小娟都目瞪口呆、拧巴不已，因为这根本不是以前他们所认识的成强了。以前的成强沉默寡言，是什么东西让他变了，危险就藏在这变化里边。

张小娟小心翼翼地问：你是成强吗？

成强：我模样变得有那么大吗？你都认不出我来了？

小娟：模样倒没变，就是说话不像以前了，记得以前你不爱说话。

成强：三十年河东三十年河西，人不能死抱着过去不放，人就得突破自我，寻找新生……

监视室内的一台机器上，正显示着成铁几个人在一条小路上交谈。而盯着看的人，除了周公梦和梅艳丽，还多了豹子和黑子。

周公梦：豹子，他们有什么问题吗，值得你来汇报？

豹子：进岛的时候，他们好像看见了什么，左边那个女的叫了一声。

周公梦的目光却落在了滴答身上，很明显他对滴答有了兴趣。滴答在监视器里也能显示出独特的气质。

周公梦：右边那个女的叫什么名啊？

豹子：还不知道。——我马上去给您查。

梅艳丽很敏感：周老师，咱们现在是在说左边那个女的，不是右边那个。

周公梦：哦，哦——豹子，你刚才说他们好像是看见了什么，他们能看见什么啊？你们要是没有破绽他们看见什么也不怕啊！

豹子：周老师说的是，但我怀疑他们发现了我的枪。

周公梦：怎么不谨慎一点儿！

豹子：今天风大。

周公梦：吃早饭的时候我不是把天气情况告诉你们了吗？怎么还犯这种低级错误。

豹子：周老师，我错了，下次改正。但也不一定是发现了枪，因为后来右边那个女的跟我说那个女孩是因为来例假了，但是没做好防护措施，才惊慌失措叫出来的。

周公梦：你检查了吗？

豹子：没。这，这没法检查啊。

周公梦沉思着，又盯着监视器里成铁几个人交谈的画面看了一会儿。

周公梦问梅艳丽：能把声音调出来吗？

梅艳丽：回周老师，室外的监控只有画面，没有音频。

周公梦：为什么没有音频？

梅艳丽：法总说造价太大，可能也起不到什么作用，就没安室外监控的音频。

周公梦：大的事情要坏就坏在小方面，法总也是一代豪杰，但细节方面还是做得不够——赶紧安排人去人工监视，把事情搞清楚，如果她没来例假，就将这几个人全部淘汰出局——任何不安全因素必须彻底消灭在萌芽中！

成铁等四人走进了传销基地——岛上那高低错落的楼群。成强还在巧舌如簧，很真诚地介绍自己的公司。

成强：哥，嫂子，小娟，你们知道吗，这整座岛都是咱们公司的，咱们公司要把这座岛打造成东方的拉斯维加斯，现在这儿一片荒凉，但不久的将来就是东方最大的娱乐场所，你们脚下的地皮到那时将寸土寸金……

小娟：你们公司接我们的人为什么还……

小娟刚要说出下面的话，看见滴答将一根手指竖到嘴上，示意她别说，便又硬生生地将话咽回去。

成强：……还什么?

小娟：还……那么热情。

成强：我们公司的人都很热情，我们欢迎每一个朋友加入我们的事业。

成铁：你们这算什么事业?！

成强：哥，你听听我们的课就知道了，你是大学老师，理解能力强，一听准比别人明白得快。

成铁：你的事业已经搞得很大了——爸脑血栓犯了。

成强一愣：爸这脑血栓犯得可真不是时候，我干事业挣钱还不是为了他，他可别等不到享福的时候啊!

成铁哭笑不得，还想跟成强说点什么。滴答却用眼神示意成铁什么也别说了。这时他们已经走到楼门前。

滴答对成强说：强子，我们既来之则安之，你就安排吧，该怎么安排就怎么安排——按照你们公司的接待程序来就行。

成强：还是嫂子聪明，跟我来。

成强头前带路。

滴答走在后边拉了拉小娟的衣角。

滴答：小娟，我跟你说几句话。

滴答迅速凑到小娟旁边耳语了几句。听完，小娟错愕地看着滴答，不知道怎么理解滴答刚才说的话。

滴答嘱咐：小娟，请一定要按照我说的做——如果你想安全地离开这里。

小娟茫然地点点头。她糊涂了。糊涂的人总是有糊涂的危险。

一盏亮度极弱的灯泡挂在地下室里，两个倒霉的人依然不见天日。虽然是白天，但地下室也只有惨白的光。

被丢下来的那个小伙子从昏迷中清醒过来，他抬起身子，迷迷糊糊地看了看周围的环境，看见有个人脸色苍白胡子拉碴地看他——李开城。

小伙子：我这是到阴间了吗？

李开城：还没到——算是半路上吧。

成强领着他们三人走上楼梯，走到一个房间跟前。成强对成铁等人说：这就是咱家。成强敲了几下门，门上有个小孔打开了，有人往外看。里面有人看是成强，边开门边说：哟，是成总带客人回家了。

门开了，成强领着成铁等人进去。成铁和滴答、小娟一进门吓了一跳，房间里已经有十来个人，有男有女，这些人一见成铁等人，立刻训练有素地按节奏拍起了巴掌。

传销人员：欢迎，欢迎，热烈欢迎——咱家来了新客人，两个巴掌拍不疼。

鼓掌的人中，有一个女的特别注意观察着小娟。她叫张秋燕，是传销人员安插的内线监视人员。这些人的眼睛，总是很毒。滴答一进屋，就发现了这双眼睛扫来扫去的光束。

啪啪几下，鼓掌结束。成强给双方介绍。

成强：各位老总，这是我的客人，也是各位老总的客人，这是成总，这是滴总，这是张总。

成铁等三人别扭极了，不知道自己怎么马上莫名其妙地变成了老总，成铁脸上露出了对成强的厌烦之色，但滴答悄悄在下边拉成铁的手。成铁努力控制住了自己的情绪，当他目光再次扫向这几个人的时候，这几个人变成了他头脑中的数字。他开始计算，因为任何人、任何事物对他来说，都是一个公式。当然这是外人无法觉察的。

成强开始给成铁他们介绍屋里的传销人员。

成强：这是周总，这是王总……最后我要隆重介绍，这是咱们这个家的家长张秋燕张总。

滴答的眼睛随着成强的介绍，一一扫过这些老总们的面孔，看来“老总”们的生活过得并不好，个个面黄肌瘦，很明显是缺乏营养。

小娟随着介绍不经意看向张秋燕，却发现张秋燕却乜斜着自己，不禁浑身哆嗦了一下，不自觉地抓住了旁边滴答的手。

滴答用力握了握小娟的手，安抚她的情绪。

岛上的黄昏很美。海面上，夕阳就要降落，半个海面已经变暗。阴影铺开，向小岛这边延伸而来。夜晚来临了，我们的故事，终于从前奏进入了交响。

房间内，刚才欢迎成铁等人的传销人员都三三两两地坐在小圆桌旁边聊天，讨论。

成强和成铁等人也被安排坐在一张小圆桌跟前，很明显现在传销组织只需要他们的耳朵来倾听。

周总还在和王总讨论车的问题，他们说话的声音比正常声音略大，显然是想让成铁等人听到。

周总：王总，你上次说的油价上涨的问题我已经考虑了，确实是个问题，咱不是心疼钱，但咱们的钱也不是大风刮来的，所以我觉得还是只买一辆奔驰好了，我就不辛苦自己去开车了，我跟你说了吧，自己开车出车祸的概率比坐车的概率大。

王总：对对对，很高兴我说的问题你能够考虑，那我再给你提供一个新的思路，就是奔驰也别买了——直接买飞机，现在已经有飞机制造商为一些成功人士……

成铁、滴答和小娟这边，成强还在给他们介绍公司情况。

成强：咱们公司已经聚集一大批精英人士，这些精英人士被公司以家的形式组合在一起，为什么要以家的形式呢，因为家的形式有温馨感，有亲切感，能够增强我们彼此之间的友谊，能够使我们取长补短，共同进步……

但实际上成铁、滴答和小娟谁也没听他的话，小娟今天受了惊吓，紧紧依偎在滴答身边。滴答的眼神在房间内如雷达一般搜索，寻找着有用的信息：传销人士不停说话的嘴唇、角落里一堆碗筷、墙上的值日表，最后滴答的眼神掠向房间墙角上方两个苍蝇一样的黑点。滴答对这两个黑点充满兴趣，因为那是监视器。

成铁在低头拿着自己的计算器，正把这一天经历的信息进行验算——快艇驶到小岛所用的时间、快艇在海面上弧线绕弯的距离、房间内的人数……这些图像在他脑中变成了数字，数字变成了算式像舞蹈一样演算着……

别人看成铁只是在按计算器，并不知道他头脑中正在发生着的风暴。房间的另一边，张秋燕在跟两个传销人员谈笑风生。

张秋燕：我特别希望你们的人际网络能赶紧扩大，把你们的兄弟姐妹都赶紧发展到这里来，这么好的机会可一定要先给自己人啊……

张秋燕说得热烈，但却一直用眼睛的余光观察着小娟。

滴答从自己包里取出化妆用的小镜子假装化妆，却在利用小镜子的角度观察房间里的人。她在小镜子里看到了张秋燕诡异的眼神。

这时小娟有点儿坐不住了，她把身子凑向滴答，小声说话：滴答姐，我憋不住了。

滴答：憋不住就去吧——但是要记住姐说的话。

小娟有点儿害怕：真会有人跟踪我吗？

滴答：没有最好——如果有就按照我说的做。

小娟战战兢兢地站起来。

成强：你要干吗？

小娟：请问厕所在哪儿？

成强还没来得及回答，那边的张秋燕耳朵倒灵，从圆桌边利索地站起来，兴奋地几步走过来，一把拉起小娟热情地说：你初来乍到，我带你去。

说着拉起小娟就往外走，小娟临出门的时候还在回头看滴答，像是要寻求什么帮助。

滴答把手伸到桌子底下迅速地从自己的包里取出了一包东西塞到小娟包里。

滴答：请等等。

说着上前将小娟的包递给小娟。

滴答：你忘带关键的东西了。

小娟接过自己的包，热情的张秋燕立刻将她拉出了门，走向厕所。

厕所在走廊的尽头。

张秋燕领着小娟走到厕所门外。

张秋燕：您请。

小娟：谢谢张……姐……总，您回去吧。

张秋燕：别客气，我在这儿等您。

见小娟还在犹豫，又说：咱们是一家人了，客气啥。

小娟无奈走进厕所间，反锁好门。她听着外面的动静，仿佛有张秋燕来回走动的脚步声。

张秋燕在厕所门口来回溜达着，等小娟出来。

张秋燕听见厕所里有冲水的声音，但没见小娟出来，就焦急地向里面张望。

房间里，成铁啪地合上计算器，从头脑风暴中回过神来，见成强还在喋喋不休，而滴答有些心神不定。

成铁：小娟呢？

滴答：去厕所了。

成强：……我这次创业真是终于抓着一次机遇了……

成铁：请问你们当了老总就都不吃饭了吗？

厕所里，小娟的手抓住了厕所门把手，想打开，但她面前总是浮现出下午滴答最后叫住她说话的情景。

下午，当大家跟成强走进传销基地的时候，滴答和小娟走在最后，滴答曾偷偷告诉小娟：过会儿第一次上厕所的时候要带卫生巾，要让卫生巾上有血。

小娟有些奇怪：我没带卫生巾，也没来那个啊。

滴答：到时候我会给你——但血给不了你，你自己想办法，比如，从你的鼻子上试试。

小娟很错愕，不知道怎么理解滴答刚才说的话。但是滴答一再告诫：小娟，请一定要按照我说的做——如果你想安全地离开这里。

小娟知道滴答不会骗自己，她终于下定决心，犹豫着打开自己的包，看见了滴答放进去的卫生巾。小娟把卫生巾打开，用手摸了摸自己的鼻子，下不去手。外面，张秋燕在走廊里来回走着，脚步声一下一下像敲在小娟的心上，让小娟越发紧张。

小娟终于握起拳头，用手砸了几下自己的鼻子，不见什么效果，反而自己弄得差点就咳嗽起来了。小娟忍住咳嗽，打量了一下墙壁，一狠心，用鼻子撞了上去，血果然出来了，小娟展开卫生巾，接住鼻子流下来的血……

厕所间外，张秋燕注视着小娟去的那个厕所间，停住了脚步。她忍不住了，刚要拉厕所间的门，厕所间的门突然开了，小娟从里面走了出来。

小娟：张总，让你久等了。

张秋燕：不客气，走吧，咱们回去，

两人走在走廊上，小娟的鼻子又流血了，但小娟没注意到。这时张秋燕忽然像是想起了什么似的，说：哎哟，我也得去趟厕所，你先回去吧。

说着张秋燕进了厕所，她进了小娟刚才进去的那个厕所间。

小娟下意识地用手一擦鼻子，发现刚才流出来的血，连忙拭去，然后长长地出了一口气。

监视室外间里，张秋燕连忙来向梅艳丽汇报监视的情况。

张秋燕：梅姐，我侦察清楚了，她确实是来例假了。

梅艳丽：你叫我什么？

张秋燕：梅姐啊。

梅艳丽不满地说：我比你大吗？我怎么不觉得？——我可是八零后！

张秋燕：叫您姐不是叫您的年龄，是叫您的地位，不管我是什么后，都得叫您姐。

梅艳丽：行了。回去吧。有任务再叫你。

张秋燕：我能见一下周老师吗？想当面听听他老人家的教诲。

梅艳丽：周老师不见人——尤其是女的。

说完转身进房间了。

张秋燕轻声骂：呸——你个小妖精！

监视室内，梅艳丽走到周公梦身边，周公梦正在读《论语》。

梅艳丽：周老师，警报解除，他们没说谎。

周公梦目光没离开《论语》。

周公梦：接通他们的房间。

梅艳丽操作监控设备，接通成铁他们房间的摄像头，监视器出现了成铁他们房间的情况。他们正围着圆桌吃饭。

周公梦目光终于离开《论语》，饶有兴趣地看着成铁他们吃饭，但他的注意力在滴答身上。梅艳丽当然发现了这一点，她用身子挡住监视器，撒娇地抱住了周公梦。

梅艳丽：周老师，您还是看真人吧——我可是八零后。

周公梦：先让我看段《论语》，再看八零后——这两样东西，我一个都不能缺啊！

还没说完，嘴唇就被梅艳丽用嘴唇给堵上了。

传销人员吃得很香，但成铁、滴答和小娟却吃不下去。因为饭是煳了吧唧的米饭和窝头，菜是烂菜叶子汤。当成铁、滴答和小娟三个人面面相觑之时，成强在一边却吃得津津有味。

滴答：成总，你们这么多老总就吃这个啊？

成强：创业阶段，一切从俭，任何事业的开始都要经历这样一个过渡阶段，这个阶段考验人的意志、耐力，等你经过了这个阶段，想吃什么吃什么，想喝什么喝什么。

滴答：你们这儿有商店没有？我们出去买点别的吃。

成强：没有——以后会有的，明天会更好。

小娟：我吃不下。

成强：吃不下？多好吃啊，这都是健康食品，还能减肥。

成铁：你们都吃这个吗？

成强：当然，连公司的顾问周老师都吃这个！

滴答：周老师是谁？

成强：咱们公司的高级顾问，老总都听他的。你说连人家高级顾问都吃这个，咱们还有什么怨言？！

周公梦也开始吃饭了，但他面前摆的是西餐，牛肉、面包、红酒和沙拉等。梅艳丽坐他对面，但她主要吃沙拉，对牛肉不感兴趣。

周公梦：艳丽，你也吃点牛肉，这个厨子做得不错。

梅艳丽：这些东西怎么能吃呢！热量太高，我可不敢吃。

周公梦吃得凶猛，看上去胃口极好，但他却有些意犹未尽，有些感叹。

周公梦：肚子跟人不一样，人容易忘本，但肚子它该什么样还什么样儿。

梅艳丽：老师的意思是……

周公梦不好意思地说：我还是得吃个窝头！要不老觉得肚子里空一块儿。

梅艳丽不自觉地轻蔑地一笑，但手却很快地拿起身边的对讲机：给周老师送俩窝头来！

同时吃窝头的还有地下室两个人。他们每人手里举着个窝头啃，小伙子咬了几口，难以下咽，气得扔到了墙角。

李开城赶紧拦住：别扔——这可是好东西！

小伙子：什么好东西！面都馊了，扔出去能砸死人！饿死我，我也不吃！

李开城：别动不动就说死，只要有东西可吃，人就饿不死——我估计很快你就会发现这是好东西，比山珍海味还要好吃！

李开城说完，起身去墙角捡那个窝头，却意外地发现有一只老鼠在啃吃那个窝头。

李开城惊喜极了：有老鼠！

小伙子：老鼠有什么稀奇！——难道你想吃老鼠？

李开城：小伙子，你不明白啊，有老鼠就说明咱们有救了。

小伙子一听有救，来了精神：什么意思？

李开城问小伙子：你叫什么名字？

小伙子：我叫巩固。

李开城：叫我老李，以后我就叫你小巩——你确实想逃出去吗？

巩固点点头：傻子才不想！

李开城：好，那么我告诉你，我进来之后一直在找逃出去的法子，但是找不到，因为这间地下室离出口高，咱们想从地下室出口往外逃基本不可能，而这个地下室的地面是水泥铺的，也不可能有什么缺口，但是这只老鼠的出现表示我之前的判断是错误的。地下室这么高说明老鼠不是从地下室的出口进来的，而是从地下室的某个角落里钻进来的，这说明地下室有破绽，找到这个破绽咱们就能出去。

巩固：从老鼠洞钻出去？

李开城：不错。

巩固转头看看那只老鼠，瘦得可怜。巩固摇摇头，惊讶地看着李开城，显然认为他脑子有问题。

李开城：别那样看我，当然不是从老鼠洞直接钻过去，老鼠能打一个洞，咱们就能打一个更大的洞！现在的问题是，找到老鼠洞在哪儿！

李开城说完，上前轻轻用脚跺了几下，老鼠吓得转身就跑，一下窜到一个角落里，在惨白的灯光下消失了。李开城和巩固跟着上前去寻找老鼠洞。

两人在墙角发现了一堆可疑的颗粒状东西，李开城蹲下身子，用手捻了几捻，是一些泥土和水泥的混合物，他用手轻轻将这些东西拨开，一个小小的老鼠洞出现了。李开城兴奋地将手往里伸，试了试。

李开城：很好，洞是从上往下的，说明咱们离外面的地面不远，咱们先往下挖，通过这道墙之后向上挖，就能出去。

巩固：用什么挖？

李开城：用一切可以挖的东西，筷子、手都能用。

巩固看着那个小洞口，有点儿崩溃：我他妈怎么不是只老鼠！

房间内，饭后，大家围成一个圈坐在地板上，在轮流表演节目。传销人员周总正在圈中间开始自己的表演。

周总：我们为了一个共同的目的，从五湖四海赶来，我们将撑起一个共同的蓝天，开创各自崭新的人生，在此我给大家唱一支歌——爱拼才会赢……

周总身体夸张，荒腔走板地唱起了歌。成铁、滴答和小娟坐在一起听着，滴答在大家不注意的时候，把头凑向成铁：请注意墙角右上方和左上方四十五度角。

成铁左右仰脸看了一下。

成铁找机会对滴答说：成比较规则的对角线状，肯定不是灰尘或斑点，应该是监视器的摄像头。

滴答：这到底是个什么组织？

成铁：明天就解开谜底了，一切等明天再说。

这时传销人员拉小娟上去表演节目，小娟本来就已经受了精神上的惊吓，一拉二拉，小娟推辞不掉传销人员的热情就站了起来。

成强也在一边劝：表演一个吧，这是解放天性的一个好机会，我记得你小学时候是文艺委员，能歌善舞啊，给大家来个吧！

此时，小娟却哇地一声哭出来了，她再也绷不住了。

小娟：我要回家！让我回家！

滴答赶紧过来搂住小娟的肩膀，安慰她的情绪。

此时房间的家长张秋燕连忙起来收场，宣布：好了，今天晚上的节目就到此为止吧，让我们的新朋友早点休息。准备睡觉吧。

滴答问成强：我们睡哪儿啊？

成强：就这儿。

成铁和滴答惊讶地看见，传销人员训练有素地起身，从房间的一个小储藏室里拿出一些铺盖，往地上一撒，便成了地铺，其中有一个传销人员墙边拉出一条帘子，将房间一分两半，男左女右。

成强：21世纪最时髦的潮流就是睡地板——日本都提前睡了好几百年了。

地下室里，巩固在起劲儿地挖，他用的是吃饭的筷子。他的姿势极其别扭，使劲使不上，筷子基本上像是在夹菜一样从洞旁边抠下一些泥土。因为效果实在甚微，巩固情急之下，一使劲，筷子折断了。他沮丧地一屁股坐到地下。

巩固：照这么挖得挖十年八年的！

李开城拍了拍巩固的肩膀，安慰他的情绪。李开城起身在地下室里转了转，眼睛瞄上了他们吃饭的瓷碗。李开城拿起瓷碗，往地下一摔，瓷碗碎成几瓣，他拿起碎片走到洞口前边开始挖。

李开城一边挖一边说：把老鼠洞边上的土挖一挖，能把手伸进去之后，就可以利用折返力把边上的水泥掰开，以后就快了。

巩固：老李你以前干什么的？

李开城：碰上我算你幸运——我专业挖过地道。

巩固：这是什么专业啊？

李开城笑笑，却不再回答，脸上浮起神秘的表情。

房间里，传销人员都睡着了，成铁和滴答在各自的那一边都没睡着，大睁着眼睛。小娟在睡梦中好像还在惊恐中，不断抽泣着，滴答连忙拍拍她的背。

熟睡中的小岛。风声和海浪声里夹着小娟低低的啜泣声。

天亮了，在岛上周公梦房间里，三炷香袅袅燃着。周公梦在三炷香前闭目沉思，五指掐算。梅艳丽在周公梦闭眼看不见她的时候表情极不认真，松松垮垮的，但当周公梦睁开眼睛的时候，她也将表情假装得很虔诚。

周公梦睁开眼睛：我刚才卜了一卦，卦象扑朔迷离，局势变得极不明朗，不像前几日一派红火，好似有小人作祟，我甚为忧虑啊。

梅艳丽：周老师神机妙算，定能算出小人是谁——是不是那个叫滴答的女的啊，不如将她除掉算了。

周公梦：不得鲁莽，我们为求财而来，不可意气用事。——跟我说说今天的天气情况。

梅艳丽赶紧从兜里掏出一张纸：今天天气晴，空气湿度为 57%，温度为 32 摄氏度至 34 摄氏度之间，风力为四到六级，为强紫外线辐射天气，应该防晒。

周公梦：你这是从哪儿收集的？

梅艳丽得意地说：我综合了省台和中央台两家天气预报的信息。

周公梦：天气预报以后听县台的——记住了，有些东西不是越大越好。

梅艳丽悻悻地说：是。

周公梦：好天气啊，适合岛上的各位老总做做发财梦！

岛上的传销课堂里，江雪山戴着耳麦精神亢奋地健步走上讲台。

江雪山：各位老总，早上好！一年之计在于春，一日之计在于晨，人生匆匆过得快，赶紧做个人上人！

有提前安排好的传销人员在底下领掌，喊口号：要做人上人，得有聚宝盆！我们就是聚宝盆——成功将属于我们，鲜花将属于我们，未来将属于我们，财富将属于我们，理想将属于我们，前途将属于我们！

成铁、滴答和小娟也坐在课堂里，成强坐在他们身边。

江雪山等全体人员的掌声和口号停了，稍顿片刻，江雪山富有激情地突然大喊了一声。

江雪山：你们好吗？

下面的人：好。

江雪山如流行歌手般将耳朵探向听众：我听不见，再大声一点儿好不好？

下面的人更大声地喊：好！

江雪山满意地说：你们好我也好！我好就是为了你们好！——各位老朋友新朋友，今天能聚到这个课堂上，聚到这个风景秀丽的岛上，说明我们有缘，但有缘还不够，我们还要有钱！

下面有人笑了。

江雪山借题发挥：下面有朋友笑了，他笑什么呢，他笑我提到了钱，多少年来，我们中国人都被钱所困扰：第一，没钱；第二，没地方挣钱。各位老总，今天我就是要告诉你们——再也不能这样活！

下面立即有人鼓掌迎合，成铁、滴答也机械地拍了两下，眼光却在观察着周围。

江雪山：各位老总，今天我要先问你们几个简单的问题，看看你们是否已经懂得了人生。第一个问题：世界上有几种人？谁来回答。

有一人站起来说：两种人，男人和女人。

江雪山：这位老总很幽默，我估计他恋爱谈得不错。但他只答对了一半，这不是准确的答案。准确的答案是世界上确实只有两种人，但这两种人分别是：穷人和富人。在座的人想做穷人的请举手。

无人举手。

江雪山：好。没人举手。这就说明我们达成了第一个共识，我们就有了往下一步走的基础。第二个问题来了：汽车有几个轮子？

下面有人喊：这还用问吗，四个。

江雪山富有气势地说：错！

全场很静。

江雪山：汽车有五个轮子——还有一个备胎！汽车能走多远，不取决于原来的那四个轮子，而取决于备胎！各位老总，你们的人生也一样，你们的人生能走多好也取决于你们有没有备胎！各位老总，恕我直言——你们谁有备胎？有吗？

无人应声。

江雪山：没有！没有备胎的人生不可能精彩！没有备胎的人生随时都可能爆胎！但是，这还不是最可悲的，最可悲的不是你的人生没有备胎，而是你没有但不知道去找——

监视室里，周公梦从监视器里看江雪山的演讲以及下面人的反应。

周公梦指示梅艳丽：记下，让江雪山下次讲到备胎理论的时候，加上《论语》里面孔子的那句：人无远虑，必有近忧。——有的时候太通俗易懂也不好，还是得拽拽文，尤其是像孔子这样的老祖宗说的话，他们听不懂也不要紧——21世纪的人，就喜欢自己搞不懂的事情。

他嘴上做着指示，眼睛却在瞄着监视器里的滴答。

梅艳丽看在眼里，醋意大发：是啊。21世纪的人就像年纪大了的男人一样，就喜欢自己搞不到的女人。

江雪山在继续演讲。

江雪山：……我们给各位老总提供的备胎远在天边，近在眼前，就是各位脚下的这座小岛。在不远的将来，这座小岛将成为东方的拉斯维加斯——

下面有一农民打扮的人问：请问，拉斯维加斯在哪儿？

课堂上人都笑了。

江雪山：拉斯维加斯在哪儿并不重要，重要的是你要知道你自己在哪儿——你现在就在东方财富的中心。恒远伟业将把这座岛开发成人间的天堂，而你们，各位老总，就是这第一桶金的挖掘人。

还是刚才那个人：怎么挖你就直说吧。

江雪山：现在我简单介绍怎么样才能加入这个伟大的事业中来，其实很简单，就是你以成本价买下一块地皮之后，你就等于拥有了一座别墅，以后你一转手就是百万富翁，但这还不仅限于此，当你拥有我们的一块地皮之后，你就会自动成为我们的会员，你也拥有了介绍别人来加入我们事业的义务和权利，你每介绍一个人来公司将给你提成 30%，答谢你对我们事业的支持，你下面的人再介绍人来加入，你依然可以提取下面人的百分点，简单来讲，只要你介绍了两位朋友加入我们的连锁销售中来，你就已经是百万富翁了！这就是我们这个事业的特点，可以概括为这么一句话：一生二,二生四,四生千百万!

下面有人问：成本价多少钱啊？

江雪山：六千六百六十六元——你就将拥有一套别墅和连锁销售会员的资格。

成铁已经完全明白怎么回事了，他小声对滴答说：非法传销，也叫老鼠会!

岛上基地外面的活动区，成强在劝说成铁、滴答和小娟。

成强：这是一个千载难逢的机会，刚才讲师已经讲得很清楚了……

成铁打断成强：如果我们不加入会怎么样?

成强：不加入？这么好的机会你们干吗不加入？

成铁：请听明白，我说的是如果我们不加入，结果会怎么样?

成强：结果会怎么样？那就是到手的发财机会让给别人了呗。

成铁被成强的糊涂脑子给噎住。

滴答：强子，你哥的意思是说如果我们不加入，他们会把我们怎么样？

成强：会怎么样？送你们出岛呗。

成铁：会吗？

成强：怎么不会，都送了好多不愿发财的人出岛了。

成铁和滴答对视一眼，半信半疑。

成铁：这样强子，你回避一下，我们商量一下，然后给你答案。

成强想让小娟跟自己走，但小娟不去。

小娟：我跟着滴答姐。

滴答：强子，我们是三个人商量，小娟和跟我们保持一致。

成强悻悻地走到一边。成强一走，成铁快速地说：这将是一个迅速膨胀的传销组织，咱们不能光自己出去，还应该报案。

小娟害怕地说：他们有枪。

滴答：别怕，咱们报 110，他们查不出来是谁打的。

成铁：滴答你俩掩护我，到我身前。

滴答和小娟往成铁前边走了一两步，挡住另一边成强的视线。成铁取出手机拨110，但手机显示无法接通。

成铁：滴答，你的试一下。

滴答把手机递给成铁，但依然接不通。

成铁四下看看说：地势很平，没有高空遮挡物，说明这个小岛被屏蔽了。电子信号出不去。

滴答：事情比预想的要严重。——他们真会送咱们出去吗？

成铁：这也是我想知道的问题。

这时成强又走过来。

成强：你们想好了吗？

成铁：想好了。

成强以为成铁他们同意加入，夸奖道：哥你不愧是读过书的人，就是明事理儿。

成铁：我想好了，带你出岛，回家。

成强一惊：你说什么？出岛回家？那是不可能的！我钱都交了，我现在是这个小岛的主人之一！

成铁：强子，我简单跟你说，这是一个非法的传销组织，最后只有一个人会成为亿万富翁，那就是这个传销组织的发起人，你被骗了！

成强指指岛上三三两两搞传销的人说：不可能，哥你以为大家都是傻子，难道这些人都被骗了？

成铁：是的。他们不是傻子，但他们确实被骗了。强子你要相信我，我是学数学的，我最知道靠人头骗钱的原理！

成强：我不信，人家这个公司把整个岛都买下来了，即使他们是骗子，但跑得了和尚总跑不了庙吧？

成铁还要说，被滴答用眼神制止住。

滴答对成强说：强子，你哥的话说得有些过激，这么大的公司哪能是骗子呢，你哥的话你不要放在心上，也不要跟别人说，让我们再想想，好不好？

成强：哥你好好跟着我嫂子学学，别什么事都一棒子打死，我虽然没上过大学，但我通过这个课堂的培训还是明白了很多事情的。

成铁很拧巴。

成强：你再听听，下面还有更精彩的培训呢！

成铁：我们不想听了，也不想观光了——我现在以哥哥的身份要求你，我们要出岛。

传销基地江雪山房间里，成强跟江雪山说了成铁他们要出岛的事。

江雪山：出岛？

成强沮丧地说：对，我拿他们没办法了，他们对我们的事业有误解。

江雪山循循善诱：这是很正常的，凡是伟大的事业都会遭到不公正对待，人们对于新事物的认识都有一个过程，比如说以前人们认为地球是宇宙的中心，有个科学家提出太阳是中心，他就被烧死了。就这么简单，咱们还没有在那样一个不人道和不科学的时代，所以说我们是幸运的，我们更应该有耐心去说服别人，消除别人对我们的误会。

成强：关键问题是我哥他上过大学，我说不过他。他说——

成强觉得说出成铁的话不妥当，就没接着说。

江雪山警觉地说：说呀，没事，你说了我才好帮助你啊。

成强：他说咱们是骗子，靠人头骗钱。

江雪山：还说什么？

成强：还说，还说……

江雪山微笑着：还说什么？

成强：还说到这里的人都被骗了，最后只有公司老总能挣到钱。

江雪山：你哥哥是干什么的？

成强：他在大学教数学。

江雪山收敛起微笑。

江雪山：好的，情况我知道了，你先回去，我想想再答复你。

看着成强起身出房间，江雪山立即摸起对讲机汇报：周老师有时间吗？我有情况汇报。

地下室里，开口突然打开，光线射入，李开城和巩固眯起了眼睛。上面一根绳子顺下来，上面吊着一个筐，里面是给他们的饭。

李开城将饭拿下来，将墙角的马桶放到筐上，又将碗的碎片捡了一多半放上去，留下了一小半锋利的。

绳子开始往上收。

李开城对着上面喊：对不住，碗打碎了！

上面嘟囔了一句：真他妈不小心，一打打碎俩！

地下室的盖子砰地又关上了。

巩固早就饿得不行了，拿起窝头，就着菜汤呼啦啦开始猛吃猛喝。

李开城：是不是吃出滋味来了？

巩固：没想到窝头也这么好吃！

李开城：猛劲吃吧，吃完干活！

监视室里，江雪山已向周公梦汇报完了情况，等着周公梦回答。周公梦眯眼沉思。

梅艳丽：要是这样的话，周老师，将他们仨淘汰出局得了。

周公梦站起来，溜达了几步。

周公梦：大鱼是鱼，小鱼也是鱼。《论语》中，孔子曰：有朋自远方来，不亦乐乎？——你们知道这是什么意思吗？

梅艳丽：这个我知道，就是说从很远的地方来了几个哥们儿，不也是一件很快乐的事情吗？

周公梦示意江雪山回答，江雪山赶紧摆手。

江雪山：愿听周老师高见。

周公梦：艳丽你说的那个意思倒也没错，但那只是一个表面上的意思，孔子的真正意思是，不管什么样的朋友，都是可以用得上的。乐乎的意思不是快乐、高兴，而是和朋友一起干点事业，你想啊，孔子他身边缺朋友吗？不缺，但他为什么还看重从远方来的人呢，就是因为无论什么样的朋友，只要是人，就是财富！

江雪山：周老师真是高人啊！以您的水平，中央电视台的百家讲坛应该请您去讲。

周公梦：这个不重要，重要的是你们要学会我的理论和思想体系，要有耐心，要给我们的朋友一个机会。

江雪山：那我再去劝劝？

周公梦：知己知彼，百战不殆——马上派岛外的人去把成铁和滴答的底细摸清楚。

传销基地的活动区里，成铁、滴答和小娟在溜达，成强也跟在一边。突然，活动区一阵骚动。有俩人吵了起来，吸引了众人的注意。大吵大嚷的是一个蓝衬衣青年，另一个人在劝。

蓝衬衣：……你他妈骗我，说让我来观光旅游，让我寻找灵感写诗，现在又他妈让我交钱，我哪有那么多钱？

另一人：我怎么是骗你，我是在给你机会！

蓝衬衣：你给我机会怎么还让我交钱？你说！

另一人：交钱是为了挣钱。

蓝衬衣：说得好听！我也没见到你挣到钱，我现在要回家，你赶紧给我找船回去！

这时江雪山出现在现场。

江雪山：朋友，别激动，你不愿意发财我们也不强求，你要回家我们就给你安排船。

蓝衬衣：那就赶紧安排，我一分钟也不想在这儿待了。

江雪山：你回去收拾行李，马上就给你安排。

蓝衬衣气哼哼进楼了。成铁和滴答在紧密注视着局面。

成强：……哥，你们想回家的事我也跟上级说了，上级很快就会给答复。

滴答；强子，你没把你哥说的话全告诉人家吧？

成强：没，没有。

成铁琢磨了一下：成强，你让我们自己溜达溜达，老跟着我们干什么？

成强只好无奈地退到一边，看着成铁和滴答、小娟向前走。一路上，成铁心事重重。

滴答：你说他们会放咱们走吗？

成铁：不好说，不过总得试试。光天化日，我不相信他们敢把咱们怎么样。另外，不想干传销的人在岛上也会对他们产生威胁，他们也不敢把这些人放在岛上。先看事态进展，等他们答复吧。

小娟四下看看：滴答姐，我觉得好像有人在监视咱们。

滴答：不是好像，是确实有人在监视。

成铁：你们看四周，都站了一些人，这些人的站位看似随意，实际上是对一个区域的控制性布局，互相的视线正好可以弥补彼此看不到的地方，那些人应该不是传销人员，应该是传销组织设在那儿的。

滴答：咱们继续往前走，看看他们有什么反应。

三人继续往前走了一会儿，很快就被最外围的两三个人发现了，渐渐向他们围拢过来，拦住了他们。

其中一个人说：不能再往前走了。

滴答：为什么？我们想看看风景。

那个人：这是为你们好，再往前你们会迷路。

滴答还想争几句口舌，但成铁看他们面色不善，便拉着滴答和小娟往回走。

监视室里，一台传真机上将一张纸徐徐吐了出来。梅艳丽将纸取下来看了看。

梅艳丽：周老师，成铁和滴答的情况已经调查清楚。

周公梦：念。

梅艳丽：成铁，男，25 岁，大学数学老师，执教时间不长但深受学生崇拜，主要原因是前些日子跟学生打赌赢了学生，他用数学公式算出了学生约会的地点；滴答，女，24 岁，无业，大学心理学系毕业，她老换工作，好像是脑子有问题。

周公梦：最后一句是传真上说的吗?

梅艳丽：——是我自己加的。

周公梦思考着，将目光转向监视器。其中一台监视器里，正显示着成铁、滴答和小娟走上楼梯。

周公梦：明白人多了真不是什么好事儿——将他们淘汰出局!

成铁等三人在楼梯上往上走着，一抬头，就看见蓝衬衣青年拿着自己的行李从楼梯上走下来，一前一后跟着豹子和黑子。豹子和黑子面无表情，跟他们擦身而过。成铁习惯性地抬起手腕看了看自己的表。

成铁、滴答和小娟拐上楼层，走向自己的房间。忽然，成强从后边跑上来。

成强沮丧地说：哥，你们进屋赶紧收拾行李吧，上级批准你们回家了。

小娟高兴地说：我们什么时候可以走?

成强：等送人出岛的船回来——刚才还有一个人也被批准送出岛，船送他去了。

房间里，成铁、滴答、小娟在收拾行李。

滴答：这次回去要好好洗个澡!

房间另一边，周总和王总还在讨论车的事儿。

周总：……王总，我最近又想起一事儿，直接买奔驰会不会太招摇了？我其实是个比较低调的人。

王总：该出手时就出手，有的时候做人也别那么低调……

小娟偷眼看这两人坐在板凳上谈奔驰，终于忍不住扑哧笑了出来，又赶紧捂住嘴。

豹子和黑子带着蓝衬衣走到一楼拐弯处，但并没有带着蓝衬衣往楼外走，而是往走廊尽头的那个房间走。

蓝衬衣疑惑问：不是去码头吗？

豹子：是去码头，这里是近道。

蓝衬衣：哦，还不知道这里另有一个门。

他没多想，就跟着往前走。走到走廊尽头时，豹子取出钥匙打开了门，他的钥匙链上只有两把钥匙。

开门后，豹子和黑子将蓝衬衣让进去，蓝衬衣进门后倍感疑惑。

蓝衬衣：这是个房间啊，哪有出去的路？

刚一转身，就被一根铁棍击昏。黑子伏身将房间里的一个盖子打开，下面是地下室，豹子和黑子利索地将蓝衬衣抬起来扔了下去。

地下室里，李开城和巩固正起劲儿地挖土，没想到上面盖子一开，又一个人被扔了下来。他们知道这又是个明白人。明白人有明白人的危险。

房间里，成铁和滴答、小娟已把行李收拾好，等着出门。这时门开了，豹子和黑子出现在门口。

成强：哥，咱们可以走了。

成铁下意识地抬手腕看了一下表，然后和滴答、小娟起身走出门外，成强想出来送，被豹子用胳膊拦住。

豹子：我们送就行了，你回吧。

成强：哥，那我就不送你们了。

成铁、滴答和小娟走在楼梯上，豹子和黑子一前一后夹着他们。

成铁走着，眼前浮现了刚才蓝衬衣走时的情景：他们与蓝衬衣擦肩而过的时候也是这样的场面。

他们旋转着走下楼梯，走到了二楼楼梯，往一楼楼梯的拐角处走。

成铁下意识地抬手腕看了看表，这一刻他想起了很多东西，他在计算，这时他们已经走到一楼拐角，正向走廊尽头走去。小娟走着的时候，一不小心趔趄了一下，慢了下来，几个人立即回头查看。黑子一紧张，手不自觉地伸到腰间，攥住了自己的那根铁棍。这时豹子立刻给了黑子一个眼神制止，黑子心领神会手松开，看着滴答扶起了小娟，而这一切，都没逃过成铁的眼睛。小娟起来后，几个人继续往前走，眼看要到走廊尽头了——

第 3 章

在黑子和豹子夹着成铁他们快走到走廊尽头的时候，成铁忽然停住脚步。

成铁大声喊：我想通了！——咱们不能错过这次发财的机会！

黑子和豹子愣住了，滴答和小娟也愣住了，都看着成铁，不知道成铁要干吗。

成铁一改常态，狂热地说：我想通了——滴答，小娟，咱们应该在这儿做下去！来，咱们回去吧。

说着转身往回走，一边走一边对豹子和黑子说：对不住了，麻烦您两位了。我们不走了，多谢！

滴答很快就回过神来，她拉住还在发愣的小娟往回走。

小娟：滴答姐，咱们不是要回家吗？

滴答：发了财回家不是更好吗？

黑子和豹子被突发事件给弄蒙了，两人看着成铁他们三个又走回了楼上。

周公梦和梅艳丽从监视器上看见了这一幕。

周公梦：这小子不知道是运气好还是有点儿道行，我倒要看看他下面要干什么。

梅艳丽：我倒觉得应该赶紧除掉他们，留着是个后患。

周公梦：艳丽啊，光跟一帮头脑简单的人玩显示不出我的层次，我很寂寞啊！你知道当寂寞的高手是什么滋味吗？

梅艳丽：老师不是有我吗？

周公梦：不一样——猎人打猎不光想遇见兔子和山鸡，他也想遇见老虎和狮子啊。

梅艳丽：那要是他被老虎和狮子吃掉呢？

周公梦：那就是他八字不硬——怨不得老虎和狮子！

走廊里，成铁在前，滴答和小娟在后，三人急急走着，拐上成强所在的楼层，

成铁的额头上紧张得沁出了汗水。滴答追上来，想说什么，被成铁用手势制止住。他们走到房间跟前，敲门。门上的小孔打开了，然后门打开了，成强惊喜地说：哥，你们怎么回来了？

成铁：你哥也想发财买奔驰啊！

成强激动地说：哥你想通了就好！到时候咱俩一人一辆奔驰。

地下室里，蓝衬衣醒过来，睁开眼睛，看见两个灰头土脸的人在看他，以为是袭击自己的人，突然伸出手就又抓又挠。李开城和巩固赶紧闪开，蓝衬衣还想站起来追击，但无奈头部还在震荡中，试着站了一下就又躺下了。

巩固：兄弟咱们是一伙儿的，你要有劲儿应该跟打你的人搏斗！

蓝衬衣四下看了看，惊恐地问：地下室？

巩固：恭喜你猜对了。

蓝衬衣慢慢站起来，打量着四周，像是在回忆什么，渐渐地闭上眼睛，脸上充满了惊恐的表情。

李开城：怎么了你？

蓝衬衣突然捂住了脑袋，痛苦地蹲了下去。

蓝衬衣：让我出去，我他妈不想待在这儿！

巩固：没人想待在这儿！

蓝衬衣突然站起来，疯狂地在地下室里寻找出口，他呼吸急促，大喊大叫，不断用手捶打着墙壁。

巩固：他怎么了？我刚关进来的时候也没这么疯狂啊？他怎么比我还脆弱！

李开城密切观察着蓝衬衣，他试着上前去劝说蓝衬衣。

李开城：我说小老弟，你别急，我们也正在想办法出去，你看我们正在挖地道，把地道挖好了咱们就出去了。

蓝衬衣顺着李开城的手指看见了他们正在挖的地道，蓝衬衣欣喜若狂，冲过去就要往里钻，但是地道连头都扎不下去，蓝衬衣只管往下面拱，这情形让巩固和李开城毛骨悚然。

巩固：老李，他是不是个疯子啊？

李开城：他好像受过什么刺激！你先把他拉开，别把头给拱坏了！

两人上前，将蓝衬衣拉开。蓝衬衣还在挣扎着。

李开城：小巩你扳住他肩膀。

巩固紧紧箍住蓝衬衣的肩膀，蓝衬衣拼命挣扎。李开城突然一拳击在蓝衬衣的脸上，蓝衬衣又昏了过去，软绵绵地倒在地上。巩固目瞪口呆，惊讶地看着李开城。

李开城：他需要安静，让他睡会儿吧。

传销基地的活动区里，成铁在向滴答和小娟解释为什么带她们回来。

成铁：咱们上楼遇见他们送蓝衬衣走的时候是一点零二分，他们回来送咱们的时候是一点五十八分，中间只隔了五十六分钟。根据我的计算，他们从这里到码头步行最快也要八分半钟，从码头到陆地，按照那天咱们来的时候算是三十五分钟，即使除去他们的弧线弯路，也至少要二十五分钟左右，这样算的话，往返路程加起来至少超过六十分钟，那么他们五十六分钟出现肯定是有问题的，他们不可能那么快就把人送走又回来送咱们。

滴答：也就是说他们根本没有送人走。

成铁：送是送走了——但是没有送出岛，而是还在这个岛上的一个地方。也许是关起来了，也许是……

小娟：天哪，他们不会是把他给杀了吧？

成铁：所以我决定不能冒险走，要再等等看，寻找更合适的机会。

滴答：咱们留下来就得交钱入会，否则会引起他们的注意。

成铁：实在不行，这钱就得先交上，要是引起他们的疑心，恐怕咱们想留都留不下了。

小娟：我没有那么多钱啊，怎么办？

成铁：小娟你放心，我们不会不管你的。再说，这钱即使交上也不会让他们拿走的，咱们找机会要把这个传销团伙打掉——它害了多少人啊！

这时江雪山满面春风地走了过来。

江雪山：欢迎三位老总归队，听说你们终于想通了我心里那个高兴啊，因为这样的机遇不是谁都能碰上的，碰上也不是谁都能抓住的。

滴答：对对对，我们也是刚弄明白，我这不正跟成总和李总商量着怎么开展工作呢。

江雪山：好好好，但是我觉得你们还是要尽快取得连锁会员资格啊，只有这样才能开始积累销售业绩！

成铁：江总，我们身上没带那么多钱，可不可以出岛去把钱取了？

江雪山：不用，你们现在都是老总了，哪还用干这些跑腿的活儿，公司都会派人给你们取钱、转账，你们只管发展会员就行！

滴答又想出一个办法：但是我们来的时候没带多少换洗的衣服，我们出去买点衣服好不好？老总也不能总是穿一身衣服啊！这也有损我们公司形象。

江雪山没想到这个问题，被问得一顿。

江雪山：这个嘛，我尽快上报给公司，会解决的——公司没有不能解决的问题！

监视室里，江雪山在向周公梦汇报，梅艳丽也在。

周公梦沉吟着：没衣服换，想买衣服，怕损失公司形象，这个理由确实很难拒绝。

梅艳丽：可不能放虎归山。没衣服换就让她熬着呗，反正过些天咱们就撤了。

周公梦：子曰：小不忍则乱大谋——还是得让她去买。这件事看上去是件衣裳，但意义重大，说明咱们还是比较人道的，得道者多助啊！

江雪山：那我下去安排了。

周公梦：注意，只让她一个人去，安排豹子和黑子出这趟差！

江雪山：好的。

江雪山转身要走。

周公梦又叫住江雪山：等等，把成铁和滴答的生辰八字给我想办法找来。我得仔细瞧瞧。

地下室里，蓝衬衣又悠悠醒来，睁开眼睛，看见墙角那儿趴着俩屁股一撅一撅——李开城和巩固正像老鼠一样从墙角里面往外扒土呢。蓝衬衣又看看四周，身子瑟缩成一团，瑟瑟发抖。

蓝衬衣：求你们，让我出去吧。

李开城和巩固回头，见蓝衬衣醒了，一副哀求的样子。

李开城：如果我们能让你出去，一定先让你出去，但现在你也看见了，目前除了老鼠，我们谁也出不去。

蓝衬衣：我闻到这味儿就发抖。

巩固：什么味儿？

蓝衬衣：地下室的味儿。

巩固：地下室还有味儿？

蓝衬衣：有。当然有。这味儿我一辈子也忘不了。

巩固：我倒是没觉得有什么特别的味儿，我倒觉得比地面凉爽。

蓝衬衣：那是因为你没有像我那样，我六岁的时候在地下室里住了一年。

巩固：你家房子不够住吗？

蓝衬衣：不是不够住，而是房子很多，但我继母不让我住，我父亲在外地工作，只要我父亲一走，她就把我赶进地下室。

巩固：她空着房间干吗不让你住？

蓝衬衣：一开始我也奇怪，我觉得她只是不喜欢我，但后来我发现不是，因为我发现了她的秘密，她把我赶到地下室就是为了跟别的男人睡觉，她不想让我知道，她怕我告诉我父亲。

巩固：那你怎么知道的？

蓝衬衣激动地说：我当然会知道！这个世界上只要你想知道的事情你就一定能知道，那时候我没事就趴在地下室的墙壁上听，听，听，听……我开始能听到壁虎爬过墙壁，渐渐能听到脚步走过地板，我耳朵越听越清楚，越听越灵敏，到最后我不想听的时候那些声音都会来找我的耳朵，终于有一天我听明白了，他们两个人在做只有夫妻才能做的事情。我继母叫起来的声音很奇怪，有的时候我把耳朵贴在墙上听，她的声音冲下来就像一条蛇一口咬住我的耳朵。我一辈子也忘不了地下室，这是个埋人的地方。

巩固：你……把你听到的告诉你……父亲了吗？

蓝衬衣：告诉了，但我父亲不信，他说：耳听是虚，眼见为实。那是我第一次听到这个词儿，从此之后我就不相信我的耳朵了，我觉得那都是它自己生出来的声音，也许根本什么都没发生。

李开城安慰蓝衬衣：这倒也有可能，因为在一个封闭的地方待久了，说不定会产生幻视、幻听什么的。

这时蓝衬衣软绵绵地靠在了墙壁上，耳朵贴着墙壁，但突然又跳开。

蓝衬衣：又有声音咬我！

李开城看着墙壁：什么声音？你再听听！

蓝衬衣惊恐地看着墙壁。

李开城：小兄弟，声音是不咬人的，这只是你的幻觉。——你赶紧帮着听听那是什么声音，也许对咱们逃出去有用！

蓝衬衣在李开城和巩固眼神的鼓励下闭上眼睛又把耳朵贴到墙壁上，然后开始汇报他听到的信息。

蓝衬衣：有人在走路……

巩固兴奋地说：男的女的？

巩固话一说出，就被李开城瞪了一眼，再不敢言声了。

蓝衬衣：……好像是高跟鞋走路……开了一扇门……开始说话了，但话听不太清楚，这儿的墙壁还不认识我的耳朵……

地下室上面的房间里。蓝衬衣果然听得没错。梅艳丽穿着高跟鞋走进一个房间。这个房间实际上是豹子和黑子的房间，在一楼走廊的尽头。地下室就在他们脚下。豹子在擦自己的皮鞋，黑子在仔细地整理自己的头发——他们的动作跟他们粗犷的外表有些不匹配。梅艳丽的到来并没有打断他们。

梅艳丽：你们好。

豹子和黑子：好。

梅艳丽：周老师让我来叮嘱你们，如果她想跑掉就让她死掉。

豹子和黑子：好。

梅艳丽：还有一件事情，无论她买什么样的衣服你们都再买一件同样的。

说着转身要走。

豹子：这也是周老师吩咐的？

梅艳丽：不是，是我自己的事儿。

豹子：那你怎么谢我们？

梅艳丽惊讶地看着豹子。

梅艳丽：什么意思？

豹子：周老师给我们发工资，我们只替周老师工作。多余的工作，我们得拿多余的劳务。

梅艳丽明白了：你们倒是很直接，一点儿绅士风度也没有。

豹子：对不起，我们不是绅士。我替人做事，为的就是钱。

梅艳丽：我是你的上级。

豹子：钱是我的上级。

梅艳丽：难道你不知道我是周老师的人吗？

豹子：我们都是周老师的人。

梅艳丽：好，有你的——事成之后，一千块钱。

说完转身气呼呼地走了。

豹子：多谢您赏口饭吃。

豹子和黑子打扮完毕，也起身走出房间。

地下室。蓝衬衣耳朵还贴在墙壁上。

蓝衬衣：……女的先走了，俩男的也走了……

李开城：你能听清楚他们说什么吗？

蓝衬衣：我再练练，等我的耳朵熟悉了这墙壁就能听明白。

李开城对蓝衬衣：兄弟你叫什么名字？

蓝衬衣：陈东。我是个诗人，被一哥们儿骗来观光，我本来想领略一下祖国的大好河山，没想到领略了人性的黑暗！——他人即地狱啊！

李开城：诗人陈东你好，我们现在在地牢里，离地狱还有些距离，你要愿意，就加入我们的逃跑事业中来——我们需要你的耳朵！

岛上码头，成铁在送滴答上快艇。他一边走一边快速地告诉滴答：一上岸就找机会逃跑，然后打 110 报警。

滴答：你知道我不会这么干——这么干的话，你和小娟都有危险。

成铁：你必须这么干，这是最好的一次机会。

说话间他们已走到正等着出发的快艇边上，豹子和黑子一前一后坐在头尾，看着滴答走上快艇。快艇启动，离岸远去，成铁挥手向滴答告别。

海面上，快艇在海面上疾驶，豹子和黑子沉默无言。滴答前后看看豹子和黑子，觉得自己处的位置很别扭，便把身子横过来，豹子和黑子本来一前一后，但是现在变成了一左一右。滴答观察情况：豹子全身上下一尘不染，皮鞋铿亮、裤子笔挺、指甲很长但非常干净！滴答知道这人有洁癖。

滴答再看黑子。风一吹过去的时候，黑子的头发被吹起来。在黑子头发飘起的一瞬间，滴答发现黑子的发根部分有密密的针脚。滴答差点笑了，原来黑子没有头发，那是假的。黑子赶紧稍微调整了个姿势，风再吹过来的时候头发不再被吹起。

快艇在海面上快速行驶，依然是走着弧线。

县城的商业街上，滴答在前，黑子和豹子在后面跟着，看似漫不经心，但实际上是严密监视。滴答假装看着路两边的衣服，却偷偷利用街两边的镜子和橱窗观察着黑子和豹子。滴答假意看自己喜欢的衣服，她在寻找着合适的机会。这时，迎面走过来一个警察，滴答眼珠滴溜乱转，快速考虑着是否冲过去报警。黑子和豹子也发现了警察，他们两个人迅速靠近滴答，手都各自放到了腰间。警察越来越近了，滴答的表情越来越紧张，豹子和黑子面无表情，但手均已伸进腰间。滴答最终没有报警，因为她知道人只能活一次，死了就活不过来了。

警察和滴答擦肩而过，滴答长出了一口气，但脸上若无其事，继续看着路两边的商店。

滴答继续向前走着，观察着路两边，她忽然发现一个大药房，门口挂着一个大牌子：头发再生神药，让你不再聪明绝顶！滴答再看路的另一边，是一个卖卤煮的商店。滴答心里有了主意，放慢了脚步，故意贴近药房走。果然黑子也发现了那个广告牌子，表情有了变化，眼神不住地往那边瞥。

滴答：我肚子饿了，想吃碗卤煮，也请你们吃吧。

黑子摇头：我不吃。我在外边等。

豹子：谢谢——我也不吃。但却跟着滴答进了卤煮店。

黑子看见两人进了卤煮店，快步走向路对面的大药房。

卤煮店里边，滴答在吃卤煮，豹子坐一边等。

滴答：你吃过卤煮没有？

豹子摇头。

滴答：你真应该吃一碗尝尝。卤煮真是好东西，真不知道这么好吃的东西怎么会是最恶心的东西做出来的呢！

豹子皱起眉头。

滴答却还兴致勃勃地说：我上大学的时候，有一次学校吃猪大肠，哎哟，那个猪大肠没洗干净，绿色的粪便还留在上面……

豹子表情痛苦，实在被恶心得难以容忍了，起身就往外走。

豹子：你两分钟吃完——我们在外边等你！

豹子开门出来，没看见黑子，一抬眼，看见黑子在对面的大药房里跟人说着什么。他忽然感觉到不好——转身冲进卤煮店。

卤煮店里的那张桌子上——只剩下一碗吃了一半的卤煮！

豹子冲向卤煮店里边。

滴答从后门狂奔而出，是一条小巷子，她一出来就不断地反胃——她也被自己恶心着了，她想吐，但极力忍住，跑着拐进另一条小巷。

豹子追来，接着黑子也冲了过来。

县城小巷里，滴答忍住恶心，往前跑着，终于看见一垃圾桶，赶紧跑过去，吐了个天翻地覆。

岛上的活动区里，小娟急得团团转，成铁在一边沉稳地散步，实际上他是在一边散步一边观察四周的情况。在一棵树上树叶的缝隙中，他发现了一条电线连着一个摄像头若隐若现。

小娟：成哥，你不着急？

成铁缓慢地说：我比谁都急。

滴答吐完，离开垃圾箱，在几条小巷中，她选择冲进一条逼仄肮脏的小巷。很快，豹子和黑子追过来，面临着几条小巷的选择。豹子略一思忖，冲进那条逼仄肮脏的小巷，黑子也紧跟上。

黑子：你怎么知道是这条？

豹子：她知道怎么恶心我！

滴答从小巷冲上一条县城大街，街上人流车流熙熙攘攘。

滴答拉住一个人问：告诉我，派出所在哪儿？

那人奇怪地看了滴答一眼，指了一个方向，滴答顺着跑去。豹子和黑子也冲出小巷，冲上大街。看着街上的人来人往，两人在人流中有些绝望。

黑子：咱栽了。

豹子取出手机，拨号。

豹子：周老师，她跑了。

岛上，成铁依然在散步，他一抬头，看见有两三个人向他们这边匆匆而来。

成铁：滴答成功了。

小娟茫然地说：你说什么？

这时那两三个人已走到他们身边。

其中一人：公司有事找你们。

成铁：什么事？

那人：去了就知道了。

成铁对小娟说：我跟他们去一趟。

那人：是你们两人都去。

小娟感觉到情况不好，浑身颤抖。

成铁拍拍小娟的肩膀：没事。

成铁和小娟跟着他们走去。

滴答迅速地跑向一个派出所门口，突然她停住了脚步。滴答忽然感到，她不能报警。她的生命只有一次，成铁他们的生命也只有一次。她报了警，成铁他们却会死。滴答突然猛醒，下定决心，她转身往回跑。她跑得比来时还要快，还要凶猛。她知道，她在跟死神比赛。而在岛上，那几个人将成铁和小娟包围在中间走向一楼拐弯处。滴答跑得不顾一切，她一边跑一边寻找着豹子和黑子的身影。

而豹子和黑子却无精打采地走在街上。

那三个人带着成铁和小娟走向走廊尽头的那个房间。走到门前，成铁注意到开门的那个人从口袋里取出钥匙的时候，钥匙链上只有两把钥匙。门开了，他们示意成铁和小娟进去。

地下室里，李开城和巩固正在挖着地洞，陈东则把耳朵贴在墙壁上倾听。陈东突然叫起来：有人走来了。

李开城和巩固停下手上的工作，也贴到墙壁上听，但却什么也听不见。

陈东：好几个人在走，快走到房间里了。

豹子和黑子走着，滴答从他们身后拼命追来。

滴答：嘿。

豹子和黑子转身，惊讶地看见滴答脸上挂满了汗珠，正气喘吁吁地看着他们。她的脸上充满欣喜，仿佛他们是她失散多年的兄弟。

滴答：你们让我一顿好找！

那三个人带着成铁和小娟走进豹子和黑子居住的房间，然后把门带上。

成铁问：什么事？

没人应声。为首一人给另外两三个人使个眼色，他们点点头，就要动手，但这时为首那人腰间的对讲机响了。那人连忙将对讲机抽出，走到一边接听。接听完毕，他对成铁和小娟突然变得客气起来：对不起，公司领导临时有事，不能接见你们了，不好意思，两位请回吧。

说着，他们将成铁和小娟让出了房间。

走廊上，小娟从惊恐中回过神来：再这样下去，他们不杀我，我也要被吓死了。

成铁却叹息了一声：滴答失败了。

地下室里，陈东疑惑地说：进来就出去了，什么意思？他们在干吗？

李开城：不管他们干吗，只要别发现咱们在挖洞就行。

陈东痛苦地说：我快被憋疯了！

一边说一边在地下室里焦躁地走来走去。

海面上的夕阳，半江瑟瑟半江红。快艇在海面上一掠而过。快艇里，是大包小包的东西，那里一半都是滴答买的。

地下室里惨白的灯光下，李开城和巩固在起劲儿地挖着，他们的工作已经有了一些成就，洞口已有些模样，墙角里堆起了一小堆土。蓝衬衣陈东绝望地在地下室里走来走去，不时走到洞口看他们的工作进展。

陈东：这是海岛，海岛都是火山耸起来的，火山是什么，都是石头，你们要是挖到石头怎么办？

巩固：你就替我们许愿挖不到那该死的石头。

陈东：挖不到石头当然好，但要是你们挖的方向不对，把海水挖出来怎么办？如果海水灌进来，不出一分钟，咱们都得死！

巩固气得将一把土摔到地上，站起来对陈东吼起来：我们可没有在地下室关着的经历，是你他妈最怕这充满阴气的房间！我们出苦力挖地道，你却在一边说风凉话，这是人干的事儿吗！

陈东：知道我为什么不挖吗？——是因为我知道根本挖不出去！我六岁那年就挖过，我六岁那年没有一天不想从地下室逃出去，我逃出去了吗？我逃不出去！告诉你们吧，地下室就是个埋人的地方，秘密要埋在这里，骨头也要埋在这里，凡是到了这里的人都得埋在这里！

地下室的氛围让陈东说得毛骨悚然。

陈东：……你们的头发要烂到土里，最后长出青草；你们的骨头要变成磷火，被风吹跑……

陈东说着的时候，巩固渐渐靠近他，拳头攥了起来。

李开城：小巩你要干吗？

巩固：我想让他睡一会儿。

陈东不知道让他睡一会儿是什么意思。

陈东：我不睡。地下室不是睡觉的地方。

巩固攥紧拳头，刚要发力，被李开城上前用手压住。

李开城对陈东：你是诗人，比我们这些大老粗有文化，你应该知道，人不能活在以前那些事里，你六岁时候的事要带到六十岁，可就吃老亏了，等于你就活了六岁！

陈东痛苦地靠在墙壁上。

李开城：如果你相信我这个老哥，就帮我们听着点动静，我保证能把你们带出去——这里的土质我已经检查了，是沙质土，非常松软，挖起来不费劲，我估摸着十天半个月的就能挖成！

巩固：再告诉你一件事情——咱们老哥以前就是专业挖地道的！

李开城纠正：挖过，但谈不上专业。

巩固：反正都是挖，差不多一个路子。

陈东抬起眼：这么说你是挖土的专业人士？

李开城：如果你非要这么认为的话——也可以这么说。

陈东：我命令我自己跟你们合作——术业有专攻，我只相信专业人士！

巩固感叹地说：真是艺不压身，挖土也能成专业人士！

陈东问李开城：那你是民工？

李开城摇摇头。

陈东：考古学家？

李开城继续摇头。陈东还想问，被巩固拦住。

巩固：你就甭问了，我都没问出来，不过老李你到底是干什么的，怎么还对我们保密啊！说说呗。挖土专业，难道你是地质学家？看样子也不像啊？

李开城：别乱猜了——咱们开挖吧。

巩固忽然半开玩笑地说：嘿，老李，我猜到了，你是盗墓的吧？呵呵，这下错不了了。

李开城依然没说什么，只是他脸上的某块肌肉抽搐了几下。但巩固和陈东并没有发现，巩固拿起碎碗的瓷片，重新开始起劲儿地挖了起来。陈东把耳朵贴到墙壁上，寻找最佳的倾听位置。

监视室的一台监视器上显示的是成铁和滴答他们的房间，滴答正在从包里往外掏买的东西，周公梦、梅艳丽、豹子和黑子则在监看。

周公梦：她跑了？

豹子：跑了。

周公梦：又回来了？

豹子：又回来了。

周公梦：如果她不回来呢？

豹子和黑子不知道怎么回答。

周公梦：如果她不回来，咱们的事业就要完蛋。明白吗？

豹子和黑子：明白——下不为例。

周公梦：出去吧。

豹子和黑子出去。

梅艳丽：周老师，您就不该冒这个险，幸亏没出事！

周公梦哈哈一笑：知道为什么我要冒这个险吗？

梅艳丽：老师您就说答案吧——我要知道您就不问我了。

周公梦：因为我知道她会跑掉，但我也知道她会回来——我给她看面相了，她的面相不同凡响，她是个有英雄主义的女孩，她不会不顾同伙的性命报案的。

梅艳丽看着监视器里的滴答不屑地撇撇嘴。这时门开了，江雪山进来。

江雪山：周老师，他们的八字已拿到。

周公梦：八字定一生啊！

江雪山：周老师说的是。

周公梦：雪山啊，讲课讲得累不累啊？

江雪山：不累——但更想让您去给大家讲讲，您一句话顶我十句啊！

周公梦：我也该讲讲了——雪山是百尺竿头，看看我能不能做那更进的一步。

梅艳丽盯着监视器，里面滴答在给小娟比画衣服。

成铁他们房间里，几个人在交谈。

小娟：滴答姐你真会买衣服！

滴答：女人最重要的本领就是要学会买衣服。

成铁在一边心事重重。

滴答看在眼里：我要出去散步，成总，你陪我会儿吧，正好咱们谈谈工作。

太阳已落到海平面以下，传销基地的活动区里，成铁和滴答在一边散步，一边低声交谈。

滴答晃晃手腕：……我买了一个带指南针的电子表，咱们逃跑的时候指引方向，还有一把小水果刀，咱们防身用……

成铁：我让你跑你怎么不跑？——你把最好的机会给弄丢了！

滴答：没把你的命弄丢就行！在岛上也不是说就没机会了，我就不信他们没有破绽。

成铁：他们的破绽当然有，但是我们不一定抓得住，主要是他们这里的监视设备到处都是，干什么都受影响。

滴答：情况摸清楚了吗？

成铁：根据我的观察——他们楼内每个房间都有摄像头，当然，他们不一定有那么多监视器，但是还是随时都有被监视的可能；楼外从码头到基地以及活动区这一块一共有十六个摄像头，藏得很隐蔽但我还是都发现了。

滴答：你找没找到他们的破绽？

成铁：找到了。

滴答：哪儿？

成铁：到现在为止，我发现他们一共有两处破绽，第一，电话间——那是咱们唯一能跟外界直接联系上的地方，电话间内有两个摄像头，成对角线布置，但是因为电话间是个不规则的房间——这是咱们的幸运——所以两个摄像头之间应该有一个盲点，这个盲点极小。一下不小心就会暴露，根据我现在的测算，中间偏左那一个电话是盲点所在。所以我设想的第一个方案就是抓住这个破绽，找机会到盲点所在的电话去打电话，拨通110，即使咱们不出声，110也能根据电话找到咱们。

滴答：有难度吗？

成铁：这个方案的难度不大，只要咱们把会员费交上，就能取得进去打电话的资格，关键是找准时机，在不被人注意的情况下站到盲点位置，拨通110赶紧撤走，否则就会发生危险。

滴答：第二个破绽呢？

成铁：我还不能完全肯定，但是我想我的猜测是对的，我发现他们关押人的地方了。

滴答：在哪儿？

成铁：一楼走廊尽头的那个房间里。今天你逃跑的时候，他们把我跟小娟带到那里，但他们还没来得及行动你就回去了。但我估计那就是他们关人的地方。

滴答：他们把人……杀了？

成铁：可能性不大。如果是杀人，他们不会选择在房间里，因为那个房间还住着人。要杀人，他们可以选择到树林或海边，既然是在房间里，应该是把人关到某个地方，我估计那个房间应该有密室或地下室，那几个人可能被关在那里。所以我想的第二个方案是找到那几个人，那几个人都是反传销者，把他们找出来帮助咱们一起逃出去，毕竟人多力量大。但这个方案难度极大，因为我在从那个房间里走出来的时候，发现墙上挂着一件衬衣——就是咱们第一次来的时候带枪的豹子的衬衣，那个房间应该是黑子和豹子的房间。这两个人极难对付。

滴答：那就实施第一个方案。因为地下室毕竟只是你的推测，况且要进入那个房间还得通过走廊里的监视器，基本是一件不可能的事情。

成铁：好！那咱们从明天开始，就实施电话间方案。

这时成强从楼里兴奋地窜出来，往他们这边跑，一边跑一边语无伦次地说：哥，嫂子，赶紧回去吃饭——有大事！

成铁：什么大事？

成强：赶紧回去吃饭，等咱们房间的家长宣布！

监视室里，梅艳丽将监视器调到滴答和成铁他们房间。此时房间里传销人员正在吃饭，滴答穿着一身新买来的衣服。梅艳丽看着，眼神阴沉。

房间里，饭桌上有一种兴奋的情绪，传销人员都比往日吃得快。

张秋燕放下饭碗，宣布：各位老总，咱们的好日子来了，今天晚上，晚饭过后，公司的高级顾问周老师要亲自授课!

张秋燕刚一宣布，周总和王总等传销人员皆睁大了眼睛，发出了惊叹声。

周总：天哪，这竟然是真的——我终于等到这一天了，不枉此生啊!

王总竟然流出了眼泪：能听他的课，我的奔驰离我就不远了。

成强：哥，你比我幸运，我来到岛上这么多天了，都没见过他老人家一面，你才来了几天就能听他讲课了。

成铁、滴答和小娟惊讶地看着传销人员激动和疯狂的表现。

张秋燕：机遇来了还需把握，所以大家得认真听讲，做好笔记，周老师讲的每一句话都是我们指路的明灯!

滴答和成铁、小娟等人走进传销课堂。一进课堂，滴答就愣住了——有一个女孩穿着跟她一模一样的衣服站在课堂上。这人当然是梅艳丽。梅艳丽显然早就站在那里了，她站的位置醒目，人来得又早，滴答就变得极其尴尬，等于撞了人家的衫。所有人都看着滴答，滴答很快醒过神来，她找到一个位置坐下，对旁边的成铁说：这个女的很愚蠢——她也是一个破绽，看以后能不能用得上。

梅艳丽站在讲台上宣布：子曰：三人行必有我师。今天，各位老总……

她忘词了，看手里的提示：济济一堂，来聆听我国文化界、中医界、销售界、地产界、周易界著名的大师周公梦先生的现场授课，这是各位老总的福分，这是我们公司的大幸，同时这也是我国销售界的一件大事，必将载入我国经济发展史，现在让我们用最最热烈的掌声，最最崇高的敬意，最最美好的心愿，请出我们公司的高级顾问周公梦先生。

掌声雷动，人群骚动，气氛热烈。如三流歌星出台之前做的噱头，屋内灯光变暗，房间顶棚上一个五颜六色、花里胡哨的顶灯旋转了起来。激烈的音乐突然响起，讲台上竟然还冒出一股白烟——劣质干冰做出来的。音乐声中，周公梦穿一中式对襟大褂走上讲台，他用手一拂，音乐戛然而止。传销人员都眼巴巴等周公梦开口，而周公梦却不急不躁地缓缓扫视了一下，摆足了范儿，终于开口。

周公梦：各位老总晚上好——我来了，我不能不来，我不能不来的原因只有一个——因为你们都在!

掌声。

周公梦：人为什么要爬山，因为山在那里；人为什么要过海，因为岸在那里；人为什么要结婚，因为家在那里；人为什么要发财，因为钱在那里！

静。

周公梦：但是，各位老总，我们要的是钱吗？NO！很多人耻于谈钱，是因为他们心中无爱！在座的各位老总，我提议，请你们先给你们自己鼓一次掌，你们如此辛苦地追逐在求爱的道路上，这是精神净化的一次过程！

掌声。

周公梦：今天晚上，我将给大家讲两个简简单单的字，一个是“钱”，另一个是“爱”。五千年来，古今中外，深刻理解了这两个字的，我可以明确地告诉各位老总，只有两个人，一个是上帝，另一个是我。

传销人员全被镇住了！

周公梦：上帝创造了人，人创造了爱，同时创造了钱，这都在上帝的掌控之中，但人却被钱和爱迷惑了。人迷失在钱里，也迷失在爱里，而今天晚上，我就将告诉大家，什么是爱，什么是钱，什么是我们该寻求的道路！

掌声雷动。

此时地下室里，李开城和巩固依然在起劲儿地挖，两个人的手都已经灰了吧唧、血肉模糊。陈东在一旁听动静，忽然说：有人进门了——俩！

豹子和黑子回来了，豹子将自己外面的衣服脱下来，小心地挂好；黑子将头套除下来，放到一边。两人觉得累了，躺到床上休息。

豹子：黑子，其实假发比真的好，没必要去寻药。

黑子：好是好，但今天不还是被那个女的发现是假的了。

豹子：这个女的不寻常，一辈子也碰不到几个。

黑子：我真想杀了她——我都快把我是秃子的事儿给忘了，今天等于她往我心上戳了一刀，羞辱了我。

豹子：也恶心了我——但杀她还不急，杀她会影响咱们在周老师心中的形象，等有机会，在别人不知道的时候就杀了她。

两人说话的口气很平常，商量杀一个人就像杀一只鸡、买一斤肉那样平常。两人说完，均别过身子，躺到床上准备睡觉。他们的床是铁床，此时豹子的头靠近床头的铁管支架，忽然他听见了什么。

豹子对另一张床上的黑子说：黑子，咱们屋里有老鼠？

黑子：没发现，应该不可能，老鼠的头钻不了水泥地面。

豹子又把头和耳朵贴近窗头的铁管支架，铁管支架里似乎有窸窸窣窣的老鼠打洞一样的声音。

豹子：肯定有声音。

黑子也把头探到铁管上，也听见了从地下传出来的声音。豹子和黑子两人从床上起来，开始在屋里寻找声音的来源，两人都把目光探向了地下室的盖子。豹子取出枪，和黑子慢慢走近盖子，然后调好姿势，把枪口对准地下，并示意黑子掀开盖子。

黑子突然出手揭开了地下室的盖子——

第 4 章

豹子和黑子的房间里，豹子拿枪对准地下室，黑子慢慢伏下身子，突然一把将地下室的盖子揭开，只见地下室里，李开城和巩固坐在墙角，歪着身子像是睡着了，而另外一边的陈东正在屋里疯疯癫癫地走来走去，陈东看见盖子打开，假装生气地冲到盖子底下，对着上边的豹子和黑子喊：喂，这他妈是人住的地方吗！老鼠都钻脑袋里了！给点老鼠药好不好？

豹子收起枪，看着陈东，说：你们就是老鼠药——抓住它吃肉吧，就当改善你们的生活了！

黑子啪地将盖子合上。

地下室里，李开城和巩固站起来，露出了他们身后挖出来的土堆和挖开的洞口，两人长出了一口气。

巩固对陈东说：谢谢你的耳朵，它立功了！兄弟，你也是专业人士啊。

李开城看着挖出来的土，说：这样下去太危险了，一不小心就会被发现，陈东的耳朵不可能二十四个小时都听着上面的动静。

巩固：那怎么办，土不能转移出去，要是能转移出去，还不如转移咱们呢。

李开城在屋里来回转着，观察着四周。

李开城：有了——咱们把土均匀洒到四周墙根底下，这样即使他们从上面发现的时候，也会以为是自然出现的一种现象，不会怀疑到咱们在挖洞。兄弟们，赶紧干吧。

三个人用手开始将那些土均匀散开。

热烈的掌声中，传销课堂里周公梦的课已讲到高潮。

周公梦：……各位老总，说了这么多爱的真理和钱的真理，那么我真正要告诉大家的是什么呢，那就是我要带着各位老总冲破以往思维的牢笼，我要打碎几千年来捆住人们的那些脚镣和手铐。关于钱，人们常说的一句话是钱不是万能的，没有钱是万万不能的。在座的各位想必都听过，也想必都认为是真理，对不对？

传销人员：对！

周公梦：错！大错！

传销人员静下来，不知道这句话怎么错了。

周公梦：这句话害了多少人啊！这句话耽误了我们多少年啊！这句话看似把钱的重要性给描述出来了，但是各位老总却不知道，正是这句话，掩盖了关于金钱最本质最真理的一面，这你们知道吗？

传销人员无人应声，显然并不知道。成铁和滴答在下面默默观察。滴答发现，课堂一角的梅艳丽不断在观察她。

周公梦：……好，各位老总都不知道。不知道不要紧，不知道可以学，不知道我可以告诉你们，但我告诉你们以后，你们就必须活学活用，把钱的真理发挥到极致，那么关于金钱最本质的东西是什么呢，那就是——钱是万能的，没有钱是万万不能的！

静。传销人员都被周公梦的理论镇住了。

周公梦：没有钱是万万不能的我估计大家都没有疑问。钱是万能的，大家可能心里就嘀咕了，为什么呢，这就牵扯到了爱的问题，因为你们受到的一贯教育就是：钱买吃的、买喝的、买玩的可以，但钱买不来爱人，买不来亲情，买不来快乐，买不来朋友，简单一句话，钱买不来爱！对不对？

传销人员：对。

周公梦大喝一声：NO！——钱可以买来一切！你买不到你想买的东西不是钱的错，是你不会买，是你不会用。现在，我要给大家举个例子——

周公梦的目光在传销课堂里的人群中寻找，他找到了一个穿红衣服的女孩。

周公梦：……这位女老总，你，对，就是你，请站起来。

红衣女孩站起来。

周公梦：有男朋友吗？

红衣女孩点头。

周公梦：他爱你吗？

红衣女孩点头。

周公梦：你爱他吗？

红衣女孩点头。

周公梦：有爱你就喊出来——你爱他吗？

红衣女孩：爱。

周公梦：再大声一点儿。

红衣女孩大声地喊：爱！

周公梦：好！他们相爱，他们有爱，这很让人羡慕，也让我们祝福他们，但今天我就要考验一下这对恋人。

然后，周公梦对红衣女孩说：你愿意接受考验吗？当然，要是你对你们的爱情没有信心就不要接受我的考验。

红衣女孩：我有信心。

周公梦：好，很好。考验现在开始，很简单，我现在出的题目是：我现在爱上了你，但你有男朋友，我的做法是出五十万元让你考虑试着爱我，你会答应吗？

红衣女孩刚要回答就被周公梦制止住。

周公梦：你先别急。

这时有俩传销组织的人抬着一筐钱走到课堂前面，放下。

周公梦：我要让你直接面对五十万元再回答我！

课堂里有些骚动。

但红衣女孩坚决地说：当然不会！

周公梦：很好！可敬可佩！现在，我出五百万元让你跟我走——

一挥手，又有传销人员抬着几个大筐进来，震得课堂里传销人员的眼睛都直了。红衣女孩的心灵也受到了震荡，她犹豫着。

红衣女孩终于还是摇摇头：不会。

周公梦：好，我确实钦佩你，但是现在我要告诉你的是我出一个亿！——当然，钱不会搬到现场了，因为太多了！

大家都等着红衣女孩回答。红衣女孩神情恍惚：我想……我得考虑考虑！

周公梦：好，请坐。各位老总，你们都已看得很清楚，这根本不是爱不爱的问题，是你出的钱够不够多的问题，你用的办法是不是好使的问题，归根结底一句话，钱是万能的，没有钱是万万不能的；人不是万能的，人必须挣到钱让自己变成万能！有了钱你就可以爱你愿意爱的一切，你就可以好好爱你应该爱的一切！钱如空气，没有它你呼吸困难！各位老总，把钱装到你们兜里去，你们就是万能的人，你们就是有尊严的人，不要再让别人看不起咱们了——现在，我要把这些钱发下去！

传销人员上来一捆捆把钱往下发，现场一时有些骚动和混乱。成铁和滴答也有些愕然。周公梦在台上看着下面混乱的人群，忽然宣布：各位老总都是爱钱的人，这很好——但你们不要急，发下去的这些钱都是假的！

传销课堂上人员又静下来，都看着自己手中一捆捆钱发愣。

周公梦：但是我发给你们是有用意的——下面的时间是数钱时间，钱不但要会花，还得会数，我让各位学一学数钱，练一练数钱，这是为什么呢，这是提前让各位体验一下有钱人的感觉——开始！

激烈的音乐起来了，传销人员在激烈的音乐中疯狂地数钱。在这个气场中，所有人都疯狂了。

滴答和成铁也拿到一小摞钱，假装在数。滴答边数边小声对成铁说：这就是洗脑，从心理上摧毁他们原来的价值观和人生观，控制他们的精神。

成铁：我刚才算了，按照目前的人群数和发展速度，不用几天，这个岛上就将人满为患，所以我怀疑他们在这里是短期的一个敛财行为，也就是说，他们的做法是打一枪换一个地方，这样隐蔽性大，不易被发现，当这个地区的人群饱和度差不多的时候他们就换到下一个地区。

滴答：所以咱们得赶紧想办法报警……

就在传销人员数钱数到疯狂的时候，音乐突然中止，灯光大亮，讲台上已空无一人，周公梦不知道啥时候早就走了。假钱交上后，传销人员也都开始起身往外走，一边走还一边交谈听课心得。此时他们都亢奋无比，像打了鸡血一样，转眼间似乎人人都成了真的百万富翁。

成强：以前真是白活了——根本不知道人生是什么！人生就是由钱和爱构成，但爱可以由钱而来，所以，人生的内涵只有一个字，就是“钱”啊！

周总：我顿悟了——钱不光可以买奔驰，还可以买爱啊！买奔驰只是身外之物，我要买精神营养品。

王总：你想买哪种爱？周老师可说了，爱也分好几种，友情，亲情，爱情。

周总：我准备买爱情——中学的时候我暗恋一个女孩，她不理我，我挣了钱就准备去买她，就像周老师这样，扔给她一个亿，我还就不信买不来她！

王总：暗恋性价比太低，你不如换新品牌，我觉得异国恋和姐弟恋属于利好恋情，有较大的发展空间和人气指数，你应该往这两个方面考虑考虑。至于那个什么暗恋，你把她发展成下线，给她一个发财的机会就可以了。

成铁和滴答听得哭笑不得，两人加快脚步超过他们。

楼道里。成铁和滴答走过一楼楼道，拐弯的时候滴答不禁看向走廊尽头的那个豹子和黑子居住的房间。成铁知道她心里想什么，特意叮嘱：房间里不知道什么时候有人，走廊里有监视器，不可轻举妄动。记住，没有我的允许，你不准私自进去打探。

滴答不作声。

成铁：不必冒这个险，只要我们能进电话间把电话拨出去就可以了。另外，咱们之间的行动不要跟小娟说。

滴答：为什么？

成铁：亏你还是学心理学的，怎么不知道分析别人的心理，她一个没多少经历的小女孩，知道这么多还不吓死她啊。

滴答：你没说实话，你不光是担心吓着她——你是不信任她。

成铁：我服你了，但我不是不信任她，我是在保护她，知道太多对她来说不是件什么好事——这个岛比咱们想象得还要可怕！

天亮了，地下室里三个挖洞的人累得在洞口睡着了。洞口挖得初具规模了，已能探进去半个身子。惨白的灯光下，到处都是新鲜的泥土，但突然，新鲜的泥土层里，有一些水悄悄地渗出来，越渗越多，越渗越快，就像毛细血管破裂，四处往外渗水……二人却还在熟睡。

传销组织财务科里，成铁、滴答和小娟也在排队交钱。

小娟：滴答姐，真不知道怎么谢你们，以后我挣了钱再还你们。

滴答轻轻拍拍小娟的肩膀说：小娟，没事，这不算什么。

点钞机上的钞票唰唰而过。成铁注意到，收来的钱被装入一边的蛇皮袋子里，豹子和黑子在一边把守。成铁目光扫过豹子的时候，发现豹子的腰上挂着一个钥匙链——那上面也只有两把钥匙，成铁忽然想起那天他被抓进豹子和黑子房间的时候那个人手里拿着的两把钥匙。这么多房间为什么只有两把钥匙？这成了成铁考虑的问题。

监视室里，周公梦和梅艳丽一边调情一边监视着岛上的工作。其中一台监视器显示的是财务科里面的情形，从里面能明显地看到，成铁和滴答两个人不像别的传销人员一样眼睛全在钱上，而是目光乱转。

梅艳丽：我老看这两人不地道，心里不定想什么呢，周老师还是尽快把他们淘汰吧。

周公梦：不管他们地道不地道，心里想什么，只要能乖乖地交钱就行。咱们图什么？咱们图的就是钱！

梅艳丽：我怎么觉得周老师好像还图一样东西？

周公梦看看监视器里的滴答，说：有的东西只能看看、想想，不能拿。

梅艳丽：我就怕老师熬不住啊。

周公梦：我要是熬不住我能有今天吗？

财务科里，轮到成铁、滴答和小娟三人交钱了。财务人员把他们的钱收了后，发给他们每人一个卡片。

财务人员：这是连锁会员卡，请别到你们的胸口部位，现在你们可以进电话间联系业务了。

交上钱，成铁等三人走在楼道里，现在每人胸口都已别上一个会员卡。

小娟：滴答姐，下一步咱们怎么办？

滴答还没说话，成铁就接过去说：开展业务。

小娟：啊？咱们还真的开展业务啊？

成铁：对，你得按照他们的要求来，他们要求咱们干什么咱们就得干什么。

小娟：要到什么时候？

成铁：目前我也不知道。

小娟绝望地说：我想家。

滴答于心不忍地劝道：小娟，想回家的话就按照成铁哥哥的话去做。

小娟：咱们是装装样子吗？

滴答：是的。但要装得像。

电话间里一片忙碌。传销人员有的在打电话，有的在翻通讯录，但仔细观察就会发觉，电话间里有两个人没在打电话，而是来来回回溜达着看守其余人员。成铁他们走进电话间里。成铁走到一个电话前，一边假装思考着打给谁，一边注意观察电话间的结构和墙角上方的摄像头，他尽量使自己显得若无其事。

滴答则对小娟说：小娟你去打电话吧？

小娟：我……我还没想好给谁打。

滴答：那你就回房间想吧，想好了再来打。

小娟答应着，出门回去了。

滴答也走到一个电话前。她发现两个看守的杯子放在墙角的一个凳子上，一个看守溜达过去的时候就会拿起杯子来喝水。

成铁似乎是没想好打给谁，转身过来找滴答。

成铁：我还没想好打给谁，我回去想想。

滴答：我也没想好，很多电话号码一时想不起来，得回去整理整理。

两人走出电话间，往外走。

地下室里，三个人还在熟睡，但从他们挖的地洞里渗出来的水却已漫出洞口。水先湿了陈东的胳膊，他在熟睡中先是手动了动，但感觉不对，一下醒了。陈东看见自己的胳膊已经全湿了，再抬眼瞧去，发现水已从洞口漫出，吓得大叫了起来：完了——大海决堤了！

陈东的喊声把李开城和巩固惊醒了，两人先是翻身坐起，接着一下子从地上弹起，看着洞口往外漫的水发愣。

陈东情绪失控了：完了，完了，你们被我伟大的预言诅咒了——我早就说会挖到海水口子那里，这下真挖到了，咱们都要被淹死了，赶紧叫人来吧。陈东说着到地下室的盖子处往上喊：来人哪——来人哪——

李开城冲过去一把把他的嘴盖住，严厉地警告他：你还想不想再昏过去不省人事？

陈东挣扎着摇头。李开城慢慢把陈东松开，陈东果然没再喊，而是绝望地从墙上滑落到地下。陈东说：我早知道我得死在地下室，我早知道地下室是个埋人的地方，我死了你们也跑不了！

巩固：老李，我觉得诗人说得对，咱们要是不喊人来恐怕就要被淹死了，这大海的水一冲过来可不是闹着玩的。

李开城仔细看着从洞口往里冒的水。

李开城：你怎么跟诗人一样，老爱想象，这里地势高，大海的水根本不可能像决堤一样冒出来，我估计这是储存在地表夹层中的水，不会是大股的水流，所以问题应该不大，咱们想想办法就行。

巩固：老李，不管是哪儿的水，反正它都是水，咱们这个房间里根本不可能有排水的渠道，明摆着是个死。

李开城：理论上讲是这样，但事实上不会没办法，你看，从里边冒出来的水根本没什么后劲儿，说明它只是由一些地表中的水汇聚到一起的，而不是说什么有地下河或者暗流，甚至连一个泉眼都不是，这没什么可怕的。

对于李开城的理论，陈东似乎并没听进去，而是在一边继续念叨：地下室是个埋人的地方，腐烂的骨头在海水中漂荡，星光点亮了长夜，我们这些凡俗的肉身已无处可藏……

巩固：老李，这可不是闹着玩的，弄不好咱们都要交待在这里了。说实话，老李，死我也不是特别害怕，可要是淹死的话我就觉得太恐怖了。我从小就怕水。

李开城：小巩，现在重要的是我们得彼此相信，诗人可以有短暂的脆弱，你可不能有。

巩固：你放心，我豁出去了。

他看了一眼痛苦的诗人陈东，说：他小时候受过刺激，可以原谅。——老李，你就先说怎么办吧，有办法解决这个问题吗？

李开城：当然有，虽然说排水不可能，但咱们可以把这些水给它找个地方存起来。

巩固：你的意思是？

李开城：咱们先不按水平方向挖，咱们先向下挖，挖出一个蓄水池，从那里渗出来的水可以先存到这里。

巩固：满了怎么办？

李开城看着洞口：不可能满，水流到那里去本身会再渗下去！渗水的速度是一定的，只要存水的地方够大，咱们继续挖应该没有问题，也许咱们还能因祸得福，因为有水渗透的因素，挖起来会更省事。

巩固：老李，我就把命交到你手上了！

两人开始动手向下挖。

成铁和滴答在活动区里溜达。

成铁：中间偏左那个电话机肯定是盲点，但我不能确定人进去的时候，是全部看不见还是部分看不见。我没有太详细的数据，算不出来。

滴答：但是大部分是看不见的，对不对？

成铁：对。看也只能看到胸部和腰部的部分地方。

滴答：那这样的话按说应该没有问题，因为他们最后调查监视画面也只能看见一部分，并不能确定是谁。

成铁：不行，这样的危险性还是比较大，即使是一部分也能看出人的特征，根据局部特征不难调查出是谁——你不要把这些人想得太笨！而且，即使那个电话机在盲点，咱们也几乎不可能把两个看守调开，只要他们有一个人在，咱们就没法打那个电话。

滴答眼前浮现出两个看守的水杯子，心里有了底，脸上不由神秘一笑。

成铁：所以，我想分两步走，第一，继续想办法找出电话间的具体数据，我得算出那个盲点到底能露出身体的哪一部分，然后咱们再行动；第二，我发现了他们另外一个秘密。

滴答：什么秘密？

成铁：他们为了便于管理和检查，将整个传销基地的锁设置成两种，一种是传销人员的房间上的锁；一种是他们内部人员房间上的锁，所以在这个基地里面，只要有两把钥匙就能打开所有的门。

滴答：怎么才能拿到他们的那把内部钥匙？

成铁：偷。然后把咱们房间的钥匙换到偷来的那个人的钥匙链上。

滴答：那个人要是进不了屋呢？这不就暴露了吗？

成铁：这就需要概率加运气。我要根据人的性格和习惯动作，算出一个人亲自开门的概率有多大，找出一个开门概率最小的人来换他的钥匙。

滴答：听起来有点儿悬。

成铁：请你相信科学，因为人的性格和习惯动作不一样，很多本来应该平均的地方就会显示出差异。尤其是在一个群居的地方，性格和习惯动作差异越大，单元事物间的概率差就会越大。比如，一个屋子中住着四个人，这四个人属于同一个集体，工作时间和工作对象是一样的，从绝对值上讲，他们的开门次数和概率应该是一样的，但实际上他们的开门次数和概率绝对不一样，这就是由具体的习惯和动作差异所带来的。

滴答：你具体给我讲一下。

成铁：如果是一个人，他必须得开门，但如果是四个人，即使是这四个人平均走在一条线上，那么肯定有一个最先开门的人，而另外的三个人都等在一边，而最先开门的这个人绝不是偶然开门，而是他属于必然开门的那个人。他习惯开门这个动作，可能是性格使然，也可能是他习惯动作使然，我只要找出一个概率最小的人来偷他的钥匙，被发现的可能性就最小，咱们的安全系数也就最大。当然，概率只说明一般规律，不代表特殊，概率并不能保证他不做开门的动作。这就是我所说的运气——运气比概率还要重要。

滴答：即使拿到了钥匙，但走廊里的监视器呢？

成铁：忽略不计。这同样也需要一点儿运气，但这个运气可能会比钥匙那个运气更容易获得，因为他这里的摄像头太多。而据我估算，这里不可能每个摄像头都有相对应的监视器，这里的监视应该是即时切换，所以拿到钥匙之后就得赌一把运气，大大方方地去那个房间，只要当天不被发现房间进去过人，第二天，他们的图像就不会保存数据。

滴答：这几乎都是不可能完成的任务。

成铁：一步错，步步错——从现在开始，必须 100% 正确！

滴答：那你赶紧算概率吧，我去想办法给你弄电话间的准确数据。

滴答转身欲走，但又被成铁叫住了：记住，不要有个人英雄主义行为，这是一个不能犯任何错误的小岛。

滴答点点头，走了。成铁取出计算器，开始计算。

地下室里，李开城和巩固已基本把渗水的问题解决，两个人累得气喘吁吁，手上和胳膊上沾满泥和水。陈东情绪已恢复正常，看着两人，为刚才的失态感到愧疚。

陈东：两位专家，不好意思，我……

李开城：没事，兄弟，我们能理解你。

陈东：从今天起，我一定利用好我的耳朵，为咱们的出逃服务。

巩固：如果你也能贡献出你的双手，我们也举双手欢迎！说着举起了自己伤痕累累沾满泥水的手。

陈东：没问题，但是即使加上我这双手我也觉得咱们还是力量不够，因为手本来就是用来吃饭，用来写字，用来弹琴的，挖地洞的功能估计在几千年前就消失了。

巩固自嘲道：老祖宗丢了的咱再把它捡回来吧——也算光荣传统不能丢！

李开城：小陈你有什么想法？

陈东：我觉得咱们可以问他们要一些工具，用工具挖比用手挖快啊！

巩固：这我也知道，可人家能给吗？要能给工具挖洞的话也不至于把咱们扔这里了。

陈东：明修栈道，暗度陈仓啊！——咱们提合理的要求，要合理的工具，但这个合理的工具可以用在一些不合理的场合和地方，比如，说咱们要簸箕和扫把，簸箕是铁的呀，是铁就比肉强！

李开城：好，就这么办，他们再来送饭的时候小陈你开口要，但别露出破绽。

房间里，滴答从自己的行李箱里找东西。小娟在一边问：滴答姐，你找什么？

滴答：我找通讯录。但却将身子稍微偏了一偏，从行李箱里拿出一些药片塞进兜里，然后将行李箱合上。

滴答：通讯录找不到了，我去趟厕所。说完，起身出门了。

监视室里，周公梦在读《论语》，梅艳丽在通过监视器看滴答。滴答这时已走到走廊尽头的厕所里去了。厕所里没有监视设备，梅艳丽这才离开监视器。

梅艳丽：周老师，孔子又说什么了？

周公梦：子曰：君子欲讷于言而敏于行。这就是说，凡是君子就要谨慎说话，别想说什么就说什么，但行动起来就要敏捷，要快要果断，不要耽误时机。

梅艳丽：我看孔子就算不上君子，他让别人说话谨慎，他自己怎么说了那么多啊？天天子曰子曰的，他不累啊？

周公梦苦笑着摇摇头。

梅艳丽：不过我估计要是孔子干传销的话成绩不会在你和法总之下——他多能说啊！

厕所里，滴答将一些药片混合到一起，然后用手来回地揉。揉成细末后，又装进兜里，开门走出厕所。滴答走过走廊，走到水房，这里是传销人员洗衣服的地方。此时，水房里空无一人。滴答看见有人将衣服晾在这里，顺手拿走了一件塞到怀里。

电话间里一片忙碌。有人打电话，有人查号码，俩看守还晃在屋里溜达。滴答走进电话间，走到离俩看守喝水的杯子最近的电话机那儿打电话。她打了几个电话，似乎都是占线或关机，都没通。其实滴答一直用眼角余光观察着俩看守，当俩看守离水杯都比较远的时候，她迅速起身走到杯子前将细末撒进了杯子。

监视室，周公梦和梅艳丽在调情。梅艳丽边给周公梦捶背，边说：……老师，做完这一单后咱们就退出江湖吧，传销是传不完的，我觉得老师也该享受一下人生了，我想好了，咱们去加拿大买上一片农场，盖上别墅……

但这时控制台上的主机报警了——一边闪着红灯一边响着报警器。周公梦和梅艳丽大惊失色，梅艳丽赶紧上前检查。

周公梦：怎么回事？

梅艳丽：有人拨打敏感号码——110！

周公梦抓起对讲器大声喊道：各部门注意——启动一级戒备！

传销基地里，传销组织的人员迅速行动起来，封锁了各个区域。江雪山带着豹子和黑子在楼梯上狂奔，冲进电话间，电话间里的人都吃惊地看着他们。江雪山看见一部电话的听筒放在一边，赶紧一个箭步冲上去。

江雪山：喂，喂，哎，对不起，对不起，是我儿子误拨了你们的号码，真是对不住，他才三岁，您别跟他一般见识，对不起，对不起，向警察叔叔表示歉意！哎，好的，我以后一定看好他！

说完，江雪山啪地将电话放下，转身看着屋里的人：这个电话是谁打的？

没有人应声。江雪山用眼睛寻找俩看守，只找到了俩杯子。这时一个看守从门外进来，见这阵势有点儿蒙。

江雪山：刚才你去哪儿了？

看守：我上厕所了——跑肚子了。

江雪山：另一个值班的呢——

这时另一看守也进来了。

江雪山：你也跑肚子了？

该看守惊讶地说：江总你怎么知道？

活动区里，成铁从一块石头上站起来，他的计算已经基本有了结果。忽然他听到整个传销基地响起了一个声音，这声音是从楼顶的一个大喇叭里传出来的：全体人员请注意，全体人员请注意，请务必在五分钟之内回到自己房间，请务必在五分钟之内回到自己房间。

传销基地一片骚动，活动区的传销人员都纷纷往回走。成铁看见活动区比平时多出来一些看守人员，脸色一变，也赶紧往回走。

成铁急步行走，赶紧回到自己房间。他一推门就看见滴答在跟小娟平静地说话，好像什么事情也没有发生。此时，屋里另外的传销人员也都已赶回。

张秋燕：请大家坐好，肃静，听公司指示！

屋里静下来。

监视室内，紧张，严肃，如临大敌。周公梦坐在太师椅上沉默着，豹子和黑子分立两侧。俩看守垂头丧气地站在前边，旁边是梅艳丽和江雪山。

周公梦开始发言：出事是正常的，不出事是不正常的。这么多人在一个岛上要是一点儿事不出，我也会犯嘀咕。就像全世界要是一年都不出一次空难的话，我绝对不会坐飞机的。这就是说出事也是件好事，说明了我们的工作还有漏洞，还有改进的必要。但是，既然出了事儿就得把事儿弄明白，在这么严密的看守和防护之下，110 的电话究竟是怎么拨出去的！——实话实说，我很佩服这个对手！我佩服他的谋略和胆识！现在我们的工作就是把他找出来，我要会会这人，如果可以我想跟他做个朋友，如果不可以，就让他做我的故人——故去的人，也叫死人。

江雪山：周老师不必担心，只要咱们把电话间的监控录像调出来就能真相大白。

梅艳丽上前调试监控设备。监视器一片雪花，然后出现了电话间当时的录像情景：在别的电话跟前，都能看清楚打电话的人，但有一台电话机只能看见打电话的人腰间的一片衣角。

梅艳丽：周老师，电话是从这台电话机上拨出去的。

周老师对江雪山说：江总，你还觉得我不必担心吗？真相可以大白吗？

江雪山额头上冒出了汗。

江雪山：周老师，我……我没想到那部电话摄像头竟然拍不到。那是一个，一个……盲点！

周老师：高，实在是高啊！就这么一个小小的盲点人家都能抓住——这就是咱们的破绽！——你们为什么早看不出来这个盲点？

梅艳丽：周老师，盲点其实不是大问题，即使有盲点咱们也有看守啊，我觉得问题还是出在看守身上。

两个看守吓得浑身筛糠般发抖。

其中一个看守解释道：我们确实冤枉啊！我们很尽心尽力，不敢放松，可今天不知道怎么都跑了肚子？

江雪山：你们偷吃东西了？

看守：没有。跟大家吃的一样的东西。

江雪山：那问题就出在水上。你们喝的什么水？

看守甲：公司提供的水。

周公梦：问题不出在吃上，也不出在喝上，出在人上。——你们的杯子给谁动过？

看守甲：没有，谁也没有动过，都是我们自己去接水。

周公梦：把你们杯子里剩下的水送过来检查，艳丽你带人调查今天所有的电话间录像资料，查出每一个进出电话间的人的记录。雪山，你跟我到电话间去看看。

梅艳丽：周老师，该吃饭了，先吃饭吧。

周公梦：你觉得我还有心情吃饭吗？说完，起身带着江雪山出去了。

地下室里，陈东眼巴巴地看着地下室的盖子，但盖子一动不动。他又跑到墙壁边上去听，但是依然没有任何声音。

陈东：老李，他们怎么还不来送饭？——我好问他们要东西啊！

巩固：不要东西我也盼他们来了——打洞可是个体力活啊！饿得前心贴后背了！

李开城：按说以前都是这时候就把饭送来了。

巩固：会不会是咱在地下室里边把时间过混乱了？

李开城：不可能，我的肚子骗不了我。

陈东：是不是送饭的人偷吃了。

李开城：这更不可能，那么难吃的饭没人偷吃，过了点没送饭来只能说明一个问题——上边出事了！

三个人面面相觑。

巩固：老李，你觉得是好事还是坏事？

李开城：不好说——但至今没把饭送来不能说是件好事！

周公梦带着江雪山走进电话间，那台电话静静地待在那儿。周公梦走到电话机跟前，他慢慢蹲下身子仔细观察，他忽然睁大了眼睛，因为他发现水泥地上有一两处水滴的痕迹。周公梦站起来，吩咐江雪山：把今天洗过衣服的人找出来！还有，把刚才两人喝的水带过来。

周公梦又回到了监视室里，把传销组织的梅艳丽、江雪山等骨干都召集了过来。两个看守的玻璃杯子里还都盛着半杯水，周公梦细细地察看了一下，在杯子底部发现了些许沉淀的杂质。

周公梦：这水被人下药了。肯定是进入电话间的人干的，名单出来了吗?

梅艳丽：出来了。一共有一百六十人出入过电话间。

周公梦：有没有进来不打电话的?

梅艳丽：没有，都打了。

周公梦：有没有一个也没打通的?

梅艳丽：有，有六个人一个电话也没接通。

周公梦：把这六个人标出来。

梅艳丽将名单标出，递给周公梦。周公梦看名单——滴答的名字赫然在目。

周公梦沉吟道：录像里的那件衣服找着没有?

江雪山：找到了——是一件男式衣服。主人叫毕成功。他今天洗过后放在水房里，他自己在房间里跟同房间的人进行业务交流，并没有到电话间去，这一点有人证。

周公梦：把他淘汰出局!

江雪山：不可!

周公梦：怎么?

江雪山：周老师，他确实是被冤枉的，他房间里的人可以证明他不在场，他今天甚至连电话间都没有去!

周公梦：一叶障目，不见泰山啊！——将毕成功淘汰出局!

豹子和黑子转身出门了。

周公梦：传话下去，一切恢复正常!

地下室里，巩固盯着地下室的盖子，饿得团团转。陈东将耳朵贴在墙壁上听着上面的动静。他好像听见了什么，对他们说：有人来了——

但好像上面情况很复杂，陈东赶紧屏气静听着，他忽然很着急地对巩固说：快闪开!

巩固还没明白过来，盖子就哗地掀开，一个人被扔下来，砸到了巩固的身上，巩固“哎哟”一声倒在地上。

陈东遗憾地说：我不是让你闪开嘛。

三人凑上前一看，又是一个被击昏扔下来的。

巩固：又多了一双挖土的手!

李开城：出的事可能跟他有关！

陈东：他们怎么还不送饭？

话音未落，盖子哗地又被掀开，饭从上面吊下来。

陈东：喂，我们下面这么多人怎么着也得打扫卫生啊，给我们送把笤帚和簸箕下来吧。

盖子哗地又合上了。

陈东：会给吗？

李开城：等着吧。——先吃饭，吃了赶紧挖！

三个人大口吃饭。

巩固：他这一份要不要给他留着？

李开城：不用留，到这儿来的人第一顿饭都吃不下。

监视室里，周公梦还在反复看那六个人的名单。

周公梦：艳丽啊，给我分别安排时间，我要跟这六个人好好谈谈。

活动区里，滴答和成铁在激烈争执，但两个人为了不被人通过监视摄像头觉得可疑，在激烈争执的时候脸上还得做出一些甜蜜的表情和一些亲昵的动作。

成铁：我一再跟你说了不要逞英雄主义，一个人根本不可能完成这个任务，反而将把大好机会丧失。

滴答不太服气争辩：事实上我完成了，电话我成功地拨出去了。

成铁：结果呢？

滴答：结果不是我能控制的——谁知道他们的机器这么先进啊！

成铁：本来是有机会控制的，但是机会又这样丧失了！

滴答：他们不还有破绽吗？——咱们实施第二方案！

成铁：现在已经打草惊蛇了，他们的防范肯定会加强，第二方案的难度会成几何数翻倍！

滴答：你就是有能力解决这样的困难——我就是因为这个才爱上你的！

成铁苦笑：这种时候就别说这个了。咱们谈谈第二方案的实施方法吧。

这时成强从楼里跑出来，跑到他们身边。

成强：嫂子，公司找你有事，让你赶紧去。

成铁：公司找滴答干什么？

成强：不知道，只让赶紧去。

成铁：去哪儿？

成强：他们有人领。

成铁和滴答看见豹子和黑子从楼里走出来，等待着滴答过去。

成铁：滴答，不能去。

滴答：你觉得我不去行吗？——放心，我会没事的！

滴答说完，走向豹子和黑子。成铁内心复杂地看着滴答只身涉险。

楼道里，滴答走着，被豹子和黑子一前一后夹在中间。他们上楼了，脚步声在楼道里回响着，滴答在极力掩饰着内心复杂的情绪。走到一扇门前，豹子和黑子站住，滴答松了口气。豹子伸手将门推开——滴答又深吸了一口气，走了进去。豹子和黑子也跟着进去，然后将门带上了——咣的一声。

第5章

传销基地周公梦的房间内，滴答一进门就看见了周公梦和梅艳丽。周公梦坐在太师椅上，梅艳丽站立一侧——穿着和滴答相同的衣服。

周公梦：欢迎滴答同志赏脸光临寒舍。看座，上茶。

滴答坐下，左右打量着房间奢华而拧巴、中西混搭的风格。

滴答：周大师您客气了，您这不叫寒舍，应该叫香榭呀！

紧接着滴答又进行了一段无比真诚的赞美：这里给我的感觉就像是走进了欧洲皇家内室，但皇家内室也比不上这里，因为这里还有中国传统文化的典雅风格，中西合璧，能看出主人的品位。——当然，您也可以把我刚才的这些话看作拍马屁。因为有的时候本人也不懂马屁。

周公梦哈哈大笑：世界上没有人不喜欢听奉承话，我也不例外，所以您的这些奉承话我都收下了。我跟别人不一样，别人心里喜欢听奉承但嘴上不承认，我是嘴上和心里都喜欢别人奉承我。话呀，它伤不着人，伤着的那些人都是自己伤着自己。但有一点，我不喜欢，就是别害我。

滴答：周大师，这一点您就更不用担心了，您知识渊博，学问深厚，别人爱您敬您都来不及呢，谁想害您啊！再说了，您呼风唤雨，能力超群，人家想害您也害不成啊！

周公梦：害不成不代表没有人想害，这个世界是个客观世界，所谓客观是什么呢？根据我的研究就是，世界上所有的灾难和幸运都围绕在你的身边，你是碰得上还是碰不上得看环境，看风水。所以，从客观上来讲，这岛上一定有想害我的人。

滴答：您认为是我？

周公梦等人没有想到滴答这么直接，都愣住了。

周公梦：好，有胆识，我不是认为是你，你只是我们的一个怀疑对象。

滴答：那咱们就开门见山吧，我想听听到底是怎么回事。

梅艳丽：这你比我们明白。

滴答：说实话，我不明白，但我相信你们也不比我明白多少。要是你们明白的话，就没必要这么绕圈子地跟我谈了。

周公梦：很好，我喜欢你这样单刀直入。那么，现在我就告诉你，有人在电话间拨打 110。

滴答：这有什么不对吗？——拨打 110 是每个公民的权利啊，如果说有人拨打 110 就是害您，那么您是坏人吗？如果您不是坏人，为什么害怕 110？

周公梦等人又一愣。周公梦意识到滴答不好对付。

周公梦：我当然不害怕 110——关键问题是这个公民拨打之后并没向警方汇报什么，而是逃之夭夭了，好像是他害怕 110。所以，我认为这是一个对我以及对我们公司有敌意的人，因为这影响到了我们公司的正常管理，因此我要把他找出来。

传销基地活动区里，成铁在散步，成强跟在一边。成铁表面上很平静，但他不断攥紧又松开的拳头暴露了他内心的焦急和紧张。

成强：哥，你得赶紧开展销售工作，别人很多线，发展都很快，咱们也不能落到人后头啊。

成铁：周公梦住哪儿？

成强：谁？

成铁：就是你们说的周老师。

成强：周老师啊，你怎么能直接叫他的名呢！——他住哪儿咱们哪能知道，据说他住的地方很神秘，一般人不知道。

周公梦房间里，周公梦和滴答还在掰扯。

周公梦：根据哲学理论来讲，事实胜于雄辩。所以，滴答同志，咱们还是用事实来说话。今天你一共从电话间拨出了三个电话，这三个电话一个是号码已过期，另外两个是无法接通。这个是否属实？

滴答：对。

周公梦：按说打电话拨不通都是正常情况，但是连打三个电话都拨不通这就超出偶然性的因素了，尤其是你打的这三个电话更是让人不解：过期的那个号码经我们调查是你以前用过的一个手机号；无法接通的那两个，一个是你自己打给自己的，也就是你现在的手机号；另外一个是你打给你男朋友成铁的。你连打三个莫名其妙的电话，我们认为你不是在打电话，而是借打电话的时候干别的什么事。这个问题你能说明白吗？

滴答：这也正是我想问你们的问题。

周公梦：哦？

滴答：第一个电话确实是我以前用过的一个手机号码，但那个号码后来被我送给了我的一个朋友，我想跟他联系一下，看能不能发展成我的连锁会员；我打给自己的那一个是因为我到岛上后，发现手机拨不出去，我想用岛上的电话拨一次试试，很遗憾，依然拨不通；然后我就拨成铁的电话，看看他的能不能接通，以确定是我的电话有问题还是岛上全部的手机信号都不通，事实证明岛上没有信号。所以我还想问问周大师，为什么在岛上手机拨不出去？

周公梦：这个很简单，手机信号覆盖不到这里。

滴答微微一笑：那——

她一指梅艳丽。此时，梅艳丽手中正拿着一部小巧玲珑的手机在把玩。

滴答问：如果没有信号，这位漂亮的小姐拿部手机干什么呢？

梅艳丽脸色一变：我拿着，也就当个手表用。停了停又说，哼，我还可以当相机用，这你没想到吧！接着又对周公梦道，是咱们问她，怎么成她问咱们了！

周公梦：谁问谁都行，只要能把事情搞明白就好。你看，这么一沟通，咱们不就明白了吗？

梅艳丽：我怎么没明白？她那纯粹是狡辩。

周公梦：豹子，黑子，替我把滴答同志送回去。——多谢赏光，欢迎以后再来。

滴答：希望下次来不是辩论有没人想害您的事情。

滴答起身跟着豹子和黑子出门了。

梅艳丽生气地说：周老师，您怎么不下令把她给淘汰掉。

周公梦：你怎么一点儿情趣也没有，人生需要游戏，尤其是刺激一点儿的。

梅艳丽：我觉得你是看上她了，不舍得把她给除掉，等她真把事情搅和，后悔就晚了。

周公梦：艳丽啊，不管干什么都要以理服人，咱们确实没有确凿的证据来证明是她干的。

梅艳丽：那你也没有确凿的证据证明是毕成功干的，你怎么把人家给淘汰掉了。

周公梦：今天出了这么大的事情，不淘汰掉一个人，人人都会自危，就会影响到销售情况——这就是丢车保帅！

梅艳丽：下面怎么办？我觉得还会出事情。

周公梦：不管是不是他们干的，都得对滴答和成铁严加监视。

梅艳丽：这我早就通知他们房间里的家长张秋燕了。

周公梦：张秋燕不行，她是外人，连他们的边都摸不到，——把跟他们一块混的小娟给我找来，要秘密。

活动区里，成铁焦急地看着楼道，但没有滴答出来的迹象。成强还在一边念叨着什么，成铁不耐烦了：你要是再不走，我就像小时候那样狠狠地揍你一顿。

成强不知道发生了什么，吓得赶紧走掉了。

楼道里，豹子在前，黑子在后，滴答在中间走着。幽暗的走廊里，黑子没有表情的脸渐渐皱起了眉头，走到一楼拐角的时候，黑子的手渐渐摸向了腰间的铁棍。豹子突然站住，转身，看着滴答，稍微犹豫了一下，把身子让开。

豹子：请吧。

滴答快步走掉。此时，黑子脸憋得铁青了，豹子拍拍他的肩膀，安慰说：你再忍忍，今天不行。

活动区里，成铁看见滴答出来，不断攥起又松开的拳头终于舒展开来。他依然缓慢地散着步，等滴答过来，好像他根本没焦急过。

滴答走过来跟成铁说：他们怀疑到是我。

成铁：他们确定吗？

滴答：不确定。但肯定会加强对咱俩的防范措施。

成铁：这个倒不要紧——目前就已经够严密的了，再严密也不会严密到哪儿去。

滴答：你算出来符合概率的那人的特征了吗？

成铁：算出来了——身高在一米七零至一米七三，左撇子，眼睛近视不超过二百五十度，性格强悍，身体比例不协调，姓氏不是常见姓，步率每秒不超过一又二分之一步，如果符合上述七个条件中的四个条件的话，他的开门概率极小，每天的开门概率为 11.6%。几乎可以忽略不计。

滴答：好的，那咱们马上就去寻找符合这个条件的人。

成铁：记住，凡是他们内部的人都挂着一个胸牌，上面写着恒远，跟传销人员的会员胸牌不一样。

地下室里，毕成功醒了过来，睁开了眼睛。李开城、巩固和陈东看着躺在地上的毕成功。

巩固感叹地说：从上面掉下来的都是咱们的同道啊！估计这也是个明白人，被他们给迫害下来的！

毕成功刚醒，还有些愣怔。他为什么掉下来他当然不知道。

李开城：兄弟，你叫啥名啊？

毕成功不说话，只是在想着什么。李开城和巩固、陈东面面相觑。

巩固：是不是他脑子被打坏了？

毕成功突然想起了什么，挣扎着站起来，在地下室里疯狂地找出口。

毕成功：这是哪儿？我得出去，我得出去！

李开城：兄弟，这儿出不去，要出去我们早就出去了！

毕成功：我跟你们不一样，我大业未成啊！

巩固对陈东道：他比你刚进来的时候还魔怔！

李开城：兄弟啊，你是被传销组织害了，他们就是骗人头捞钱，根本就没有什么百万富翁的事儿，根本没什么大业！

毕成功渐渐平静下来，却依然坚持道：你们不明白，你们根本不明白！

李开城：你叫什么，倒是介绍一下自己啊。

毕成功：我叫毕成功，但是没成功啊！

李开城：我们跟你一样，是被打昏了扔到这儿来的。

毕成功：你们不明白，我跟你们不一样。

毕成功说话的时候发现了他们挖的地洞。

毕成功：这是什么？

李开城：这是我们挖的地道——以后你也可以从这里逃走。

毕成功没再说啥，只是冷静地观察着。

传销基地的寂静的水房里，小娟正在洗衣服。有人突然拍了一下她的肩膀，吓了她一跳。小娟转头一看，是张秋燕。

张秋燕：跟我来。

小娟：我还没洗完衣服呢。

张秋燕：回来再洗。

张秋燕的口气不容置疑，说完转身就走，小娟也只好怯怯地跟在后面。

房间里，周总和王总正进行业务交流。

周总：王总，公司的这一条销售理论我不是很明白，就是最容易发展的对象是副职或日子过得比较不得志的人，但我觉得如果找一些成功人士来加入咱们的事业不是更好吗？成功人士认识的人多啊！

王总：这一条我觉得应该这样理解，成功人士认识的人多，但是成功人士人家都是百万富翁了，就不需要参加咱们的事业了。

周总：那钱更多一点儿不好吗？

王总听到这个问题也有点儿挠头。

王总：你说的也是，这个问题我怎么没想到？我得好好琢磨琢磨。

这时房间的门开了，滴答和成铁进来，滴答在房间里扫视了一下，不见小娟。

滴答：小娟呢？

周总：谁？

滴答：张小娟。

周总：哦，你是说张总啊，她拿着衣服出去了，应该是亲自洗衣服去了。

滴答对成铁说：我去找小娟，你在这儿等我。

滴答走进水房，看见只洗了一半的衣服放在水盆里。滴答转身出来走到电话间，也没有找到小娟，这让滴答心一下子揪了起来。此时，出现了一个人，让她很快兴奋起来。那个人从楼上下来，戴着眼镜，一米七零左右，步伐不快，上身长下身短，滴答睁大了眼睛看着他走过身边，他的胸牌上写着是：恒远。

滴答叫住了他：您好。

来人问：干吗？

滴答：您贵姓？

来人：你有什么事？

滴答：我觉得您的眼镜很好看，想问问这是多少度的？

来人：两百度！

滴答：谢谢您，不知道您贵姓？

来人：钱。

滴答：谢谢钱先生。

说话间，这位名叫钱卜多的传销人员走上了楼梯，走到周公梦房门外。豹子、黑子此时守在门口，张秋燕也在。

钱卜多：豹哥，黑哥，我有事情向周老师汇报。

豹子：等一下，周老师在谈事情。

钱卜多忙站到一边。这时门开了，小娟从里边走了出来。张秋燕过来领着小娟走了。豹子进去汇报，然后把头探出来，示意钱卜多进去。

钱卜多向坐在太师椅上的周公梦报告：周老师，地下室里那几个人要一把笤帚和一个簸箕，给不给？

周老师：我们是公司，不是黑社会，他们也不是犯人，是人，只是破坏了咱们公司的历史进程，咱们暂时让他们休息休息，但还是要讲人道主义的——给。明天让运物资的船运进来，发给他们。

钱卜多：是。周老师。

成铁房间内，滴答进来，找到成铁坐下，两人小声交谈。

滴答：小娟没找到，但是你要的那个人选我找到了。

成铁：有几个条件符合？

滴答：眼睛近视，二百度，身体比例不协调，根据我的初步观察，性格比较愣，应该属于强悍一类的，姓钱——这个是常见姓，好像不符合，另外他的步率应该不超过你说的那个指标。这就是……

成铁：四个条件符合！就他了。

滴答担心地说：你说小娟会去哪儿呢？会不会有什么危险？

成铁：放心，不会，小娟不可能有危险，因为连咱俩他们都没怎么样，更不可能对小娟做出什么。

这时小娟抱着洗衣盆进来了，她脸色苍白，有点儿不对劲。

滴答赶紧上前问：小娟，你干什么去了？

小娟慌乱地一举洗衣盆，答道：我洗衣服去了。

滴答：可我刚才没见你在水房里啊。

小娟：我……去厕所了。

滴答的心不禁一凛，眼前马上浮现出她在厕所里喊小娟但没有人应声的画面。但滴答没有说破，平静地说道：哦，知道了。

小娟心神不宁地将洗衣盆放到一边，极力躲避着滴答的眼神。滴答和成铁对视一眼，两人起身走出房间。

地下室里，毕成功的哇哇大哭已经变成了抽泣，他一边抽泣一边嘟囔：我跟你们不一样……我要出去……

陈东正把耳朵贴在墙上听着什么，但被毕成功干扰，他只好不时厌烦地看看毕成功。李开城和巩固则正在努力往里挖着洞，突然，后面传来一声闷响，毕成功唠唠叨叨的声音突然像被什么切断了。两个人回头，愕然地看见陈东正用嘴吹着自己的拳头。旁边，毕成功已被打昏过去。

陈东：我让他休息会儿——以前你们也是这么对我的，很有效果！

接近黄昏时分，传销基地活动区里，滴答和成铁一边走一边交流情况。两人口气严峻但表情却很甜蜜。

滴答：小娟在撒谎，好像有什么情况。

成铁：咱们的情况尽量不要让她知道，这对咱们好，对她也好。

滴答：好的，——钥匙怎么拿？

成铁：要把钥匙换了，只有到一个地方——洗澡间，在那里衣服都会搭在外面。

滴答：不知道他什么时候洗一次澡。

成铁：必须让他尽快洗，时间不等人！

滴答惊讶道：他洗不洗澡咱们能决定吗？

成铁：能。

黄昏，钱卜多正沿着楼的墙根和另两个同伙走着。突然，一些乱七八糟的垃圾从上面掉下来，兜头落在他们三个的头上。三人大怒，抬头看去，却什么也没看见，谁也不知道这垃圾从何而来。

钱卜多骂：谁他妈不长眼了！

一同伙劝他：算了，晚上一块去洗个澡吧，把这身霉气洗掉！

成铁等人房间里，传销人员正在吃晚饭。成铁、滴答、成强、小娟等人一桌。

成强问成铁：哥，餐后你有什么计划？

成铁：洗澡。

成强：洗澡？你昨天不是刚洗过吗？

成铁：今天感觉身上出了汗，有味儿，得再洗洗。

成强：哦，那好，我也去，跟你一块儿。

成铁赶紧想办法阻拦：你的计划不是进行业务理论交流学习吗？还是学习要紧。

成强：不行，我得学习你的好习惯，该洗澡洗澡，不能以后都是百万富翁了，个人修养还提不上去，这不合适，有损形象。

成铁：提高形象也不在这一次洗澡上，我觉得你还是应该以工作为重。

成强：哥你放心，我会处理好生活和工作的关系的。今天晚上我给你搓背，咱哥俩好长时间没一块洗澡了！

看到成强执意要去，成铁没法再坚持，只好答应了。

钱卜多和一同伙拎着一堆饭盒走往豹子和黑子的房间。走到房间跟前，钱卜多敲门，无人应。钱卜多身子一让，对同伙说：豹哥他们不在，赶紧开门。同伙边掏出钥匙开门，边恼火地嘟囔：你老让我开——你自己从来不开，这不欺负人嘛！

钱卜多：废话什么，谁开还不是开！

说话间两人进屋，打开地下室的盖子，用绳子把饭盒吊下去。下面陈东在喊：我们的笤帚和簸箕呢？

钱卜多：明天。说着把盖子合上了。

等他们走远，陈东高兴地说：有门儿！簸箕明天到！

巩固答：明天会更好！他看看旁边昏睡着的毕成功，又说：老李，给不给这位老总留饭？

李开城：留。不留，他哪有力气挖洞。

巩固：我看这老总脾气挺大，他能帮咱挖吗？

李开城：除非他不想出去。我看他比咱们任何一个都想出去。这个人身上有秘密，得防着点。他不简单。

洗澡间里，三三两两的人在洗澡。成铁和成强也在，成强在给成铁搓背，但洗澡的人中并没有钱卜多和他的同伙。成强一边很卖力地搓着，一边讨好成铁：哥你这次留下来就对了，咱们哥俩就得摽在一起干，打仗亲兄弟，上阵父子兵嘛。对不对哥？

成铁：对。

这时洗澡间的门开了，钱卜多和他的俩同伙赤条条地走了进来。成铁眼睛一亮，他一转身，对成强说：我给你搓吧。

这边成铁给成强搓背，旁边钱卜多和他们的同伙一边拧开喷头一边说话。

钱卜多：我简单冲冲就走，累死了，回去早点睡。

成铁简单给成强搓了几下就不搓了，道：你自己洗吧，我累了，先回去了。

成强：哎——哥你还没给我搓干净呢！

成铁：你已经很干净了！说完，转身快步走出洗澡间。

洗澡间外是挂衣服的一个小房间。成铁快步从洗澡间出来，就赶紧拿起自己的衣服往身上套并且用眼睛寻找钱卜多的衣服。很快，成铁发现了钱卜多的衣服，他快速移到跟前，将手伸进裤子兜里寻摸着——找到了。他刚把钥匙摸出来，忽然从洗澡间出来一个人，成铁赶紧把钥匙攥到手心里，继续装作穿衣服。出来的那个人也在慢腾腾地穿衣服，成铁在穿衣服的时候巧妙地将自己身上的那把钥匙套到钥匙链上，又把那上面的一把钥匙取下。但那个人就在成铁旁边，成铁没有机会再把钥匙放回去。成铁将自己穿衣服的动作放慢，以便能比旁边那个人晚走。那个人终于将衣服穿好，出去了。成铁飞快地把钥匙再次塞进钱卜多的裤兜里，转身离去。这时正从洗澡间出来的成强惊讶地发现了这一幕！但他没有出声。

此时，成铁等人的房间里正叽叽喳喳的，传销人员都在谈论未来怎么花钱，只有滴答在房间里心神不宁地等成铁回来。而小娟坐在一边也是心事重重，她看着滴答想跟滴答说说话，但最终还是忍住了。滴答注意到了小娟的反应，但顾不上理她。这时有人敲门，滴答刚想起身，周总就起来把门打开了，是成铁回来了。

周总：成总，你是咱们公司会员，发给你钥匙了啊，以后不用敲门，自己开门进来就是。

成铁：不好意思……我这不洗澡忘带钥匙了嘛。

成铁进门，向滴答点了点头，表示自己已经得手。

钱卜多跟俩同伙洗完澡慢慢走回自己房间门口，虽然钱卜多走在前边，但自己并不开门，而是把身子一让，还是等后边的同伙开门。同伙抱怨道：你真是大爷级别的人——我都成你门童了。

三人开门进屋了。

地下室里，毕成功已醒过来，正狼吞虎咽地吃给他留的饭。

李开城：毕总，如果你想逃出去，就得加入我们的挖洞工作，我们需要你这样的新生力量。

毕成功不说话。

巩固：你要是不挖的话，我们这条通道以后不会给你用，你就在这地下室当你的老总吧。接着又模仿陈东的语气补充道，地下室是个埋人的地方！

毕成功大约已对目前的形势有所认识，一边吃一边含糊地说：让我想想，明天给你们答复。

他话虽这么说，表情却是在思忖着什么。

成铁等人的房间里，大家都睡着了，只有小娟翻来覆去地睡不着。她在黑暗中睁大了眼睛，满腹心事——今天，周公梦给了她威胁。她一进房间，周公梦就给她亮了底牌：你的情况我们已经了解了，你家住云县新立街 135 号，父母健在，有一个兄弟。

小娟：你们想干什么？

周公梦：想给你一份工作，替我们监视成铁和滴答。

小娟：我不能这样做。

周公梦：先别急着回答，你还没听我说条件，你的这份工作每天薪酬两百元，如果能提供有价值的信息，再另行计算，越有价值越值钱，上不封顶。怎么样？

小娟：不。滴答姐和成铁哥是好人。

周公梦貌似慈祥地说：好人也有犯错误的时候。比如说，你要是把屋里我们这几个好人惹不高兴了，我们也不知道能做出什么来。狗急了跳墙，人急了犯错误，好人急了犯的错误更大。所以，你不能让我们这些好人着急，更不能惹急。我们都是守法公民，想赚点太平钱，我们风里来雨里去的也不容易，打呀杀的不是我们的风格。小姑娘你明白吗？

小娟陷在周公梦的话里，像处在噩梦里一样。另一边，滴答听着小娟的动静，她也没有睡着。

天又亮了，浪花一层层铺上海滩。码头上，一艘小型船只靠近码头，传销组织的内部人员从上边卸物资，有水、大米等等。钱卜多也在其中，他从船上拿下一把笤帚和一个簸箕，拎着往传销基地那边走。

而此时，走廊里静悄悄的，成铁快步走着，他忽然一闪身进了厕所。这一切都显现在监控室的一台监视器上，看到成铁消失在屏幕上，梅艳丽忙将监控画面调到滴答房间。那里，滴答在和小娟说话。

小娟：滴答姐，成铁哥去哪儿了？

滴答：去厕所了吧。

小娟：滴答姐，你过会儿去哪儿？

滴答：去散步。

小娟：我也去行吗？

滴答：只要你愿意。

成铁从厕所出来，快速走到楼梯口，通过盘旋的楼梯一边往下走，一边观察。忽然，成铁看见豹子和黑子结伴从一楼的楼道里走出去了，他噔噔噔加快脚步。

传销基地的食堂里，钱卜多的俩同伙在食堂里偷吃东西，一人拿一猪蹄儿大啃。钱卜多拿着笤帚和簸箕出现在门口叫他们：走了，别吃了，给他们送饭去。俩同伙赶紧抹抹嘴，拎起地上的水桶和早已打包好的饭盒，走出门口。

成铁快速走到一楼楼道，趁来往人不注意的时候，迅速闪身走向走廊尽头豹子和黑子的房间。此时地下室里，陈东的耳朵贴在墙壁上，听见有动静。

陈东：送早饭的来了——奇怪，只有一个人！

旁边，毕成功不动声色地蹲在地上，却好像浑身积蓄着力量，像是要干点什么。

成铁走到走廊尽头，回头四下看看，用钥匙迅速将门打开，闪身进去。而另一边钱卜多和同伙也开始走向这里。

成铁走进房间，迅速察看房间情况，马上发现了地面上地下室的盖子，成铁伏下身子准备掀盖子——地下室里，李开城、巩固和陈东等三人已停下手中工作，等待送饭人的到来。毕成功在一边假装若无其事，但实际上精神高度集中，眼睛不时乜向上面的盖子。

盖子开了，还没等李开城等三人反应过来，毕成功便冲到盖子的下面，冲上边喊：他们要挖洞逃跑——我告密了，放我出去，我必须出去！

李开城等人大惊失色，三人上前把毕成功按倒在地。这时，上面的盖子也啪地合上了。

下面的反应让成铁一愣，但情形容不得他多想，他疾步走到门边，听了听外面没人，赶紧将门打开，带上，快步走出走廊。一拐弯的空，他看到钱卜多和俩同伙的身影也过来了。

钱卜多和俩同伙似乎是听到了什么声音。

钱卜多说：刚才你们听到什么了吗？

一同伙：好像有点儿动静吧，听不大清楚。进屋里去看看吧。

钱卜多举起手敲门，无人应。钱卜多把身子一让，对同伴说：开门。一同伙取出钥匙，转动门锁，门开了，三人进屋搜查了一遍，并没什么发现。

钱卜多：没人？咱没听错啊？

一同伙：不管那么多了，咱们赶紧送饭吧。

说着把盖子打开，将饭和水以及扫把和簸箕用绳子吊下去。钱卜多伸头向地下室看了看，一人躺着在睡，另三个人在接东西，见没什么反常，便将盖子合上。甩手的时候，盖子发出一声轰响，让钱卜多想起先前听到的声音，他不由得又在屋里转了转，走到了豹子的床前。

两同伙急着出门，一同伙催钱卜多：快走吧，钱哥，屋里没人。

钱卜多：不对，刚才似乎就是合盖子的声音，这屋里一定有人来过。

同伙：这屋里谁敢来啊，这可是豹哥和黑哥的房间，豹哥有洁癖。只要沾他床边一下他都知道！不会有人来的。

钱卜多：豹哥有洁癖和有人来过是两个问题，不要混在一起。而且，豹哥有洁癖，这我知道，但你说沾一下他的床边他就知道，这太夸张了，我不信。

同伙：有本事你沾下试试，豹哥和黑哥这哥俩可不好惹，拿掉你的脑袋也不一定。

钱卜多拧巴：我就试了，看看像不像传说的那样。说完，钱卜多一屁股坐在了豹子的床上，还故意扭了扭屁股，弄皱床单。

另一同伙赶快过来劝：钱哥，快走吧，说不定什么时候豹哥就回来了，那可就不好了。

钱卜多也觉得自己的面子挣足了，就赶紧起来，努力整了整床单，弄平所有的褶皱，和另两位一起走了。

传销基地活动区里，滴答和小娟在散步。

小娟问：成铁哥怎么不来散步？

滴答：这你得问他。别人的心思我怎么能知道，就像你现在想什么我可猜不出来。

这话让小娟有些窘迫，不知道再咋问了。

监视室里，周公梦手拿《论语》从监视器里看到小娟在跟滴答聊天，叹息了一声：这小姑娘实在不是做间谍的料啊。

梅艳丽：那要不要咱们再把她叫过来嘱咐嘱咐。

周公梦举起《论语》，说：不可，不可也。子曰：中人以上，可以语上也；中人以下，不可以语上也。这就是说呢，某个行业里，有中等资质的，可以讲一些知识，开导开导，但对于一些不具备该行业中等知识水平和潜质的，就什么都别说了，讲了也没用。

梅艳丽：那怎么办？以滴答那个丫头的智力，小娟估计早就露馅了。

周公梦：正所谓“道高一尺，魔高一丈”，这个我早就料到了，——实际上我就没指望小娟能监视到什么，就是把她当作一种牵制力量，让滴答和成铁不敢造次。

梅艳丽：老师啊，咱们哪有心情玩游戏啊，直接把他们俩淘汰出局得了。

周公梦：先给我个理由？——艳丽啊，咱们要以理服人，我不信狐狸露不出尾巴。

这时从监视器里可以看到成铁到了活动区。

活动区里，成铁走过来，滴答扑到成铁怀里撒娇。小娟本想在一边跟着探听点什么，但见人家这么亲热，没办法只好让到一边。滴答见小娟一走，赶紧说正事，但样子还极亲热。

滴答：小娟这丫头可能被他们控制了，老是在探听消息，要注意她。——你那边怎么样？

成铁：找到了，那些人果然在地下室里被关着。但情况不像我们想的那样乐观，因为地下室地面离出口距离太高，用常规的办法根本不可能将人救上来，另外，我还发现一个情况就是地下室的人在挖地道准备逃跑。

滴答：天哪，亏他们想得出来！

成铁：所以，咱们的计划要稍作调整，就是咱们从外边想办法接应他们，将他们救出来，然后一起逃出传销基地，再想办法出岛。我计算了，如果算上下面的人和咱们两个人，逃出小岛的可能性超过 30%。

滴答：才 30% 啊？

成铁：这样的比例已经不小了——他们的装备和人员确实太先进。这几天我要计算这个岛上各处的情况，包括地理、人员、船只、出岛的方式等。

滴答：那把钥匙呢？怎么送回去？

成铁：不送回去了——我算了，送回去被发现的概率比他自己开门的概率要大。

滴答：要是运气不好呢？

成铁：运气不好一切就难说了，也许今天，也许明天就会被发现。

成铁一边说一边领着滴答在楼周边转悠，走过一个地方的时候，成铁用脚轻轻跺了跺。

成铁：他们的地道出口会在这儿。

滴答：你怎么知道？

成铁微微一笑，虽然他知道未来充满了凶险和未知，但他永远是胸有成竹的样子，给人以自信。此刻他搂住滴答亲昵无比，但谈的都是极严肃的事情。

成铁：既然在挖地道，那么里面一定有人懂得这方面的常识，或者以前挖过，否则不会想到挖地道来逃跑——这还是需要一点儿勇气和想象力的。所以，只要里面的人懂得挖地道的常识就不会犯常识性错误，他会选择最简单和最近的可能性出口，而刚才那个地方，应该就是最准确的出口。

滴答：希望咱们别碰上几个糊涂蛋。

成铁：根据他们的挖掘工具和人力情况，我觉得他们还要再挖几天，咱们要利用这几天的时间摸清岛上的情况、出逃路线和方式，然后寻找合适的机会接应他们。

滴答：就咱俩？

成铁：咱俩的力量不够——必须补充新鲜血液。

地下室里，毕成功被用鞋带绑着双手，嘴里堵着袜子。李开城、巩固和陈东在开会。

巩固：我觉得咱们也别挖了，都让这小子把机密泄露了，人家马上就会下来把咱们给换个地方或者直接给杀了。

李开城：今天这事确实蹊跷，按说他们如果发现了咱们在挖洞，应该立即过来阻止，至少不会给咱们送饭和水了，但他们为什么马上就把水和饭又送下来了呢，而且到现在也没人来过问这事儿？奇怪，我还没想明白。

陈东：那个人听见了但没管这事，我认为有两种可能，第一，那个人是个聋子，第二，那个人是咱们的同道，想来救咱们。当然了，聋子的可能性基本可以排除，所以，那个人是来救咱们的。因此咱们不但得挖，还得赶紧挖！事情有转机了！

巩固：挖就挖，反正闲着也是闲着。但他怎么办？

巩固边说边指指毕成功。这时毕成功嘴里塞着袜子，脸憋得通红。李开城琢磨了一下，上前给他把袜子拿出来。李开城脸色变得极其阴郁：这一次，我们可以原谅你，但下一次，就绝不是原谅了，你看看那里——

李开城指着天花板上的开口。

李开城：从那上面下来需要搭梯子，梯子搭好人还得走下来，这个过程说起来不长，但是足够我们三个人掐死你了！如果你再次出卖我们，最先死的人一定是你！我是死过一次的人，可以告诉你，那死的滋味儿不好受！你愿意跟我们合作吗？

毕成功观察了一下形势，只好点头表示合作。这时陈东好像听见了什么，他迅速把耳朵贴到墙上。

陈东：有人进屋了！

豹子和黑子进入自己的房间。豹子一屁股坐在床铺上，他马上就感觉到不对劲，立即站起来，仔细观察。

豹子极其恼火：有人动过我的床铺。

黑子：是不是给地下室送饭的人不小心动了？

豹子：不应该不小心，他们都知道不能动我的床铺，所以，要动那就是存心的！

他趴下闻了闻，难以置信地怒了：天哪，这不是我的味儿，真有人动了！

黑子：这真是吃了豹子胆了。

豹子暴跳如雷，冲出房间，黑子跟在后面。

钱卜多和俩同伙的房间里，钱卜多和俩同伙正在喝啤酒聊天，门突然被撞开，豹子阴沉着脸出现在门口，黑子跟在后边。钱卜多和俩同伙觉出事情不妙。

钱卜多：豹哥，怎么了？我们就是喝点啤酒，不多喝……

豹子：谁动我的床铺了？

钱卜多：没，没动，我们谁也没动，都知道豹哥您……爱干净！

豹子上前，突然抽出枪来顶住钱卜多的脑袋。

豹子：我最恨动我床的人！

钱卜多和俩同伙吓得魂飞魄散。

钱卜多：豹哥，我错了，我错了，我就是累了，那么一坐，没别的意思。真没别的意思。

豹子：我不是以前说过不准动我的床铺吗？你这是明知故犯？

钱卜多：错了，我真的错了，我们是听到屋里有声音，就进行搜查，累了，就那么一坐，真的忘了，豹哥。

黑子：我们屋里有声音？什么意思？

钱卜多：我们在进你们屋之前，听到了屋里好像有声音，所以就进行了搜查，无意间碰了你的床，不信你问他们？

钱卜多努力转移话题，好把自己解脱出来，所以说话的时候，眼巴巴地看着另外两个同伙，希望他们能帮自己一把。

钱卜多的两个同伙此时连忙帮着进行解释，毕竟没有必要把事情弄大。

一个帮腔道：真这样的，我们也怀疑你屋里进去人了，我看应该把这件事情告诉周老师。

这句特管用，搬出周公梦，事情就改变了性质，焦点也从钱卜多对豹子不尊重的一件小事，变成了查找谁进了屋子这件影响传销事业的大事。

黑子止住了豹子，说：哎，这事算了，让他们跟我们到周老师屋里走一趟吧。

第 6 章

周公梦房间里，豹子、黑子和钱卜多和两个同伙向周公梦汇报了刚才的情况，梅艳丽也在。对于钱卜多几个人所说的听到房间里的声音一事，周公梦将信将疑，但还是当作真有其事来处理，以便对钱卜多几个人恩威并施。

周公梦问钱卜多：你进了房间，搜到什么线索了吗？

钱卜多：没有。

周公梦：地下室有无异常情况？

钱卜多：也没有。

周公梦略微沉吟一下：钥匙。我很感兴趣如果有人进了房间，钥匙他是怎么得到的！既然不是咱们的内部人员，钥匙他是怎么拿到的？

豹子：我们马上去查。

周公梦：不用查，即使有人进去，也没做成什么。现在你们——周公梦指指豹子等几个人，说：这几天的关键任务是严密观察所有人员，一有什么异常情况，赶快向我汇报，我估计他们还会有所行动的。一行动还会露馅。

朝阳升起，新的一天开始，钱卜多带着两个同伙在巡视。两个同伙明显因为昨天帮了钱卜多而扬扬自得，故意在后面高声谈论，钱卜多只好一个人走在前面。

昨天帮了钱卜多的同伙忽然对钱卜多说：钱哥，今天肚子不是很舒服，我先回去休息一下了。

钱卜多回过头看着他，有些生气，但还是摆摆手：那你先回吧。

另一个同伙一见有门儿，也请求说：钱哥，我也想回去。

钱卜多生气：你为什么回去？

第一个同伙补充：他，他帮我拿药去。

钱卜多压住了火：好，昨天的事我要好好谢谢二位，所以，今天的班我替你们值了，你们都回去吧。

说完，钱卜多继续向前走去。

中午，楼道里，钱卜多一个人从厕所出来，走向自己的房间。钱卜多走到房间门口，举起手敲门，但屋里俩同伙躺在床上，都没动。俩人对钱卜多从不自己动手开门早就很反感了。

一同伙：不给他开，咱们又不是门童！

另一同伙：他不会恼吧？

一同伙：恼就恼，昨天他被枪顶着吓成那熊样我也不怕他了。再说，昨天不是我们帮他隐瞒，豹子也饶不了他。

两人就是不起来开门，屋外敲门的声音响了一会儿，停了，接着是钥匙插进门锁的声音。门锁旋转了几下，但没打开，接着又有另一把钥匙插进门锁，依然没打开，屋里的俩同伙面面相觑。

此时，钱卜多在房间外把钥匙换来换去，就是打不开门。钱卜多急了，用脚接连踹了几下，里面的俩同伙终于把门给他打开了。

钱卜多急切地嚷道：坏了，我的钥匙被人换了！

传销基地电话间，成铁走进去，拨电话。他知道自己需要力量。他在召唤力量。而这力量，将是他们能否逃出基地和荒岛的源泉。

周公梦房间，钱卜多来了，钱卜多因为丢了钥匙，惶恐不安。周公梦看着手里的钱卜多的钥匙。

周公梦：你什么时候发现的？

钱卜多：刚才。一发现我就跑来了。

周公梦：你上一次开门什么时候？

钱卜多：我，我……想不起来了。

周公梦很纳闷儿：想不起来了？

钱卜多：我，我一般不开门，都是让别人开。

周公梦不禁起身，在屋里转悠着，大声赞叹：看来昨天确实有人进入了豹子的房间。高手！高手啊！这个人的水平应不在我之下！这个要是按照NBA的说法就得叫一生的敌人，就像姚明和斯塔德迈尔一样。

梅艳丽：周老师，那你这一生的敌人是谁呢？

周公梦：就是换了钥匙的那个人——这个不难查出，对号入座。我要求你们赶紧行动，不给这个人以喘息之机！

厕所里，成强蹲在厕所的隔断里大便。这时，进来了俩人走到小便池跟前，一边小便一边说话。

一人：伙计，赶紧的，行动马上开始，挨个房间查，一个人也不准漏掉。

另一人：干吗检查钥匙啊？

一人压低声音：兄弟，你不知道吗？出事了——钱哥的钥匙被换了！

成强蹲着没敢出声。俩人撒完尿走了，这时又有一个人哼着小曲走进了厕所，成强赶紧提裤子站起来。

传销基地里，突然有声音从大喇叭里传出：全体人员请在三分钟之内回到各自房间，全体人员请在三分钟之内回到各自房间。

成铁等人房间里，全体人员在肃静地等待着。滴答紧张地看着成铁，成铁看上去若无其事，但是他右手的手指却在不断地在裤边抖动着——这是他着急的唯一外在特征。门开了，江雪山和豹子、黑子走了进来。

江雪山：各位老总好，耽误各位老总的时间了，但也是为维护各位老总的经济利益和人身安全，公司决定对各位老总手中的钥匙进行核对，请大家配合我们的工作，很快就好，谢谢。

监视室里，周公梦和梅艳丽从监视器里看着对成铁这个房间的检查，梅艳丽依然穿着跟滴答一样的衣服。周公梦看看监视器上滴答的穿着，再转头看看梅艳丽的穿着，微笑着说：你也是滴答那个小妞一生的敌人啊！

梅艳丽：我才不是她的敌人呢，我是胜利者——我要让你看看，我才是衣服架子，同样的衣服穿在我身上跟穿在她身上就是不一样，我气死她！

周公梦：八零后就是不一样啊！以前我们比的是枪杆子、笔杆子，可你们比的是身板子衣架子！就是《推背图》也推不出这一步啊！

这时监视器里豹子和黑子正一个一个核对检查，快要轮到成铁了。

梅艳丽：周老师，您一生的敌人马上就该现出原形了！

成铁等人房间里，江雪山在一边监督，豹子和黑子挨个检查。成铁的手指抖动得越来越厉害，滴答担心地看着成铁。豹子和黑子终于走到了成铁的面前，黑子向成铁伸出了手，豹子攥起了拳头，滴答脸上沁出了汗。

监视器前，周公梦和梅艳丽把头探向了监视器，等待着结果的出现。

成铁的右手手指还在贴着裤边急速地抖动。黑子的手还在伸着，但渐渐有要握成拳头的样子，豹子也渐渐逼近成铁。眼看就要一触即发，突然，成铁抖动的手指似乎触碰到了什么。他的手立刻停止了抖动，然后又轻轻触碰了一下，似乎是在确认，然后他将手伸进了裤兜，脸上的神情有些细微的变化——这是由意外导致的表情。成铁的手举了起来——他从裤兜里取出了一把钥匙。黑子的手又伸开了，成铁将钥匙放进黑子的掌心。黑子将钥匙交给豹子检查。豹子接过看了看，又把钥匙扔还给成铁，转而检查下一个。滴答长长地出了一口气，她似乎能感觉到成铁的胸膛在轻微地起伏。

监视室里，周公梦和梅艳丽把头从监视器前边收回来。

梅艳丽有些失望：难道不是他？

周公梦也疑惑：不是他又会是谁？难道这岛上还另有高人？

突然，监控台上一台对讲机响了。

梅艳丽接起来听，脸色突变，赶紧操作监视器的画面，将其中一台的画面切换到了一个房间。梅艳丽一边操作一边说：周老师，传销人员中有一人失踪，没人知道他去哪儿了。

监视器切换到一个房间，钱卜多在这个房间里检查，正拿着对讲机向梅艳丽汇报。周公梦要过梅艳丽手中的对讲机：暂停检查，先去找人。

梅艳丽：会不会是这人跑了？

周公梦放下对讲机，对梅艳丽说：如果这人跑了，是最好的一种情况，在这岛上，没人能跑出去，咱们把他抓回来就行，不抓回来渴死他也行；但最坏的一种情况是这个人在某个地方被打昏了，然后他身上的钥匙没了。

这时桌上的对讲机又响了，梅艳丽接起来听完汇报，对周公梦说：周老师，最好的情况没有出现。

周公梦：人是从哪儿找到的？

梅艳丽：厕所。

周公梦：醒了吗？

梅艳丽：醒了，但什么也不记得，就记得被人从后边捂住嘴和鼻子，憋晕过去。

周公梦：问清楚那个人上厕所的时间，然后调查那个时间成铁在干什么。另外——周公梦忽然想起了自己漏掉了一个关键的地方，赶快命令道：赶快调取昨天豹子房间外面走廊监控器的所有录像。

传销基地活动区，滴答和成铁在散步。

滴答：好险！你什么时候把钥匙换回来的？

成铁：我没有换钥匙。

滴答惊奇：那钥匙怎么会在你口袋里？

成铁：我也不知道钥匙什么时间到我口袋里的，但我知道应该是成强放的。

滴答：成强？难道他醒悟了？

成铁：肯定是成强，因为只有成强知道我紧张的时候右手会不停地敲击右腿，因此他把钥匙放到了我右边的裤兜里，也许他上次跟我一起去洗澡的时候就发现我换钥匙的事儿了。

滴答：咱们可不可以把他争取过来？

成铁：不可以。这次他救我仅仅是出于兄弟情义，他的那根筋不会这么快就扭过来。

滴答：要不要去谢谢他？

成铁：都在盯着咱们呢，就当什么也没发生一样。

地下室里，因为有了簸箕这种铁制工具，挖洞工作了较大进展，已经挖了一大块。巩固在挖，陈东监听，李开城将挖出来的土均匀地撒向四周的墙边，毕成功却在一边神情黯淡。

李开城在劝导他：老毕，你怎么就想不明白呢，如果他们是正规经营的公司，会把咱们关到这儿来吗？你知道这是什么行为吗？这是触犯法律的行为，他们是一个犯罪团伙，你跟着一个犯罪团伙干即使干成了百万富翁，你那也是非法所得，何况这些人一个子也不会让你拿走！

毕成功无话，仿佛在想着什么心事。这时巩固在地道里哎哟一声，然后灰头土脸地从地道里退出来。

李开城：怎么了？

巩固：老李，不能再往里挖了，再往里挖我感觉会塌，不如咱们现在就向上挖，逮着哪儿是那儿。

李开城：不行。挖地道有挖地道的规矩，现在向上挖不出去，上边是水泥地面，咱们必须再往前一米，再往上才是草地。

巩固：老李，可要是提前塌方呢？没出去先被砸死了！

李开城：先别急，让我想想办法，总会有办法的！

监视室里，周公梦在读《论语》，梅艳丽开门进来。

梅艳丽：周老师，调查清楚了，成铁没有作案时间，那人在被打昏的时候，成铁正在电话间打电话，这个有监控和电话记录为证。

周公梦：那昨天豹子房间外面走廊的监控录像呢？

梅艳丽：昨天上午的录像全被删除了，其余的没有任何线索？

周公梦大叫：删除了？谁让删除的？

梅艳丽：电脑自动删除的。除了关键的部位，其余监控系统录像只能在电脑里存储二十四小时，然后自动删除，因为电脑硬盘空间是有限的。

周公梦长叹一口气：都是我的疏忽啊，豹子他们怀疑房间进了人，如果昨天调监控录像看一下，一切就会真相大白了。

梅艳丽：昨天我一直监控着成铁，好像上午他进了厕所之后，好大一会儿才在另一个地方出现，在这段时间他搞了手脚，也说不定。

周公梦点点头：看来局势错综复杂啊！这些先不说了——他打电话给谁啊？电话里说敏感内容没有？

梅艳丽：没有，只是普通的业务联系电话，他打给了两个朋友，一个叫闫学武，一个叫韩游，就是邀请他们到岛上来玩，完全是按照咱们公司的电话教程和邀约要领打的。每个电话都没超过三分钟，也没透露咱们公司的具体信息。

周公梦：这么说他开始发展业务了？

梅艳丽：至少表面上是的。——难道真的不是他？

周公梦将《论语》放到一边。

周公梦：狐狸藏得再深，也是要露出尾巴的。

梅艳丽：周老师，狐狸都露了好几次尾巴了，咱们也没连毛也逮着一根儿。

周公梦：轻易能逮着的那叫兔子，不叫狐狸，狐狸哪有那么容易逮到！

梅艳丽：那咱们怎么应对，要不要把内部房间的钥匙和锁都换了？

周公梦：没必要。该什么样还什么样。我要请君入瓮。

梅艳丽：周老师，这会不会有点儿危险？我感觉那个人是想把地下室里的人救出去。

周公梦：那就要看他的本事了——通知下去，严加看管那个房间和地下室，二十四小时看守，另外，对地下室的情况要注意，别让下面的人闷死掉，人道主义还是要讲的。我也不希望死人，每天要查看，确认他们活着，万一有死的就赶紧抬出来埋了，死人是传染源。

梅艳丽：周老师，您真是个善良的人，想得又周到又人道！

周公梦：艳丽啊，我早就想退出江湖潇潇洒洒了，但江湖为什么离不开我，为什么需要我，为什么有我的一席之地，就是因为我为人善良，做事周到，总替别人着想啊。你知道《论语》中，孔子他老人家是怎么描述我这样的人的吗？

梅艳丽摇摇头。

周公梦：子曰：德不孤，必有邻。什么意思呢，就是说像我这样有道德的人品质好的人替别人着想的人，是不会缺少朋友，是一定会被别人需要的！

梅艳丽抱住了周公梦：老师，孔子讲得太好了，我就是最需要您的人啊！

地下室里，陈东把耳朵贴在墙壁上监听，李开城和巩固还在挖，毕成功依旧在一边心事重重。陈东忽然听到什么，赶紧提醒：停——有人来了。

李开城和巩固赶紧把洞口掩盖好，坐回自己的铺盖上。盖子开了，钱卜多和他的同伙把饭、水吊下来。

钱卜多往洞里瞅瞅：都还有气吗？

陈东一边接水和饭一边说：托您的福，都还在呼吸。

李开城和巩固死死盯着毕成功的表现，两个人保持着一跃而起的姿势。毕成功啥反应没有，只有喉结在不停地动着。上面钱卜多把绳子收回去，刚要把盖子合上，李开城叫住了他。

李开城：等等。

钱卜多：什么事？

李开城：地下室太潮湿，睡地铺都把疖子睡一身了，给我们些木头木板什么的吧，我们好歹挡挡地气。

钱卜多听完，没回答，将盖子哗地合上了。

李开城：我想了，只有用木头做支撑，才能防止塌方。

巩固：他们能给吗？

李开城拿起窝头吃饭：这个问题只有时间能回答你！

女厕所。滴答走到厕所门口，刚要进去，发现自己的鞋带开了，就弯腰系鞋带。在系好鞋带抬起身子的瞬间，滴答惊讶地从厕所隔断下面的缝隙里，看见了一双男人的鞋——一尘不染。滴答的头脑中忽然浮现出了上次豹子在快艇上的那双鞋，一样的样式，一样的一尘不染。滴答再抬头看看标识，确实是女厕所。滴答警觉地四下看了看，打消了上厕所的想法，滴答转身向一个人打招呼。

滴答：喂，等等我。说着就向回走。但其实走廊上并没有人——这是滴答为不引起厕所里人的警觉而做出的反应。

滴答的脚步声消失了，厕所那个隔断的门开了，从狭小的隔断里走出了两个高大的男人——豹子和黑子，因为没有得手，两人神色阴沉。

传销基地活动区，成铁和滴答在散步。

滴答：那是豹子的鞋，肯定没错。

成铁：他在女厕所干什么？

滴答：针对我。我能感觉到。上次去周公梦房间的时候我就感觉到了，豹子和黑子身上有一种危险的气息，他们两人的心理状态都极不稳定，一个是严重的心理洁癖患者，一个处于癫狂症潜伏期。上次我逃跑的时候让他们的心理受到严重打击，这次估计是想对我进行报复。

成铁：以后你不能再单独行动。

滴答：对于心理不正常的两个超量荷尔蒙的携带者来说，我现在在任何地方出现都有危险，所以咱们首要的任务是先逃出这个传销基地，然后再想办法从岛上逃出去。

成铁：仅凭咱俩的力量不够——明天，咱们的新生力量就要到来了！

夕阳坠入海平面，黑夜的阴影贴着大海铺展而来，笼罩了小岛。

清晨，熙熙攘攘的县城街道上，一个瘦小的人出现了。他是闫学武，背着一个简单的挎包，瘦小而干练。街道上，一个妇女骑着自行车从闫学武身边驶过。妇女自行车的前筐里放着一个坤包。突然，一辆摩托车从妇女后边加速冲过去，车后座上的青年迅速伸手抓住妇女放在前筐里的包。由于包带挂在自行车上，妇女也被带倒，顾不得爬起来，就连呼带叫地嚷起来。而摩托车上的俩青年得手后，则立即加速前驶。这一切都被闫学武看在眼里，于是突然启动，瘦小的身子快速弹起，跃过他前面的一条栏杆，在人流和车流中连蹿带跳——类似于现在国外流行的跑酷运动，遇见垃圾桶或栏杆或台阶，均不避让，蹿上或者跃过。一连几个动作潇洒漂亮，让人很难想象他瘦小的身躯竟能蕴含如此大的爆发力。俩青年从后视镜里面看见有人在追，惊慌之下拐进一条小巷，但让他们绝望的是——这是一条死胡同。他们想掉头行驶，闫学武已堵在巷口。俩青年个头都要比闫学武高大，他们望望闫学武身后并没有别人，就不害怕了。于是两人下车把摩托车停好，唰唰，每人亮出一把弹簧刀，向闫学武逼来。闫学武就在原地等着他们过来，在他们拿着刀子冲过来的瞬间，闫学武突然原地起跳，啪啪两脚，俩青年手中的弹簧刀被瞬间踢飞。接着闫学武又上前连踢带打，一顿胖揍。

而此时县城海边的码头，正排着几艘快艇，一些人被指挥着排队上快艇。韩游就坐在一条快艇上，眼看着快艇马上就要离岸，突然，他看见一个人连蹿带跳着从码头上冲过来。来的正是闫学武，韩游赶紧让快艇驾驶员等一等。

韩游对闫学武喊：学武，到我这边来。

闫学武看见韩游很高兴，跑跳着上了韩游乘的这条快艇。

韩游：我还以为成铁只请了我一个人来玩呢，没想到还有你。怎么才来？

闫学武：刚才见义勇为耽误了一点儿时间，没赶上班车，我只得坐公交车来的。

韩游：你还是那老脾气，又揍小痞子了？

闫学武：这次不是小痞子，这次是抢劫犯，货真价实的见义勇为，不过救的那个女的年纪有点儿大，要是个漂亮姑娘就好了。我就有机会了。

说话间，快艇破浪出海，冲出码头。

海面上快艇急驶，浪花飞溅。韩游和闫学武在交谈。

韩游：成铁不是在大学当老师吗？怎么跑到岛上去了？

闫学武：这我也搞不明白，咱们中学同学里面，就他最有出息，算得上成功人士了吧，成功人士的标志就是天南海北瞎逛着玩吧。

韩游：我都很长时间没见成铁了，接到他的电话很意外。

闫学武：我估计是成铁混出头了，又想起咱们这些好哥们儿了。

韩游：不管怎么说，能再见面聊聊玩玩是件好事儿。

快艇依然沿着极大的弧线弯路行驶着。

周公梦房间里香烟袅袅，周公梦在闭目掐算，梅艳丽待在一边服侍。

周公梦担忧地说：今天我觉得气数有些异常。

梅艳丽：不知老师觉得有什么异常?

周公梦：我眼皮直跳，似有不祥之兆，可能有命硬的人登岛，得多加提防啊！现在岛上已经有多少人了?

梅艳丽：目前有两百多人，但进岛人流高峰期已到，估计在未来的十天内会呈几何倍数增长，能到两千人左右。按照咱们原先的设计方案和预期目标，十五天左右这个地区的人员差不多就饱和了，到时就可以撤离了。

周公梦的眼皮又在跳，惹得周公梦直皱眉头。

梅艳丽：对了，周老师，今天成铁有两个下线进岛，不知道这是不是您眼皮跳的原因。

周公梦：邪不压正——我得想点新招来对付他们。

海面上，快艇急驶，已能看见码头。韩游看着辽阔的海面激动不已：这游泳池，真他妈大!

闫学武：大得能要人的命！——嘿，兄弟，快到了!

韩游忽然站起来，三两把扯掉身上的衣服，只剩下一条短裤，在人们的惊呼和诧异中突然跃起，跳入了大海。他在空中跃起的时候，还不忘转头嘱咐闫学武：帮我拿好衣服!

韩游投射入海，再冒出来时已游出了老远。

韩游在大海里欢快地游着，像一条鱼。

码头上很热闹，传销人员都在迎接自己忽悠来的发展对象。成铁和滴答也在其中，他们来迎接韩游和闫学武。但成铁张望着，一个也没看见。成铁忽然被人从身后蒙住了眼睛。

那人说：猜猜我是谁。

成铁：除了闫学武，没人这么喜欢神出鬼没!

闫学武将手松开，对一边的滴答嘿嘿笑着。

成铁给他们互相介绍：这是滴答——我女朋友；这是学武——我中学同学兼武术爱好者。

闫学武：哎，这可没说对啊，我不是武术爱好者，我可是专业水准，仨俩姑娘一时半会儿近不了身！

滴答乐了：你是我见过的最贫的武术家！

成铁顾不上和他俩说笑，而是急急地张望码头边，寻找韩游。

闫学武：找韩游呢吧？

成铁：对，我还约了他。

闫学武：他现在在他们家游泳池洗澡呢。过会就来了。

滴答：啊？

成铁微笑着，指给滴答看。滴答惊讶地看见，一个人从大海里边游过来，游向码头。

成铁对滴答说：向你隆重介绍，韩游——我中学同学兼游泳爱好者。

滴答惊讶：这爱好者应该去横渡英吉利海峡！

滴答看着在大海中游泳的韩游，忽然明白了什么，看着成铁。

滴答：这确实是新生力量！

码头通往传销基地的路上，成铁一行人走着。

韩游：成铁你不在大学教书吗，怎么跑这岛上来了？

成铁看看四周，见没什么人在附近，就开口了：一言难尽，我简单直说，我不是请你们来玩，而是有一件很重大的事需要你们帮忙。

闫学武：上刀山，下火海，在所不辞。你就说什么事儿吧！

成铁刚要说什么，就见成强热情地从传销基地那边迎过来。

成强：欢迎欢迎，热烈欢迎。欢迎两位新朋友。

闫学武：什么新朋友，你不是强子吗，以前我去你家玩的时候还教过你两招儿，忘了？

成强：哪能忘了，不过相会在新地方，就有新机遇，欢迎欢迎。

闫学武觉得成强的话很别扭，但也不好说什么。

成铁：强子，我们刚见面，你让我们先聊聊。

成强：哥，先把朋友私情放下，带我们的两位朋友去听课，这是公司的一堂大课，今天来的新人都得听，两位朋友正好赶上了。走走走。

说完，成强热情地拽着闫学武和韩游往前走去，闫学武和韩游也搞不明白怎么回事儿，只好跟着走。两人一边走一边看着成铁，想听成铁能解释点什么。

成铁无奈地说：那好吧，听完了课咱们再聊！

成铁一行人来到课堂门口，成铁和滴答想跟着进去，但被门口的看守拦住。

看守：人数众多，座位有限，已是公司会员的就不用进去听了。

闫学武和韩游还没弄明白怎么回事儿就被里边的人拉了进去，成铁和滴答一脸无奈。

闫学武和韩游被拉进课堂，两人稀里糊涂地看见，屋内灯光昏暗，窗帘被全部拉上，密密麻麻的全是人，一首烂大街的励志歌曲在来回放着。两人挤到人堆里找到一个座位坐下，面面相觑。

韩游：这什么意思啊？

闫学武：我比你还糊涂。

韩游：难道成铁的大学搬到这儿来了？

闫学武：你看看周围这些人像大学生吗！

韩游左右前后瞅瞅，各色人等都有。

韩游：不像是正规的大学。

这时屋内的音乐和歌声突然停了，叽叽喳喳的人群也跟着停了下来，大家都在等待着发生什么。

屋内的扩音器起响起一个低沉的男中音——

男中音：现在，有请世界人际网络销售界名人排行榜第八位、中国人际网络销售界名人排行榜第一位的销售界讲师江雪山先生登台！

这时有传销组织内部的人在课堂前边领掌，类似于电视节目组。江雪山在掌声中戴着耳麦从课堂的屏风后闪出健步登上讲台——一切还是老套路。

江雪山：各位新朋友好吗？

下面齐声答道：好。

江雪山：你好我也好！你好我就好！各位朋友从天南海北赶来，从五湖四海赶来，有的来自乡村，有的来自城市，但是我们都走进了这间屋子，都看见了对方的脸，听见了彼此的话，闻见了彼此的气息，然后恍然大悟：哦，原来你也在这里。现在我有一个提议，你们前后左右看看，你们有没有认识的人，有没有不认识的人，有没有想认识的人，有没有不好意思认识的人。

课堂里的人随着江雪山的提示前后左右互看，韩游和闫学武两人互看看对方。

韩游：看了干吗？

闫学武：不知道。

此时屋内忽然响起快节奏的音乐。

江雪山在音乐中煽情地说：无论是你是谁，无论你来自何方，我们相识就是朋友，我们相知就是姊妹，无论你受了多少苦，无论你受了多少累，今天，让我们彼此拥抱，让我们互相抚慰！

音乐突然响到最大声，灯光突然暗到最低点。

江雪山在大叫：拥抱！拥抱吧，我们的兄弟姐妹！

课堂内也有传销组织内部的人在领抱，见到谁都抱。有了第一对拥抱的人，课堂上的人都在互相拥抱，一时间气氛热烈无比。

闫学武和韩游也在被人抱来抱去。

闫学武对韩游：兄弟，快蹲下。

两人蹲到人缝里，看前后左右的人都在拥抱。

音乐突然中止，灯光复归正常，刚才还在拥抱着的人都不好意思地松开手坐下。

江雪山：各位朋友，你们拥抱过了，现在的感觉和刚才的感觉是不是不一样了？是不是觉得身体内好像有了一股力量？为什么？

下面的人都聚精会神。

江雪山：这就是因为你跟人产生了交流，有了信任感，有了团队的力量。今天，当我们拥抱过之后，我想给各位讲一项关于人的事业。各位想听吗？

下面的人：想。

掌声。

课堂外，成铁和滴答焦急地等着课结束。

滴答：希望他们不会被洗脑成功。

成铁：一堂课不至于，但我怕他们产生误解。——这件事情应该是咱们先告诉他们。

豹子和黑子的房间里，钱卜多在指挥着俩同伙将一些木板和木棍扔到地下室里。李开城、巩固、陈东兴奋地接着木板和木棍。上面扔完，盖子合上。

李开城兴奋地说：现在不用怕塌方了。三人动手将结实的木头往洞口那边搬。这时毕成功走过来：我干点什么？

三人一愣。李开城立刻向毕成功伸出手：兄弟，欢迎你加入逃亡挖掘队。

传销课堂上，江雪山在继续演讲：……人生是什么？各位想过吗？我想各位都没有好好研究一下人生是什么。今天我跟各位一起探讨一下人生。人生，首先是人，其次是生。我们先来看人，人怎么写，一撇一捺，互相支撑，所以，人的结构就是互相帮助，互相支撑，这是老祖宗告诉我们的意思。生呢，生的意思有很多，生活，生命，生存，但是生在这里的意思不是这样，生在这里的意思应该跟人连在一起，连在一起人生的意思就是人与人必须互相帮助互相支撑才能生，才能生活得好，才能是人上人。这就是人生。所以，世界上最伟大的事业必将是关于人的事业。

监视室里，周公梦和梅艳丽从监视器里看着江雪山的演讲。

周公梦：跟雪山说一下，要加强他的台词能力，他台词的声音厚度还是不够，另外，人生这一段以后可以删掉不讲，直接讲钱对于人生的重要性，不要光靠嘴，要带有一点儿表演性质，该哭的时候还是要哭一哭。实在不行，送他去电影学院或者戏剧学院进修一下。

梅艳丽：我也去。我想当演员。

周公梦：演员都是为了什么呢？不也是为挣钱吗？你跟着我挣的钱都够你当好几辈子演员了，就别去了。

传销课堂外，成铁和滴答在等韩游和闫学武。一阵热烈的掌声过后，课终于结束了，人群从里面涌了出来。成铁和滴答看见韩游和闫学武也兴奋地向他们走来。滴答对成铁说：有点儿不妙，你这俩哥们儿的脑子可能被洗了。

韩游：成铁，你现在是百万富翁了吧？这么好的事怎么今天才告诉我们!

成铁：咱们到别的地方细说。

成铁一行人走到活动区一边，边走边聊。而韩游和闫学武还沉浸在听课的兴奋里。

闫学武：那哥们儿讲得真好，我心里想的很多事都被他说中了。

韩游：要是咱们当时的中学老师讲课讲得这么好，我也不至于考不上大学。

成铁看看四周无人注意他们，就嘱咐说：韩游，学武，现在无论我说什么你们都不要表现出意外或者大吃一惊的样子。

韩游和闫学武两人都莫名其妙地看着成铁。

成铁：一定要相信我说的话——否则会有杀身之祸！

韩游和闫学武两人渐渐觉出了事情的严重性，就直看着成铁。

成铁：我请你们来是想让你俩救我们出去——因为，你们见到的是一个带有黑社会性质的传销组织，现在整个小岛已经被他们控制，所有对外的联络方式都被他们切断，反对他们的人都被关进了地牢。

滴答：现在，请你俩笑一笑。

韩游和闫学武不知道为什么，但还是笑了笑。

监视室里，周公梦和梅艳丽通过监视器看着成铁他们。监视器里，韩游和闫学武在笑，接着滴答和成铁也笑了起来，看上去他们在谈笑风生。

梅艳丽：假装谈笑风生。

周公梦：假装什么都不要紧，只要他们交上的人民币是真的！

活动区里，交谈还在继续。

闫学武疑惑地问：我怎么听着这公司确实像是能挣钱的样子？

成铁：那是他们对传销人员的一种洗脑课程，通过洗脑达到控制传销人员的目的，你就是被洗了。道理我不跟你们多讲了，形势紧迫，反正他们就是通过拉人头来敛财。

韩游：你是大学老师，我们听你的。

闫学武：他奶奶的，敢洗我的脑子，老子一路打出去就是了！

滴答看着闫学武瘦小的样子差点想笑。

闫学武悻悻地说：都歧视我的外表。

成铁：别开玩笑了。现在正经商量事情——打出去是不可能的，他们人多势众，并且有枪！

闫学武倒吸了一口凉气。

成铁：我们现在急需要做的事情就是，先给你们两人把钱交上，加入传销组织里面，一是迷惑他们，二是给咱们争取时间。然后——

他带着三个人走到上次跟滴答说的地道出口的那个地方。

成铁：咱们得想办法给这个地方浇水，因为不久将会有一个地道从这里挖出来，在这下面现在有几个人正在挖呢。咱们把他们接应出来后，先逃出传销基地，再想办法出岛。

闫学武：成铁，你这是在说真的吗？我怎么听着像美国大片！

韩游：我听着有点儿瘆人。

成铁：你们都是我最好的哥们儿，把你们拉进来也是迫不得已，我会尽量保证你们的安全。在你们来之前，我根据咱们几个人的特长和能力以及各种因素综合计算了一下，我们的安全系数是75%。

闫学武：天哪，这么低。

成铁：你的功夫荒废了多少？

闫学武：比以前只高不低。

成铁：很好——如果是这样的话，咱们的安全系数能达到80%左右。

这时成强从楼里出来向他们打招呼：各位老总，吃饭了！

地下室里，李开城从地道里退出来，地道里已经用木头做了支撑。李开城：这下没问题了，放心挖吧。

陈东探头往地道里看了看说：确实是专业水准——老李，你以前到底是干什么的？

陈东和巩固、毕成功都看着李开城，等着他的回答。李开城沉默着，像是想起了很多事。

陈东：老李，我没有别的意思，我只是觉得你也是个有故事的人，就像我，一进地下室就想起了小时候的事，就害怕，但现在我好像也不怎么怕了，跟你们一块挖地道逃生比小时候一个人在黑暗中的感觉要强很多。

李开城：……有机会的话，我会给你们讲的，现在，咱们还是赶紧挖洞！

巩固起身往地道里钻。

巩固：轮到我了，我进去挖。

房间里，成铁等人在吃饭。韩游和闫学武看着眼前的饭难以下咽。

成强劝他们：不吃苦就不能享福，今天吃苦是为了明天享福，等你们当了百万富翁后你们就再也没有吃苦的机会了，这是公司给你们提供的体验生活的珍贵机会，你们一定要多吃，来，别客气，请。

韩游和闫学武一脸拧巴。屋里另一边，周总和王总面黄肌瘦但还在大谈未来。

周总：我其实最烦燕窝这样的东西了，那是南方菜系里的东西，我最想吃的还是北方菜系，黄河鲤鱼什么的，我决定以后每周都要吃一次！

王总：其实川菜还不错，辣子鸡吃起来也比较带劲！我以后成了百万富翁，每天一盘辣子鸡！

滴答端起自己的饭找到张秋燕。

滴答：张总，我们想汇报个事情。

张秋燕：滴总请说。

滴答：公司给我们提供了挣钱的机会，我们几个想给公司做点义务贡献，把楼下活动区周边的花花草草浇一浇。

张秋燕：你们的想法是好的，但我得请示一下领导。

地下室里，巩固在地道里挖，陈东在监听，李开城和毕成功在把从地道里挖出来的土均匀地往四周撒。

陈东突然听到了什么：送饭的来了，赶紧让巩固出来。

李开城：巩固，快出来。

地道里，巩固哎了一声，然后往后倒，但是他的衣服却被一根用于支撑的木板条钩住了。地道里太狭小，巩固一时找不到一个合适的姿势把衣服松开，越挣越紧，被钩在里面。

李开城：巩固，快点！

巩固：我出不去，被钩住了！

陈东：来不及了——他们已经进屋了。

钱卜多和俩同伙带着饭、水走进房间，把盖子打开，将饭和水用绳子吊下去。钱卜多用眼睛往地下室瞥了一眼后，就将绳子收上来，把盖子合上，往房间外走去。然而当钱卜多和同伙走出房间时，钱卜多忽然觉得有什么不对，就问俩同伙：地下室关了几个人？

同伙：四个人啊。

钱卜多：不对，我刚才只看见三个人。

钱卜多和俩同伙对视一眼，转身迅速冲回房间里，钱卜多伏下身子，将地下室的盖子迅速打开——

第7章

钱卜多忽然意识到地下室里少了一个人，赶紧和俩同伙跑回房间里。钱卜多伏下身，猛然出手揭开了地下室的盖子，向地下室探望，却看见地下室里李开城、陈东和毕成功坐在各自的铺位上吃饭，每人的铺位底下为了掩饰，都已加上了一些木板什么的。巩固那个铺位上，巩固用被子蒙头睡着。

钱卜多：喂，睡着的那个，露个头。

但巩固的铺位上没动静。

钱卜多对同伙说：快去拿梯子，我得下去检查！

这时巩固突然从被子底下露出头来，不耐烦地骂道：叫魂儿呀！我他妈好不容易做了个晒太阳的梦，都被你搅和了！

钱卜多看见人露出头来，放心了，把盖子一下子合上，对俩同伙说：没事了，一个在睡觉呢，刚才看走眼了！

同伙：钱哥，你就是疑神疑鬼，人怎么可能无缘无故地没了！

钱卜多：周老师交代了要对地下室注意一点儿，周老师的话可不敢不听啊。

同伙：钱哥，你就放心吧，要从这地下室出去，除非他们变成老鼠会打洞！

三人呵呵笑着走了。

地下室里，李开城等人正在开会商讨对策。

巩固：看来他们对咱们的看管比以前严了，咱们得想出一些紧急应对的方案，否则要是再遇到类似的突发事件非露馅不可！

陈东：就是啊，要光靠我这耳朵听也不是办法，我也不能二十四小时抱着墙听啊。

李开城起身从每人的铺位底下拿了几根木头，放到一块儿，然后从自己的行李卷里面找出一件衣服，哧哧撕成长条，开始用长条组合几根木头，绑住。

李开城：咱们再做出一个人来，这样他们再突击检查的时候，如果里边的人来不及出来就不用出来了，咱们把洞口用铺盖掩盖好，拿这木头人代替，只要他们不从上边下来检查应该就看不出来。

说话间李开城用木头搭建了一个人形的框架，他给这个框架蒙上被子，果然像一个人蜷腿睡在被窝里。

陈东：老李，你这只是形似，它不会动啊！到时候检查，他们还是会起疑心的。

李开城：动也不难——这个我早想好了。

说着，李开城又用一张布条绑到木头人的腿上，从被窝底下把布条牵在手里，用手扯了一下，木头人的腿在被窝底下动了一下，就像是真有一个人在下面睡觉。

李开城：如果他们起了疑心，旁边铺上的人就扯一下这布条。今天晚上他们送饭的时候咱们先试验一下。

巩固：老李，真有你的！

李开城挪开铺盖，露出洞口，往里钻。

李开城：我进去挖一会儿，一定要高度警惕。

李开城钻进了地道，开始挖。

江雪山房间里，江雪山正在对照着一些台词做声音训练。

江雪山：八百标兵奔北坡，北坡标兵炮碰炮……

有人敲门，江雪山赶紧把《台词训练》放到抽屉里，开门一看是张秋燕。

张秋燕：江总，我有事情汇报。

江雪山：张总请讲。

张秋燕：江总，成铁他们想要条水管给楼下活动区的花草浇水，说是为公司义务奉献。

江雪山：知道了。我跟周老师商量一下再通知你。

但张秋燕犹豫着还不走。

江雪山：张总还有什么事吗？

张秋燕：江总，我想问问什么我什么时候才能……成为百万富翁啊？

江雪山：这个应该问你自己啊！你发展的会员越多，人际网络越壮大，离这个目标就越近。

张秋燕：可我发展的会员也不少了，还当上了家长，可怎么一分钱的工资都没拿到。

江雪山：你是对公司不信任吗？

张秋燕赶紧摆手：不不不，我就是想问问，因为我挣钱是想给我弟弟治病，我们全家都等着我挣钱回家呢。

江雪山：张总啊，你的业绩都记录在公司里的电脑里，到了该发给你的时候一定会发给你的，不要老想着得失，应该努力发展人际网络。

张秋燕：是是是，我一定努力，一定努力。

江雪山：但是，有的时候，光努力也不行，还得机灵一些啊。

张秋燕：江总，这个还得您多教我，我也不知道怎么机灵啊。

江雪山：这主要看你愿不愿意学，要是愿意学的话，你晚上到我房间里来，我手把手地教你。

活动区里，成铁领着滴答等人在转悠，他们表面上非常轻松，但实际上在商量严肃的事情。

成铁：要到水管后，咱们就主要给那个地方浇水，这样水渗透下去就把土松动了，他们挖起来会加快速度。

韩游：成铁，你算没算他们给咱们水管的可能性有多少？

滴答：不用算——100%。

闫学武：你也会算？

滴答：这个不用算，那个周大师的心理和脾气我基本摸清了，他是中度的妄想症和执拗症患者，因为以前靠小聪明和无耻习性做成了一些事之后便开始高估自己的能力，对自己有着严重的认识不正确，加上他身边有个靠甜言蜜语搂他钱的大蜜，所以他基本上已属于病入膏肓。咱们问他要水管，他搞不明白咱们什么意思，所以他就一定要看看咱们到底什么意思。——咱们笑一笑迷惑一下他们，我喊开始大家笑，开始！

几个人哈哈大笑起来，像是有什么开心的事儿。

此刻，周公梦等人也正在监视室监视着成铁几个人的一举一动，几个人的哈哈大笑引起了周公梦的沉思。

周公梦：……要水管子浇花浇草，这有何用意呢？

梅艳丽：我看没什么用意吧，就是他们几个闲得没事干了。

周公梦：雪山，你说说。

江雪山：周老师，我觉得他们不会无缘无故地去给花草浇水，这里边应该别有深意，但我比较愚笨，猜不透他们的用意。

周公梦：那依你们之见，这水管子给不给他们呢？

梅艳丽：当然是不给。他们要什么，咱们就不给什么，他们想干什么，咱们就不让他们干什么，准没错。

周公梦：雪山你的意思呢？

江雪山：我也觉得不给比较妥当，这样一来，不管他们有什么花招都使不出来。

周公梦：你们的做法是对的，但这只不过是中上之策，算不得上上策。

江雪山：希望周老师多指点。

梅艳丽却在暗中撇嘴表示不服。

周公梦：一个人要怎样才能不犯错误呢？

梅艳丽：像周老师这样就不犯错误了。

周公梦：你这马屁拍得有点儿过了——不过我还是爱听。

江雪山：一个人好像不可能不犯错误。

周公梦：不对。一个人是可以不犯错误的，但那需要一个条件，就是这个人什么也不做。

江雪山：周老师高见。

周公梦：所以，如果咱们不给他们水管子，虽然说可能切断了他们的计划，但也让他们避免了错误的发生。因此他们想做什么就让他们做什么，他们做得越多，错误出现得就会越多，他们做得越快，错误就会出现得越快。明白了吗？

江雪山：明白了，周老师真是诸葛亮再世啊！

周公梦微微一笑：其实我的偶像是孔子。我的水平和学问确实很难跟他老人家比啊！

活动区里，成铁等人还在闲聊，江雪山走过来了。

江雪山：各位老总的愿望我听说了，我代表公司管理层向你们表示衷心的感谢，水管子在库房里，我已安排人在那里等着各位去拿。

成铁：多谢江总。

闫学武接过话茬儿：哥们儿，讲得不错，你挺能忽悠的！

江雪山尴尬地笑笑。

成铁等人走过一条幽深的走廊，来到库房门口。钱卜多早就等在这儿了，见他们过来，就把门打开，领着他们进去。

闫学武见滴答要进去，连忙拦住：嫂子，脏了吧唧的，你就别进去了，在门口等我们就行。

滴答不好拂了他的好意，就留在了门口。

成铁他们进去后，一双眼睛奇怪地在一拐角出现，闪了一下，又缩回去了。滴答也感觉到了，往那个方向看了一眼，但什么也没看见。滴答想了想，就将背靠住门边，左右观察着，但什么也没出现。这时成铁他们出来了，滴答迅速跑向那个眼睛出现过的拐角，拐角后什么也没有，但肮脏的地面上，留下了杂乱的脚印。

活动区里，成铁他们铺上管子，接上水龙头，准备开始浇水。滴答抽个空，跟成铁搭上了话：我老感觉有人跟着我。

成铁：以后不论什么时候都得有人在身边，千万不能再单独一人。我让闫学武在旁边保护你。

滴答瞅瞅瘦小的闫学武：他，真行吗?

成铁：行不行以后你就知道了。

一扇窗户后面，豹子和黑子站着，看着滴答在忙活着铺管子。

黑子：我迫不及待地想教训教训她。

豹子：兄弟，再忍忍，我就不信她没有落单的时候。

活动区里，闫学武一边将水管子往远离出口的那个地方搬，一边小声说：咱们先浇别的地儿，最后再浇那个地方，这样他们就猜不到咱们的真正用图了。

滴答：学武，搬回去，就搬到出口那儿，先浇那儿，狠狠地浇，然后再浇别的地方。

闫学武惊讶：啊？这不自投罗网吗?

滴答：要是最后浇这儿，一定会引起他们的注意。

说完看着成铁，看他的意思。

成铁：学武，听滴答的，赶紧挪过去。

几个人将管子挪到地道出口那个地方，水滋滋地喷了过去。成铁抬起手腕，看手表上的时间。

监视室里，周公梦和梅艳丽、江雪山在通过监视器看成铁他们浇水。

梅艳丽：我看没什么特别的，就是在浇水。

周公梦：这帮八零后的心思我实在是看不明白啊，难道通过浇水他们真能变出什么花样来？

江雪山：我觉得还是周老师说得对，不管怎么样，他们总会出错误的。

活动区，成铁拿着水管，注意观察着水浇下去之后的情况。成铁突然皱起了眉头，因为他看见水渗不下去了，在地面上形成了一汪汪的水洼。成铁看看手腕上的手表，又赶紧将水往旁边的地方浇，水很快就渗了下去，这让成铁更加担忧。

夜晚来临，海面上夕阳坠落，成铁等人在吃晚饭。此时，成铁却没心思吃饭，而在静静地待着，在头脑里计算着什么。其实他计算的，是地底下的岩石。没错，一块岩石出现在这个故事里。成铁思考的时候像是在发愣，饭桌上其他人都看着他。韩游想喊一下成铁，被滴答拦住。滴答：没事，他这是在吃饭之前的祈祷。

这时成铁一下醒过神来，继续吃饭，像是什么也没有发生。

成强纳闷儿：哥，你啥时候信教了？我怎么不知道？

成铁没听明白怎么回事儿。滴答替他回答：你哥现在信钱，他正祈祷成为百万富翁呢。

成强：滴总你真会说笑，在咱们这儿要成为百万富翁那得通过自己的双手去努力，光祈祷是没用的。

闫学武：强子总，我觉得你们不是通过双手，是通过嘴。

地下室里，毕成功在里边挖，李开城等三人在外边等送饭的人来。陈东把耳朵贴墙上听着，忽然说：来了，来了，赶紧准备。

李开城对地道里边的毕成功说：成功，在里边待着别动。

然后赶紧把地铺挪到地道开口处堵住，三人各就各位，四张地铺相连，毕成功的床铺上蒙头睡着那个木头人。李开城和巩固也都躺到自己铺上。

盖子哗地打开了，钱卜多和同伙开始往下吊饭和水。陈东接饭、水，并将马桶等换用物品再吊上去。

传递东西的同时，钱卜多探头往下看：喂，蒙头的那个，还活着吗？

李开城的手悄悄在被窝底下拉了拉布条，木头人的腿弯曲着动了一下，将被子弄出了起伏。

钱卜多看见后，放心地盖上了盖子。

李开城等三人对视一下，长长地出了一口气。

巩固：坐监狱的感觉估计也不过如此！

三人起身，把地道口让开，将毕成功让出来。

巩固高兴地说：毕总，好消息，咱们成功了！

毕成功表情却有些不对，他伸出手来，手掌上有些石头的碎片状的东西。

毕成功：我往上挖的时候越挖越干，而且有一些小碎片，我怀疑上面有岩石。

巩固：岩石？那咱们还不完蛋了！

李开城要过毕成功手掌上的石块来看。

陈东：老李，是岩石吗？

巩固和毕成功也热切地等着李开城的回答。

李开城：我也不敢肯定，但是咱们还得挖，不挖得不出答案。

巩固：那要真挖到岩石呢？

李开城：挖到再说，岩石不还没出现嘛！

巩固起身往地道里钻。

巩固：他奶奶的，是死是活我先把答案挖出来！

李开城：小巩，先吃饭再挖吧。

巩固：吃不下——我心里堵着那块岩石，我先弄清楚再吃。

传销基地的楼道里，张秋燕闪身走出房间，看看四周无人，快步前行。这时同一房间的周总从厕所里出来，恰好瞧见了张秋燕匆匆忙忙的样子。周总疑惑地看着张秋燕从楼道里远去，他悄悄跟了上去。

张秋燕来到江雪山房间门前，轻轻一推，门是开着的，张秋燕走了进去。周总从走廊拐角露出头，看着那扇关上的门，脸上露出诡异的表情。

张秋燕走进房间，一抬眼看见江雪山光着上身正躺在被窝里抽烟，不禁惊慌失措。张秋燕：江总，我，我不知道您已经睡下了。

江雪山：过来，到这边来，别客气。

张秋燕慢慢走到江雪山床边，拘谨地站着。

江雪山：不要那么拘谨嘛，我也是人，不是神，别看我在讲台上给你们讲课的时候光彩四射，但实际上我很平易近人的，明白吗？

张秋燕点点头。

江雪山：我看你还是不太明白，我的意思是说，咱们都是平等的，咱们要坦诚相见。你看你现在站着，就比我高，我就不舒服，这就是不平等了。

张秋燕坐到床边。

江雪山拍了拍自己光着的上身：你看，我现在是夏天的打扮，你是春天的打扮，这样也不公平啊，咱们得处在同一个季节里才好。

张秋燕犹豫着。江雪山以为张秋燕害羞，便开导：其实在我们销售界做销售，就跟学表演一样，得学会解放天性，你天性不解放，什么都做不好……

说着转身在床头柜上把烟头掐灭，然后转过头来想继续说。一转头，却不禁目瞪口呆，张秋燕已把衣服脱光了正往他被窝里钻。

张秋燕钻进被窝抱住江雪山：只要你让我能成为百万富翁，你让我平等我就平等，你让我夏天我就夏天，你让我坦诚相见我就坦诚相见……

一边说一边抱着江雪山又亲又啃。本来江雪山处于主动位置，但张秋燕的主动攻击立马把他给弄得一脸拧巴。

完事后，张秋燕从房间里探出头来，看看外面无人，便快步走出。张秋燕走过走廊，在下楼梯的时候，突然看见拐角旁有一个人站着，吓了她一跳。张秋燕仔细一看，是周总。

张秋燕：周总，怎么还不睡觉？

周总：我正想问你呢。

张秋燕：我，出来散散步。

周总：没见散步散到床上去的。

张秋燕：什么意思，你？

周总：你这是不正当竞争，我们都是白手起家，你却从床上起家，这事儿要是大家知道了恐怕对你、对江总都不好吧？

张秋燕：你想干什么？

周总：这日子过得太素了，我也想尝尝荤。

说着走上来逼近张秋燕，搂住。

张秋燕：你让我想想，明天我答复你！

传销基地活动区，成铁在给滴答等人开会。

成铁：昨天晚上我算清楚了，在出口那边，离地面往下的十二厘米处有一块岩石或者类似岩石的东西，从下面往上挖，以他们目前的工具根本不可能挖上来。

滴答：要不咱们先逃出基地，想办法出岛，这样下去白白耽误时间。

闫学武：我也觉得可行，一通乱打打出去拉倒。

成铁：恐怕不可行，我给大家讲一下具体情况。从这个岛上出去，只有一个办法，就是趁他们不注意的时候抢他们的快艇出发，这几天我一直计算他们看守快艇的防备情况。白天快艇都在使用状态，戒备森严，根本不可能抢到手，晚上快艇他们集中看守，有六七个人。咱们目前是四个人，但真正有战斗力的只有三个人。

滴答不服气：谁没有战斗力？

成铁也没客气：说的就是你。

滴答：我会催眠术，只要给我机会，我一个一个给他们催眠，咱们就可以大摇大摆地走。

成铁：行了吧，姑奶奶，您那催眠术不是一次也没成功吗？我们指望不上，再说人家也不可能傻了吧唧地在那儿等着您催眠。——以三对六，加上学闫武的武术因素，咱们并非没有机会，但是问题在于，只要惊动了他们就会有更多的人过来，咱们的计划就会完全失败。而如果把地下室里的人救上来，下面是四个人，加上咱们这边三个，一共是七个人，以七对六，加上闫学武的武术因素，再加上出其不意的因素，咱们成功的可能性超过 90%。所以，咱们一定要把下面的人救上来，然后连夜抢快艇逃走。

韩游：地道又挖不出来，怎么办？

成铁：如果从原先的地方往左偏五十公分就能挖出来，现在的问题是咱们如何通知下面的人……

滴答突然打断了成铁的发言：你们看。

成铁顺着滴答示意的方向看，看见张秋燕和周总两人正从基地楼走出，两人远离人群走着，走向基地外边。

成铁：怎么了？

滴答：你们仔细看，这两个人走得不很正常，张秋燕表情紧张，肌肉僵硬，周总则走得有点兴奋。

成铁看着：他的步率是跟平常不一样。

滴答：他们两人肯定有事儿！

闫学武：没想到嫂子还这么八卦！

成铁：不管他们了，咱们先商量怎么通知地下室里的人。

张秋燕领着周总一直往传销基地外面走去。

周总：这么快你就想通了，挺好。其实我人挺好的，也很有前途。你这是要领我去哪儿？

张秋燕：去你想去的地方。

周总自以为明白了：哦，明白了。

张秋燕领着周总走到了基地附近的树林里，令人奇怪的是平时基地外围的那些看守在今天都看不见了。走进树林，张秋燕一直向前走。周总：喂，这儿就可以了。但张秋燕却加快脚步，一直向前。周总顿觉蹊跷，正要追上去问，从旁边闪出来了三个人，正是钱卜多和俩同伙。周总觉得事情不好，想跑，却被几人上前摁住；想喊，嘴被一只手捂上；想挣扎，头部被铁棍狠狠地击打了几下，身体立刻就软了。钱卜多和俩同伙抬起周总消失在丛林深处。

活动区里，成铁等人还在一边商量一边浇水。

滴答：不行。绝不能再冒险去那屋了。

成铁：我观察了，他们的锁都没换，咱们的钥匙还有用。

滴答：你傻啊，他们为什么不换锁？不就是想再引咱们上钩吗？

成铁：但这是唯一的办法。不进那屋，就不可能通知到他们。

滴答：进了那屋，也通知不到——进去了又能怎么样？你把盖子打开，冲下边喊几句话，他们就一定相信你吗？

成铁：所以，我的办法是进去以后下到地下室里。

滴答等三人“啊”了一声。

滴答：下去可就上不来了？

成铁：不上来了，跟他们一起从地道出去。

滴答：那咱们谁去？

成铁：我去的成功率是 90%，闫学武的成功率是 95%，韩游的成功率是 85%。

滴答：我呢？

成铁：百分之零——你还没到地下室就会死在半路上。

闫学武：真不知道你这百分比都怎么算出来的——既然我成功率高那就我去吧。

成铁：不，韩游去。

滴答等三人又一愣。

成铁：韩游的成功率低，只是相对来说，85%的成功率其实已不低；我跟学武在上面都还有别的重要事情做，如果我们俩下去，拯救地下室的计划成功率是提高了，但是整个逃亡计划的成功率则会降低。

韩游：我怎么去？

成铁：我已给你设计好方案，每天晚饭后，豹子和黑子按照他们以前的生活习惯会去洗澡间洗澡，他们的洗澡时间一般为20分钟左右，但因为他们看管那个房间比较严，实际上你最好的机会出现在豹子和黑子离开房间的那一两分钟，因为豹子和黑子一离开就会有人专门看管那个房间，而豹子和黑子在的时候看守反而会放松。因此，豹子和黑子一走，是机会最好的时候。

韩游：那什么时候去啊？

成铁：我们得寻找最适当的时机，因为走廊里有摄像头，自从上次我去过那个房间后，他们一定加强了监控，这一次就不容易得手了。而且房间里少了一个人，是无法隐瞒的，所以我们必须找到恰当时机，一起行动。

江雪山房间里，江雪山将一摞钱从桌子上推到对面。对面，是钱卜多和俩同伙。

江雪山：这件事情，对谁也不要说，包括周老师。

钱卜多把钱收起来，笑着：我们已经忘了今天的事儿了。又问俩同伙：是不是？

俩同伙盯着钱：是是是。

地下室的地道里，李开城在挖，现在他用的是簸箕。挖着挖着突然发出了清脆的声音，他再试着用簸箕往里掘了掘，掘不动。在外边，巩固等人很着急。巩固朝里喊：老李，到底是不是岩石？

李开城没有回答，直接从里边爬了出来。巩固、陈东和毕成功都期待地看着李开城，但李开城的表情给了他们不想要的答案，巩固和毕成功颓然倒在地铺上。

绝望让陈东又变得疯癫：埋人的地方是出不去的，我早就知道了！

李开城：大伙别泄气，我觉得还有新的办法。

巩固：您的办法不会是继续挖，一直挖到没岩石的地儿再往上吧？——如果是这办法，老李，我也能想出来。

李开城：正是这个办法！因为岩石不可能是成片成片的，所以我们还有机会。

巩固：老李，你以为你是愚公移山呢！万一四周都是这该死的石头呢？就算没石头，横着的这段通道咱们用什么做支撑，再问他们要木头吗，他们能给吗？！

李开城：咱们要是知道左右两边哪边没有石头的话，就可以挖一个斜的通道钻出去，这样就可以不用支撑。

巩固：哪边没有石头？这他妈谁能知道！说完就背过身去，不再搭理李开城了。

李开城再看看陈东和毕成功，也都无精打采地倒在地铺上。

李开城：给你们讲讲我的事儿吧。

但三人没人表示有兴趣听，李开城只管讲下去。

李开城：本来这事儿想埋心里一辈子，但现在又被埋地下了，正好又碰上你们几个老弟，我也就再翻腾翻腾这事儿。说实话，我没想到还会再被困到地下。人都说一个人倒霉也不会倒两次一样的霉，但我就是跟这地下沾上边了。

巩固都三人虽然都没动，但表情却表示他们开始听了。

李开城：上次，我被埋到地下，比这次恐怖多了。那次，我是被埋到一座坟里。

巩固吓得坐起来：老李，你，你，你不是鬼吧？

李开城：不是鬼，是跟鬼打交道的人。

陈东和毕成功也翻身坐起来开始听。

陈东：跟鬼打交道的人？——您是巫师？

李开城：不是。我以前……是一个盗墓的。

巩固：天哪，老李，那你不早发了，还能被百万富翁的噱头骗这儿来？

李开城：盗墓也不是你们想的那样遍地是宝。因为这发的是不义之财，跟犯罪也沾边，所以这行当里聚集的都是些不义之人、亡命之徒。发财的可能有，丢命的机会也多。我是被我的一个把兄弟给拉下水的，他带着我挖了几个墓，说实话，只赚了些小钱，并没有太值钱的东西，有一次，他说他发现了一个明代墓群，我就跟着他去了，果然有墓，往下挖也挖出些好东西，我们连挖三个晚上，第一个晚上是我在下边，第二晚是他，第三晚也就是最后一个晚上轮到我，我把挖出来的东西给他放筐里吊上去，但不见有绳子再下来——他把墓给堵上了，堵得比原来还结实！

巩固：没想到真有这么黑心的人！

李开城继续讲：以前也听说挖墓这行当里发生过不少这样的事情，很多挖墓的都成了墓的主人，但那也只是听说，没想到真就发生在自己身上了。

陈东：然后你就开始往外挖了？

李开城：那个时候只有绝望、仇恨和害怕，哪知道逃生！挖墓的时候有兴奋劲儿和财宝的诱惑在那顶着，感觉不出什么，被埋里边了害怕劲儿就上来了，觉得墓里的东西都活了，出现了很多幻觉，我把身上的灯关了，听到幕里边鬼哭狼嚎，那个时候我开始后悔了，人家都在这儿睡好几百年了，本就不该来惊扰人家。

巩固：然后呢？

李开城：然后我就等死。墓里边空气不流动，我知道一会儿就会被闷死了。我先是害怕，后来就昏昏沉沉地睡着了，再后来就醒了，也不知道过了多长时间，但我奇怪我没被闷死，我就觉得这墓里边有通风的地方，我就开始找，你们猜我找到了什么？

几个人瞪大眼睛。

李开城：墓里有墓，而且是真正大人物的墓，一地的金银财宝！

巩固：老天，你发了呀！

陈东：命都快没了，金银财宝有什么用！

李开城：原来我们最开始发现的那个墓，只是个陪葬的偏房，这个才是真正的主人墓穴。但那个时候我对金银财宝已经不动心了，我的心伤了、死了，我对着墓主人的棺材念叨，只要能让我出去，我决不动这墓里的任何东西，以后也不再干这事儿。

巩固：可惜，可惜！

毕成功：原来你早就该是百万富翁了。

陈东：你倒是赶紧去挖啊，我就想知道你是怎么出去的，对现在我们往外逃有没有借鉴作用。

李开城：后来我就开始找通风的地方，真让我找着了——是一棵大树，这棵大树就长在墓地的边上，根伸到了墓地里边，但不知为什么这棵树死了，枯了，树一枯，根就抓不住土，土就聚不成堆儿了，天长日久，树根之间的土就干了，就脱落了，出现了一些窟窿，风就是从那些窟窿吹进来的。我就用盗墓的那些工具从树根中间掏出一个洞来，逃了出来。

众人沉默。

李开城：我那次单枪匹马都能逃出来，这次咱们人多力量大，更应该有机会逃走。

巩固：老李，你那次是运气好，有工具，还有树帮忙，咱们这次可是生掏啊，还掏出块石头来了！

李开城：挖就有希望，不挖，一点儿希望也没有。不管你们挖不挖，我都是要继续下去的。现在想继续跟着我挖的，请举手。

令人没有想到的是，毕成功第一个举起了手，接着巩固犹豫了一下但最后还是举起了手，陈东则拍了拍自己的耳朵：既然这样，我的耳朵就继续给大家服务吧。

李开城：现在往前挖不可能，我们没有支撑，只有左右两个方向选择。咱们三人商定一个方向，如果挖错了，谁也别埋怨，听天由命，挖对了，是大家的福气。

巩固等三人点点头，表示没有异议。

李开城：现在咱们出手心手背，手心为左，手背为右，少数服从多数，1，2，3，开始——

四个人亮出手掌。李开城是手心，其余三人是手背。李开城也把自己的手心翻成手背。

李开城：好，就这么定了——右！

成铁等人在房间里吃晚饭。但滴答发现有不对之处——以前熟悉的周总和王总天天坐一块吃饭，今天却只剩下了王总。

滴答问成强：强子，周总呢？

成强看看屋里，确实没发现周总，也很惊讶。

成强问王总：王总，周总呢？

王总：我也正找他呢，白天出去了，到现在还没回来。

滴答注意看着张秋燕，张秋燕却不动声色，假装什么也不知道。

张秋燕：周总到现在都还没回来吗？会不会出什么意外啊？

说着出门了。

豹子和黑子的房间里，豹子和黑子两人端着脸盆，拿着换洗衣服刚要出门去洗澡间。突然，他们的对讲机响了。豹子接起对讲机听了几句后，连忙通知黑子：有人失踪，紧急戒备！

树林里，星星点点的手电筒在晃动，这是传销组织的人在找周总。钱卜多和俩同伙也在其中，钱卜多抽了个没人的空，对俩同伙说：咱们待会儿就去把周总找出来，要让他们这么瞎找，找到天亮他们也找不到。

传销基地周公梦房间里，周公梦、梅艳丽、江雪山和豹子、黑子在开会。

江雪山：周总的死用不用封锁消息？

周公梦：你怎么知道周总死了？——目前不还只是失踪吗？

江雪山表情一凛：这个，我也只是猜猜，觉得这么长时间不见人了可能会有生命危险。

周公梦：成铁和滴答的八字我已经替他们批了，他们的生命中没有杀人越货的信息记录，所以应该不是他们干的。派人去找尸体了吗？

江雪山：已派出去了。

周公梦：最近岛上越来越不太平了，得想点儿措施了。

梅艳丽：要不让法总到岛上来给大家鼓鼓士气？

周公梦很生气：你觉得这些问题的发生是因为法总没来吗？

梅艳丽不敢回答。这时江雪山手中的对讲机响了，江雪山接听。

江雪山：好的，原地待命。

江雪山挂掉对讲机，赶紧向周公梦汇报说：周老师，尸体已经被小钱他们找到，在一座悬崖下面，像是不小心掉下去摔死的。要不要让他们扔海里去？

周公梦：不，先把尸体运回来，检查一下死因。

周公梦率领众人来到库房，就看到周总的尸体横在地上，血肉模糊。周公梦对豹子说：豹子，你检查一下。豹子伏身检查时，周公梦注意到了江雪山的表情有些不安。

最后，豹子站起身来说：周老师，此人是先被击打致死，然后才被扔下悬崖的！

周公梦：按照江总刚才说的办，沉海，封锁消息。江总，您觉得如何？

江雪山赶紧答：好，好。

又是一个清晨，天亮了。在周公梦房间里，周公梦将一张纸条交给梅艳丽。

周公梦：按照这个采购单去买，回来后再按照我的方法去熬，给公司的全体人员加一加营养。

梅艳丽：周老师您觉得要不要查出那人是谁杀的？

周公梦：不用查，我已经知道了。

梅艳丽：谁？

周公梦：江雪山。

梅艳丽：他？为什么？

周公梦：江雪山要杀这个人，只有两个原因，一是钱，二是女人，这个人身无分文，估计不是为钱，所以应该是为了一个女人。

梅艳丽：那，要不要……

周公梦：不要。目前公司正是用人之际，江雪山的位置还无人能替，要顾全大局。——不过我会给他点颜色看看的，别让他以为周老师我已经老眼昏花，看不明白事了。

活动区边上，成铁等人依然一边浇水一边商量对策。

成铁跟韩游说：往前和往右都不行，只有偏左五十厘米那个角度才能挖出来。

韩游点点头，这时滴答又说出了另一个问题。

滴答：周总昨天晚上没回来，今天一早他的衣服和行李就被人取走了，我怀疑他已经被人杀了，这事儿应该与张秋燕有关系。

成铁：你多注意一下张秋燕的行为，她可能与传销上层的人有关联。

江雪山房间，江雪山和张秋燕在床上缠绵。

张秋燕：我弟弟的病马上就得动手术了，我什么时候能成为百万富翁啊？

江雪山忽然一把把张秋燕推到了床下。

江雪山：别老他妈跟我提百万富翁！你跟老子上床为的就是百万富翁吗？我他妈为你杀了一个人你知道不知道！你看我这英俊潇洒的形象像个杀人犯吗？

张秋燕愣了一下，也不甘示弱：我要不为了百万富翁跟你上床干吗？我去做小姐好不好！你睡了我你就必须得让我成为百万富翁，要不我跟你没完！

江雪山有点蒙。

码头上，传销组织运物资的船只到了，梅艳丽在指挥着卸物资。这次运来的是一些中草药之类的东西。

梅艳丽：把这些东西运到食堂，赶紧按单子上的药方熬制。

岛上传销基地里的人已比原来多很多了，到处都很热闹：电话间里，传销人员在打电话；房间里，传销人员在交流，也有的在唱《感恩的心》《爱拼才会赢》之类的歌曲；而在活动区里，传销人员在三三两两地交谈销售心得。

食堂里，一大锅汤在熬着。

晚饭时间，桌上每人多了一碗汤。张秋燕宣布：为提高工作效率，从今天晚上起，晚饭后除上厕所不准再出房间，以后咱们的洗澡时间定为饭前。

成铁和滴答等人互相看看，继续吃饭。最后，房间里每个人都把汤喝了。

地下室里，李开城等人也在吃饭。

巩固：这么些天了，就今天晚上的这汤还有点儿味，以前那些都寡汤薄水的，屁味儿没有。

陈东：有味儿我也觉得不是什么好味，有点儿苦。

巩固：您就知足吧，在这地窝里难道你还想喝燕窝！

李开城：大家赶紧吃，晚上还得干活儿。

传销人员的房间，所有的人都钻进了地铺。开始成铁还想和韩游聊几句，但是他发现韩游很快就传出了鼾声，成铁正在奇怪，他自己也打了个哈欠——竟然也睡着了。不一会儿，房间里其他人也都整齐地睡着了，怪异地集体睡着了。

地下室里，李开城还在地道里吭哧吭哧地挖，但他觉得越来越迷糊，眼皮直打架。李开城连忙放下簸箕，从地道里退出来，只见巩固、毕成功都已躺地铺上睡着了，听动静的陈东也倚坐在墙根直接眯过去了。李开城也摇摇晃晃着迷糊起来，一转头，他看见地道的口还开着，就想扯起自己的地铺把地道口盖住，但他刚扯了几下，就迷糊得不行了，软绵绵地倒在了地上，一头栽倒，也睡了。

而这时地下室的上面，传来了越走越近的脚步声。

第 8 章

豹子和黑子的房间。两人洗澡回来，开门进屋。

黑子：今天晚上怎么这么静？

豹子：估计到周老师用他的迷魂汤阶段了。

黑子：那在这边的活儿应该快结束了，我记得迷魂汤之后是制造神话，然后就没多长时间了。咱们还没收拾那小妞呢。

豹子：有了迷魂汤什么时候想收拾都行，晚上都睡得跟死过去差不多。

黑子：要不今天晚上？

豹子：不行，我这人洗了澡就不爱出门了，出门弄一身汗回来难受，明天晚上咱们半夜去把她弄回来——要杀要剐随你便。

清晨，成铁猛地醒来，有些愣怔，看看窗户外面，已是天光大亮。成铁再看韩游和闫学武，都睡得正香，一屋人也都睡得很香。成铁站起来，探头到滴答那边，滴答、小娟等人也都还在睡着，这让成铁觉得有些不可思议。

成铁走进水房洗脸，洗了几把脸，还在回想到底是怎么回事儿的时候，传销基地的大喇叭响了起来，播放的是一首励志歌曲。成铁就见水房内马上进来了很多传销人员洗脸刷牙，个个都像打了鸡血一样，容光焕发、倍儿精神，互相在说着“昨天晚上睡得真好”“有了好的事业发展平台，觉也睡得踏实了”等话。

韩游、闫学武和滴答等人也醒了，也都愣怔了，没想明白怎么回事儿。屋里其他人也都醒了，都话密，要不就自己大声哼哼着歌曲，一副精力充沛的样子。这时成铁回到屋里来，滴答等人都看着成铁。

成铁：早晨空气新鲜，咱们出去散散步吧。

地下室里，李开城最先醒来，看见地道的入口大开着，不由得大惊失色，赶紧把掩盖好，然后把陈东、巩固和毕成功一一叫醒。三人醒过来，感觉精神状态良好。

巩固活动了一下双臂：浑身是劲儿啊！——哎不对呀，昨天晚上怎么稀里糊涂地就睡着了呢？

陈东：是不是最近太累了，我也是坐着就睡过去了——幸亏没人来。

毕成功：很长时间没睡过这么好的觉了。

李开城思忖着，连连摇头：不可能是累得，这里边肯定有问题。

活动区里，很多传销人员在活动，锻炼，唱歌。成铁带着滴答等人一边散步一边开会。

成铁：你看看他们，都是昨天晚上怒睡一夜，今天活蹦乱跳。这不是正常现象。

闫学武：我也觉得昨天晚上睡得蹊跷，刚一沾枕头，我没来得及调整呼吸就迷糊了。

滴答：太可怕了——就跟死过去一样，什么感觉都没有。我怀疑他们在饭或者汤里下了深度安眠的药物，这样会促使人的大脑处于彻底休息状态，醒过来就精神头十足，时间一长，人就会精神恍惚，很容易被人控制。

成铁：情况越来越危险，一天也不能耽误了，咱们的计划要提前——今天晚上将他们从地下室救出来，然后逃走。

滴答：时间太仓促了吧？

成铁：既然他们下了安眠药物，那么安全防范肯定不会像以前那么严，这对咱们来说反而是个机会。白天咱们想办法找些挖掘工具，让韩游带到地下室，晚上等他们都睡了的时候咱们溜出去从外边往下挖，里应外合。

闫学武：你算了没有？这必须得是100%的成功率！

成铁：世界上没有百分之百的概率，但那地方这两天已经被咱们用水给浇透了，只要有合适的工具，顶多一个半小时就能挖通。

闫学武：工具在库房里，上次拿管子的时候我看见了。

成铁：咱们现在继续浇水，等到了傍晚的时候去库房取工具。

韩游：人家能让取吗？

成铁：这不是他们可以决定的事情。

监视室。从各个监视器里可以看到，整个传销基地一片欢腾：财务科交钱的人排着长长的队伍；电话间里打电话的人也在排着长队；码头上，快艇一艘艘驶来，下来一批批人……形势一片大好。

周公梦、江雪山和梅艳丽在一边看监视器一边开会。

周公梦：营养给他们加上了，下一步就是制造一个一夜暴富的神话。都到岛上这么多天了，要是还不出个百万富翁，怕是会影响到大家的积极性。

江雪山：是是是。周老师考虑得周全。

周公梦：雪山有没有合适的人选呢？

江雪山这次比较谨慎：还是请周老师定夺。

周公梦：我对下边的人不太熟悉，还是请江总推荐个合适的人选吧。

江雪山：我觉得张秋燕比较合适。

周公梦：哦，说说理由。

江雪山：她是个女的，女的成为百万富翁对其他的传销人员更有刺激性。

周公梦：何以见得？

江雪山：首先，男人会觉得一女人都能成为百万富翁，自己更不能落后，而女人天生就有嫉妒同性的心理，更会奋勇争先。所以，我觉得她比较合适。

周公梦：雪山啊，世界之大，人数之多，你所知道的不是一切——女的那么多，你怎么知道她比较合适？就没有再比她合适的人了吗？

江雪山语塞，不知道怎么回答。

周公梦：依我看，你说的这个张秋燕不是合适人选，她是一个房间的家长，她来岛上时间也不短了，她的那条下线发展很壮大，她很有心机，她的能力比她周围的人强，她长得还尚可，这几条都是致命的。你想啊，如果她成了百万富翁，这不算神话，只是她正常能力的体现——应该的！这样反而会打击其他人的积极性，因为很多人没有她强。你知道现在他们真正需要的是什么吗？不是一个百万富翁的形象，而是一个百万富翁的神话，神话就是要让一个比他们差很多的人、一个最不可能成为百万富翁的人成了百万富翁！

江雪山：想来周老师已有合适人选。

周公梦：不，我没有。制造神话不用过多考虑，过多考虑就不是神话了。

周公梦看着监视器，他看见一台监视器里小娟一个人在一边溜达着。

周公梦：就她吧——她没有能力，长相一般，来岛上时间不长，对公司以后也没什么贡献了，这都符合制造神话的要素。

江雪山有点儿不服气：周老师，那跟小娟这样的也有很多，您怎么能知道她就是最合适的人？

周公梦：以宇宙之大，以人数之多，以不可见因素之无法预见而言，一切偶然都是必然——她是偶然开的花必然结的果。

江雪山一脸拧巴。

传销基地的楼前，成铁等人在浇水，小娟坐一块石头上愁眉苦脸。突然，传销基地的大喇叭里传出声音。

大喇叭：各位老总，各位老总，公司发布重大喜讯，公司发布重大喜讯，恒远伟业连锁销售会员中的第一位百万富翁今天诞生了，她就是来自云县的无业青年张小娟——

轰——传销基地像是炸了锅，传销人员都跑到楼下，听大喇叭里的通知。成铁等人听到也吃了一惊，但小娟听到后，没什么反应，她不觉得这跟自己有什么关系，她哪想得到啊。

大喇叭：……张小娟，女，今年22岁，高中毕业后就一直找不到人生的方向，她先后干过清洁工，小保姆，也卖过菜，看过厕所，终于，她在一个美好的日子里加入了恒远伟业，成为恒远伟业连锁销售会员中的一位，今天她终于实现了自己的理想，成为恒远伟业百万富翁俱乐部的首位会员，现在请各位老总到码头目睹张小娟的百万富翁加冕场面并欢送张小娟出岛。

轰，人群全往码头拥去。成铁等人目瞪口呆。

滴答：上帝也想不到这事儿——太荒诞了！

这时小娟还在一边坐着发愣。在她愣神的工夫过来两个人，其中一人对她说：张小娟张总，恭喜您，公司有请。

江雪山房间里，江雪山正在跟张秋燕扭打。

张秋燕：你们都是些骗子，我发展了那么多会员一分钱也没拿到，她一个会员也没发展，你们却让她成为百万富翁！我跟你们拼了！

江雪山使劲拢住张秋燕的双臂，想让她镇静下来。

江雪山：你冷静一下！听我解释！

张秋燕：我不听，我要揭发你！你这个杀人犯，你是个大骗子！你们都是骗子！

江雪山：你别闹，我现在要去码头主持欢送仪式，晚上我给你一个解释，好不好？你现在再闹下去对谁都没有好处！

张秋燕：好，今天晚上是你最后一次机会！

江雪山松开张秋燕，从抽屉里取出一张胸牌。

江雪山：晚上来的时候，换上这个胸牌。

张秋燕接过那张内部的胸牌。

江雪山：另外，今天晚上吃饭的时候不要喝汤。

张秋燕：为什么？

江雪山：照做就是了，这不是你该知道的问题。

码头上临时搭起了一个小台子。台子前全是不明真相的传销人员，都在争着一睹百万富翁的真面目。小娟表情茫然地站在小台子上，胸前还挂着一个绶带：百万富翁俱乐部。

江雪山站在一边，拿着一个扩音器主持：各位老总，是财富的梦想让我们聚到一起，是财富的力量让我们前赴后继，今天第一位实现百万梦想的富翁已经站到了我们的面前，她是一个普普通通的女孩，她跟大家没有什么两样，但她通过加入我们的恒远伟业而赚到了普通人一辈子也赚不到的钱。让我们一起来见证这个伟大的时刻，让我们一起高举着财富的旗帜走向未来。

成铁、滴答等人也在人群中。成强挤到成铁旁边，一脸困惑和不解。

成强问成铁：哥，我是她上线，我还没成为百万富翁她咋成百万富翁了？这不对呀！是不是公司算错了？

成铁赶紧启发他：你没感觉到这是一个骗局吗？

成强：骗局？怎么会呢？——你看，那钱总不会是假的吧！

成铁转头看台子上，见有俩人抬着一筐钱走到台子上。见到这么多钱，台下传销人员骚动起来。

江雪山：各位老总，这是四十万元现金，当场交付给我们的首位百万富翁张小娟，以供她平时零花之用，另外六十万元将在我们的张小娟张总到达岸上后由公司派人去银行帮她转账。现在，欢迎咱们公司的顾问周公梦老师上台讲话。

掌声雷动，万众欢腾。周公梦徐徐走上台子，他依然穿着一身中式服装，戴墨镜，显出一副大师气度，他先向小娟伸出了手，但小娟茫然得不知道他要干什么。周公梦只好拉起了小娟的手握了握，面向大家。

周公梦接过江雪山递过来的扩音器：各位老总，《论语》中有这样一句话，子在川上曰：逝者如斯夫，不舍昼夜！这句话是什么意思呢，我来告诉大家，这句话的意思就是说人生的时光就像河水一样，日日夜夜不停地流，流啊流，不回头，很快就流没了。那么我们应该怎么办呢？我们就应该像张小娟一样，抓住每一个机会！贫穷不是你的错，如果认识了我们你还贫穷就是你的罪过！各位老总，张小娟是第一个出岛的百万富翁，很快就会有第二个，第三个，第四个，很快大家都会成为百万富翁！挣钱有理，爱钱无罪，各位老总，让我们行动起来，把我们的百万富翁事业全面推向高潮吧！

周公梦将扩音器交还江雪山，快步走下台子，身后的掌声、喝彩声、响应声，此起彼伏。

江雪山：现在，让我们用全世界最热烈的掌声欢送第一位百万富翁张小娟出岛！

传销人员鼓起了掌，眼神里充满了艳羡、嫉妒和狂热。豹子和黑子上台，替小娟拎起那筐钱，走向码头边停靠着的快艇。滴答看见是豹子和黑子送小娟，不禁皱起了眉头。

滴答对成铁：小娟可能会有危险，我得去拦住她。

成铁：学武你跟滴答一块儿去。

滴答和闫学武往小娟那边追去，但小娟在豹子和黑子裹挟下，一直往前走着，已靠近了快艇。滴答再往前，有几个人站出来，拦住了滴答。就在滴答急得不行之时，闫学武上前将那几个人一拨拉，那几个人不由自主地让开了一个空隙。几个人都吃惊地望着闫学武，不知道这个瘦小的人怎么力量那么大。趁这空儿，滴答赶紧跑过去追赶小娟。

滴答：小娟，小娟，赶紧回来。

小娟回头看见滴答，却摇了摇头。

小娟：我想家了。他们要送我回家。

滴答着急地说：小娟，这不是回家的路。我会送你回家的。

在小娟犹豫的时候，豹子和黑子已把小娟拉上快艇，然后发动快艇出发了。

滴答只能目送小娟远去了。

海面上，快艇疾驶。小娟坐在快艇中部，表情惶恐。那筐钱就在她身边，小娟却不敢去看，她只是看着岸的方向。突然快艇停下了，豹子和黑子站起来走向小娟。小娟惊恐无比：大哥，我不要钱，这些钱都给你俩了，你把我送到岸上就行，我不想当百万富翁，我就想回家……

豹子和黑子面无表情，不为所动，还是逼向小娟。小娟惊慌地站起来，想向后退，但是后面没有退路——后面是大海。小娟一退，跌入了大海，还没来得及挣扎就沉了下去，几乎连浪花也没有激起。豹子和黑子则坐了下来，各自抽出一根烟，点上，看着大海，像什么也没发生一样。豹子顺手从筐里捞起一捆钱在快艇的船舷上摔打了几下，感叹道：真是好东西！

然后他们将快艇掉头，向回驶去，只留下了身后的海面浩渺。

周公梦房间。周公梦躺沙发上休息，梅艳丽在给他按脖子。

梅艳丽感叹：周老师，我的青春在这小岛上白白荒废，真不知道青春的价值在哪里。

周公梦：青春无价！

梅艳丽：周老师你真是，老敷衍人家，也不给句掏心窝子的话，让人家心里有个底。

周公梦：艳丽啊，我的就是你的，你的不也是我的吗！

梅艳丽悄悄做了个不屑的表情。这时有人敲门，梅艳丽开门，豹子和黑子进来。

豹子：周老师，都已办妥。

周公梦：很好。那钱你俩取十万元做零花钱用，其余的存到保险柜里去。

豹子：谢周老师。

两人出门了。

梅艳丽：周老师，您可真是大方，一开口十万元就送出去了！凭什么啊！

周公梦：艳丽啊，你跟着我时间也不短了，怎么就不开窍呢！现代企业管理讲究的是什么？是人才！人是现代企业管理的核心！为什么我每天晚上要抽出时间和豹子、黑子、江雪山他们一起共进晚餐，就是要收买他们的人心啊！

梅艳丽：可他俩算人才吗？

周公梦：在他们的领域算是！

梅艳丽：算什么人才，看不出个好歹，上次我让他们买件衣服还收了我一千块钱！难道他们不知道我是您的人吗？！

周公梦：他们知道你是我的人，但也知道你不是我——这就是他们为什么是人才的道理。

傍晚，成铁几个人依旧在活动区浇水。成铁抬手腕看了看表，觉得时间差不多了，就招呼滴答等人放下水管子，然后再抬起来往基地里边走。

成铁：快到库房换班的时间了，他们换一个班就是一晚上，咱们趁还水管的时候把那俩值班的控制住，晚上就能随便使用库房里的东西。但是咱们必须要赶在他们两组人交班的时候到达。

滴答：为什么？

成铁：到时候你就知道了。

库房门口，成铁等人拖着水管子走来。值班的俩看守正无聊地坐在库房门口打瞌睡。滴答：两位大哥好，我们来还水管。

一看守指指库房门：拖进去吧，快点出来。

成铁等人将水管拖进去。

滴答：怎么没人来交班？会不会是来晚了，已经交班了？

成铁：不会，刚交班的话他们不会打瞌睡。——咱们在这里边拖延一会儿。

成铁几个人慢悠悠地将水管子盘起来。

外边的看守在叫：放下，赶紧出来。

成铁：我们得盘起来啊，不盘的话就踩坏了！

看守：那就快点，别磨磨蹭蹭的。

成铁几个人将管子盘了起来，但是外面还没有交班的动静。成铁赶紧做个手势，几个人将管子又重新伸开，再卷。

这时外面的一看守不耐烦了，嘟囔着进来。

看守：卷个管子就这么费劲吗？！

看守刚要走进来，就听到外面另一个看守喊他了：兄弟，交班了。

一听交班的人来了，这个看守也不进来了，又出去了。

外面两对看守在交班。

原来的看守：里面是来还水管子的，盘起来就让他们赶紧走。

新来的看守：好的，放心吧，拜拜。

原来俩看守走远的脚步声。

成铁：行动。

滴答：哎哟，看守大哥，快进来看哪！

俩看守听见声音，赶紧往里走，一进来，闫学武出手如电，将一人一拳击昏过去，另一边成铁和韩游两人笨拙地捂住另一个看守的嘴，但无法将他弄昏。闫学武上前又是一拳——那人立即软了。

成铁松开手后，连忙往外跑去。

成铁跑出库房门，跑到走廊里，噔噔噔追上刚交完班的那俩看守。

成铁：两位大哥，请等等。

俩看守回头。

一看守：怎么了？

成铁：两位大哥，库房那两位值班的大哥让我给你们带个话儿，就是晚上他们不想吃饭了，麻烦你们跟食堂说一声，不用往这送了，你们两人领去吃了就行。

看守：嘿，还有这好事！回去告诉他们，谢了！

成铁：哎，好的！

转身回来。

俩看守也高兴地走了。

成铁回到库房时，滴答等人正将俩看守五花大绑。

成铁：把他俩胸牌扒下来。韩游拿一个藏身上，去地下室的路上戴上。

韩游点点头，拿了一个胸牌装兜里。几个人又忙将俩看守拖到隐蔽的地方，然后开始在库房里找工具。

成铁找到两把小铲子，他让韩游揣到怀里试了试——还好，从外面什么也看不出来。滴答和闫学武找到了几把铁锹。

滴答：咱们晚上用这个！

成铁抬手腕看表。

成铁：吃饭时间快到了，现在咱们赶紧赶回去吃饭，要想办法把汤倒掉。韩游吃完饭必须尽快出发，在豹子、黑子回屋和地下室的饭送到之前到那儿，否则地下室的人一晚上都醒不过来。

他们开始往回走。韩游有些紧张：到时我进得去吗？

成铁：一定进得去，他们只认胸牌不认人——想认他们也认不过来。

韩游：我还是紧张。

成铁：滴答，你给韩游上上心理课。

滴答：记住，去的时候头要昂首挺胸，不要左顾右盼，要把豹子和黑子的那间屋当成你自己家的厕所！你想去就去，千万不要慌张，尤其是眼神，如果有人盘问你，你得装作他是冒牌的！明白吗？

韩游点点头：明白！

房间里，成铁等人在焦急地等着饭来，张秋燕也坐立不安。饭终于到了，大家吃了起来。韩游吃了几口，然后在成铁等人的掩护下，将汤倒进了小桌旁边的书包里。那里边有一个提前准备好的塑料袋。就这样，几个人互相掩护，将汤倒掉了。在另一边，张秋燕也趁人不注意的时候，将汤倒回了桶里。

韩游起身，故意大声说：哎我肚子有点儿不舒服，得去厕所。

韩游出门，见有看守在走廊里晃着，就径直走进厕所。一进厕所，韩游就将胸牌摘下，又将库房看守的那个胸牌换上，然后悄悄探头看着走廊。走廊上，那个看守在来回溜达，韩游注意观察着看守溜达的规律。

而此时，钱卜多和俩同伙提着饭刚从食堂里出来，准备去给地下室的人送饭。

厕所这边，韩游瞅出门道，趁看守转身的时机，赶紧跑出来，跑到楼梯旁边，在那个看守再次转过身来的瞬间，走下楼梯。韩游按照滴答说的，昂首挺胸下楼梯，每层楼都有人看守，他们只瞥一眼韩游的胸牌就不再搭理。韩游走到一楼，开始有些紧张，他深呼吸一下，向一楼走廊尽头那个房间走去。走廊上有一看守在溜达。那看守见有人来，赶紧打起精神，看胸牌是自己人，就放松了，但一楼毕竟是重地，他还得问几句。

看守：哥们儿，干什么去？

韩游一顿，突然发火：你他妈问得着吗？看你这没精打采的样儿，别光赖这儿，四处看看去！

看守被猛一顿骂，不知韩游什么来头，哎哎哎答应着走了。

韩游赶紧走到尽头，掏出钥匙开门。他的手哆嗦着，开了几次才打开，立即闪身进去。

与此同时，钱卜多和俩同伙也出现在一楼的走廊里，向豹子和黑子的房间走过来。

在豹子和黑子的房间里，韩游赶紧打开盖子，往下看。这一看不要紧，急得他浑身直哆嗦——太高了。而下面，是几双奇怪的目光在盯着他。

韩游：快想办法接我下去——我是来救你们的！

但李开城等几个人一时还没缓过神来，还在傻傻地看着，没有反应。

韩游急了：你们倒是快点啊！

李开城立即反应过来，赶紧指挥巩固等人把几床被子放到盖子对着的下面。

巩固：兄弟，往下跳吧，摔不死。

李开城：别跳，你得想办法再把盖子盖上。

走廊里，钱卜多和俩同伙已经走到门前——屋里，韩游已经听到了外边的脚步声，他一咬嘴唇，下定决心，先用两手撑着把身子悬到地下室下面，然后用一只手把盖子拉起来，突然两只手同时松开，人和盖子同时砰地响了一声，盖子合上，人落地。

钱卜多和俩同伙刚要开门，突然听见屋里砰的一声，吓了一跳。

钱卜多：这是豹哥他们吃饭的时间啊？应该不会有人！

说着抬起手敲了几下门。

钱卜多：豹哥，豹哥？

地下室里一片忙乱。

韩游：先将我藏起来。

李开城他们将韩游塞到地道里，又开始收拾床铺，掩盖住洞口。

陈东在听：他们进来了！

钱卜多和俩同伙疑惑地进屋，察看一圈，没发现有什么异常。

钱卜多：这屋子真他妈怪，老跟咱们过不去。

同伙：听错了？

钱卜多：听得真真的，不可能啊！——会不会是地下室有什么问题？

想到这儿，钱卜多赶紧伏下身子，一伸手揭开地下室盖子，探头往下面看。下面的四个人都懒散地躺在铺上，见盖子开了，巩固立即站起来过来准备接水和饭。

钱卜多：你们刚才听见什么动静没有？

巩固：听见了。

钱卜多：什么动静？

巩固：砰的一声——好像地下的火山在运动，听动静像是从海底传过来的。我们经常听见有这声。

钱卜多狐疑地看了看巩固他们，也找不出什么疑点，就示意俩同伙往下面递水递饭。

成铁房间里，所有人都已躺下，屋里很快就发出鼾声。成铁、滴答和闫学武也假装睡着，但却支着耳朵随时注意四周的动静。这时，张秋燕悄悄睁开眼睛打量着周围。

地下室里，韩游从地道里走出来，然后从怀里掏出小铲子。

韩游：我叫韩游，是来帮助你们的，今天晚上咱们就逃出去，我刚才在地道里看了，你们挖错了方向，应该是朝左斜着四十五度角向上挖五十多厘米。

巩固：兄弟，让我们怎么相信你?

韩游：就凭我现在也在这地牢里。

巩固：为什么要来救我们?

韩游：这你得问我们的头儿，他在上面帮你们往下挖。

李开城：行了，小巩，人家确实是来帮咱们的，哥儿几个，时间紧急，赶紧吃饭，吃完开挖。

韩游又赶紧提醒：对了，那汤别喝，汤里有安眠药。

巩固：我说呢，让老子睡得跟猪一样!

几人吃饭的时候，韩游先钻到地道里：我先挖着!

在成铁等人的房间里，滴答以为其他人都睡着了，刚要起来，没承想一旁的张秋燕却呼地坐了起来，吓了她一跳，她赶紧继续假装睡着。另一边的成铁和闫学武听见这边的脚步声也赶紧伪装好。张秋燕在屋里来回走了一圈，见都睡着了，便将门轻轻打开，探头看了看外面。走廊外面只有一看守在蹲着打瞌睡，张秋燕放心了，将胸牌换上后，悄悄走出房间。

过了一会儿，成铁、滴答和闫学武也起来了。他们动作麻利地把自己的行李收拾好，带到身上。成铁走到门边，悄悄探头向外看了一下，见看守在瞌睡，便招呼滴答和闫学武出来。因为给传销人员下了药，传销基地夜里看守得特别松懈，一路上看守甚少，或者在墙角打瞌睡或者睡着了。三人一路通行无阻，很快来到库房，拿走铁锹。

而另一边，张秋燕闪身走进江雪山房间。江雪山早在等她了，一上来就要搂，张秋燕不断拒绝着。

江雪山：你要配合我，我会把一切都告诉你的!

张秋燕不情愿地被江雪山搂到了床上……

成铁等三人扛着铁锹来到那个出口处，开始向下挖。因为多日来被水浇灌，挖下去很容易。而在下面，地下室的人也在挖着。

江雪山房间里，两人缠绵完毕。

张秋燕：说吧，你打算怎么办。不让我成为百万富翁，让我成为几十万富翁也行，我就是想挣个几十万元给我弟治病。

江雪山：说实话，这个岛上的人除了周老师，谁都不可能成为百万富翁。

张秋燕愕然：为什么？

江雪山：正像你所说的，这是一个骗局。这实际上就是一个传销团伙，靠拉人头骗钱，因为国家现在打击得很厉害，所以周老师他们想出一招儿，就是去一些荒凉的地方，购买荒山荒岛，然后把人圈那儿骗钱，等把那个地区骗得差不多了就撤，再换下一个地方。

张秋燕蒙了：公司不是把这座岛都买下来了吗？这总不是假的吧？

江雪山：只是谈了一个意向，然后付一点儿订金和俩月的先期考察费用，等撤的时候这个公司也就注销了，而且这个公司是在香港注册的，到最后连人影都找不见。

张秋燕：老天啊，我可是说服我家里人把房子抵押了掏这笔会员费！我弟还等着我挣钱回家治病呢！不是说一两个月就能成百万富翁吗？

江雪山：别说百万，从这儿你一分钱也拿不走！谁也拿不走。

张秋燕：那小娟呢？她怎么白白拿走了一百万元！

江雪山：这是公司制造的一个神话，为的是欺骗传销人员，至于她是不是能真的拿走一百万元，我也不知道。这是公司高层的事情，我只是一个讲师。我告诉你，我都挣不到一百万元，别说你们了！

张秋燕崩溃了：你们不都是成功人士，百万富翁吗？

江雪山：那只是传说。

豹子和黑子房间。

黑子：睡不着，咱们去收拾那小妞吧。

豹子：好。

两人下地出门。

江雪山房间。江雪山从抽屉里拿出一沓钱：这是五千块钱，你拿走，然后我想办法把你送出岛——这是我念咱们之间的情分，对你最大的保护了。

张秋燕：我怎么出去？我怎么回家？我们家连房子都抵押了！

江雪山：这我也爱莫能助。

张秋燕突然咬牙切齿地说：我不管，你必须让我挣到三十万元，否则我就把你们的事抖搂出去！

江雪山：你不用威胁我，我杀过一个人了，也不在乎再杀一个人。

张秋燕：那你过来杀我吧，杀呀，杀呀你！

江雪山：你赶紧回去吧，活着总比死好，没准儿以后你能挣到一百万元，但是要记住，天上不可能掉下来馅饼。

张秋燕看着江雪山，突然一转身，冲到阳台边。

张秋燕：你要不答应我我就跳下去！

江雪山看着张秋燕，一时也不知道该怎么做了。

活动区这边，成铁等人在挖着，突然土陷了下去。

成铁惊喜地说：通了。成铁伸出手去，拉上一个人来，是巩固。成铁正要再拉下一个，突然，一声惨叫，然后是一声闷响——是楼前张秋燕摔到了地上。

一边，豹子和黑子正走在楼梯上，听见了这一声惨叫，赶紧往外跑。

整个活动区楼前的灯突然亮了，成铁等人赶紧趴到地上，暂停营救行动。

地下室里，几个人不知道外面发生了什么，只好暂时待在地道里。

陈东情绪有些失控：我受不了了，快被憋死了。

李开城：兄弟，再熬熬，就差这一哆嗦了！

活动区楼门前很快就聚集了很多人，都是传销内部的人，豹子和黑子也赶到了。

豹子：赶紧去请周老师！

不远处的出口处，成铁等人趴在地上，见人们的注意力都在事故现场，便开始一个一个把人从里边往外拽。成铁拽出来一个就示意他们往树林那边爬。

活动区楼门前，周公梦和梅艳丽匆匆赶来，江雪山也装模作样地来了。

周公梦：雪山，怎么回事？

江雪山：豹子和黑子发现张秋燕跳楼自杀了。

周公梦：跳楼自杀？这怎么可能——她应该是在老老实实睡觉才对。

江雪山：我也刚得知这事，具体情况还得调查。

周公梦：马上派人去张秋燕房间调查。

说完低下身子看张秋燕摔的情况。地上一片血迹模糊。

出口处，成铁和闫学武将下边的人全部拉出，开始匍匐着往远处爬动。这时楼上有人从窗户里探出头来向下面喊：不好了，这个房间有四个人不见了！

周公梦：一级戒备，马上搜查！

楼顶的探照灯唰地亮了，照来照去。成铁等人在草丛里爬爬停停，并没有被发现，所有人都被楼门前那边杂乱的脚步声、嚷嚷声吸引去了。突然，陈东忍不住咳嗽了一声，立即引起了楼前人的注意。

有人喊：什么人？谁？

等探照灯再扫射过来的时候，成铁喊道：快跑。

几人弹地而起，往树林里跑。

豹子一挥手：保安组的人，跟我去追！

传销组织的一部分人跟着豹子和黑子追了上去。

活动区楼门前，周公梦看着成铁等人有些疑惑：不是只有四个人吗？怎么那么多？

这时有一人发现了地道的出口，赶紧报告：周老师，地下室里的人也跑了。

周公梦走到地道出口看了看，连忙吩咐旁边的人：从现在起，加强码头的人手，加强水井边的人手，另外，连夜去县城找这个岛的地图。

梅艳丽：那女的尸体怎么办？

周公梦：沉海。——让江雪山到我房间里来。

此时，成铁等人已疯跑进树林里，后面的人在追。

在周公梦房间里，江雪山战战兢兢地站在周公梦面前。

周公梦：江总，我也不跟你兜圈子了，人是从你那房间掉下来的，从她自己房间掉下来，脑袋不至于摔掉半拉。

江雪山扑通跪下：周老师，饶我一次，我一定报答您！

周公梦：孔子曾经说：食色，性也。按说像你这样的青年才俊，玩个女人也不算什么，但是这次有点儿过火了，我也帮不了你。

江雪山：周老师，我一直对您忠心耿耿，您不能卸磨杀驴啊！我还是有用的，我可以帮您去抓成铁他们，抓不到我提人头来见！

周公梦：好，那就再给你一次机会，你带一拨人去追，如果能抓得到他们，我跟上头也好交代，咱们继续做同事、做兄弟。要是抓不到，你自己知道后果。

江雪山：我这就去。说完，连滚带爬地出去了。

梅艳丽：有豹子他们去抓了怎么还派人？

周公梦：这也是现代企业管理的一个重要部分——博弈论，要让自己的下属有危机感，要让他们互搏，这样整个企业的内部效率就会提高。

江雪山回到自己的房间，召集了五六个人，钱卜多和俩同伙也在其中。江雪山先将一摞钱分发给众人。

江雪山：兄弟几个受累了，抓住这几个人对我来说非常重要，这是给大家的夜宵补助，如果抓到了，将有十倍于今天的奖励！

钱卜多将钱收起揣兜里说：江总你放心，我们一定竭尽全力！

树林里一个地方，成铁等人继续疯跑，但始终甩不掉后边的人。成铁突然让大家停下来。

成铁：咱们这么跑不是办法，动静太大，没法甩掉他们，大家停下来，分散隐蔽，我跟学武继续往前跑，引开他们，天亮回来找你们。说完，成铁和学武继续往前跑去，其余人立即分散隐蔽，找好藏身的地方。

说话间，后边的豹子和黑子领着一群人摇晃着手电筒已追了上来。成铁和闫学武为了引开他们，边跑边大呼小叫。但豹子并没有上当，他忽然指示众人停下了脚步。

黑子：怎么不追了？人在前边呢！

豹子：刚才他们跑的时候只有脚步声，现在突然有两人发出声音，好像故意要让咱们知道他们在哪儿，你不觉得奇怪吗？

黑子：你是说这是他们要的把戏？

豹子：绝对！我敢肯定其他人就在附近，而且咱们说话没准他们都能听到。

说着，豹子提高了声音：我说，都出来吧，别跑了，别躲了，早点出来还可以活命，你们要再不出来我可就开枪了，枪子儿可不像我这么好脾气，它认命不认人！

然而，四周并没有任何反应，只有风吹草动。豹子等人将手中的手电筒胡乱照向四周，也没有发现什么。

前边，成铁和闫学武跑着跑着，不见有人追来，就停住了脚步。

成铁：坏了，他们没上当。

闫学武：咱们赶紧摸回去。

树林里，豹子掏出手枪，推子弹上膛。

豹子：给我在附近搜，看看那些树后边、石头后边都藏没藏着什么活物。

传销组织的人立刻举着手电筒四下散开，开始搜寻。豹子举着手电筒，向滴答藏身的那棵树走去。黑子也向前走着，眼看就要踩到李开城和巩固的身上。突然，他们身后传来一阵喧闹声，有人来了。豹子和黑子转身返回，走向来人。

豹子一手举手电筒一手举枪：谁？

江雪山：我——江雪山。

豹子：江总来干什么？

江雪山：事关重大，周老师让我带一队人来追。

豹子：这是我们保安组的事儿，就不用麻烦江总了。

江雪山：哪里，公司大事，人人有责——你们都追半夜了，该累了，回去休息一下吧，我带人去追，实在不行，明天你们再上阵。

豹子：没想到江总能文能武啊，那就交给你了。

话刚说完，豹子举起自己手中的手枪，砰砰砰向着四周一顿乱射。子弹射出的声音在黑夜里传得非常远，把许多夜禽从树上惊飞。滴答藏身的那棵树被击中，树皮都弹到滴答的脸上，她咬紧牙坚持着一动不动。

成铁和闫学武听见了枪声，赶紧往回跑了起来。

子弹在黑夜中清脆地回响着——

第 9 章

树林里，豹子将手枪里的子弹悉数打完后，收枪入腰，说：过瘾！——走。一挥手带着自己的人走了，只剩下江雪山带着自己的人继续向前追去。

而在另一边树林里，成铁和闫学武在急急穿行。他们忽然看见前边手电光柱乱晃，一阵杂沓的脚步声越来越近，两人赶紧躲到路边隐蔽起来。

闫学武：铁子，你听，他们人也不多，我出其不意杀出去，把他们揍趴下拉倒，省得像尾巴一样甩不掉。

成铁：不行，黑灯瞎火，虚实不明，对方情况摸不清楚，得先避过今晚的风头再说。

等江雪山他们呼啦啦跑过去之后，两人继续往回赶。

刚才杂乱的树林忽然变静了，滴答在树后觉得应该没什么危险了，先探出头来看看，然后从树后悄悄闪出来，找其他的人。

滴答轻声：喂，都还在吗？有人受伤没有？

毕成功和韩游从石头后边闪出来。

韩游：我们在这儿——俩。

草丛里，巩固推推李开城。

巩固：老李，起来了。

但李开城没反应，一动不动。巩固继续喊他：老李，老李……

看依旧没有反应，巩固立刻惊叫起来：坏了，老李被打死了！

这时成铁和闫学武也已经跑回来，一听老李被打死了，赶紧跑了过来。闫学武低下身子伸手去摸李开城的脉搏和鼻息。

闫学武：没死——只是受伤昏过去了，赶紧看看伤着哪儿了。

成铁抱了抱惊慌的滴答，说：别害怕，有我。

闫学武掏出手机按了一下键，用屏幕发出来的一点儿光亮检查老李的伤势。他一拉老李胳膊，摸了一手血，再一细看，左肘有个大口子，露出了皮肉。

闫学武：还好，让子弹伤着胳膊了，幸运的是子弹只是擦过皮肉，没伤着骨头，但必须马上止血。

几人手忙脚乱地从行李里撕下衣服条给老李缠胳膊上当绷带用。这时他们才发现，李开城紧咬着自己衣服一只袖子的衣角，表情相当痛苦。

闫学武：这老伙计不简单，他是疼昏过去的！

成铁：这儿太危险，马上转移。

几人抬起李开城悄悄地消失在黑夜的树林里。

天亮了，传销基地活动区的张秋燕的血迹已被洗净。海风吹来，树娑草动，潮水起落，安静中渗透着不安。

周公梦房间，香烟袅袅。周公梦在占卜，梅艳丽、江雪山、豹子、黑子在一边等待结果。周公梦将自己的占卜程序弄得很玄乎——又是拜天，又是念口诀，最后他缓缓睁开眼睛。

周公梦：我已用周易算出他们在哪儿。

江雪山：周老师真乃神人也！

梅艳丽：在哪儿？

周公梦：在一个靠水的地方。——地图取来了吗？

梅艳丽：取来了。说着取出地图，和江雪山等人一起挂到墙上。周公梦走到地图前端详良久，他用手指向一个地方：就是这儿——马上去追。

江雪山和豹子黑子都要出门。

周公梦：豹子留下，我跟你谈谈你昨天晚上擅自开枪的事儿。

江雪山和黑子出门了。

豹子：周老师，我不会再浪费子弹了。

周公梦：几粒子弹不会给公司造成损失。我要跟你谈的不是这事儿，是另外一件事儿。这个锦囊给你，到了那个地方，如果没有抓到成铁他们，就打开，里面会告诉你下一步怎么办。

说着周公梦递给豹子一个纸包，然后拍拍豹子的肩，示意豹子可以出去了。

成铁等人果然隐蔽在岛上某个有水的地方。这是一条小河沟，旁边是茂密的林木。此时大家都横七竖八地靠在石头上或树上睡着了，只有成铁没睡，他在考虑着以后的对策。这时李开城醒过来，他一动，感觉手臂疼痛，不由得哎哟了一声，成铁赶紧过来察看。众人也都被惊醒，围上来。

成铁：感觉怎么样?

李开城：没死。放心。

成铁他们又帮着李开城仔细检查了一下伤口，发现虽然伤口昨天流血很多，但口子并不太大，已经开始结痂了。

这时，闫学武向滴答要了一个杯子，离开大家的视野一会儿，不久就端着一杯发热的浑浊液体过来了。

巩固不解：这不是一杯尿吗？你弄这个是干啥用?

闫学武：对伤口进行清洗和消毒。尿不含细菌，在野外这是最好的消毒液体。当年越战时候，美军飞行员被击落后，常用这种方法消毒，效果良好，甚至在特殊情况下都可以喝呢。接着又对李开城说：哥们儿，你的伤口问题不大，只要经常用这液体消毒，别感染了，以你的体格是没啥大问题的。这一点你可以相信我，我是搞体育的，对紧急伤口的处理还是有一些研究的。

闫学武说完，就帮着李开城清洗伤口。滴答也拿过来一些消炎药，嘱咐李开城按时服用。此时，成铁开始看看大家，研究下一步计划。

成铁：现在大家都在了，下面咱们要商量一下怎么躲避他们的追击，逃出去。讨论之前，咱们先互相认识一下，大家都做个自我介绍。就从我开始吧，我叫成铁，在一所大学里当数学老师，我来到这儿是想带我弟弟出去。

滴答：我叫滴答，成铁的女友，没有其他职业。

滴答说着，却在注意观察着从地下室出来的几个人的一举一动。

闫学武：我叫闫学武，云县造纸厂工人，我主要剩用业余时间练习武术，这次被成铁叫来助阵，希望能起到一点儿作用。

巩固：早知道你会武术昨晚儿咱们就别跑了，跟他们来个对决！就跟一些美国大片一样。——我叫巩固，以前是卖盗版碟的，盗版被打击得太厉害，咱就不干了，想出来挣钱就被骗这儿来了。

滴答注意到巩固一边说一边用手撕着一片树叶，撕碎一片就再揪一片撕。

毕成功：我叫毕成功，以前是一个单位的……出纳。

滴答注意到毕成功说话时眼神游移，吞吞吐吐。

李开城：我叫李开城，大家都叫我老李吧，以前……咳，也不瞒大家了，我跟地下室这三哥们儿也都说过，以前盗过墓，被自己好哥们儿埋地下了，大难不死，想挣点踏实钱，没成想又被困在这荒岛上了。

李开城说得很爽朗，但滴答却注意到李开城的耳朵边上有一个黑色的小痦子，在说话的时候有时会紧张地跳动一下，但很难察觉。

陈东：我叫陈东，中国实力派诗人，视金钱如粪土，没想却被金钱困——本来想到这岛上观光写诗，没想到现在几乎是蘸着鲜血奔命，如果我能活着走出小岛，我将写出本世纪最伟大的诗歌！

滴答注意到陈东的位置，陈东处在几个人的最里边，也就是最安全的位置。

韩游：我叫韩游。姓韩的韩，游泳的游。

大家介绍完了，都看着成铁，等他发言。

此刻在树林的另一边，江雪山和豹子、黑子带着各自的人，杀气腾腾地向成铁等人藏身的地方走来。他们都手持武器——人手铁棍一截，只有豹子持枪走在前头。而黑子持的棍也与众不同，他一边走一边又从腰里取出一截棍，跟原来的那截棍一连，成了双节棍。追兵凶猛前进。

这边，成铁在给大家讲述形势。

成铁：各位，形势严峻，第一，敌我力量太悬殊，从数量上来讲，至少有三倍以上的人在追我们，这还不包括他们的储备力量；第二，从硬件配置上来讲，他们有武器，并且至少有一支枪；第三，他们有地理优势，我们则是瞎子摸象，搞不清楚这岛到底有多大，什么地势和形状；第四，他们有心理优势，这种心理优势表现在他们可以大开杀戒，而我相信，在场的各位，都没杀过人——

成铁说到这里的时候，李开城耳朵上那个黑色的痦子动了一下——这被滴答看在了眼里。

成铁：所以，咱们即使跟他们正面遭遇的时候，也会因为心态上的原因而比不上敌方凶狠。第五，也是最致命的一点，就是咱们没有食物，没有水，实际上，他们如果足够聪明的话，根本不用来追咱们，只要看管好水资源和食物以及出海的途径，咱们自己就支持不住了。

闫学武：他们有你说的这样聪明吗？

成铁：没有——因为他们想速战速决。

巩固：水资源他们看管不了吧？这岛上有淡水，应该不难找到水喝，你看，这不就有水嘛。

成铁：不管你们现在渴还是不渴，我希望大家赶紧先把水喝饱——以你能喝到的最大量来喝。

巩固：为什么？

成铁缓缓说道：不用到中午，这岛上的天然水资源咱们就一口都不能动了！

巩固：乖乖！

另一边，江雪山和豹子的两组人每走到一处水源或者有水的地方，都会拿出一些药粉倒进水里。药粉入水即溶。

在成铁带领大家喝水的时候，滴答看到李开城喝水不便，就从行李里找出一个杯子给李开城舀来一杯。

李开城：谢谢。

滴答一笑：不客气，我很佩服您，不是谁都能想到挖地道逃跑的。

巩固喝饱了水，听到滴答的话，在一边说：还真是，你看我看了很多美国大片，都是说挖地道啊，逃跑啊，我就没想到，是老李让我开窍了，所以我准备把脑子里装的美国大片里的一些招儿，在咱们逃跑的时候用上，没准能管用。

闫学武：铁子，你刚才说中午之前这岛上的水就不能喝了，这么说这边他们也会找到。

成铁：当然。

闫学武：那咱们还待这儿干吗，这不太危险了吗。

陈东也听明白了：对啊，这是坐以待毙啊，咱们赶紧跑吧。说着就要做出逃跑的准备。

成铁却一屁股坐了下来，众人都吃惊地看着他。

成铁：危险事件也是有模式和公式的。就咱们目前所处的这个危险类型中，不跑比跑安全。

巩固：听不明白。跑就是跑，跑得快就能跑掉，跑不快那就自认倒霉，公式能起什么作用！这是你死我活的事儿，可不是你的大学课堂！

李开城：小巩，先听成老师说。

成铁：别叫老师了，叫我成铁或铁子吧——你的这种想法就是危险公式上最危险的一个指数。在封闭环境中的逃跑，心理状态和精神调节是最重要的两个环节。跑得快和跑不快并不是决定因素，甚至都不是重要因素。身体条件在逃跑中要起作用必须是敌我双方都明确目标、方向，是完全物理因素中的追逐与被追逐。但咱们目前不符合物理因素的追逐。

陈东在一边急得不行了，经常把耳朵贴地下听。

陈东：好像是有人来了。

成铁：等确实有人来的时候请你再通知我。

李开城：铁子，你继续讲，最好讲得简单一点儿，我们也好充分理解你的想法。

远处，豹子他们走到了昨天晚上滴答等人躲藏的地方。豹子停住，蹲下身子，发现了地上李开城留下的血迹以及四周杂乱的脚步和匍匐的草丛。豹子站起来，对江雪山说：我的直觉没错，如果江总你昨天晚上没来，我应该已经抓到他们了。

江雪山不服气地说：这个罪名我可担不起，不过我相信，如果你手中是机关枪的话，没准都把他们射死了。

两人不服气地对视了一会儿，然后继续带队伍上前。

河沟这边，成铁继续讲：……如果咱们陷入纯粹物埋因素的追逐与被追逐，我可以告诉大家的是，不用两天，咱们都将被击毙或被抓回去。这个概念就像——就像巩固你去奥运会赛场上和刘翔比 110 米跨栏一样，对比悬殊太大。

巩固：我才不会那么傻呢！要比也跟他比别的。

成铁：对。所以咱们也不要跟他们比跑，跑是一定跑不掉的，跑不掉就不跑。

众人都惊了：不跑?

成铁：对，不跑。不跑的意思就是咱们一定不要陷入封闭环境中的追逐模式，尤其是不要成为被追逐的一方。凡是被追逐的必将被抓到，这是铁的定律，不可更改，尤其是在力量这么悬殊的情况下。咱们首先改变这种敌我双方的关系模式，将咱们自己置于一个相对有利的公式里面，再制造一种新的关系公式跟他们抗衡。

李开城：铁子，那咱们现在该怎么办，你就下命令吧。

成铁：不跑。但可以躲。躲跟跑不一样，躲凭的是智慧和人以往生存、生活和生命经验中的技术含量，跑靠的是身体力量——身体是最靠不住的，尤其是在没有水和食物的情况下。

李开城：我赞成铁子的说法。我觉得从现在开始大家就听铁子指挥，怎么样?

没有人表示反对。

成铁：谢谢大家的信任。我希望大家能够一条心，因为我讲的无论是模式、类型还是公式，最后都取决于具体行动中的人。而团结和信任是危险公式中最关键的两个基数。

陈东从地上站起来：他们来了。

成铁依然不紧不慢，指着水沟旁边一个灌木丛说：大家脚步轻一点儿走，躲到那里面去，不要留下脚印。

巩固：天哪，那是最容易被发现的一个地方，要是那个疯子再像昨天晚上一顿乱射，咱们全成筛子了。

成铁：我以生命担保，他不会再像昨天晚上那样浪费子弹，也不会过来检查。咱们只有待在这个地方才有可能改变关系模式，也就是变被动为主动，否则就永远在追逐模式中。

李开城起身，闫学武发现地上有一些胳膊上渗出的血迹，连忙准备擦掉，被成铁阻止。

成铁：别全擦掉，留那儿。证明咱们来过。

成铁等人往灌木丛那边走去……

很快，豹子和江雪山等人到达了小河沟。

江雪山：这就是周老师说的地方了。

他们走上前去，马上发现了成铁等人坐卧过的痕迹以及李开城留下的血迹。

豹子：昨天晚上他们在这儿过的夜。

江雪山一摆手，钱卜多和俩同伙上来向小河沟里撒药粉。

灌木丛这边，成铁等人透过缝隙能够看见药粉被撒入水中。忽然，他们又看见豹子提着手枪向灌木丛走来，每个人立即露出了不同的反应：巩固和陈东惊恐、毕成功面无表情、闫学武和韩游沉稳、成铁冷静，他们都紧张地看着豹子等人，只有滴答在观察着自己人——陈东、巩固和毕成功。

豹子渐渐走近灌木丛了，陈东的手紧张地抖动起来，无意识地抓住了一棵灌木的根部，灌木轻微地被摇晃了起来。

从豹子他们那边的角度，也可看见灌木在摇晃，但似乎没有人在注意，也没有注意到。豹子越走越近——这时灌木丛里，一只手压到陈东的手上，灌木停止了晃动。

豹子走到灌木丛跟前站住，注意力却不在灌木丛上，而是用眼角的余光看江雪山指挥着撒药。接着豹子将枪往腰里一掖，迅速从口袋里掏出那个纸包打开，看上边的字。

灌木丛里，闫学武的视线落在豹子腰上那支手枪上，他跃跃欲试，似乎是想蹿起来去抢那把枪。他转头看成铁，成铁在对他摇头。

豹子看完了那张纸条，随手撕碎，揉搓成一团，在转身的一瞬间扔向了灌木丛。

碎片落到了灌木丛上，被风一吹，就四散飞走了。眼看最大的那团就要被吹跑，成铁很着急，但又不敢伸手，这时闫学武闪电般出手将最大那团纸从灌木上拿下来，攥到手心里。

那边钱卜多和俩同伙已经把药撒完，豹子也从灌木丛那边走回来了。

豹子：很显然，他们已经跑了，江总，您认为下一步应该怎么办。

江雪山：追。他们无论跑到哪儿，都跑不出这个岛。这个岛就是咱们的手心。

豹子嘲讽地说：可惜这个手心有点儿大。我想我的意思江总还没明白，我是说，您还想继续一起追呢，还是咱们分头去追？

江雪山有些恼怒。

豹子：别生气，开个玩笑。

江雪山：我一点儿也不觉得你这句话是玩笑！——咱们各走各路。

豹子：很好。——这些道路你先挑，我挑剩下的。

江雪山看了看四周，选择了一个方向带人而去。

黑子：豹子，咱们往哪边追？

豹子：哪边儿也不追——咱们去等他们。

黑子：等谁？

豹子：去等成铁。

黑子：你知道他在哪儿吗？

豹子：当然。

一挥手，带着自己的人走了。

灌木丛里，成铁等人面面相觑。

巩固：奶奶的，他怎么知道咱们要去哪儿？

众人都看成铁，等他拿主意。成铁没说话，而是将纸片一点儿一点儿找齐，拼贴，还原豹子撕碎的纸团。

成铁：答案也许在这张纸上。

传销基地楼道里，成强噔噔噔往楼上跑，忽然被两个传销组织的保安出来架住。

保安甲：干什么？

成强：我要找周老师！

保安甲：这不是你的级别能来的地方，回去吧，有什么事情逐级汇报。

成强：我找不到上级了，我们房间的家长张秋燕不见了，江雪山江总找不到了，我必须见周老师！

两个保安一点儿也不听他的解释，而是努力将他向下推。成强奋力挣扎，大叫大嚷：让我见见周老师！

正推搡间，楼上传来周公梦的声音：你想见我干什么？

成强和俩保安抬头看时，周公梦已走出了房间，站在楼梯扶手旁。

成强：我叫成强，我想问问我哥他们去哪儿了？我找不到他们了！

周公梦：让他上来。

俩保安松开成强，成强上楼，跟随周公梦走进房间。

周公梦把成强让进房间，寒暄道：成总，坐。

成强被周公梦让座，诚惶诚恐：我，站着就行。

周公梦：坐，你是老总，我是给你服务的人，你要不坐我哪敢坐。

周公梦说得无比真诚和实在，脸上又是亲切的笑容，让成强又激动又感激。成强坐下后，周公梦从饮水机里倒了一杯水递给成强。周公梦：成总，您说说您的事儿，看我能不能帮上什么忙。

成强：周老师，我，这么点儿小事麻烦您真不好意思。

周公梦：您客气，在我这里，没有大事和小事，只有必须要办的事儿和不能办的事儿。您只管说，我听听我能不能帮您，要是能帮您，我就帮您，要是帮不了您，我再找公司出面，好歹咱们背后不还有一公司嘛，不能让您受了委屈。

成强被周公梦这么一说，感动得一下流出了眼泪，语无伦次地说：周老师，您，您真是伟大啊！

周公梦：哟，成总您这可是骂人了——您还是说说您什么事儿，伟不伟大先搁一边。

成强抹抹眼泪：今天早晨我一醒，就不见我哥他们了，还以为他们下楼散步了呢，可吃饭时也找不到他们，我就想找我们房间的家长张秋燕张总汇报，可张总我也找不到了，我就想找江雪山江总汇报，可江总也找不到了，我一下觉得找不到主心骨儿了，因为以前我什么事儿都找他们，可现在他们都找不到了，我就想起周老师您来了，只好来给您添麻烦。

周公梦：想起我就对了，你们要都想不起我，我可不就失业了嘛，您想起我是给我一面子！

成强：周老师，我没有想到您这么亲切，这么慈祥。

周公梦：哈哈，成总真会夸人，我想问问成总，你哥他们在失踪前有什么征兆没有？

成强：好像没有。

周公梦：你哥平时都跟你聊什么呢？

成强：他不怎么跟我聊，只跟他那几个人聊。

周公梦：这可不像亲哥俩啊。

成强：以前不是这样，以前他很喜欢跟我说话的，就是这次到了岛上后他就不怎么搭理我了。

周公梦：他对你有意见？

成强：有，他没说，但我能感觉到。

周公梦：什么意见？

成强不言语，似有为难。

周公梦：成总，在我这儿您随便说，您要不说咱们也找不着对症下药的方啊，咱一切不都是为了你哥嘛。

成强：我哥，他好像对咱们的事业有……误会。

周公梦：哦，什么误会？

成强：他好像认为咱们这是一……骗局。——周老师您可别介意。

周公梦：骗局？——我不介意，您尽管说。

成强：对，他一上岛就让我跟他回去，后来他虽然加入了，但我感觉他的心也不在这儿。周老师，您觉得这是为什么呢？

周公梦：文化！你哥被文化害了！

成强看着周公梦。

周公梦：知道你为什么比你哥明白吗？你知道你哥为什么糊涂吗？

成强摇头。

周公梦：都是文化惹的祸啊！——你哥上了大学，你没上大学，对不对？

成强点头。

周公梦：从表面看上去，你哥有文化，你没文化，但是错了！那只是从世俗意义上来讲，而咱们这一项全新而伟大的事业，就是要抛弃掉世俗偏见，让所有人都站到同一起跑线上来！不管你是大学生，小学生，还是没上过学的人，也不管你是王侯将相，还是平头百姓，在咱们这项事业中，都是平等的！我们讲究众生平等，我们建筑的是大同世界。因此，相对于你和你哥来说，你是一张白纸，你哥是一张被污染过的纸，他被什么污染了呢？被浅薄的文化认知遮蔽了眼界，被自以为是的习性捆住了手脚，他知道了一就以为知道了一切，知道了走就以为懂得了跑，可悲啊！可叹！而你就不同了，你是一张白纸，想往上画什么就画什么，因为你没有被污染——这是稀有资源啊！

成强似懂非懂。

周公梦：因此，你哥最终只能做一教书匠，而你——却可以做老总。

成强：我还得继续努力，现在还只是名义上的，还没能进入百万富翁俱乐部。

周公梦：不，你就是下一个百万富翁俱乐部成员。

成强：我？

周公梦：对，你！

灌木丛边上，成铁几个人已经将那个纸团基本复原了，成铁努力辨认着上面的一些字迹。

成铁念：……如已不在那里——你就和……让他去骚扰和追赶，你就……可以……成铁他们会……就这些。

巩固：等于什么没说。

成铁：这就算一个填空题吧，不难做。如“已不在那里”之前应该说的是咱们几个人，“你就和”什么什么，“让他去骚扰和追赶”，这说的是江雪山，“你就”什么什么“可以”，这中间最重要，好像说的是一个地名，“成铁他们会”怎么怎么这句，说的应该也是这个地名。

李开城：可惜最重要的地名给刮跑了。

成铁一笑，将那团纸一扔，纸被风刮跑。

成铁：一点儿也不可惜。

众人诧异地看着他。

成铁：请问，即使咱们知道了这个地名，咱们就能知道它在哪儿，就知道它是什么地方了吗？

众人被问住。

成铁：巩固，你老家是哪儿？

巩固：我老家乡下的，在村里。

成铁：村叫什么名？

巩固：高木。

成铁：是有高还是有木，或者有高木？

巩固：什么也没有，打小就这么叫。

成铁：这就对了。名儿都是抽象的，尤其是中国的地名，看似很形象很生动，其实皆无所指，往往与实际没有对应，因此咱们即使知道了那纸条上的地名也不会有实际意义。因为咱们根本对应不起来名与物。

众人面面相觑。

成铁：……但是，这张纸条还是给咱们提供了一条重要的信息，就是说咱们必然会去一个地方。是什么地方让咱们必然会去？顺着这个思路想，我想对咱们会有帮助。

陈东：那肯定是有水和有食物的地方。

闫学武：我觉得应该是码头。因为咱们要出岛肯定得去码头抢他们的船。

韩游：我觉得是传销基地。因为只有那儿有干净的水和食物，咱们必然得回去偷或者抢才能生存下去。

巩固：我想不出来，不过按照美国大片的逻辑，丛林里这时会出现一个怪人，带咱们找到一个原始村落，这个村落里住的是食人族。

这不靠谱的话说出来，大家听着都很反感，没人搭理他的话茬儿。

毕成功：我想不出来。

李开城：我也猜不到，但感觉应该是一个很特别的地方。

滴答：可能这个岛上还有别的人。

成铁等大家回答完了，开始总结。

成铁：豹子去的肯定不是码头，也不是传销基地，这俩地方周公梦都会想到，估计已经加强防守了，不用豹子亲自去把守，陈东的答案看似准确，其实不对，因为水都被污染了，有食物你也不敢吃，渴死比饿死还来得快，老李和滴答的答案都对，但都不明确，所以，巩固的答案是最准确的！

众人：啊？

成铁：这个岛上有淡水，有码头，那个码头不是新修的，这说明什么呢，说明这个岛上还有别的人，也就是说，应该至少有一个村庄。他们所说的地方，应该就是一个村庄。——当然，肯定不是食人族。

闫学武：咱们要去那个村庄吗？

成铁：正像他们预料的，咱们肯定得去，因为那里肯定会有咱们需要的东西，比如说船、网，或者其他一些可以用来当武器的东西。

李开城：铁子，咱们怎么去啊？

成铁指指豹子走的那条路：追着豹子走，就能找到。

巩固：啊？这不找死吗？

成铁：对，就是找死。在逃亡模式中，被追的人之所以死就是因为他找的是活，他通过找活而活，往往活不成，其实人要活下去，往往得通过找死，正所谓置之于死地而后生。

闫学武站起来：那咱们走吧。

但马上被成铁拦住了，成铁看看太阳，说：不急，都快中午了，到吃饭时间了，得吃点东西再去。

众人又拧巴了。

巩固：这还按时开饭啊？

成铁：送饭的人就快来了——如果江雪山不是个笨蛋的话。

树林里，江雪山带人前行，搜寻。一无所获。

钱卜多：江总，我觉得有点儿不对头，咱们走了这么长时间，连影儿都没摸到。是不是走错路了？

江雪山：路没有对错之分，因为没有人知道成铁他们走的是哪条路，就是凭运气撞吧。

钱卜多：不对呀江总，我看刚才豹哥让你选路的时候，他那意思好像是让你选你占便宜，要是路都是一样的话，他怎么会让你先选呢？

江雪山被钱卜多的话提醒了，一愣怔。他想起了什么。他忽然明白了周公梦让豹子留下并不是要教训他子弹的事儿，肯定是另有原因，自己被耍了。想到这里，他忽然站住。

江雪山：往回走。

钱卜多：江总，怎么又回去了？这是要奔哪儿啊？

江雪山：去追豹子他们，跟着他们走。

钱卜多：啊？怎么成追他们了？

江雪山：因为他们知道成铁在哪儿。

江雪山带着人往回走。

成铁这边，他继续分析情况。

成铁：江雪山他们出来追赶也是无目的和无确切时间的，所以他们一定会带上水和干粮。现在他们处于追逐模式的追逐一方，充满了优越感，也充满了粗心大意，因此他们没有想到——他们也只有八个人，武器也只是最原始的铁棍，没有枪，更重要的是，江雪山不是豹子，他对打打杀杀并不在行，他不像豹子那样，总是跟自己的队伍融为一体，这就给了我们机会。也就是说，目前江雪山他们进入了危险公式，而咱们成了主动一方。

巩固：可咱们虽然也有七个人，但除去滴答和老李，只有五个人，还包括一诗人。

陈东：你别小看诗人，诗人也经常打架的。

巩固：什么呀，我还不知道，诗人打架都是打嘴架，要不就是为了女人撕破脸皮。

陈东：你歧视诗人。

成铁：不要争，战斗就在眼前，但是暂时不需要诗人去，也不需要大家都去，如果是正面交锋的话，咱们一定也打不赢，最多是两败俱伤，因此咱们只需要去一个人。

巩固：谁？

成铁：不是你。

成铁对闫学武说：最佳的一种模式是江雪山走在最前边，离他的队伍有至少两米到三米的距离，这样你锁住他咽喉的时候后边的人来不及反应，要是太近，他们就会有本能的攻击动作，来不及要挟他们，所以，如果江雪山跟他的队伍保持在两米以内的距离，你就放弃攻击，否则会有生命危险。

小河沟附近，江雪山带人往回走。江雪山在最前面急急走着，想尽快追上豹子他们。钱卜多和其余人在后边跟着，但都不如江雪山积极。

江雪山催促：快，大家加把劲儿。

在豹子走过的路边，闫学武像猴子一样隐蔽在一棵树上，等着江雪山等人走来。江雪山走着走着，突然停下了，等一下自己的队伍。

江雪山很生气：各位，咱们这是在战斗，不是旅游，拜托大家能不能快点。

钱卜多和其他人只好加快了脚步。江雪山转身继续走，但这时他们的距离变得很近，江雪山只稍稍靠前一点儿。

成铁等人隐蔽在附近某地方，看见江雪山他们走近了闫学武藏身的那棵树。江雪山渐渐走进了闫学武的有效攻击范围，但成铁看见江雪山和他的队伍并没有拉开距离，不由得皱起了眉头。

树上的闫学武看见江雪山他们走到树下，但江雪山跟他的队伍并没有拉开距离，想要放弃，但又非常不甘心错过这个机会。在江雪山他们即将走过树下的时候，闫学武从树上快速撅断一根树枝。咔嚓一声，引起了下面江雪山等人的注意，就在他们抬头的一瞬间，闫学武忽然双脚一用力，跳下了树干——闫学武从空中落下，但他并没有先攻击江雪山，而是双脚蹬在江雪山后边两人的胸膛上，又借助这一反弹的力量，向前蹿出搂住了江雪山的脖子，一起向前跌倒在地。后边的人在瞬间的错愕之后，立即抽出铁棍攻过来，但他们却看见江雪山的脖子被一根尖利的树枝顶着，树枝被握在一个瘦小的人手里。

闫学武拿着树枝顶着江雪山的脖子，和江雪山一起慢慢站起来。

闫学武：把铁棍扔掉。

钱卜多等人不知所措，江雪山被顶得说不出话。

闫学武：我只数一个数，如果我数到一你们还不把铁棍扔掉，我就把他脖子上的动脉刺穿！

闫学武张开了嘴，钱卜多等人纷纷扔下铁棍。

闫学武：很好，谢谢合作，现在，把你们身上的包都扔到地上。快点，我不是个有耐心的人。

钱卜多等人把包解下来，扔到地上。

闫学武：看来各位都是聪明人，现在请各位聪明人掉头往回走，不准回头，不准停，一直走，谁要是敢停下或者回头，这个人的命就没了，有胆你们就试试。

钱卜多等人只好掉头往回走，没人敢回头或者停住脚步，一会儿就消失在树林里。成铁等人从隐蔽的地方出来，将铁棍和他们的包捡起来。

成铁走到江雪山跟前：江总，很抱歉让你受惊了，你还是适合讲课，不适合在树林里干这事儿，希望以后还能有机会听到你精彩的课程。

江雪山脸色苍白，绝望地看着成铁。这时其余人已把包和铁棍带好了。

滴答：成铁，都收拾好了。

成铁：江总，再见。

成铁向闫学武一示意，闫学武手起掌落，砍在江雪山的脖子上，江雪山闷哼一声，倒在地上。

成铁等人向豹子他们走的方向而去。

树林里，钱卜多等人一直向前走着，不敢停下来。

钱卜多：这他妈得走到什么时候啊？

同伙甲：要不咱们回头看看？

钱卜多：看——他们又不是千里眼。

他们一回头，什么也没有。几个人互相看看，等钱卜多做决定。

钱卜多：估计他们已经跑了，咱们回去看看江总吧。

钱卜多等人加快脚步往回跑，跑到小河沟附近时，除了江雪山躺在地上，哪还有什么人？几个人赶紧上前，又是掐人中，又是按胸口，终于把江雪山折腾醒了。

钱卜多：江总，江总。

江雪山睁开眼睛，活动了一下脖子，目光呆滞。

钱卜多：江总，成铁他们已经跑了，铁棍和吃的喝的都被他们抢走了。咱们还追不追？

江雪山有气无力地说：武器都没了，追上有什么用，先回去再说。

成铁带着人走在树林里，循着豹子等人的痕迹走着。而巩固紧走两步，屁颠屁颠地走到闫学武身边。

巩固：兄弟，就你这身手，比李连杰和成龙强啊，你还当什么造纸厂工人，你干去脆拍美国大片吧。

闫学武：还是当造纸厂工人踏实，每月都有工资发。

巩固：兄弟，我以前只是在电视上看见过功夫，没见过真活儿，今天我是开眼界了，你这都是从哪儿学的啊？什么时候教教我吧。

闫学武：可以啊，学武最好从实践中学，下一次你来。

巩固想了想：还是你来吧，我先看看。

李开城因为受伤，身体虚弱，一直走在队伍后边。成铁看在眼里，就招呼大家：大伙儿先停下，咱们吃点东西喝口水再走。

几个人停下了，喝水，拿食物吃。滴答示意成铁跟她走到一边，两人坐下吃东西。滴答瞅瞅大家都在吃东西，没人注意他们，就小声说：一直没找着机会跟你说，我观察了一下，觉得从地下室出来这几位都是危险人物，有他们不一定比没他们好。

成铁：怎么了？难道他们在你眼里也都是心理疾病患者。

滴答：不是跟你开玩笑，我是真担心，你看那个诗人——

成铁看看陈东。陈东依然坐在众人中最靠里的位置，一边吃一边不停地看看别人。

滴答：他应该是小时候受过心灵上的创伤，性格敏感，并时刻处在没有安全感的感觉当中，你注意他坐的位置，他总是坐在所有人最靠里的位置，坐这样位置的人喜欢观察别人，并且一般都自私自利。我估计这个诗人会给咱们添不少麻烦。你再看那个毕成功——

成铁看见毕成功在吃东西，他只低头吃，不看别人，也没有话。

滴答：——这个人比那个诗人还可怕，他是性格执拗、内心坚硬的人，他今天早晨说话吞吐，显然隐瞒了很多东西，他隐瞒掉的东西就像炸药，时刻会把他引爆。别看他现在沉默寡言，但我敢说他是这里边最有爆发力的人——他也许会做出最不可思议的事儿。——再说那个巩固——

成铁再看巩固，此时，巩固正黏在闫学武身边谈武术。

滴答：他心眼活，变性大，做事不专一，经常反复，没有自己的主意，是一个典型的焦虑症患者。这样的人平时显不出来，如有突发事件，性格极容易出现波动。

成铁又把目光转向了李开城，他吃得不紧不慢。

滴答：老李是这里面最稳定最稳重的人，他那天夜里被枪击中却一声不吭，显示出了超人的毅力和精神，按说他最值得信任，但他却是这里边最有故事的人。他表面看上去很坦诚，告诉咱们自己以前是盗墓的，但他绝对没有这么简单，他身上有一个重大的不可告人的秘密！

成铁：天，怎么什么人让你一看都有问题。你不会是敏感过度了吧？

滴答：绝对不是。实际上确实每个人都有心理问题，或大或小，但这些问题都没有成为问题的原因就是他们都生活在正常的环境中，在那些环境里，本身会有很多释放的空间和途径，因此心理问题不会成为心理疾病，但是如果把人放到一个相对封闭的环境中，心理问题就会被放大，成为精神因素中的决定性因素。咱们现在所处的环境这么恶劣，每个人都极易失控。

成铁：我明白了——咱们尽力注意控制大家的情绪吧。

第10章

树林某处，滴答在给成铁讲她的担心：但是我刚才说的这几个人并不是咱们中间最危险的，而是另有其人。

成铁一惊：谁？

滴答：你。

成铁：我？

滴答：对。你。你经常说我有英雄主义情结，经常犯错误，这我承认，但是其实你比我严重，你是强迫症——症状就是喜欢强迫自己去做一些几乎不可能实现的事情。强迫症往往会让人错误估计一些事情的发展。我这不是批评你，是在提醒你。

成铁：谢谢提醒，但我觉得你说得不对。我很正常，不可能有强迫症，我做任何事情都有实际数据和理论依据，我从不会做概率之外的事情，所以我不会对形势有错误估计的。事实也证明事情在向着我希望的方向发展。

滴答还想说什么，被成铁提前阻拦住了：我会注意的，相信我！

然后成铁走到大伙中间询问：吃完了吗？咱们赶紧出发，去追豹子他们。

大家起身上路，走在树林里。

传销基地，周公梦房间里，江雪山狼狈地站在周公梦和梅艳丽跟前。

周公梦：武器被抢去了？

江雪山点点头。

周公梦：吃的也被抢了？

江雪山点点头。

周公梦：很好——你倒像是成铁他们边的人，专门给他们提供给养和武器的。这是我最不愿意看到的结果，我虽然不想这样说，但我必须告诉你，你让我有点儿失望。

江雪山：周老师，我失败了，我接受这结果，也甘愿接受公司的制裁。但有几句话我不能不说，也希望周老师能给我这个说话的机会。

周公梦：我不接受你失败的结果，但我还是给你说话的机会，请说。

江雪山：我觉得我的失败有两个方面，一方面就是我仓促上阵，没有计划，没有准备，轻视了成铁他们那边的人，被他们打了个措手不及；另一方面我觉得这次失败也是因为您。

周公梦：哦？这个说法新鲜，往下说说看。

江雪山：周老师您应该比我更清楚，我是技术性人才，在古代的话，我就是苏秦那样的说客，打打杀杀追追赶赶不是我的专业，这一点我没法跟豹子他们比，而且我的武器装备也不如豹子，豹子有枪，成铁他们不袭击豹子而袭击我，就是因为我没有枪，要是我有枪的话，他们绝对不敢来动我。

周公梦：你不愧是说客啊！这么说来我确实难辞其咎！不过我想提醒你一句，你给下线上课的时候，当他们提出自己发展会员屡屡失败的时候，你会对他们怎么说？

江雪山：不为失败找理由，只为成功找方法。

周公梦：很好，这也是我现在想对你说的话。

江雪山：周老师提醒得对，但是，我还是要斗胆说出我内心真实所想，别看我失败了，但是，豹子他们也会失败，因为成铁他们那些人的能量远远超出我们的想象，还望周老师尽早想更周全的办法。

周公梦：多谢江总的提醒，这事就不用您操心了。但是公司的规章制度我还是要遵守的——您给公司造成了不可挽回的损失，公司也不能不象征性地表示表示，我看这样吧，扣您半年工资，这一期销售工程的奖金取消，您看成吗？

江雪山沮丧地说：周老师，我这不白忙活了吗？

周公梦：江总，你没有白忙活，通过这个过程你得到了很多宝贵的人生经验啊。我建议江总回去写一个总结报告交上来，把这次的经验教训分析一下，子曰：过而不改，是谓过矣。这就是说犯了错不要紧，关键问题是以后怎么去改正。江总您觉得呢？

江雪山一脸拧巴，点点头，出去了。

梅艳丽：周老师，他这么胡说八道，还把责任推您身上，应该开除他才对。

周公梦：你错了，其实他没有胡说八道。人在失败时候说的话往往是真的，他说得没错，咱们确实对成铁他们的能力有所低估才导致今天的局面，希望豹子这次不要失手。——成强已经去了吗?

梅艳丽：去了。

成铁他们跟踪豹子等人的踪迹走着，忽然发现树林中出现了几条人踩出来的小道。成铁示意大家停下来，然后自己开始观察这些小道，这些小道虽然都往不同方向而去，但是他们都来自一个方向。成铁：大家注意，这些小道都是常年走才能踩出来的，村子应该就在附近了。

众人顿时紧张起来，在成铁的带领下，往那个小道会集的方向走去。他们沿着一条小路渐渐拐上一个高坡，再往下看的时候，一个小村庄赫然出现他们面前。巩固：天哪，真有一村子!

大家在原地停住了，都看着成铁，等他拿主意。成铁观察了一会儿，说：不进这村了，咱们撤退。

大家都很惊讶，不知道怎么回事儿。

巩固：来都来了，这样就撤啊，我觉得这个村子对咱们来说是一个转机。

陈东：但那个豹子说不定就在哪儿埋伏着呢。

巩固：这有什么，让学武一人上去先把他们挑了再说。

成铁：大家听我说，咱们现在所处的一个模式是夺宝模式。夺宝模式是很多游戏和电影中经典的情节设置，在夺宝模式中优势的一方就是武器装备优良、熟悉地形和人脉的那一方，咱们显然不是优势一方。

闫学武：是啊，现在咱们在明处，对方还在暗处。

成铁：对，刚才说的只是一个大的概念，咱们只知道他们在这儿，却不知道具体在哪儿。另外，咱们现在想从这个村庄夺走的不是一个死的东西，而是一个我们目前还无法确定的东西，或者是一个活人，或者一条船，或者一个出海的方法，这本来就是夺宝模式中最难的一种。而且根据我现在的观察，这个村庄应该早就被他们控制了，这跟我预想的有些差别，本来我预想的这个村庄是个大一点儿的村庄最好，但现在看来不理想，以咱们目前的装备和人员，如果想在这个村子里找便宜是办不到的。所以，咱们最好的方式就是退出这个模式。

李开城：铁子，咱晚上摸黑进去呢?

成铁：那更危险，在夺宝模式中，游动的指数都是最先被剔除的。

闫学武：铁子，我觉得老李说得可行，晚上让我一个人去试试。

成铁：不能再冒险了——你已经冒了一次险，虽然侥幸成功了，但这种模式不可再复制。

滴答：咱们往哪儿撤?

成铁琢磨着，刚要回答，忽然村子方向传出了一个声音：哥，我是成强，你出来吧。

众人一惊，都探出去看，只见成强站在村子附近，四处张望着喊。

成强：哥，我知道你在这儿，快出来吧，周老师说了，只要你们回来，不追究你们以前的事儿，还要把你们送出岛。

众人一时不知怎么办了，都看着成铁。

巩固：他这属于啥指数啊?

成铁：他属于变数。——我现在需要大家的一个决议。

众人都听着。

成铁：这个人是我弟弟，我现在想把他救出来，因为如果这次不救他，我怕他回去有危险，但是咱们现在救他，大家也有危险，我需要大家来决议这件事情。

陈东：有多少成功的可能性啊?

成铁：只有 50%。

众人都不作声。

闫学武：这还用说吗，当然得救。

韩游：我同意救。

滴答：我同意。

老李：我同意。

毕成功：大家都同意我也同意。

巩固和陈东互相看看，也只好表示同意。

成铁：我会把大家的危险概率尽量降下来。记住，过会儿万一咱们被发现，跑要跑得坚决，看准一个方向就不要犹豫，不管有多少条路只选择一条路，后边的人要紧跟前边的人。中间如果有谁出现意外情况跑不动了就随地隐蔽，不要动，安全后我们会顺原路返回寻找。

大家都点点头。李开城：我们听你的，你就说怎么救吧。

成铁没回答，而是从身边的草丛里揪了一片叶子，拿在手里，然后看着天空，一动不动。

滴答：你要干什么?

成铁：我要学鸟叫，但得等一只鸟出现，否则会引起豹子他们的警觉。如果有只鸟出现，咱们成功的概率就会超过 80%。

滴答：成强能听懂鸟叫？

成铁：小的时候，我跟我弟弟看了一场间谍的电影后，就迷上了暗号，我们俩也设计了很多，其中一个暗号就是学鸟叫，鸟叫一声是向左走，两声是向前，三声是向右，四声是向后。

陈东：多少年了，他还能记得吗？

滴答：人对少年时候的事儿记得最清楚，把握性应该很大。

巩固：这太悬了，关键问题是鸟这玩意儿不是想出现就出现的吧？你不会一直等到鸟出现吧？

成铁：当然，必须等到一只鸟，否则会露馅。

众人都在看着天空，但并没有鸟出现。

巩固：急人！我真想有个遥控器，按个快进键，把时间给按过去。

陈东：我现在确定你确实是个卖碟的！

成强还在那边一直喊：哥，我觉得你对公司有误会，你知道不知道，我已经进入百万富翁俱乐部了，周老师让我把你们找回去，参加我的百万富翁加冕仪式和欢送会，我跟你们一起出岛！

突然，一只鸟出现了，掠过天空。成铁迅速将叶子含到嘴里，吹了一下，吹出了一声长长的鸟叫，接着又是一声。

成强听到鸟叫一愣，停止喊叫，抬起头寻找鸟的影子，此时他又听到了两声鸟叫。

成强有些恍惚——他想起了小时候他跟成铁玩过的游戏，他没有忘记兄弟之间的小秘密，他朝前走去。

成铁等人紧张地看着成强，看到成强向他们这边走来，成铁舒了一口气。但成强走着走着，忽然又停住了。他看见了空中的那只鸟，他以为是那只鸟发出的声音——他不能确定。成铁只好又出了两声。

李开城看着那只鸟：铁子，你吹的声音不是这种鸟发出来的。

巩固：不但声音不对，配音也配得不准，鸟在飞翔的时候是不叫的。

成铁苦笑一下：希望豹子他们注意不到这些细节。

村庄外，豹子和黑子埋伏在一草垛后面，可以看到成强正走走停停。两声鸟叫传来，黑子看见了空中的那只鸟。黑子有些疑惑：豹子，这只鸟老在叫，但我听着好像有点儿别扭。豹子抬头看那只鸟，鸟飞翔着又叫了两声。

豹子：是有点儿别扭，没事它瞎叫唤什么啊！

两人再看成强，发现成强正往前走。

豹子：情况好像有点儿不对！

说着抽出了枪，继续监视着成强。

成强走着，已经到了成铁等人隐蔽处的前边，成铁说话他已经能听到。

成铁：强子，你不要回头，就保持现在的状态，继续往前走。

成强：哥，你们真的在这儿。

成强说着加快脚步向成铁走过来。

成铁：强子，千万别回头。

成强虽然听到了成铁的嘱咐，但还是下意识地向豹子和黑子等人隐蔽的地方看了一眼。

豹子：有情况！

立即率领伏兵冲出隐蔽点，冲向成铁等人。

成铁这边，成铁一边示意大家快跑，一边跃上前，拉起成强就跑。成强这时有点儿蒙，但还是不自觉地跟着跑，一边跑一边说：哥你别跑了，跟我回去吧！

成铁：你不想让大家都死掉的话，就跟我们跑！

成强被哥哥的语气吓住了，手又被成铁死死攥住，所以脚步也跟着跑动起来。他们的身后，豹子带人在紧紧追赶。

成铁等人虽然跑得很快，但始终无法摆脱豹子等人的追赶。就在此时，李开城的伤口在跑动中挣裂了，血从伤口处渗出来，他跑得越来越慢，渐渐落到了众人最后边。

成铁看见后，连忙折回跑到他身边：老李，你找地方隐蔽，我们在前边，他们不会注意到你，我们安全了再回来找你。

李开城点点头，渐渐跑向一边。成铁则加快步伐，拉着成强继续向前跑去。

李开城一边跑，一边寻找隐蔽的地方。身后的脚步声越来越近了，四周却只是树，没有高的草丛和石头，无法隐藏住一个人，情况可以说是万分危急。就在此时，李开城抬眼看前边有一棵倾斜生长的大树，他立即打定主意，加快脚步，当作助跑，噌噌噌借助跑的力量再加上用双臂攀缘，爬到了树杈上——这让他的胳膊上的伤口血出得更快了。

李开城躲在树杈上，但他没有注意到，他胳膊上的血已渗得越来越多，就要往下滴去——

豹子等人追来了。在他们跑过大树的一瞬间，李开城的伤口终因积血成滴，一滴血离开绷带向下面坠去——

豹子跑过，黑子跑过，这滴血滴在了追来的第三个人身上。因为是快速跑动，这个人以为这滴血是头发上掉下的汗珠，他用手抹了一下，继续往前跑——血被他在脸上抹开，出现了一道血痕。

成铁等人在前面继续跑着，成强依然在解释：哥，咱们可以跟他们谈谈。

成铁：人跟枪是没法谈的！

豹子带人追赶中，偶然一回头，看到了后面那个人脸上的血。豹子让队伍停止，上前用手摸那个人脸上的血。血抹掉之后，并没有发现伤口。豹子抬头向上看看，立即明白了：有个人在树上，赶紧回去抓他！说完，带队匆匆往回赶。

成铁跑着，忽然听见后边没了追兵的脚步声，就把大家叫住了。

陈东把耳朵贴地下听听后说：他们回去了。

成铁忧虑道：老李有危险了！

豹子等人很快跑回到李开城藏身的那棵树下。豹子掏出枪对准树上，但树上已经没人了。豹子：大家在附近分开追，他有伤，跑不远。

众人分散开，搜寻。

李开城踉踉跄跄跑着，隐约听到后边追兵的脚步声越来越近。他四下看看，周围一览无余，绝无藏身之处，只一条小水沟在缓缓流着。李开城迅速从一棵树上揪下一根新鲜的树枝，然后用两只手不停地搓着。此时脚步声越来越近了……

黑子带着俩人追到了小河沟边，却连一个人影也看不见。

一随从：黑哥，他不会跑得这么快吧？

黑子面无表情，走到小河沟旁，用自己的双截棍戳戳河水。河水浑浊，很浅，根本藏不住人。

而在双节棍不远的地方，一根水草在水面上浮动——实际是抖动。那是一根从树枝上搓下来的完整的树皮的空心管，被李开城当成了呼吸机。虽然树皮管抖动得越来越厉害，但终究没被黑子发现。

黑子拎起双节棍一挥，招呼另两人：走，到别处看看。

黑子带人走掉片刻时间后，树皮管开始剧烈抖动，终于坚持不住了，李开城从水里一下坐起来——刚才他整个儿横躺着，刚好被水盖住。而他的一只手横在胸前用衣布紧紧地攥紧另一只胳膊的伤口，伤口已有轻微血丝渗出，幸亏没被发现。

李开城大口呼吸着，胸口不住地起伏着，他惊恐地四下看看，艰难地站起来，走向树林深处。

另一边，成铁和成强还在争执。

成强：哥，你们都误会公司，误会周老师了，只要你们回去，咱们马上就可以出岛。

成铁：你知道张秋燕去哪儿了吗？

成强摇摇头：她回家了吧？没见到她。

成铁：她已经死了。

成强吃了一惊：怎么可能？

成铁：我们亲眼看见的，她死了。从楼上跳下来摔死的。

成强：哥你真会玩笑，她要从楼上跳下来摔死，这么大动静怎么没人听见？

成铁：另外，张小娟可能也死了。——这都是你害死的，你知道不知道？要不是你，她根本不会到这岛上来！

成强：小娟明明出岛了，怎么会死了？

这时巩固走到成强跟前。

巩固恨恨地说：要不是看你哥的面子，真想胖揍你一顿！你脑子进水了，还是被驴踢了？我，毕成功，陈东，他妈的哪个不都是说把我们送岛外去，不都差点儿给送阎王爷那边去吗！

成强：那是因为你们误解了公司的事业！家有家规，公司有公司法。

巩固：去他妈的狗屁公司法！有砸人后脑勺的公司吗？有把人关进地下室的公司吗？有带着枪的公司吗？

巩固越说越激动，逼向成强。

成铁：巩固你别激动，我再跟他谈谈。

闫学武和韩游上前把巩固拉开。

成铁：强子，哥上过大学，比你知道得稍微多一点儿，这确实是一个骗局。

成强：哥，你就是被知识害了，知识多了就很难再接受新事物。

成铁：这话你听谁说的？

成强：周老师。

成铁：强子你先把周老师放一边，我以你亲哥哥的名义起誓，我说的都是真的，张秋燕死在我们几个人的面前，他是从江雪山那个房间里掉下来的，张小娟也可能已经被杀，咱们房间里那个失踪的周总也可能已经被害。岛上不断有人死，有人失踪，很明显这是一个邪恶组织，我们，包括你，目前都危在旦夕。所以我要求你现在加入我们的队伍，咱们一起逃出这个岛。

成强摇摇头：你们要是不跟我回去的话，我就一个人回去。我要回去，就有当百万富翁的机会，我要不回去，连一丝希望都没有了。

成铁：你回去，不是当得上当不上百万富翁的问题，而是你回去就得死。

成强摇摇头，转身欲走。

成铁极力挽留：强子……

成强忽然转过身来，爆发了：够了！我不要再听你啰唆了！从小就是你管我，你学习好，你比我大，我就什么都得听你的！你让我在家好好照顾爹，我就在家照顾，你看看那些早早出去打工的人，谁不比我强！我凭什么一辈子做苦力，当工人！你可以在省城干事业，我怎么就不能干事业，没文化就不能闯出一番天地吗？告诉你，我就是喜欢这个公司，我就是热爱这个事业，在这里没有高低之分，没有谁看不起谁，人人平等，机会平等，不讲究学历，不讲究文化，不讲究出身，不讲究地位，就看你有没有能力，就看你努力不努力，每个人都是老总，不用看谁脸色，你们都是失败者，不敢接受这样的挑战——我成强，就是要接受这样的挑战！就要混出个样儿来！

成强说完转身走了，留下众人呆呆地看着成铁。成铁被成强的突然爆发，一时弄得复杂极了。

闫学武：铁子，要不要追回来？

成铁摆摆手：他不是最危险的，咱们得赶紧去救老李。

黄昏了，海面上夕阳西下，成铁等人往回走寻找着李开城。树林里光线渐暗下来，等成铁等人走到李开城藏身的那棵树时，并没有看见李开城。

成铁：如果老李没有被抓走，他应该就在附近，咱们必须赶在天黑之前找到他，天黑了就不好找了。

成铁等人继续搜寻。

树林另一处，豹子等人也在搜寻。豹子看看西沉的日头，脸色沉郁。忽然，有人轻声喊：有人。

豹子赶紧跑过去，掏出枪对准那人指的方向。就见沟底下一人匆匆走过，却是成强。

黑子跟过来：是成强。周老师丢给咱们的那个诱饵。

但豹子却没有将枪收回来，他脸上杀气渐现——沟底下，成强正匆匆地走，他哪里知道头顶上有支枪正一触即发呢？

黑子见豹子没有将枪收回，就疑惑地走近了他——豹子调整了一下姿势，瞄准了成强。他的手一紧，扣动了扳机。一声枪响，穿透黄昏的树林——

成铁等人正在寻找着，枪声忽然传过来，让所有人都一震，成铁更是浑身颤抖了一下。滴答关切地看着成铁，问：老李？

成铁：不，那个方向应该是成强。

大家沉默了。

陈东忽然发言：如果我的耳朵没有背叛我的话，你们可以放心，那枪声不是对着人开的。

成铁和其他人都看着陈东。

陈东：那枪声是向上的，特别脆、尖，带着呼哨声，如果是向下或者平射，尤其是射进人的身体的话，声音不会那么清脆。

成铁长出了一口气。

沟底下，成强被枪声惊蒙了，呆呆站着，傻傻地抬头寻找枪声的来源。而此时，黑子的手还按在豹子的手上——刚才是他将豹子的手抬高，枪才射向天空。

豹子看着黑子。

豹子：你就是太善良了——杀了他就会激怒成铁，他就会出来。

黑子：在激怒成铁之前，最好不要先激怒周老师。——他不喜欢别人替他做决定。

成强还在沟底下傻傻地四下看着，这时上面哗啦一响，豹子等人闪身出来。

成强：刚才什么声儿？

豹子：枪声。

黑子：豹子看见一只山鸡，没打着。

豹子：你哥他们呢？

成强：他们不跟我回来，我就自己回来了，我想回去告诉周老师，问问他怎么办。

豹子：你先别回去，跟着我们去找你哥，咱们一起回去。

豹子等人带着成强继续到别的地方搜寻。

夕阳的最后一抹光消失在树林里，李开城躺在地上依然昏迷着。在微微的光亮里，能看见他的手在蠕动。

而在另一边，成铁他们努力寻找李开城。看着渐渐黑下来的树林，成铁忽然有了新的主意：咱们不能这么找了，现在回到老李掉队的地方，等老李来找咱们。

几个人连忙回到白天李开城掉队的地方，静静等着。

李开城躺在地上，努力挣扎着想爬起来。最终靠着意志的支撑，他渐渐弓起身子，并用右手朝左胳膊的伤口处狠狠按了一下。疼痛让他大叫一声，头脑随即清醒起来，他艰难地爬了起来，踉跄着走了两步，倒在了一棵树下。李开城倚靠着树，努力辨别着周围的环境和情况。他想站起来走，但身子一离开树就发软，想要倒下，只好再次靠在树上。树上有些低垂的树枝和叶片碰到了他的头，李开城忽然想到了什么，伸出手，摸到一片叶子揪了下来，放到嘴里吹，但却吹不出声音。李开城试着换了几次方式，终于吹出了声音。声音在寂静的黑夜树林中显得很响亮。

树林里，成铁等人听到远方传来的声音，立刻警觉起来。

成铁：什么声音？

陈东：像是你白天吹的树叶的声音，但这个没你吹得好。

成铁念叨着：一声，向左。忽然明白了——这是老李在给咱们暗号，快，向左。

而豹子等人也听见了这声音。

豹子：有动静，大家听听什么声儿？

黑子：这不像是自然声儿，像白天那个奇怪的鸟叫声。

豹子问成强：成总，白天那个鸟叫声儿什么意思？

成强：我小时候跟我哥玩的暗号游戏，一声左，两声前，三声是往右。

黑子：刚才是一声。

豹子：那是往左。但这是从哪儿算起呢？成总，你觉得你哥会从哪儿算起啊？

成强：应该是从受伤那个人掉队的地方算起。当时那个人掉队的时候，我哥让他在原地等候，他会回来找他的。

豹子：出发！

树林里，成铁等人在李开城的树叶声的指引下匆匆走着。

另一处，豹子等人也循着声音赶过来。

而李开城最终坚持不住了，他使劲连着吹出了三声，就滑到了地上，树叶声也随之消失了。

此时两边匆匆赶过来的人也都停了脚步，在黑夜中他们很难找到方向。

成铁这边，大家在分析。

陈东：他最后吹出的是三声，三声按照你的暗号是向右吧？可刚才不是向左吗？

成铁：老李的意思应该是先向左再向右，他觉得时间差不多了，就示意咱们向右，但是这里面会有一个行走的误差，就是咱们向左走和老李向左走的时间一样，但是步率和速度不一样，所以咱们现在向右也不一定能找到老李。

滴答：老李被追的时候受伤了，所以应该跑得不会太快，咱们听到声音后走得很急，所以应该已经超过了老李向右转时候的方向。

成铁：没错。但是还有一个因素，在晚上行走会让人产生错觉，就是以为走得很快，实际上速度和感觉有误差，除去这个因素，咱们现在分布成六十度角，按等边三角形形状向去、向右包抄，肯定能找到老李。

成铁等人分散开，按照成铁说的开始分布成扇形寻找。

豹子这边也没再听到声音响起。

豹子：成总，按照他最后这三声叫是什么意思？

成强：意思是向右。

豹子：向左，向右，这他妈到底什么方向。

黑子：先向左，再向右。谁知道啥时候左啥时候右，不管这些破暗号了，反正咱们人多，大家分散开，向咱们要去的大致方向呈扇形散开，地毯式搜索。

呼啦啦，追捕的传销人员迅速分开，掏出手电筒，举着铁棍向前拨拉着寻找。

成铁等人看见了树林里不断闪耀的手电筒灯光。

巩固：他们来了，咱们是撤还是继续找？

成铁看看那些晃来晃去的手电筒光。

成铁：他们还有八分钟才能走过来，咱们利用五分钟寻找，三分钟撤退。快。

成铁等人继续向前搜寻着，滴答眼前忽然浮现出李开城每次休息和坐下的时候都习惯性找一棵树靠着的情形，于是就提醒大家：大家注意找树底下。

成铁听到滴答的话，不禁转头看向树的根部。终于，在一棵大树的一侧，他看见了李开城。此时李开城正躺在一棵树底下，已经昏死过去。

成铁：在这儿。

大家赶紧围拢过来。

成铁：巩固，你背上老李，咱们马上撤。

滴答：成铁，来不及了。

大家一惊，四下看去，豹子等人已呈扇形包围过来。

陈东：完了，这就是瓮中捉鳖啊，大家四下逃吧，谁逃出去谁活命。

成铁：不要听陈东的，——陈东你也不要激动。我有办法让他们撤走。

成铁伸手从白天抢来的包里也掏出一个手电筒，掏出来就往天上晃，并对大家说：都赶紧掏，装作晃动的样子。

陈东惊讶地说：这不自投罗网吗？

成铁：正是要自投罗网。——巩固，你不是老看碟嘛，我现在需要你配音，成吗？

巩固：配谁的？

成铁：我配跟班，你配江总——你这副嗓子决定咱们今天晚上的命运！

豹子等人正搜寻着，突然看见前边闪出几道手电筒的光柱在晃来晃去，并传来一阵说话声。

一人：江总，这边没看见什么痕迹，咱们撤吧，你看豹总他们也来了，让他们搜吧，咱们到别的地方看看。

“江总”：嗯。好吧，咱们就别蹭人家的追和搜了，各搜各的吧，撤。

豹子：嘿，江雪山他们怎么也摸这儿来了？这小子还真有点儿道行。

成强听到这段对话却很吃惊，脸上浮现出难以置信的表情，但他什么也没说。

豹子看见那几道光柱慢慢向后撤，远去了，就对黑子说：江雪山这次倒挺识抬举，不像他的风格。

黑子：江雪山比咱们更想抓到成铁他们，他应该不会轻易撤退——除非他不是江雪山！

豹子一惊：难道他们不是江雪山？——但他们怎么会有手电筒？

黑子：也许江雪山栽到他们手里了！

成强这时也补充了几句：我听着……刚才那声音，其中一个像……我哥。

豹子一听，赶紧再看成铁他们刚才走掉的方向，已没有了手电筒的光——他们关掉光源，消失在了树林里。

豹子狠狠地将手电筒扔到了地上。

晚上，周公梦在房间里心神不宁，读了几页《论语》后，又把书重重地放到桌子上，然后几步走到窗前，看着无边的黑夜。另一边，梅艳丽正躺在沙发上给自己敷面膜，似乎一切都与她无关。

周公梦：给法总发传真，让他明天再增派一些能打的好手到岛上来，再带上几支枪，几条狗。

梅艳丽：豹子他们不是还没回来吗？没准儿已经把成铁他们抓住了。

周公梦：白天抓不住，到了晚上就更没有机会了。他们今天的行动已经失败。看来江雪山说得很对，我不但低估了，而且是严重低估了成铁他们的能量。一场好戏就要上演了。

梅艳丽敷着面膜写传真、发传真。她一边写一边询问着周公梦：要是法总问是怎么回事儿，怎么回答？

周公梦：告诉他，岛上人员兴旺，生意兴隆，一切顺利。只是人数众多，为预防不测，防患于未然，所以需要加派人手。

梅艳丽：周老师，我得提醒您，法总最不喜欢别人说假话。

周公梦：那是在他赚不到钱的前提下，只要让他每天都能赚到钱，什么话他都能接受。

豹子和黑子沮丧地回到传销基地。豹子先让他的手下回去休息，自己带着成强去找周公梦。

成强忐忑地走进周公梦房间，但一进房间，却立刻感受到了周公梦春天般的温暖。

周公梦满脸喜悦地走上前去，把成强让到沙发上：成总今天辛苦了，累吗？——艳丽，快给成总倒水！

成强：不累不累，应该的。不过，没把我哥他们带回来，真不好意思，辜负了周老师的期望。

周公梦：哎哟，不是你不好意思，是我不好意思，我很担心啊。你说这晚上你哥他们睡在外面，荒山野岭的，对身体不好，要是一不小心感冒了，头疼脑热的都容易成大问题。是不是，成总？

一番软和话下来，弄得成强只有点头的份儿，这时梅艳丽又端过来一杯水递给成强。

周公梦：快喝，别渴着——听说你见过你哥他们了？

成强：见过了。

周公梦关切地问：他们还好吗？

成强不知道怎么回答。

周公梦：你看看这事闹的，我估计都是误会。是不是成总？

成强：是是是。误会，误会大了。

周公梦：都是些什么误会啊？说说，这世上啊，没有解不开的误会，只有说不好出来的话，成总您说说，都是些什么误会。

成强面前是周公梦热情洋溢的面孔，但耳边老响着成铁的话，这让他很矛盾。终于，他鼓起勇气反问周公梦：周老师，我有个疑问，你们为什么要追我哥他们啊？

周公梦：不是追，是找，他们对公司有误会，跑出去了，公司有责任把他们找回来，你说要是出个什么三长两短我怎么向你们的父母交代？

成强看着周公梦无比真诚的面孔，总感觉很对不起周公梦似的，但好奇引得他继续问下去：您真的什么疑问都能解答吗？

周公梦：当然。咱们都是平等的，没有高低之分，我也没有什么可隐瞒你的。

成强：张秋燕到哪儿去了？

听到此话，旁边的梅艳丽手一抖，但周公梦却面不改色。

周公梦：她出岛了。怎么了？

成强：她是不是已经死了？

周公梦：死了？怎么可能！——这你听谁说的？

成强：还有张小娟，是不是也死了？

周公梦：这也是你哥告诉你的？

成强：周总呢？他人去哪儿了？

周公梦：这想必就是他们对公司最大的误会了。——成总，我可以告诉你，咱们岛上每天进进出出的有很多人，你想啊，是不是每个出岛的人在你哥他们眼里和嘴里就成死人了？他们这是对公司最大的妖魔化！这种妖魔化的猜测是对公司最大的伤害。

成强：可公司最开始说送出岛去的几个人并没有被送出去，而是被关起来了，这次我看见他们了。

周公梦：这我承认。但这是对公司和对你们迫不得已的一种保护。成总上过中学没有？

成强：上过。

周公梦：那很好，我跟你讲一个最简单的物理知识你就明白了，物理课本里面讲到了，世界上有两种最基本的力量，作用力和反作用力。当一种力量作用于某一物体上的时候，该物体也会反弹出一种力量，明白吗？

成强点点头。

周公梦：那么，反对公司的人就是一种作用力，这种作用力并不会随着他们的离开而消失，他们会出去散播、妖魔化咱们的公司，这样不但会损害公司的信誉度，也让很多有理想有梦想的人，比如像成总你这样的人丧失掉发财的机会。这也是社会的损失。这样，公司自然而然地也是必须地反弹出一种力量来保护公司的体制和像你这样的有志之士。这也叫正当防卫吧——你会白白挨一个人的打吗？

成强摇摇头。

周公梦：就是这个道理，这就是现代企业管理的最基本的方法。——你还有什么疑问吗？

成强摇头。

周公梦：那成总您先回去休息，该吃吃该喝喝，你哥他们的事情我会放心上的，不会让他们有什么闪失。

成强被周公梦用手势和笑容送出房间后，周公梦随即把门关上，脸上的笑容立即消失，不紧不慢地蹦出几个字：他们知道的太多了，一个活口儿也不能留！

第11章

周公梦在房间里套出成强所了解的情况后，把成强送出了门。

周公梦：他们知道的太多了，一个活口儿也不能留。

梅艳丽：好可怕啊！又急不可待地问，——今天晚上就把成强给……那个了吗？

周公梦：不急在一时，明天还是想办法让他跟他哥再见一面，这也是人之常情嘛。——艳丽啊，你也知道，我不是个滥杀无辜的人，这是他们逼得的呀，是可忍，孰不可忍也！

树林某处燃着一小堆篝火，成铁等人围聚在这里休息。树林中传来夜鸟的怪叫声，篝火映着每个人的脸，大伙儿不断往火上扔着木头，只有李开城还在一边昏迷着。

成铁：滴答，老李的情况怎么样？

滴答：天热，他的伤口已经发炎，我已给他吃了点儿止痛药和消炎药，学武给他清理了伤口，希望能起作用，但他现在最主要的是得多喝水。

成铁：谁那边还有水？

没人吭声。

闫学武：咱们趁夜摸到那个村子去找点水和吃的怎么样？

成铁：那个村子是一个陷阱。周公梦早就算准咱们会去，他肯定会派人在那里把守。而且，我已算出那个村子是空的，根本没有人。

闫学武：怎么会是空的呢？

成铁：这个传销组织行事谨慎，不可能把一村子人放在岛上，我估计他们已经把人转移到别的地方去了。

滴答：没水怎么办？要是今天晚上没水的话老李就危险了。

韩游：天然水不能喝吗？

成铁：不能。

毕成功一直在边上没说话，这时忽然站起来，拿起地上几个瓶子，说：你们等我一下。

说话间，毕成功就在树林里走掉了，大人面面相觑，不知道毕成功干吗去了。他的神秘行为让气氛显得更加沉重了。

此时毕成功一个人快速地走在树林里，可以看出他对脚下的路非常熟悉。至于他为什么这么熟悉，后文自有交代。当然，成铁等人目前看不到，也不会知道这些，但最后他们一定会知道，这是后话了。

而在传销基地，成强也已走进宿舍，他瞧大家都睡着了，自己也躺下，却睡不着。这时门开了，钱卜多和俩同伙进来，钱卜多手中还拿着一瓶水。

钱卜多：成总，您晚上还没喝水呢？

成强一愣：我不渴。

钱卜多：还是喝点吧，睡着了会渴的。

成强：放这儿吧，我过会儿喝。

钱卜多：成总还是现在喝吧，大家都省去很多麻烦。

成强一看钱卜多等人的架势，知道无法拒绝，就接过钱卜多手中的水喝了一口。但钱卜多还在一直盯着他，无法，成强只好全部喝了下去。等钱等人出门后，成强想吐，却吐不出来，躺下，一闭眼就昏昏睡过去了。

树林里，毕成功很快回来了。他手持几瓶装回来的水，走到篝火旁，一一扔给大伙。看几个人犹豫着不敢喝，毕成功自己首先打开一瓶，咕咚咕咚几口就喝了下去：放心吧。

大家开始喝水了，滴答也赶紧打开一瓶，递给李开城让他喝下。

陈东喝完，打了一个饱嗝：水真是好东西！没水就是死路一条！

成铁：死路永远是只有一条，但是活路却有很多。现在我想听听大家的意见，看看谁有什么好主意逃出去。

巩固：按照美国大片的发展，这时候得有英雄出现，带着大家逃出去。——照目前来看，还没见有英雄出现。成铁虽然靠点儿边，但是说实话，我觉得你的那些什么模式啊理论啊，在课堂上讲还行，一联系实际好像不大管用。

陈东：我觉得可以诈降，先投降，至少咱们还能活下去，否则水粮一断，不用他们来抓，咱们也得死。

韩游：我觉得应该想办法抢他们的快艇。

滴答：也可以破坏他们的无线干扰器，破坏掉之后咱们的手机就可以用了。

巩固看着篝火，突然有了主意：有了——咱们把这林子点上火，大火熊熊，狼烟滚滚，这么大动静不可能惊动不了外边的人。

陈东：你这不是活路，是死路，还不如我的诈降呢。

闫学武：射人先射马，擒贼先擒王。咱们可以去把他们头儿擒了，他们就乱了。

只有毕成功还没说，成铁看着毕成功。

成铁：成功兄，你也说说。

毕成功：抢钱。咱们应该抢他们的钱。

这个说法新鲜，大家都看着毕成功。

毕成功：岛上这些人为什么来？不就是为了钱吗？谁有钱他们听谁的。咱们只要把他们的钱抢过来，咱们就是这个岛的主人。

巩固：这个办法好，但——你抢得着吗？要有那本事，咱们用得着像现在这样吃没吃的，喝没喝的吗？

成铁：大家想得都很好，这基本就是咱们能出岛的所有方法了，抢钱、破坏干扰器和擒贼先擒工属于同一种方法，就是要深入敌人内部，跟他们对抗，在对抗的过程中获得有利于咱们的工具或人质，这都是间接逃亡的方式，因为你抢到了钱或者破坏了干扰器或者擒到了王，之后你面临的困难依然不可预料，钱是否真的管用，擒到的那个王是否真就是真正的王，破坏了干扰器是否就真的能拨出去电话，那个时候咱们的手机是否还有电，等等。这都是需要我们考虑的。

众人都静下来听成铁分析。

成铁继续：诈降和点火烧山林最不可取。这两个方法也都属于一种范畴，就是自寻死路。韩游的抢快艇是最准确最直接的一种办法。我想的，也是这个办法。但是不能抢，只能想办法偷，因为即使抢到快艇他们也可以拦截或围追。

闫学武：什么时候偷？

成铁：还不到时候。

巩固：为什么？

成铁：老李目前身体还没恢复，行走不便，咱们要等他恢复后再实施快艇计划。

一边的李开城不知何时醒了，忽然在旁边插话道：不用管我，能实施就赶紧实施。

众人一见李开城醒了，都过来看他的伤势。

成铁：感觉怎样？老李。

李开城：没事。好多了。——别为了我，拖累了大家！

成铁：老李，不光是你的问题，因为我已经计算出一个疲劳公式，这个疲劳公式要分步骤实施才能成功。

众人都很惊奇：疲劳公式？

成铁：对，咱们现在各方面都处于劣势，拼抢和一味地逃跑都不是办法，我根据岛上的地理、人员、武器装备等各方面的因素列出一个公式，暂且叫疲劳公式，就是使码头上的防守人员产生精神上的疲劳和防守上的心理焦虑，然后在他们的疲劳和焦虑达到一个临界点的时候，咱们偷他们一条快艇走。

巩固：这疲劳公式到底是怎么个东西啊？

成铁：等实施的时候我会告诉大家的。

陈东：那就赶紧实施吧。

成铁：不，现在最要紧的不是疲劳公式，而是抢他们的武器。

巩固：武器咱们不有了吗？

成铁：不，咱们要抢的是枪。

闫学武：枪只有豹子有。

成铁：明天咱们应该就能看到更多的枪了。——明天将是最难熬的一天！

天亮了，难熬的一天开始了。岛上巡逻搜索的人明显地增多，其中很多人都持着手枪，或者猎枪，骑着自行车威风凛凛地驶过岛上盘旋的小路。成强也在，被豹子的手下夹在中间往前走。人群前面还有两只狼狗在汪汪直叫。

这架势让成强心惊胆战，他天真地问豹子：这狼狗要是把我哥他们咬伤怎么办？

豹子面无表情，跟狼狗的表情截然相反，但却更显可怕。

成铁等人躲在树林的一个隐蔽处，看着林间小路上的自行车巡逻队伍从身边一趟趟骑过去。

陈东：连自行车都动用了——这就叫骑兵吧？就差直升机了！

成铁：咱们的早餐和水就得从他们身上取了，这些人一般两三人一组，属于巡逻性质，防范性不强——他们不会想到咱们会攻击他们。

闫学武：生抢恐怕也不行，他们一出声就能引来大部队。

成铁思忖着。

巩固忽然说：我有办法！我看过一个美国大片，叫《逃出集中营》，里边有一个逃犯对付后边骑摩托追兵的情节，摩托车和自行车差不多，这个方法我们应该也能用上。

成铁：什么办法？你说说。

巩固看着林间小路，说：这个地方不行，太平了，他们的速度起不来，咱们得找一个斜坡儿，让他们的速度冲起来，我这办法就有用了！

他们很快在某条小路上找到了一个斜坡。几个人迅速地撕了一件衣服，把布条搓成了一根线，并进行了布置。

很快一个三人的巡逻小组骑着自行车就来“撞网”了。他们下坡的骑速特别快，突然，完全没有预兆地，从地上弹起一根细细的绳子，直接横到了三个人的面前，从脖子部分把三人硬生生给拦了下来。自行车按照惯性继续向前蹿了出去，三人连声都没出就被摺昏了过去。成铁等人立即从两边蹿出，解下他们身上的水、枪和食物。而前面的自行车行驶了一段距离后，咣当一声，摔沟里了。

成铁：不好，快跑。

几人起身跑掉，忙乱中都忘了捡那条绳子。

豹子带人循声赶来，冲到小路边，看到了躺在地上昏迷不醒的三个人，以及横在地上的一条绳子。豹子伏身捡起绳子，让人把两条狗牵过来。豹子将那条绳子放到狗鼻子前让狗闻了闻，然后示意手下人把狗松开，两条狗立即凶猛地蹿了出去。豹子等人跟在狗后面紧追不舍。

成铁等人正在转移的路上，一边走一边相互传递着水壶喝水。

滴答：老李，你多喝点。

李开城：我年纪最大，就不搞特殊了。

闫学武：老李，你的伤口怎样了？

李开城：没什么事了。还多亏滴答帮我打了一个很好的绷带，伤口包扎得好，现在做什么都不妨碍了。

成铁：陈东你听听，有没有人追来。

陈东到了一个稍微开阔一点儿的平地，趴到地上，听了片刻，似乎不敢相信，又把耳朵更近地紧贴地面听了起来。

巩固：有没有人追，你倒是说啊！

陈东抬起头来：不光有人，还有狗。

成铁环顾了一下：坏了，咱们忘了拿那条绳子了！

巩固：那赶紧跑吧。

成铁：不用跑，跑哪儿也会被追到——狗是没办法摆脱掉的！

滴答：除非让它们死。

闫学武：咱们有枪了，可以用枪打死它们。

成铁举起一把抢来的手枪：咱们中间谁用过枪？

众人都不吭声。滴答发现李开城耳朵上那个黑痣又跳动了一下。

成铁：那有枪跟没枪一样。得想想别的办法。

陈东：巩固，美国大片里有没有对付狗的办法？

巩固：有。但是电影毕竟是电影，能好使吗？

成铁：说。

巩固往左右看看，掰了几根树杈。

巩固：谁有刀子？

滴答：我这边有水果刀。

巩固接过滴答递过来的水果刀，开始将树杈的头削尖。

巩固：有一部美国老电影，叫《危险游戏》，就是用这个对付后边追来的猎狗。

巩固削好一个，示意大家跟他往前走，在一个相对比较狭窄的地方，巩固将削尖的树杈斜对着追来的方向插到地上。

巩固：狗跑的速度快，撞到上面就是死。

陈东：它看不见吗？

巩固：所以，还需要第二根。

巩固又将一根树杈立在第一根树杈的后边。

巩固：它跳过第一根，正好戳在第二根上。

此时，已经能隐隐听到狗的吠声了。

成铁：赶紧，撤。

成铁等人一边撤，一边将削尖的树杈分布在撤退的路上。

最后成铁看了看四周，招呼大家向高处走去。

树林里，两条狗飞奔而来，气势汹汹。一条狗跑到插有树杈的地方，果然高高跃起，但噗的一声，它就被第二根树杈刺进了肚皮，在地上缩成一团哀嚎起来。另一条狗继续往前追，在一拐弯的地方，同样也被一削尖的树杈刺中身体。当豹子等人听到狗叫追上来时，第一只狗已奄奄一息了。再往前追，第二只狗也被刺死在路边。豹子的表情立即阴郁起来，成强则大大地松了一口气。

豹子：向前追——格杀勿论！

成强一听急了：哎你……

话没说完就被豹子用枪顶住头：废话少说，快点走！

成铁等人奔到了一个制高点上，成铁看见附近有很多石块。

成铁：停，就在这里吧，跟他们交一下手。——大家搬一些较大的石头，堆过来，学武，你跟巩固去掰几根大的树杈回来，做杠杆用。

成铁等人开始忙活了起来。

树林里，豹子等人向着成铁他们的方向往上爬着坡，突然，他们听到头顶一阵响动。

有人喊：不好，有石头砸下来。

豹子抬头一看，一块石头正从上边滚了下来。他赶紧指挥众人躲开，然后举起手枪对着制高点就是一顿乱射。其他人也都举枪乱射一气。

制高点上，成铁等人躲在石堆后面，任凭枪声四溅。

成铁：别出头，别出声，等他们走近再说。

而在一旁，他们早就准备好了一排杠杆，伸在一排石块下面。

下边，豹子见上边没动静了，示意大家停止射击，静待了片刻。见成铁等人依然没有动静，豹子示意手下靠过来，小心翼翼地往上走。

制高点上，陈东等不及了：成铁，他们已经够近了，咱们掀石头吧。

成铁制止：不要。——掀下去会死人的。

说完成铁大声对下边说：下边的人听着，你们要是再往上走，就要出人命了，我有的是石头，我现在警告你们停止前进，转身往回走。

对面立刻传来豹子的答复：你赶紧往下掀吧，你看看谁在这里。

成铁透过石头之间的缝隙往下一看，是成强在下面，而豹子正躲在成强的身后狂喊。

豹子：我们不但不会往回走，而且我现在要求你们都给我站出来，否则我就要了他的命。

说着，就把枪顶在了成强的头上。

直到这时，成强才如梦初醒：哥，你们别出来，他要对你们格杀勿论。

旁边的黑子听到成强这样讲话，就伸出脚砰地一下踢到成强的肚子上——直疼得成强说不出话来。

情况有变，让成铁吃了一惊，他一边观察着下边的情况，一边想着对策。

下面传来豹子的喊话：我现在数到5，如果数到5你们还不出来，我的枪就要说话了。——1……

成铁迅速思考着。

豹子：2……

成铁忽然迅速从旁边捡起一枚树叶，吹了一声，又吹了两声，又吹了三声。

这声音让成强的脸色一变，豹子和黑子也吃了一惊。

豹子：不用玩什么花招了，数到5我就打碎他的脑袋——3……

成铁指挥：巩固，学武，韩游，陈东，你们一人抓好一个杠杆，赶紧！

几人迅速到位，成铁自己也抓住一个杠杆。

豹子的声音：4……

成铁吩咐自己人：你们看准成强的位置没有？我不能重复叙述——请你们记准了，一定要对准成强的位置掀下去，一定！

几人很错愕，但成铁的命令却是不容置疑的。接着成铁一使劲儿，第一个对准成强的位置将石头掀了下去，另外几人也照着掀了下去。

石头向着成强所在的方向冲下去，豹子和黑子等人大惊失色，放开成强四散而逃，只有成强还在傻呆呆地站着不动。

石头冲过来了，成强一脸恐惧——但他仍然按照刚才成铁哨声的暗示，一动不动地站在那儿，浑身颤抖着看着冲下来的石块，一块块从身边滚过。

石块们也怪，先是直冲而下，但接下来却突然都不同程度地改变了方向，有的是因为互相挤撞，有的是因为山坡不平，有的是被一棵树阻挡——改变了方向的石块纷纷滚向了四下跑开的豹子和黑子等人。有一块石头几乎贴着成强的身子擦了过去，他吓得赶紧闭上了眼睛，但依然站着不动。

豹子飞快地跑着，躲避着，突然听见一声惨叫，忙转头一看，是黑子被一个大石块狠狠击中，撞到了沟里。接着旁边又有接二连三的惨叫声传来，豹子再转头看时，就看见自己这边有多人被撞倒，只有成强还站在刚才的地方没动窝儿。豹子找到一个安全的地儿站住，立即举枪向成强瞄准。

这时成强依然闭着眼睛，脸色苍白，但忽然听到成铁在叫他：快趴下。

成强猛地趴到地上，子弹呼啸着飞过他的头顶。

成铁继续指挥成强：快，成强，快往我这边爬。

成强急忙躲到一条浅沟里，努力往成铁这边爬着。豹子看打不到成强了，就连忙朝天鸣了几枪，拢住自己的人，指挥着一起向成铁这边开枪。这次他们学乖了，都躲在树后。

成强被火力压得不敢爬了，成铁连忙指挥着众人又往下推了几块石头，但是效果不大。此时豹子他们已不再惊慌失措了，而是靠在树的后面躲避着前进，又渐渐逼近了制高点。成铁不得已，自己取出抢来的枪，想瞄准，但又不知道怎么使用。忽然，旁边 只手伸过来——是李开城。

李开城：把枪给我——不想让你变成杀人犯！

成铁把枪递给李开城。李开城接过枪，熟练地打开保险，检查子弹，从石头的掩体中找准位置，开始瞄准。

滴答一直在细心观察着李开城——李开城的所有都没有出乎她的意料。其他人却相当惊讶，他们怎么想都想不到其貌不扬的李开城还会这一手。李开城瞄准了一个传销组织的成员——那个人一直在他的瞄准镜里走着——但李开城一直没有开枪。他的表情有些恍惚，似乎是想起了很多事情，让他很痛苦。眼看下边围捕的人越来越近了，那个被瞄准的对象也在瞄准镜里也越来越清晰，但他却一直下不了决心。

成铁在一旁急了：老李，你怎么了？

李开城终于下定决心，他把瞄准镜稍微偏了偏，一闭眼，砰地开了一枪。

听到枪响，豹子这边的人都愣了一下，停住了。被击中的这个人似乎觉得有什么不对，但却不知道哪儿被击中了。

他疑惑地说：我好像被击中了。

这时他旁边一人发现了他被击中的地方，惊叫了起来——你的耳朵被打没了！

这个人一摸，满手是血，吓得捂住耳朵转身嗷嗷地跑掉了。经过他这一冲，下面的人乱作一团，没人敢再追赶，都纷纷就地卧倒寻找掩体保护自己，成强趁机冲到了上面。豹子躲在一棵树边，后怕地摸摸自己的耳朵，再抬头看上边时，已无声息。

成铁等人摆脱追赶后，找了一个隐蔽的地方进行休整。

成铁：就先在这里休息一下，大家吃点儿东西，喝点儿水。

闫学武和滴答将抢来的东西打开，很少，只有三份。滴答将三份东西平均分成每人一份，让大家先填填肚子。

闫学武：铁子，咱们还得搞点东西吃，要不连跑的劲儿也没有。

成铁点点头。大家开始吃着很少的一份东西。

成强却吃不下去：哥，我错了，对不起你们。

成铁拍拍成强的肩膀没说什么。

巩固：成铁，我现在佩服你了，你像是个大英雄了！——你给我们讲讲为什么要把石头推向成强那边，竟然最后没打着他。

闫学武：对，你讲讲，我也觉得很神奇。

成铁：你们有没有过这样的经历，当你去做一件事情非常没有把握的时候，你最不愿意发生的结果常常一定会发生。

巩固：对对对。我经常这样，一出门想不遇见谁一定就遇见谁，想遇见谁一定遇不见。

成铁：这是一种介于哲学和数学之间的现象，与概率和因果律有关。咱们这次往下撬石头，第一次一共撬了五块石头，将这五块石头不确定打击对象随机撬下去的话，成强被击中的概率为二十几分之几，在伤害事件中，这概率算很高了。但要是咱们确定将所有的石头都击中他的话，事情的结果就会像巩固说的那样，想遇见谁一定遇不见谁，当然这需要有个前提，就是成强不要动，成为固定位置——他幸亏听懂了我的暗号，没动。

陈东：你们还有原地不动的暗号啊？

成铁：当然。口哨间隔着先吹一声，再两声，再三声，就表示原地不动。

就在大家津津有味地听成铁讲话的时候，韩游悄悄远离众人，消失在树林里，没人注意到他，因为大家都还沉浸在刚才那惊险的一幕中。

巩固：那就是说石头肯定打不到成强了？

成铁：当然不是——其实今天打中成强的可能性还是有的，但只比中彩票的概率大一点儿。

陈东：这几天我感觉像在做梦，这一切不像是真的，你们也都不像是生活中的人，都让我惊奇。

成铁：我估计你马上也会惊奇于你自己，这个说起来其实很简单，因为咱们处在一个封闭的危险环境中，每个人的本能和潜能都将被激发出来，你会看到一个不一样的自己。也就是说，你现在过的不是自己的生活，是一种可能性的生活。

巩固：成铁，我觉得你说的也对，也不对，有的时候激发的不是潜能，也不是本能，而是技能，对不对，老李？今天你那一枪绝对是技术，说打耳朵不打脑袋，那得多大功夫啊！老李，你是不是练过啊？

大家都看着李开城。

成铁：老李，你可以不回答。

李开城想了想，却没否认：练过。

滴答仍旧注意看着李开城耳朵上的那个黑痣，这次黑痣没动。

巩固：你是射击爱好者？

李开城：不是，我练射击是为了杀人。

众人瞠目结舌。

巩固：杀，杀了吗？

李开城：杀了。我不是本地人，我是杀了人逃到这边来的。

巩固：你杀的是那个，那个……

李开城：对。把我埋到墓里的人。但我杀他并不是为了这事。

众人又愕然。

李开城开始讲述他从墓里出来后的情景。

李开城从墓里出来后，第一个念头就是回家。当他衣衫褴褛、胡子拉碴地走在大街上时，大家都把他当作乞讨者来对待，但这对李开城来说，早已全然不在意了。

因为在古墓的那段时间里，他经历了绝望和挣扎，知道了死的滋味儿，现在早已将一切看开了。说实话，他心里没有一点儿报仇的念头，只要能和一家人继续活下去他就满足了。不过，现实却没给他这个机会，因为当他回到家里的时候，却发现那个人不仅是要他的命，还要了他的女人。

李开城对大家说：原来他把我埋到墓里并不是为了钱，而是为了我老婆。从那一刻起，我就想要杀了他。用刀子捅，或者背后下黑手我都觉得不满足，于是我买了一把猎枪，开始练习枪法。因为我要杀得有气势，用枪声来审判他！为此我开始练习射击。

陈东：你后来……打死他了吗？

李开城：打死了。

众人一惊。

李开城：我打死了他就逃离了那个城市，跑到了云县来。所以，我得告诉大家，我是一个逃犯。

巩固：老李，不管怎么说，我觉得你不是个坏人，不过就是提前代表人民枪毙了一个人渣。

成铁：老李，这次出去我陪你去自首。

李开城点点头。

李开城：好。我也不想再跑了。逃亡的日子太苦了，你们都叫我老李，其实我年纪也不大，我这老相都是熬出来、愁出来的！

大家唏嘘不已。这时滴答四下瞅瞅，觉得有些不对。

滴答：少了一个人——韩游呢？

大家起身找了一下，发现韩游真的不见了。

闫学武：会不会是被抓走了？

成铁：不可能。他要是被抓走的话不可能一点儿动静没有。咱们先在附近找找。

大家刚要散开去找，滴答惊喜地喊：韩游回来了。

众人看去，韩游浑身湿漉漉地从树林里走来，手上拎着一串鱼。

韩游将鱼往地上一扔：我去抓了几条鱼，烤了吃吧，补补盐分。

陈东：嘿，大海像你们家鱼缸一样！

众人生火烤鱼。喜气洋洋。

传销基地的库房里摆着黑子的尸体，周公梦、豹子等人在送别。周公梦呜呜地哭着，声音类似诸葛亮吊孝。过了一会儿，就停住了，仿佛刚才根本就没哭过。

周公梦：封锁消息，沉海。

豹子：周老师，黑子的尸体我想运出岛，毕竟兄弟一场。

周公梦：个人的事儿再大，也是小事儿；公司的事儿再小，也是大事儿。这个咱们都明白。

豹子还要争执。

周公梦：黑子虽然去了，但是人去薪在，钱还是要发的，他的那份就发给你吧。

周公梦说完就转身出去了，梅艳丽也跟着出去了，只剩下豹子呆呆地看着尸体发愣。

出门后，梅艳丽一边走一边汇报：死了一个，伤了七个，枪被抢走三支。是不是立即派下一批人去追？

周公梦：不。只派少数人巡逻，不派人追他们了。

梅艳丽：为什么？

周公梦：欲速则不达。我不找他们了，我等他们来。——一定要把码头和村庄把守好，这两个地方，我保证他们一定会去的。

梅艳丽：如果不去呢？

周公梦：那他们就会渴死，或者饿死——他们不会这么傻。

树林里，成铁等人在吃鱼。

陈东：他们怎么不派人来追咱们了？好歹能抢点儿水喝。

成铁：这次周公梦学聪明了，我估计他不会再来追咱们了。他在等咱们去找他。

陈东：咱不找他不就完了嘛！

成铁：那咱们不但出不了岛，还会渴死或者饿死。

这时旁边李开城手中的鱼忽然掉到了地上，他的手好像不会动了。

滴答：老李，你怎么了？

李开城哆嗦着说不出话，脸上起了一些红色的疙瘩。

滴答：不好，这是过敏症状，应该是药和鱼犯忌。

众人面面相觑，无计可施。毕成功在一边犹豫了好久，看着李开城太痛苦了，终于下定决心说：去那个村子吧——那个村子里有药！

大家都惊奇地看着毕成功，不知道他怎么会知道那村子有药。但李开城的情形容不得大家多想，巩固起身背上老李，在成铁的指挥下，一行人向那个村子走去。

村子很静，一幅无人的景象。成铁等人隐蔽在村子附近的一个高坡上，观察着周围，隐约在一些草垛背后和墙角看到了人影。

毕成功：从这边村头进去，往前走第七家是这村的诊所，那里边应该有药！

成铁：人太多，咱们进不去。

闫学武：铁子，我有个主意。咱们不是弄到了几辆自行车吗，我骑自行车装作他们的人混进去。

传销组织的一些人躲在村庄的草垛背后或者墙角边上，或聊天，或打盹儿。突然，他们听到一阵自行车铃铛声传来，于是迅速拿起武器，进入警戒状态。来的人正是闫学武，他骑着一辆自行车大大方方地走到他们跟前，停下，一只脚支地。

闫学武：都精神点儿，像你们这样松松垮垮的，就是大活人从你们前边过去你们也看不见，谁是这边头儿？

领头的：我是。

闫学武：管好你的人！我到别处去转转。

说完蹬起自行车就进了村子。这边领头的和手下的人互相看看，都没摸着头脑。

领头的：这谁啊？怎么凭空冒出一人？

一手下：不认识。估计也是保安吧。

领头的很疑惑：咱们公司能招这么瘦小的保安？一脚能踩地里去！

一手下：可能是走后门进来的。

领头的还是一脸狐疑。

闫学武进了村子后，一边骑一边看，终于数到了第七家。闫学武下车一看门是锁着的，没有磨叽，利索地翻上墙头，跳了进去，再几步走到正屋门前，发现还有锁，直接飞起一脚，将门踹开。闫学武走进屋一看，果然是个小诊所，于是立刻翻找起来。

村子外，那领头的一个人瞎转悠着，琢磨着，忽然感觉事情不对。

领头的：你说刚才那人进村子干吗？

手下：他不是说去转转吗？

领头的：一个破村子有什么可转的？里边又没人！

手下：这得问他呀！

领头的：再说了，公司一般都派两三人一组巡逻，这人怎么自己一组啊？就他这瘦鸡样公司敢派他一人出来吗？

手下：你要不放心咱们就跟进去看看。

领头的：看看。

两人拿起枪，走进了村子。

此时，村外的成铁等人正在密切观察着村里发生的一切。他们看到俩人拿枪进了村子后，都紧张起来，成铁、巩固、韩游三人不自觉地抓起了枪。

成铁：不到万不得已，不要开枪。

此刻闫学武在屋子里乱翻一通，将药一股脑全部装进一个化肥袋子里，想走，又觉该翻点儿别的，自言自语道：总得捣腾点吃的呀！接着又翻别的抽屉，柜子，看到合适的东西就往袋子里装。直到觉得屋里没什么可翻的了，闫学武才走出来，跳过院墙翻进另一家院子，依然踹门入户，一通乱翻。

在屋外，领头的和手下正四处寻找着闫学武。两人在一家门前发现了闫学武的自行车，却没看到人。领头的趴那户人家门缝上一看，正屋门大开着。

领头的：这小子进屋了！

于是两人也爬过墙头，跳进院子，进屋一看，被翻得乱七八糟。

领头的有些疑惑：他翻什么呢？

手下：咱们来的时候，公司有命令说不拿岛上群众的一针一线——

忽然醒悟过来：他不是咱们的人。

两人立即跳出院子，寻找闫学武。领头的发现另一院子也被闫学武踹开了房门，就招手示意手下过来看。

手下一看，立即端起枪说：咱们鸣枪喊人来吧。

领头的：笨！那不打草惊蛇了嘛！我待这儿看着，你悄悄出去喊人，回来咱们包围他。

手下翻出院墙，悄悄往村外跑。领头悄悄地探过墙头，看见闫学武又翻过了一家院墙，继续踹门进屋找东西。袋子也鼓鼓囊囊的，装了不少东西。

在村外，成铁等人眼看着那个手下从村子里出来，跟村外埋伏的人说了几句，立即有人摸起枪和家伙什跟着往村子里跑去。

成铁惊道：不好，他们发现学武了，得通知他马上撤。

村子里，领头的和来的人会合后，悄悄往闫学武方向包抄而去。就在此时，从远处突然传来“砰砰砰”有规律的三声枪响。正在翻东西的闫学武心里一惊，立刻从屋里跑出来。他望望，枪声恰好来自成铁等人的方向，立即明白了这枪声是在给他暗号。第一声向左，第二声向前，第三声向右。他辨别了一下方向，背着袋子向右边跑去，利索地翻过一道道院墙。

而街上的传销组织人员也被这三声枪响给弄蒙了。呆了片刻后，他们分出三个人奔向枪声，其余人继续往闫学武方向扑过来。领头的带人踹开闫学武最后搜过的那个院子，发现已经没有人了。一眼尖的从另一个墙头上发现了正在翻墙的闫学武，立即喊了一声，提醒众人继续追了过去。

闫学武跳下最后一道墙，到了村外，但后边追兵也追来了，不时还有冷弹从身边窜过，闫学武不顾一切地撒腿就跑。由于闫学武背着东西，跑得并不很快，始终没有跟后边的追兵拉开距离。后边传销组织的人蜂拥地追来，还不断开枪。

突然，一声枪响后，闫学武摔倒了，掉进一沟里，追赶的人一见，脚步顿时停了下来，举着枪向闫学武慢慢靠近。

成铁等人在边上也发出担心的惊呼，只用滴答胸有成竹，指着远处说：喂，你们看。

成铁等人顺着滴答的手指往下看，就见闫学武正猫腰在沟里横着跑向另一个方向。原来这是闫学武的一个计，假意中枪让追赶的人减慢速度，而他自己则依靠矮小的身材，快速地移动着。

传销人员小心地走了过来，在沟边举枪的瞬间，闫学武却从沟的另一边拐弯消失了。

闫学武在沟底跑了一阵，一抬头，就见成铁等人已在前边接应了。成强接过闫学武的袋子，韩游拉他上来，几个人很快消失在了树林深处。

这些事情，以及前面发生的一些事情很快就传到了周公梦的耳朵里。

一人汇报：在海滩上发现一个人的脚步，好像是下海洗澡了。

周公梦：不是咱们的人吗?

那人：不是。

另一人：在树林里发现有生火的地方，地上有没吃完的烤鱼头。

周公梦：在岛上吃起烧烤了，很好啊！

村里领头的那个：他们有一人跑到村里翻走了不少东西。

周公梦：都什么东西啊?

领头的：不知道，他都带走了。

周公梦：你们那么多人没抓住这一个人？

领头的：周老师，这人好像神通广大，人长得瘦小但翻墙如履平地，我们明明看见已经打中他，但他掉沟里忽然就不见了。

周公梦：不是他神通广大，是你们蠢笨如牛啊！——你们就是读书太少了，他这一招就是瞒天过海啊！他是不是从沟底溜走的？

领头的：是。

周公梦：万变不离其宗，要透过现象看本质！——好了，你们都回去吧，今天的情况我已经掌握了。

岛上，夕阳西下。“哗啦”，韩游把搞来的一袋东西全倒地上了：罐头、地瓜、花生米、半瓶白酒、几罐啤酒……各种吃的真的不少。

巩固：嘿，这小村还挺现代——咱们这就算野餐吧？

陈东：这是以生命为代价的野餐。白酒不能喝，这是老李的消炎药物，也是我尿液的替代品。

众人一阵大笑。滴答却着急地看着地上的东西，问：怎么没有药片？

闫学武：你看！说着从身上的口袋里掏出花花绿绿、各种各样的药片。滴答赶紧在药片里翻检起来。

滴答一边翻检一边皱起眉头，因为闫学武找来的都是些感冒胶囊之类的药物。成铁看看躺在一边像发高烧一样迷糊的李开城，又看着滴答，担心地问：是不是没……

滴答忙将手指放在成铁的嘴唇上，制止他下边要说出的话，拿起两片感冒胶囊，故作惊喜地说：天哪，竟然真有治过敏的药！

滴答拿着药片走到李开城身边，将药片塞进他嘴里。

滴答：老李，你命可真大！在这么偏僻的地方竟然找到敏药了！

说着接过闫学武递过来的半瓶水，给李开城灌下。药吃下去之后，李开城的呼吸顺畅了一些。成铁看着滴答，伸出大拇指。

滴答一笑：潜能无限！

另一边，巩固等人已将几件衣服铺地上，当作餐布，然后把闫学武搜罗来的食品放上边。

巩固：请大家入席！——野餐开始。

众人喝啤酒，吃花生米，大声说笑。夕阳的光射进树林很柔和，一时让人忘记了这是一个逃命的地方，他们更像是一群来岛上度假的青年。

陈东在朗诵诗：只要明天还在 / 我就不会悲哀 / 纵使黑夜吞噬了一切 / 太阳还会滚滚而来 / 只要生命还在 / 我就不会悲哀 / 我的手掌伸开就是草原 / 我的泪水一流就是大海……

巩固：我也想写诗——我要把这大海撕个稀巴烂 / 因为我没有船 / 我要把这小岛坐穿 / 是不是就是美国西海岸……

成铁躺在地上，精神在高度紧张。因为他得想办法带大家逃出这个地方，逃脱命运的黑手，现在他又算出了一个可怕的概率，这让他的右手贴裤兜不停抖动。成强在一边看见成铁右手的动作，就知道这是成铁紧张的表现，连忙上前问成铁：哥，你怎么了？

成铁一激灵，马上回过神来，他四下观察一下，却没发现滴答和韩游，不由大惊失色：滴答和韩游呢？

众人这时才发现这两人不见了，连忙四处找起来。

巩固：是不是给咱捕鱼去了？

成铁：大家收拾东西——他们恐怕有危险，咱们得赶紧去救他们！

巩固：怎么了？你不是说周公梦不会派人来抓咱们了吗？

成铁：那是现象和推测，不是概率，只有概率才是科学的，我昨天晚上算出的概率是今天咱们有 80% 的可能性会有人被他们抓走！——陈东，你在这儿守着老李，我们去救人。

李开城：我吃了药好多了，让陈东也去吧。

成铁：不用，陈东在这照顾你。

陈东有点儿担心说：我不在被抓的概率之中吧？

成铁：除非你不是人。

黄昏，浅海处，阳光照着海面，一片波光粼粼。滴答从海滩上兴奋地跑向海里，一头扎进去，再冒出来，一脸陶醉，并不停地往身上撩着水。旁边韩游也走在海里，随时注意观察着水面，准备捕鱼。

滴答感激地说：韩游，谢谢你，你要不带我来我就被脏死了！

韩游：希望回去别被成铁骂！

滴答：让他骂我吧！骂我我也得洗洗了！又感慨地说，人真是缺不了水啊！我要变成条鱼就好了，清清爽爽的！

滴答说着将头发散开，开始洗头发，韩游则一猛子扎下去。当韩游再次冲出水面，手里已捧着一条活蹦乱跳的鱼，他刚要跟滴答说话，却看见滴答呆呆看着海滩。韩游顺着滴答的视线看去，不禁也呆住了——海滩上，十来个传销组织的人正拿枪对准他们。

第12章

韩游一个猛子扎下去，捧条鱼上来时，却发现自己和滴答已被包围了——海滩上，十来个传销组织的人已拿枪对准了他们!

韩游的手一松，手中的鱼就掉到了水里。

当成铁等人着急地穿越树林，赶到了海边时，海边已空无一人，海滩上只留下了一地杂乱的脚印，渐渐远去，消失在树林里。

巩固：概率发生了吗?

成铁：100%。

成强：哥，咱们怎么办?

成铁：救他们。

滴答和韩游被十来个人押送着回到传销基地。此时基地内很安静，无声无息，传销人员都睡着了。滴答和韩游被押送进了周公梦的房间，周公梦正在读《论语》，一副胸有成竹的范儿。

一保安：周老师，您要的人我们抓来了。

周公梦头也没抬，继续读着自己的《论语》，直到一页读完，才放下书，抬眼看看滴答和韩游，好像才发现他们的样子。

周公梦：哟，有朋自远方来啊，欢迎光临寒舍。滴答小姐是第二次光临寒舍了吧?

滴答：对，二进宫。

滴答边说边打量着屋内，目光不由得与站在周公梦身边的梅艳丽目光遇到了一起——今天两人的衣服穿得不一样。梅艳丽充满敌意地看着滴答，滴答也细心地观察着梅艳丽，发现她经常不经意地撩自己的头发。

周公梦：两位感觉岛上的风光还好吗？还是你们有闲情逸致啊，我工作太忙，倒是没时间去岛上转转。

滴答和韩游不接他的话茬儿。

周公梦：不谈风光了，谈谈正事吧——这个小伙子不怎么爱说话，那我就跟你谈谈吧。你叫什么名字？

韩游懒得回答。

周公梦一使眼色，蹿上来一个保安揪住韩游，对着他的嘴巴就扇了几耳光。

周公梦：别那么野蛮，不要打嘴巴，我想他应该有很多话要对我们说。——是不是，小伙子？

韩游闭着嘴。

周公梦：话少可不是个好事儿，有的时候，话就是命，明白吗？

韩游还是不说话。保安一拳打在韩游的心口上，让他痛得弯下了腰。

滴答：别打他，他叫韩游！

梅艳丽：再不说就打那女的！

另一保安蹿上去揪住滴答要打。

周公梦制止：NO，NO，NO，男人还是应该有绅士风度，不要打女人，女人是用来疼的，不是用来打的，对女人应该用温柔的方法——把滴答小姐请到隔壁房间去，一会儿我去跟滴答小姐谈谈心。

保安上来押着滴答向外走去，滴答一边走一边着急地转头看着韩游，韩游也抬起头看着滴答，两人都不知道怎么办好，就在滴答快被押出房间的时候，韩游忽然看见滴答向他同时伸出了食指和中指两根指头。

韩游还想仔细看看，脸部又被重重一击。

周公梦：小伙子，人总是要说话的，有的时候多说，有的时候少说，但不能不说，尤其是命都快没了的时候。命要是没了，想说也说不出来了。现在我想知道，成铁他们下一步的计划是什么，他想用什么办法逃走。

韩游还是不说话，保安又是一阵毒打。周公梦无动于衷地看着，梅艳丽却忽然说：太野蛮了！——我做面膜去了！

说着就走出了周公梦的房间。

成铁等人回到了原来的地方，李开城和陈东早在等他们了。

李开城见没有滴答和韩游，连忙问：被抓走了？

成铁点点头。

陈东：以后你得早点把概率算出来，这样咱们就能避免了。

成铁看着众人。

成铁：现在我跟学武和成强要去救人，各位是留在这里还是跟我们一起去？

巩固：成铁，救人的成功率你算了吗？

成铁：不用算，有些事情是不用算的，因为必须去做。——当然，我也不瞒各位，这次去救人，危险性很大，成功的可能性几乎……没有。

陈东、巩固和毕成功都把头低下或者别了过去，显然都不愿意去冒险。

李开城：算我一个吧。

成铁：老李，你伤还没好，就别去了。

李开城：皮外伤，现在结痂很厚了，应该不会再裂了。我身体抵抗力强，顶过开始那一阶段，后面就不怕了。你们仨枪法都不好，我不去的话，没有威慑力。

成铁：多谢！——咱们现在出发。接着又对陈东等人：我们如果救人成功，会回来找你们的。如果我们没回来，你们就自己想办法出岛。千万要记住，如果出岛成功的话一定要报案。另外，不管咱们谁被抓住了，都不要提疲劳公式和快艇的事儿，因为那是咱们唯一的出岛方式。

说完便带着闫学武等人转身要走，却被毕成功喊住，毕成功指指成铁等人带走的三支枪：荒山野岭的，给我们留支枪。

闫学武气愤地说：你这人怎么这样啊！我们是要去救人，你不去也就罢了，怎么还想要我们的武器！

成铁想了想，将自己的那支枪扔给了毕成功。

成铁：学武，算了，咱们两支枪也够了，给他们一支防身吧。

成铁带着闫学武、成强和李开城离开后，剩下巩固、毕成功和陈东守着篝火，一阵沉默。

巩固：咱们是不是……不太仗义啊？

陈东：仗义就得送命。我反正好不容易从那逃出来，是不想再回去了，要再被关进地下室不用他们要我的命，我自己就崩溃了。

巩固：不过，在美国大片里，在这种情况下，凡是不仗义的人最后都……没什么好下场。

陈东：咱们不是怕死，是不去送死。你这么想这事儿就能想通了。

毕成功一直没说话，他琢磨着什么。

此时，在传销基地一个房间里，滴答双手被反绑在一张椅子上，由一个人看守着。滴答趁看守侧身看窗外的间隙，努力地挣脱着绳子。她终于找到了门道，将胳膊手臂努力收缩，利用绳子松散后的间隙，悄悄用指头撸下绑着手腕的绳套，一道，两道……忽然，房门开了，滴答看见梅艳丽敷着一张面膜，手里拿着一杯水走了进来，她连忙把解套的那道绳索捏住手心里，努力把胳膊小臂撑起来，把身上的绳索绷紧。

梅艳丽一进来，把水递给看守：别让咱们的客人口渴啊，把这杯水给她喝了。

看守明白梅艳丽的意思，接过水，走到滴答跟前，直接往滴答嘴里灌水。滴答知道水肯定有问题，挣扎着不喝，但还是被强行灌了下去。

梅艳丽对看守说：好了，你出去休息一下吧，我跟她谈谈。

看守答应着出去了。

梅艳丽：五分钟。你只有五分钟跟我谈话的时间，五分钟之后你将昏迷不醒。

滴答：你想干什么？

梅艳丽：想让你死。你不死对别的女人是一种威胁。

滴答没答话，而是用双眼紧紧地盯着梅艳丽……

门外，看守在来回巡视着，忽然看见房门开了，梅艳丽敷着面膜从里边走了出来，一出来就用手撩了 下头发，然后头也不回地走了。

看守在后边喊：梅总，我可以进去了吗？

梅总没回头，而是摆了摆手阻止了，看守只好待在外边继续溜达。

而在一旁周公梦房间里，韩游被打得满脸是血，却紧咬牙关一个字也没吐露。

周公梦：打你是想挽救你，等我要杀你的时候你说什么也救不了你的命了。希望你别逼我做那种不人道的事情。

保安又打了一顿，但韩游就是一声不吭。

周公梦：小伙子，你让我很难过，你自己不想活了谁也救不了你，要怪就怪你自己吧，我已经尽力了。

周公梦一摆手。

周公梦：沉海。

俩保安架起韩游出门了。周公梦摇了摇头，走到镜子前整理自己的衣着，对自己的形象满意之后，走出房门。

走廊里，看守看见周公梦从屋里出来，赶紧将关滴答的房门打开，将周公梦让进去。

看守：周老师您请进。

周公梦走进房间，看守也跟着进来了，只见滴答耷拉着头一直坐在椅子上。

周公梦对看守说：你出去吧，我不叫你，你别进来。

看守出去了，周公梦走上前。

周公梦：滴答小姐您好，可否抬起头让周某欣赏一下您的国色天香？

滴答没反应。

周公梦：滴答小姐请放心，我一生纵横江湖，从不对女人下手，我希望咱们能够好好谈谈，最好能合作，不合作也可以做朋友，不做朋友，也最好别做敌人。您说呢？

滴答还是没反应。

周公梦有些不悦：滴答小姐，我可是以礼相待，您这么一声不吭可不符合咱们礼仪之邦的规矩啊？

滴答依然没反应。

周公梦：滴答小姐如此不给面子，那我只好亲自动手看看您的面子了。

周公梦说着上前，伸手扶起滴答的头——凌乱的头发散开，露出一张呆滞的脸来，吓了周公梦一跳——此人竟是梅艳丽。

梅艳丽双目紧闭，表情木然。周公梦愣怔一下，接着就大叫起来：来人！

看守忙从外边进来。周公梦指着椅子上的梅艳丽问：这是怎么回事儿？

看守目瞪口呆，脑海里一下子闪出刚才的情景——“梅艳丽”敷着面膜从房间里出来，衣服凌乱，一出来就刻意地撩了一下头发，脚步却走得很仓促和有些踉跄——看守醒悟到刚才走掉的那个人是滴答，不自觉地脱口而出：是她！

周公梦：马上告诉我，到底怎么回事儿。

传销基地外，滴答敷着面膜，穿着梅艳丽的衣服跌跌撞撞地跑了一会儿，药劲儿上来了，让她几乎快支持不住。而后边传销基地的灯突然亮了起来，探照灯从楼顶上扫向四方，滴答紧走几步，正好跑进了树林里。

成铁等人已经距离传销基地不远了，远远地看见探照灯忽然亮了，扫射过来。

闫学武：难道他们发现咱们了？

成铁：不会，可能是出了别的事情，快。

成铁等人加快脚步。

而在海边某处，传销组织几个人架着韩游来到海边的岩石上，利索地给韩游身上绑上石块，扔到了海里，然后转身往回走。

房间内，看守在继续向周公梦汇报：……后来，梅总就从屋里出来了，不对，是那女的，但当时我没认出来，她敷着面膜，穿着梅总的衣服，连撩头发的动作都一样！

周公梦一边听着，一边翻起梅艳丽的眼皮看了看：情况我都知道了。现在你赶快找人把她抬我屋里，抬的时候要轻，她已被深度催眠，如果被突然惊醒会有危险。

看守点头答应着找人去了。

周公梦立刻回到自己房间，抓起屋里的对讲机发布指令：豹子，马上召集人手，准备跟我出发，这次我要亲自出马。

周公梦撂下对讲机，走到桌子前拉开抽屉，拿出一把手枪，放进口袋。

成铁等人悄悄摸进传销基地，就见周公梦带着豹子等一群人正走出大楼，往基地外走去。

李开城：这么晚了他们出去干什么？

成铁：周公梦亲自出动，可能事情不小。

李开城：咱们现在应该怎么办？

成铁正思忖着，忽然又听到几个人的脚步声从海边传过来，他们赶紧隐蔽好。这几个人就是刚才去沉海的那几个人，他们恰好从成铁几个人跟前经过，说话声清楚地传到成铁等人的耳朵里。

为首一人：……你们可不知道，这小子嘴太硬了，愣是一声不吭。说实话，刚才往他身上绑石头的时候我还真不落忍！

另一人：你就是菩萨心肠，咱要不这么做咱就得被扔下去！

几个人说着走了过去。

成铁：快，去海边！

成铁等人迅速向海边跑去。

黑夜中的大海无边无际，令人恐惧。

成铁等人在海边寻找着韩游，他们大声喊着韩游的名字，但声音刚一出来就被海浪声吞噬了。

成强：他不是被扔下去了吗？咱这么找有用吗？

成铁：只要是到了水里，韩游就没那么容易死。

成铁他们掏出抢来的手电筒挨个岩石照着看。突然，成铁在手电光掠过的一瞬间，看见某块岩石边上有东西，他赶紧再把手电光照回去——果然是韩游。他正扒着一块岩石浑身哆嗦着往上爬，但他好像已经没有劲儿了，只能够保持一个爬的姿势。

成铁招呼大家：人在这儿，快过来。

大家聚过来，跳下海去，七手八脚地把韩游弄到了岩石上。只见韩游脸色苍白，目光恐惧，浑身哆嗦，缩成一团，成铁赶紧把他紧紧抱在怀里，试着减轻他的恐惧和战栗。

成铁：没事了，没事了，你安全了。

看着韩游稳定了一些，成铁又忙问：滴答去哪儿了？

韩游在手电光下哆嗦着嘴唇想说什么，但是一直说不出口。

成铁：滴答有没有什么交代？

韩游点头，但说不出话。

成铁：滴答怎么交代的？

韩游极力控制着自己的身体，他慢慢伸出了两根指头——食指和中指。

成铁：她向你伸出了这个手势？

韩游点头。

成铁：没有别的了？

韩游又点头。知道了滴答的信息，成铁赶紧将韩游让给闫学武照看，自己走到一边也伸出这两个手指头看。

成强：哥，这是胜利的手势。

成铁：这是一个“2”……我知道“2”是什么意思了，大家跟我走。咱们马上去第一天晚上逃出来的那条小河边。

但此时韩游还在恐惧中没缓过劲儿来，没有走路的精力。

成铁：强子，你背上他。

成强背起韩游，和成铁等人一起往树林里奔去。闫学武在前开道，成强背着韩游走在中间，成铁和李开城走在后边压阵，他们行色匆匆。树林里寂静但充满不安。

李开城问成铁：肯定是那个意思吗？

成铁：肯定。滴答最了解我，她知道我对数字敏感，凡是我经历的任何事情都会变成数据在脑子里保存，所以她的意思就是如果她能逃出来的话，就让咱们去“2”那边等她。

李开城：不知道她逃出来没有。

成铁：应该逃出来了，否则不会惊动周公梦亲自带人出来抓。

很快成铁几个人就走到了“2”——他们逃亡的第二个落脚点。他们掏出手电筒寻找了一下，去没有发现人。

成铁轻声叫着：滴答，滴答。

没有人应。

闫学武：滴答也许不是这个意思？

成铁：不可能是别的意思，在岛上，2这个数与咱们经历过的任何事件和事物都没有实际的对应意义，只有与这个地点联系起来才有因果关系的表达，所以滴答的暗示肯定是这个地方，至于这儿没有她可能是中间出了意外，而最大的可能就是她根本没能力走到这个地方，那么，在这种情况下，她会去——

李开城脱口而出：“1”。

成铁：对！“1”！——咱们马上去1。

树林另一处，周公梦带着豹子等人也在寻找滴答。忽然，周公梦把大家叫住。豹子等人立即停止搜索，聚拢了过来。

周公梦：不对，照咱们这么追下去，一辈子也不可能追到。滴答跑之前喝了一瓶咱们的营养水，她肯定跑不了多远，而根据咱们现在追出的这个方向，已经超出了她的能力。所以，咱们的方向一定是错误的。

豹子：周老师，黑咕隆咚的，她跑也是瞎跑，咱追也不可能有什么方向。

周公梦：不，一切皆有秩序！为什么有路，是人走出来的，人为什么喜欢走老路，是因为思维惯性使然，所以，咱们应该找到他们上一次逃跑时的老路，顺着那条路去追。

豹子：周老师英明！——跟我来！

周公梦等人跟在豹子后面追去。

树林里，成铁等人急忙行走着，到了第一个落脚点。当大家准备分头寻找时，却发现时间已经来不及了，因为他们已经能够听见树林里有杂沓的脚步声传来，看见几十个手电光柱在夜空里乱晃。

成铁：老李，上次你们躲在这里的时候滴答躲在哪里？

李开城：躲在我对面的一棵树后。

成铁：你感觉有多少米？

李开城：大约十来米。

成铁：老李，你必须马上找到上次你藏身的地方，这是咱们唯一的机会。

这边李开城还摸索着找着，而周公梦他们却越来越靠近“1”，情况非常紧急。

李开城忽然惊喜地说：找到了，当时我就在这堆草里。

成铁：成败在此一举，大家跟我来。

成铁领着大家从李开城说的地方往对面走，他们一边走一边观察着两边的树后。走出大约十几步后，成铁找得更仔细了。远处杂沓的脚步声也越来越近了——而成铁依然在有条不紊地找着，他的动作和节奏并没有被杂沓的脚步声所影响。终于，成铁在一棵树后发现了滴答。滴答敷着面膜，穿着梅艳丽的衣服躺在这里昏迷不醒。

成铁：在这里。

大家迅速围了过来，但一开始没有认出是滴答。

成强：这不是梅艳丽吗？

成铁：梅艳丽不会在这里。说着揭掉面膜，露出了滴答的脸。

这时，一阵杂沓的脚步声冲过来了，已能听见人的咳嗽声。成铁忙伏下身子抱起滴答，指挥着大家猫腰向外游移——后面的手电光从他们的头顶一阵阵闪过。

周公梦带着豹子等人赶到了“1”。

豹子：周老师，就是这地儿。

周公梦：分头找，仔细点儿。

很快一个手下举着一张面膜过来说：周老师，发现了这个。

周公梦接过面膜，借着手电光看了看，揉成一团扔掉了。

周公梦：一步错而步步错啊！

树林里，成铁等人背着滴答和韩游急步前行。

成强：哥，咱们现在去哪儿？

成铁：回去找巩固他们。

成强：他们不仁不义的，找他们干吗！

成铁：咱们承诺人家要回去找他们，就必须回去；另外，按现在的情况看，滴答和韩游都需要水。那个毕成功知道干净的水源在哪儿。

李开城：铁子，我觉得那人有点儿蹊跷。

成铁：我也正在观察他，他不像是简单的传销人员，他好像对这个岛很熟悉，他来这儿应该另有目的。

篝火处，毕成功、巩固和陈东三人还在待着。巩固和陈东没精神地躺着，有一句没一句地聊着，毕成功坐在篝火边上，一点点往里添着柴火，在琢磨着什么，并时不时观察一下巩固和陈东。

陈东：你们说他们能把人救回来吗？

巩固：他们自己能活着回来就不错了，救人就别想了。是不是，毕总？

毕成功不说话，一副心事重重的样子，眼睛直勾勾地打量着巩固和陈东，把这两人看得有点儿发毛。

毕成功忽然说：你们想当百万富翁吗？

这一句话让巩固和陈东两人很吃惊，都把身子翻过来，奇怪地看着毕成功。

巩固：毕总，您还没从发财梦里醒过来吗？

毕成功：你不想发财？

巩固：我想发财，但不想做发财梦，更不想发不可能发的财。我没什么文化，但是知道一条最简单的道理，天上不掉馅饼，掉下来的都是冰雹。

毕成功对陈东说：你呢？

陈东：多谢您的好意，但我也不吃天上的馅饼。这馅饼您还是自己吃吧。

毕成功：你们两人都在自欺欺人。

巩固和陈东一听这话不乐意了，立即从地上坐起来，跟毕成功理论。

巩固：可不带这么说的！你想发财没人拦你，但你不能发癔症，什么自欺欺人，我们都是明白人，不像您还真以为自己是老总了！

陈东：您爱钱，别以为就人人都爱钱。我就瞅不上那玩意儿。

毕成功：那是因为那玩意儿你见得太少了。

陈东：嘿，你这人神神秘秘的，到底什么来头啊，你到底想干吗？

毕成功：想带你们致富。

巩固：歇了吧您，您自己还穷得叮当响呢。

毕成功：我很奇怪，你们两个人怎么会这么看不起我，其实你们两人还不如我。

巩固：怎么个意思？听起来你想抬杠。

毕成功：话说到这份儿上，我也就往狠了说了，你们听听有没有道理，巩固你刚才也说了，咱们不去帮着救人这事做得有点儿不太仗义，简称不义吧。

陈东：这话听着怎么这么别扭！

毕成功：您凑合着听——理儿就是这么个理儿，凡是不仗义的人都爱钱，钱和不仗义是挂钩的，是好兄弟。跟你们实说了，我要不是惦记着挣钱我还真就跟他们去了，但是这笔钱对我很重要，所以我也选择了不仗义。

巩固：这么说您的不仗义是被迫的，我们是主动的，您比我们高尚？

毕成功：这么争论下去没意义，我只是觉得咱们三个不仗义的人谁也别说谁比谁高尚，而且我从你们的不仗义里边看出你们和我是一路人，一路人就能走到一块儿去，所以我愿意带着你们挣点儿钱。

陈东：有这好事儿你自己做就是了，拉上我们干吗？！

毕成功：我当然不想拉上你们，本来这笔钱就应该是我一人的，但是后来事情发生了变化，超出了我的预料，造成了我不得不跟你们分这笔钱。

巩固：什么钱？这钱在哪儿？

毕成功：对，兄弟，你终于问钱的事了，这样咱们很容易就能找到共同的话题。咱们一起聊聊这个，我敢保证你们两人会比你们想象中还喜欢钱。

陈东：你就赶紧地说吧，那钱在哪儿？

毕成功：在传销基地的财务科里。

陈东：那与咱们有什么关系？

毕成功：咱们去把它抢过来就是咱们的了。这就是关系。

陈东和巩固两人惊讶地“啊”了一声，更加惊讶。

陈东：我就算像你说的那样不仗义，那我也不能去做抢劫犯啊！这是犯罪你懂不懂！

巩固：老兄，我们都是正经人，你说的这事儿我们干不了！——劝你也别干！

毕成功叹息一声：没想到让你们开窍这么难！——抢了好人的钱叫抢劫，如果是抢了坏人的钱呢，叫什么？

巩固：电影里叫黑吃黑。

毕成功：黑吃了黑，黑会报案吗？

巩固：不会。

毕成功：这就对了，咱们面对的是一个严重违法，带有黑社会性质的传销团伙，咱们抢走它的钱不能说是替天行道，也得说是惩恶扬善！

陈东和巩固面面相觑。

陈东：你要是有本事把他们的钱抢走，当时怎么会被他们扔到地下室，现在又和我们一样狼狈逃窜？

毕成功：这得怪成铁和滴答。我的计划很周密，但就是没算到成铁和滴答的因素。没有他们，我现在应该已经得手，腰缠万贯了。如果你们两人有兴趣加入我的计划，我愿意跟你们说说。

巩固：这得看你能不能说服我们。

毕成功：如果你们两人不是糊涂虫的话，我想没问题。其实我已经暴露身份了，我给你们找来水喝，我知道村里哪户人家有药，什么原因你们想过没有？

巩固和陈东摇摇头。

毕成功：因为我就在这个岛上长大，这就是我的家。

巩固和陈东被惊得目瞪口呆。

毕成功：所以跟着我干，首先你们不会死。这岛上的一草一木我都熟悉，一沟一岭我闭着眼都能走。

陈东：你不是什么单位的出纳吗？

毕成功：是啊，我以前上学学的就是会计，毕业后在云县一个公司做出纳。这一做就是七八年。问题就出在这上边。做出纳每天跟钱打交道，开始的时候没什么感觉，每天钱哗哗过，但钱见得多了，直接影响了我的价值观，我开始想要成为有钱人，但找不到生财之道，这时候云县有了彩票，出了几个百万富翁，我就动心了，开始买彩票。很快就把积蓄弄没了，又拿单位的钱买，投入的钱越多就越想捞回来，越想捞回来就越捞不回来，渐渐成了亏空，而且越来越大，成了填不上的窟窿。

巩固：老兄，你这是挪用公款啊！要被判刑的。

毕成功：所以我想尽办法来挣钱！我正火烧火燎想办法补窟窿的时候，忽然看见了报纸上登出恒远伟业要开发我们这个岛和预售岛上别墅的消息，我看出里面的猫腻，知道这是一个传销组织，于是我制订了一个周密的计划来偷他们的黑钱。

巩固：老兄你可够传奇的！

毕成功：因为我知道他们肯定要用那几座楼当传销基地，我就提前回来准备。我回来后，先看他们把哪个房间安上防盗门窗，因为这就是他们将来做财务科收钱用的，再看他们用的是哪个牌子的防盗门窗，然后我去找了解锁高手专门配制了这种防盗门窗的钥匙，最后我交钱加入了传销组织。开始我没有动手，因为传销人员还没发展起来，现金流不多，后来等传销人员多了的时候，我就要准备动手，但是那天洗过的一件衣服被滴答偷去打电话用，使我的计划失败了！

陈东：那么多人，滴答偏偏就拿了你的衣服，也是天意吧，估计你跟那钱还是没有缘分。

毕成功：你说得很对，我觉得那次没有成功也许就是在等你们两个人，现在咱们可以一起去分那笔钱，现在岛上的传销人员已经一千多人了，每天的现金流都接近百万元，咱们拿到钱之后均分！

陈东和巩固互相看看，显然已经动心。

巩固：怎么进去拿？拿了之后咱们怎么跑？——连成铁都没有100%的把握！

毕成功：那是因为这个岛不是他的家！——你们放心，我一切都安排好了！

曙光照亮了树林，成铁等人行走着。因为要轮流背着两人，他们走得很慢，几人已累得气喘吁吁。当他们走回到了点篝火的地方时，篝火已熄灭，周围也没有人。他们找了块干净的地方将滴答和韩游放下，然后在附近寻找巩固、陈东和毕成功，可找了一圈也没有找到。再细看就发现地上的水杯和瓶子，也都空了，没水了。

闫学武：他们自己走了。

李开城：得赶紧想办法找水！滴答和韩游需要，咱们自己也需要，如果出现脱水症状，人会昏迷的。

成铁：他们已经把自己的行李都拿走了，说明不是意外，是有准备的，咱们只能自己想办法找水。

成强：这怎么想办法？那个可以接水的地方只有毕成功知道！

成铁：只要有水，咱们就有可能找到，就看咱们能不能找到正确的公式和路径。——我们首先要回到当时毕成功出发时的那个落脚点。

成铁他们来到先前到过的那个树林边。

成铁：强子，你现在找地儿站好，我需要你的配合。

成强找地方站好，成铁取出计算器，准备记录数据。

成铁：强子，你现在闭上眼睛。

成强闭好眼睛。

成铁：强子，你现在努力回忆毕成功走路的样子和速度，尤其是他迈步子的频率，越准确越好，想好了之后你就开始往前走，方向随便，但速度不要变。

成强努力想着，然后开始犹豫地迈出了第一步，不太自信，再往前走的时候渐渐步子流畅了起来。成铁一边看表一边记录数据。数据得到之后，成铁喊停成强，开始处理数据。

成铁不一会儿就计算出了结果：我已经算出来了，水源的准确位置离咱们有四千一百零六点四五米。

成铁又走到当时毕成功去取水的方向，接着说：当时毕成功走的方向就是这里，他那个时候因为事情紧急，不会在方向上故意制造错觉，所以这个方向应该是准确的。现在咱们上路去取水。

收拾好行李，闫学武扶起韩游，成强背起滴答，成铁在前，老李断后，他们顺着毕成功走的方向走进树林。

树林里，阳光已逐渐升起，闫学武在树林里边走边问。

闫学武：铁子，你算得准确吗？

成铁：肯定准确。

闫学武：可我觉得即使位置是准确的，但是他走的方向也不一定是直线啊，可能变向或者拐弯，这个怎么计算？

成铁：数据永远是死的，它只是一个绝对事实。而要通过数据找到合理的途径和方法就需要在实际运用中灵活、机动，比如咱们现在通过数据去找水源，这个水源其实有很多限制它的关键词，咱们可以通过关键词锁定路径避免错误，首先，第一个关键词就是活水。因为这里的水源都被传销组织污染，而干净的水应该是活水，所以我觉得毕成功所找来的水应该是一处活水，比如小的溪流或者泉眼，而这样的活水不可能在低处，因此在咱们现在去的这个方向应该随着高的地势走，并且是往有地势陡峭的地方走。

这时他们走到一个地方，成铁辨认了一下，继续向地势高的地方走去。

闫学武：我还有一个疑问，毕成功找到的水是干净的，说明没有被传销组织投药，那同时也说明这个地方很隐蔽，不容易被发现，咱们怎么去找这么隐蔽的地方？

成铁：这就是找到水源的第二个，也就是最重要的关键词：隐蔽。隐蔽从来都是相对的，它不是绝对事实。当咱们已经可以摒弃所有的可视目标物，不把视野内的东西当作寻找目标的时候，隐蔽的地方反而变得无处可藏，它实际上就是咱们平时会忽略和放弃的地方，如果我们再结合活水的特性和岛上的地势情况，找到这股水源的难度应该小于咱们小时候玩捉迷藏的游戏。

成铁边走边注意观察周围的地势环境——或许他一直把这当作了一场生死游戏在玩呢。

传销基地里，梅艳丽在床上睡着，忽然一下苏醒了，坐了起来四下看看，一脸愣怔的样子，努力回忆这是怎么回事儿。梅艳丽下床，走到镜子跟前，一看自己穿的是滴答的衣服，惊讶得张大了嘴巴。于是梅艳丽冲出卧室，来到周公梦办公的那个房间，此时，周公梦正在香炉前烧香。

梅艳丽：周老师，这，这怎么回事儿?

周公梦转过身来，虎着脸：这正是我要问你的问题!

梅艳丽：我，我好像什么也不记得了。

周公梦：你必须记起来，这是命令！现在我来帮着你记一记，从我屋出去后你干什么去了?

梅艳丽：我回我房间敷面膜了。

周公梦：然后呢?

梅艳丽不敢回答。

周公梦：我的耐心是有限的。

梅艳丽：我……调了一瓶迷魂汤。

周公梦：给谁喝?

梅艳丽：我想给滴答喝。

周公梦：然后呢？你想干什么?

梅艳丽：然后……我不知道，也许我想把她杀了，我知道你的想法，你就是喜欢她，想玩她，我不能让你这么做!

周公梦：唯女子与小人难养也！你真是坏了我的大事!

梅艳丽：是坏了好事吧?

周公梦：公司大业即将圆满之际，我会为一女子所迷惑吗？这是你的狭隘之处，也是你不读书造成的恶果！你想杀人，却差点儿被人所杀！——你怎么睡过去的?

梅艳丽：我也不知道，她用眼睛看着我，忽然问了我一个问题。

周公梦：她问你什么?

梅艳丽：她问我七岁那年的六一儿童节我干什么了，我一下被问住了，不知道她问这个问题干吗，但我却不由自主地去想，却怎么也想不起来，后来就迷糊过去了，什么也不知道了。这是什么妖法？

周公梦：这不是妖法，而是催眠术！——她竟然能在五分钟之内将你催眠，真是了不起啊！

梅艳丽：下次要再让我抓到她，有她好看！

周公梦：下次要抓她就难了，我今天早晨卜了一卦，卦象扑朔迷离，吉凶难测，大局恐对咱们不利！

梅艳丽：那怎么办？

周公梦：子曰：人无远虑，必有近忧。——你现在抓紧时间跟岛外联系，看咱们的护照办得怎么样了，要尽快拿到，越快越好！

梅艳丽：准备逃跑？

周公梦：不是逃跑，是准备度假！

第 13 章

周公梦房间里，周公梦和梅艳丽在商量逃跑。

周公梦：你现在抓紧时间跟岛外联系，看咱们的护照办得怎么样了？

梅艳丽：准备逃跑？

周公梦：不是逃跑，是准备度假。

梅艳丽：但咱们的销售目标还没实现，差六百万元呢。法总能同意吗？

周公梦：销售目标不实现，他当然不能同意，我的意思是咱们还是得把销售目标实现再撤退，把这个地区的销售潜力吃透。

梅艳丽：按照原定的撤退时间是 18 号，今天是 6 号，还有 12 天。

周公梦：相比目前岛上的情况，这个时间段太长了，容易出事，要把时间压缩到 6 天以内实现销售目标。

梅艳丽：6 天挣 12 天的钱？这怎么挣？

周公梦没回答梅艳丽的话，而是问：江雪山最近怎么样？

梅艳丽：因为销售奖金没了，工资也被扣了，情绪不高，混日子。

周公梦：把他给我请来，让他发挥作用的时候到了。

梅艳丽抓起桌上的电话就要打，却被周公梦制止。

周公梦：不要打电话，你亲自去请。

成铁等人在树林里行走着寻找水源，一行人已疲惫不堪。成铁一边走一边观察，他的眼神总是能迅速地省略那些一眼就能看见的地方，眼神像是会拐弯，一次次抵达那些隐蔽的角落。成铁的步伐也很标准，一步是一步，丈量着什么距离。成铁忽然站住了脚，说：到了。

大家都跟着他停下，打量着四周。

成强：哥，没见水呀。

成铁：没见水就对了，要是你一眼就能见到的水，咱们也不敢喝。但我敢肯定，水就在附近，不可能再往前了，咱们仔细找找。

成铁等人分头找水。

周公梦房间里，周公梦依旧在装模作样地读《论语》，梅艳丽领着江雪山进来了。

梅艳丽：周老师，江总来了。

周公梦立即放下《论语》，无比热情地走向江雪山。

周公梦：雪山，来，坐，最近几天心情怎么样？——艳丽，给雪山泡茶。

江雪山有点儿受宠若惊，但不知是福是祸。

江雪山：周老师，我……我是犯过错误的人……

周公梦：谁不犯错误？犯错误说明你做了事情，人非圣贤，孰能无过！

江雪山：周老师，我还能将功补过？

周公梦：子曰：德之不修，学之不讲，闻义不能徙，不善不能改，是吾忧也。孔子他老人家这句话是说什么呢，就是说如果品德不去修养，学问不去研究讲习，有了该做的事情不做，对自己的缺点错误不能改正，这都是他担忧和考虑的事情。你看，连孔子他老人家都这样，咱们还有什么不可改正的？我呀，天天都在想怎么把自己的思想品德做得更好，但我也时刻在提醒自己，做得还不够好，可能一不小心哪个地方就把兄弟们给得罪了。是不是，雪山？

江雪山：没没没，周老师，您没有得罪我，自您上次批评我之后，我天天都在想着怎么将功补过。

周公梦：雪山啊，这就是我想看到的结果。你也知道，像我这样正直、爱说实话的人总是不受人欢迎的。

江雪山：周老师，您真是礼贤下士啊！

周公梦：我尽量去做吧。——这次请你来，是有事情想跟你商量，我决定，恢复你这一期的销售奖金和全额工资，但是这期销售奖金有一个幅度上的调整，这个你得有心理准备。

江雪山感激地说：周老师，谢谢，谢谢，我有心理准备，少点儿就少点儿吧，无所谓，别让我空手回家就行。

周公梦：雪山，我话还没说完，这次调整不是给你降低，而是给你提高，将你的奖金提高到原来的两倍。

江雪山惊讶得说不出话来。

周公梦：怎么样，雪山，有什么意见吗？

江雪山：我，我没意见，没意见。周老师，这幸福来得太快，我有点儿承受不了。

周公梦：要学会承受。只要你把工作做好，再给你额外的奖金也不是不可能。

江雪山：周老师您就吩咐吧，我赴汤蹈火，在所不辞。

周公梦：没那么严重——以后赴汤蹈火的事儿就不让你干了，你还是得干本职工作。现在，我有一个想法想让你帮我实现，就是在6天内实现12天的销售金额，你觉得可能吗？

江雪山考虑着：这个有一定难度。目前每天的人流量据我看已经基本到了历史同期最多，人数如果固定，收入很难提高。

周公梦：靠讲课和洗脑会有多大效果？

江雪山：光靠洗脑和讲课不行，因为现在销售网络已经形成，就像一块磁铁，磁性会把周围的可吸引物自动吸引过来，现在的问题已经不在于磁铁，而是在于周围的可吸引物还有多少，销售到了目前这个阶段，基本是高潮和收官阶段，所以以后每天上岛人数会持平或者呈下降趋势。也就是说，光靠增加磁铁的磁性是不行的，吸引力已经转化不成生产力。从另一方面来讲，咱们在这个地区的目标人群是有限的，也不属于咱们能改变的生产力因素。要想提高收入，只有一个可行性方案，就是提高销售会员的加盟费，提高一倍。

周公梦：这个我也想到了，但是我有一个担心，现在的六千多元是咱们通过对这个地区的经济收入、消费观念等很多因素综合分析得出的结论，是具有科学依据的，如果一下提高一倍就会形成高压空间，第一我怕会影响销售，第二我怕会有人弄不到钱崩溃，这样也会影响整个销售环境。

江雪山：周老师您放心，这个问题我来解决，我现在回去马上准备一套洗脑方案，从精神上让他们接受这个价格，人的潜力是无限的，只要精神上能够接受，物质上他们就能找到办法。他们会不惜一切代价来做这个事情。

周公梦：好，方案要周密，要快，必须在这个销售体系崩溃之前完成销售目标。

江雪山：我现在就回去准备。

江雪山起身离开房间。

梅艳丽：周老师，成铁那些人呢？

周公梦：严防死守，可以抓不住他们，但绝不能让他们离岛！

成铁等人在找水。成铁在一个隐蔽的地方终于发现了一个泉眼或者说是一条从石头缝中渗出的溪流。

成铁：水在这里。

闫学武、李开城和成强赶紧带着滴答和韩游过来取水。成铁给滴答喝下水后，滴答渐渐有了知觉。闫学武给韩游喝水，韩游依然反应木然——他昨天晚上受的刺激太大了！

滴答醒过来，看见成铁他们正在看着她，忙问：韩游呢？

成铁指指另一边的韩游。

成铁：在那边呢。

滴答看韩游，但韩游对她的注视没有反应。

滴答：他怎么了？

成铁：好像是受惊吓了，等你恢复了给他做一下心理辅导。——你怎么跑出来的？

滴答简单地把当时的情景给大家说了一下。

闫学武在一边赞叹道：你可真了不起，我以前只在电影里看到过催眠，没想到现实中还真有这事儿。

滴答：我这也是蒙的，以前对人进行催眠的时候基本上没成功过，可能这次形势危急，潜能发挥出来了。

闫学武：你逃得够悬乎的！我估计韩游也受了惊吓，你看他的表情，到现在还没恢复过来，怎么问他也不说。

滴答从成铁怀里坐起来，她走到韩游跟前，跟韩游打了个招呼。

滴答：韩游。

韩游看了看她，并没说什么。

闫学武：韩游平时挺爷们儿的，都逃出来了，不可能吓成这样啊！

滴答看了看韩游的眼神。

滴答：不光是惊吓，韩游应该还遇到了别的事情。

滴答开始检查韩游身体：韩游的衣服多处被撕裂，身上有被绳子勒出来的痕迹，脖子上、胳膊上有多处挠出的痕迹，个别地方挠得很深。

成强：他们这些人也太狠了，连打带挠！

滴答抓起韩游的手指头看了看：这是他自己挠的！

众人吃了一惊：他自己挠的？

滴答：对，你们看他的指甲，指甲都挠坏了！

闫学武：他挠自己干吗？

滴答：这得问他自己。

成铁：不用问了，韩游肯定是被绑上石头或别的什么东西沉海底了，他自己又解开绳子上来的，这些伤应该是在解绳子的时候自己挠的。

滴答问韩游：韩游，现在你很安全，不用害怕，你是被沉到海底了吗？

韩游点点头，眼神充满恐惧。此刻在他的心里，仍旧满是漆黑的海水，整个儿身体都在往下沉，就在他努力挣扎的时候，他听见了滴答的问话。

滴答：你到了海底，就开始解绳子，然后就上来了？

韩游：……不，人，死人……

滴答：什么死人？你是说海底有死人？

韩游：死人，有死人……

韩游不自觉地大口呼吸，好像又回到了当时的情景，浑身痛苦的样子。成强赶紧找一杯水，给他喝下去，稳定他的心神。

成铁：我知道了，海底的死人就是岛上失踪的那几个人，他们都被传销团伙给沉海了。

李开城：好狠的手段！

成铁：所以大家一定要小心，传销组织跟咱们已经是鱼死网破的对头了，他们决不会对咱们手下留情，再被他们抓住就有生命危险。所以咱们得抓紧时间逃出去，现在我准备实施疲劳公式计划。这个计划首先要摸清守护在码头上的人数、他们的活动规律，以及他们的作息时间。根据这些因素，咱们进行规律性骚扰，在他们的生理周期和精神状态进入最疲惫的时候，去偷一条快艇。

李开城：这个计划需要几天？

成铁：三天。计划顺利实施的话，在第三天他们将进入精神最疲劳的时刻，那时咱们的成功率最高。

闫学武：那就赶紧行动吧，我是真憋不住了，想跟他们干一场。

成铁：这个计划由我、滴答和老李去实施，学武、强子跟韩游留在这里，你们一是要注意稳定韩游的情绪，并帮助他尽快恢复过来；二是在附近找一些能吃的野果或蔬菜——有了水，没吃的也不行。

闫学武：怎么不让我去啊？要是真打了遭遇战我还能帮着对付两下子！

成铁：如果有遭遇战，就说明咱们的计划失败，这个计划的核心就是不能让他们摸清咱们的虚实。实则虚之，虚则实之。

闫学武还是有情绪：那也该让我去啊，把滴答留这里不行吗？

成铁：我选人不是无目的的，老李枪法好，这是我们骚扰活动的一个重要手法，滴答是学心理学的，她最会分析人，我需要她来帮我分析守护在码头上那些人的主导情绪是什么。如果能摸清这些人的脾气，对付他们就更有效了。

闫学武不再说什么了。

成铁：老李，滴答，带上水，咱们现在出发！

树林里，巩固和陈东跟着毕成功在走。毕成功在树林里走得异常迅速，巩固和陈东在后边得小步跑才能跟上。

陈东：我现在信了，你确实是这岛上的人！你这是要领我们去哪儿啊？

毕成功：去补充你们的体力，晚上好干活儿。

巩固：这是补充体力吗？这像是消耗体力！

毕成功：过会儿你们就知道了。

毕成功带着巩固和陈东来到一处山坡上，再往下走，就是海了。这边山坡直立陡峭，比较险峻。毕成功带他们走到一块石头上坐下，自己走到石头后边一阵鼓捣，再出来的时候手里竟然有了一个旅行包。在巩固和陈东的惊奇中，毕成功从旅行包里拿出了罐头、压缩饼干、矿泉水、啤酒、巧克力等补充体力的食品。

毕成功：赶紧吃，这是我预先放这儿的。

三人这几天早饿得不行了，打开罐头、啤酒后，一阵狼吞虎咽。

陈东：我现在明白了一个道理，填不饱肚子根本没法谈艺术，搞艺术就更别提了。

毕成功：这就是为什么人人想发财的原因。

巩固：老兄，我现在最关心的就是咱们拿了钱之后怎么出去，钱可不能当饭吃当水喝！

毕成功：这个我已经安排好了，到时会告诉你们的。

巩固：老兄，你到底怎么安排的你得跟我们说说，否则我们心里没底。

毕成功：信不过我？

巩固：老兄，这不是我们信不过你，而是你信不过我俩，要不怎么不告诉我们出岛的方式？

毕成功被问住了，巩固和陈东却一直看着他，丝毫没有退让的意思。

巩固：你要是不告诉我们怎么出岛，我们不能跟你干，这个玩笑开得太大。

毕成功看看两人的表情，知道不说不行了。

毕成功：其实说起来很简单，我提前安排了一条船。

巩固和陈东：船在哪儿？

毕成功指指陡峭的山坡下边的海。

毕成功：就在那儿。

巩固和陈东看看下面，什么也没看见。

巩固：老兄，哪有船啊？

毕成功：船在水面下边。

陈东惊讶地说：水下边？船怎么能放水下边？

毕成功：真不知道你怎么当诗人的，怎么一点儿想象力也没有，我不放在水下边，这船能不被传销公司那帮人发现吗？

巩固：老兄，希望你把逃走的方法全告诉我们，让我们心里敞亮一点儿，你要是老这么藏着掖着，我们可就真信不过你了。

毕成功想了想：好吧。

毕成功站起来，走到山坡边上，指着下边的水面说：传销公司上岛之前，我把一条木船用铁锚沉到水平面以下，等咱们用的时候潜水到下边将绳子割断，船就会浮出水面。

巩固：这么陡峭的坡怎么下去？

毕成功领着陈东和巩固走到另一块石头边上，探手从下边拽出一条绳子。原来毕成功早就把一条绳子固定在石头上，下垂到水面处。

毕成功：到时候咱们顺着绳子下去，我把小船弄上来，咱们悄悄驾船走，神不知，鬼不觉。

陈东：你那船能坐几个人？

毕成功：放心，至少能坐五个人。

巩固：我们能看看船吗？

毕成功：不能。这船要是浮上来就弄不下去了。要是被传销团伙的人发现，咱们一个也跑不掉。

毕成功说着将绳子放好，和巩固和陈东又回到了原来的地方继续吃东西、喝啤酒。

巩固：老兄，我相信你这计划。

陈东：我感觉你像个行为艺术家！

毕成功对两人的恭维没多大反应，而是扔给他们每人一盒罐头：吃掉！今天晚上可是个力气活儿！

传销基地的课堂，周公梦的计划正在顺利实施。一阵热烈的掌声后，江雪山戴着耳麦神采奕奕地健步走上讲台。

江雪山：挣钱有理，爱钱无罪，各位老总，你们好吗？

传销人员：好！

江雪山：众生平等，机会均等，我为人人，人人为我，这是恒远伟业的宗旨，也是恒远伟业能够聚集天下豪杰的魅力之所在，因此，在恒远伟业大家两个月就能成为百万富翁，各位老总觉得这个速度快不快？

传销人员：快！

江雪山却大声否定：不！

传销人员一愣，都静听江雪山讲解。江雪山故意停顿了一下，待大家把注意力完全集中的时候，才继续演讲。

江雪山：够快！但不是最快！还可以更快！我国的火车已经全面提速，我们在走向百万富翁的道路上也要提速，你们想不想提速？

传销人员：想。

江雪山：你们愿不愿意提速？

传销人员：愿意！

江雪山：很好！看来各位老总都是有追求的人，有理想的人，有目标的人，有未来的人，有希望的人！公司为了让大家更快地成为百万富翁，实现自己的梦想，同时，也为了体现各位老总持有岛上别墅地皮的真正价值，从今天开始，将别墅地皮的单元价格从六千六百六十六元提高到一万三千三百二十元！公司给你们的提成也将提高到 40%！千载难逢的机遇的大门已经向各位老总敞开！你们将提前一半的时间跨入百万富翁俱乐部！成为书写传奇人生的真心英雄！

音乐轰然响起，正是《真心英雄》。这些传销人员还没反应过来的时候全场都已经热血沸腾地唱起了《真心英雄》。个体都被强大的磁场所吸引，被发财梦扭曲了表情的一张张面孔在继续扭曲。

码头附近某个隐蔽的地方，成铁、滴答和李开城早已潜行到这里。从这个角度，可以清楚看到码头上，一艘艘快艇正运送着传销人员不断进来。码头边有两间小屋，是看守们居住的地方。成铁提醒滴答和李开城多注意观察着小屋的情形。

成铁：防守人员都住在小屋里，就目前来看，应该有十几个人，咱们得把他们的资料全部收集清楚。

这时一个看守走出小屋，独自走到码头边上溜达，并从口袋里取出一根烟抽起来。成铁取出计算器开始记录。

成铁：看守 1 号，根据目测身高大约 176 厘米。

滴答：抽烟姿势熟练，属于老烟民；表情失落，属不合群之人。

李开城：他腰间有武器，枪或者铁棍。

成铁：脚步行走有弹性，步伐稳定，此人爆发力应该较强。

滴答：衣着邋遢，不修边幅，生活和爱情方面比较失意。

这时小屋那边又走出俩看守，一胖一瘦，伸着懒腰，像刚睡醒的样子，在有一搭无一搭地说话。

成铁：胖者为看守 2 号，瘦者为 3 号。2 号身高 171 厘米左右。3 号 181 厘米左右。

滴答：3 号目光阴鸷，心狠手辣之辈；2 号姿势局促，心理应该具有自卑倾向……

看守们的特征被成铁一一记录。

黄昏时分，巩固和陈东在山坡上已经睡着了。毕成功看看开始下落的太阳，用手中的枪推了推巩固和陈东。

毕成功：伙计们，出发了。

巩固和陈东醒后，爬起来，背上行李就要出发。

毕成功：把行李放下。

巩固和陈东一愣。

毕成功：咱们这不是去旅游。

巩固和陈东互相看看，只好把行李放下。毕成功拎起他们的行李扔到一块石头后边，但把铁棍留下了，塞给他们。

毕成功：这个要拿好，第一进攻，第二保命。

陈东：还得……打人？

毕成功：你不想打就不打，不过要是有人打你的话你自己看着办。——出发。

毕成功带着巩固和陈东走进树林。

海面上，太阳落下去了。传销基地的财务科里，财务人员在一胖一瘦两个看守的监视下将盛袋子的钱堆放到墙角，然后出门。

胖看守举起对讲机说：梅总，财务科今天工作结束。

梅艳丽：好的。把门锁好，交回钥匙。

俩看守出门把门带好锁死后出来，一边走一边交谈。

胖看守：这么多钱，我老觉得不用保险柜不踏实。

瘦看守指指财务科那间屋子：这就是保险柜！——皇帝不急太监急，人家周老师还没着急你倒着急了。

胖看守不服气：我觉着这是一个漏洞，比如说要是咱俩卷了这钱跑了，会怎么样？

瘦看守：很简单，第一，我估计不用出楼门就会被打死；第二，即使逃出去了也是饿死或者渴死，还不如被打死呢。

胖看守：那还是算了吧，活着比什么都强。

入夜，码头没了白天的热闹。快艇都已收队，编成一排靠在岸边，四个看守在快艇附近来回溜达。

成铁：人数应该就是这么多了，码头上一共有看守 16 人，每 4 人一组，每组每天值班 6 小时。

滴答：今天晚上咱们怎么行动？

成铁：第一个晚上咱们骚扰建筑，老李，你能不能瞄准屋里的灯泡，把它打碎？

李开城观察了一下情况，说：如果他们能把窗户打开，我就有把握，这样隔着窗户打，准头不够，没什么把握。

成铁看看那边的小屋，窗户都关着。

成铁：咱们等等，今天闷热，过会儿他们也许会把窗户打开。

滴答：有没有别的方案？他们万一要是不开窗户呢？

成铁：不会，屋里这么多男人，天气又热，没有不开窗户的理由。

成铁等人紧紧注视着窗户。

树林边，毕成功带着巩固和陈东从一个极隐蔽的地方走出来，靠近了传销基地。

陈东：没想到这里还有条路。

巩固：来到这个岛上以后，就没一件事儿是能想到的，亏我看了那么多电影，我看电影的时候还常常猜到下面的情节呢，你说这活生生的现实我愣是弄不明白。

毕成功：如果你们两人想活命的话，应该把嘴闭上了，这已经进了他们的地盘了。

巩固和陈东吓得连忙闭上了嘴，跟着毕成功走到一个地方，毕成功示意他们停下，然后独自观察着传销基地。此刻传销基地的灯都还没灭，传销人员都还没熄灯。

毕成功：咱们得等他们熄灯后进楼。

巩固：到处都有人看着呢，怎么进啊？

毕成功：这也是你想不到的。

毕成功说着起身到旁边一个地方摸索一阵，摸索出一个小包，从里面找出三个胸牌，自已留了一个，又扔给两人一人一个。

毕成功：幸亏当时多准备了几个胸牌，都戴上吧，这是他们内部的标志。

三人戴上胸牌，毕成功又将那个包背身上。

陈东：传销组织遇上你这样的人算是倒霉了。

三人看着大楼，等灯灭，灯却一直没灭。

而码头上，成铁、滴答和李开城等三人则紧盯着码头上的小屋，等窗户打开，但小屋的窗户一直紧闭着。

终于，毕成功等人看到传销人员居住的房间熄灯了。

毕成功：现在出发，记住了，别鬼鬼祟祟，让人一看就是冒牌的，走得要大方一点儿。

陈东：他们认不出来咱们吗？

毕成功：你以为你是明星啊！

三个人定了定神，毕成功背起枪，巩固和陈东腰里别上棍，不紧不慢地向传销基地走去。等来到楼下，毕成功大摇大摆上前跟俩看门的打招呼。

毕成功：嘿，哥们儿，吃了吗？

看守点点头没有怀疑，没有阻拦，毕成功和巩固、陈东就径直走了进去。这时，他们又遇到一对看守，其中一个抽抽鼻子，觉得很疑惑。

看守：他们喝酒了，身上有酒味儿。

另一看守：现在晚上不是不让喝酒了吗？他们怎么还敢喝？

看守：估计是去外边喝的，不过也不对啊，外边哪有喝酒的地方啊？

俩看守觉得疑惑，再往里看，已不见了三人踪影。

毕成功三人还在上楼。毕成功走在前面，忽然觉得后面没什么响动，转头一看巩固和陈东两人走得缩手缩脚。

毕成功：你们要是再这么走，非被抓住不可，要大胆，要理直气壮。

陈东和巩固两人挺胸抬头，尽量按照毕成功说的要求走着。很快三人走到财务科门前，毕成功掏出钥匙，把门打开，三人闪进屋内。

巩固：钱在哪儿呢？

毕成功：应该在墙角。

三人摸到墙角。

巩固惊喜：摸到了！

毕成功过来摸了摸：一共两袋！巩固你背一袋，我背一袋，陈东你到门边把风，看外边有没有人。

陈东走到门边往外看，走廊里响起脚步声。

陈东：坏了，来人了！

陈东赶紧把门合上。这时，脚步声越来越近，到了门前，脚步停下，又远去。

毕成功：没事，值班的。

巩固：陈东，你听听，他们走远了没有。

陈东趴到地板上听。

陈东：他们去下一楼层了。

毕成功：确定吗？

陈东：确定。

毕成功：咱们出去。

三个人出门后，毕成功忽然想起什么，又折回把门轻轻带好、锁上，这时见巩固和陈东正准备往楼梯口方向走，毕成功连忙喊住他俩：背着两袋子钱走不是死路一条吗！

说着他领着巩固和陈东向走到廊尽头，把钱袋子放下，又示意巩固也把袋子放下，然后从刚才的那个包里取出一条绳子，将两个钱袋扎一起，起身把走廊尽头的窗户打开，开始用绳子把钱袋一点儿一点儿往下放。突然，走廊另一边出现了两个传销组织值班的人。他们看见这边有人，就加快脚步向这边走来。

陈东：坏了，有人来了。

这时毕成功还没把钱袋下到底，他赶紧一转身把绳子挤到墙上，以自己身体的力量吊住钱袋。这时，两个值班的看守已经走过来。

一看守：你们在这干吗呢？

毕成功：天热，到这边透透气。

另一看守：没事回屋里待着去，别瞎转悠，现在是非常时期知道吗？

毕成功点头：啊，对对对。

一看守：赶紧回去吧，光说对不行啊，得挪窝啊！

毕成功哪敢离开窗户。

毕成功：我们再凉快一会儿，马上就回去！

另一看守：哎，兄弟，这可是财务科所在的楼层，哥几个谁都担待不起！赶紧回去。说完等着他们三人离开。

毕成功等三人蒙了。俩看守见他们不离开，觉得有点儿蹊跷。

看守：怎么回事儿啊？

巩固情急之下说：兄弟，你们买过盗版碟吗？

俩看守一愣：什么意思？

巩固：哎我跟你们说，要买盗版碟那你找我就找对了，我有个进货渠道特别便宜……

此时在码头隐蔽的地方，成铁等人依然在注视着窗户。突然，一扇窗户打开了，李开城赶紧举起枪瞄准。灯泡在瞄准仪中亮着，发着惨白的光。

传销基地走廊尽头，巩固还在跟俩看守忽悠盗版碟的事儿，拖延时间。

巩固：……但是现在买不到盗版碟了，国家打击得太厉害了……

一看守：打住，我们不想买盗版碟！——你们回不回房间？你们哪个房间的？

俩看守说着逼上前来，三人已经黔驴技穷，不知道怎么回答了。毕成功的身子渐渐挤不住靠在墙上的绳子了，绳子直往下出溜。

这时，俩看守也看出毕成功的身子在努力顶着什么。

一看守问：你身后边是什么？

说着上前就要推开毕成功。忽然，从外面传来一声枪响，毕成功身子一抖，绳子全部出溜了下去，“砰”，又一声响，下边袋子落地了。此刻毕成功也已被推开，但他身后什么也没有。

一看守问另外一看守：刚才什么声音？

另一看守：枪声。

一看守：好像还有一声。

巩固：回音。

这时楼内响起了杂乱的脚步声。

有人喊：码头出事了，赶紧集合！

毕成功：集合了！

说着就往楼梯那边跑，陈东和巩固赶紧跟在后边。俩看守迟疑一下，也往楼梯那边跑。

码头看守们住的小屋乱成一团，其中一间小屋是黑着的。码头边上的看守们都在四处搜寻，嚷嚷着——谁开的枪？谁开的枪？

趁着乱劲儿，毕成功和巩固、陈东被裹挟在传销公司的保安人群中，冲出了大门。豹子站在空地上指挥着保安们站队，毕成功三人也站到队伍中。

豹子：全体人员不要乱，一级戒备！码头那边有人打黑枪，保安一队保护周老师去码头视察，其余保安队伍在大楼这边留守，要重点保护财务科！现在，保安一队迎接周老师出楼。

他的话说完，有八个精干的小伙子迅速跑到了楼门口。

豹子举起对讲机说：周老师，可以出来了。

周公梦从里边一出来，八个保安立即团团把他围在其中。接着一辆面包车驶来了，停在他们身边，载上周公梦和保安们驶向码头。

豹子：解散！——各就各位！

豹子也上了面包车，跟着周公梦的队伍走了。保安们四下散开，都奔赴自己的岗位。

陈东：咱们往哪儿走？

毕成功四下看看：你们跟着我走！

三个人急匆匆地往掉钱袋的那个墙根底下走着，没承想引起了刚才在走廊尽头遇到的那俩看守的注意。

一看守对另一看守说：这三人我觉得不对，他们去那边干什么，那边又不是重点布防区域？

另一看守也疑惑地说：是啊，一级戒备的时候布防区域变小，只在楼内，他们怎么去楼外?

一看守：咱们跟上去看看。

两人悄悄跟了上去。

毕成功带着巩固和陈东拐过了一个弯，很快走到墙根底下，一眼就看见钱袋躺在地上。三个人兴奋地跑过来，蹲下来开始解系扣的绳子，但忽然一个声音从他们身后传来——

第 14 章

在传销基地楼下，毕成功等人刚想解系扣的绳子，就听见后边传来声音——想要命，就别动！

三个人的动作顿时僵住了。

声音继续命令：现在放下你们手里的东西，举起手，站起来——

三人没抬头，眼睛紧张地对视着，巩固和陈东慢慢举起了手，只有毕成功的手还在悄悄地解着绳子。

后面的声音：利索点儿，再磨蹭我们就开枪了——

毕成功已经把绳子解开，他将一个袋子塞巩固手里，小声地说：赌他们枪法不准——我直接往前，巩固先向右兜个圈子再往前，陈东向左先兜个圈子再往前，开始跑的时候别往一块儿扎，要拐着弯跑——预备，跑——

三人猛地蹿了出去，大幅度散开，后面俩看守赶紧开枪。但这三人是以扇形的方式散开向前跑的，俩看守的枪一时不知道打谁好，只是在胡乱瞄准中砰砰砰开了几枪，但都没有打中。毕成功等三人又迅速聚拢，凭借着毕成功对地形的熟悉，他们很快跑进灯光照不到的阴影部分，俩看守的枪没法再瞄准，只好停止开枪。

此时面包车已停在码头了，周公梦和梅艳丽正要下车。传销基地忽然又响起的枪声，让周公梦表情一震，他回头看着传销基地的方向，不知道又出了什么乱子。

豹子：周老师，咱们要不要回去看看？

周公梦迅速恢复镇定：先不回去，把这边的事儿搞清楚再说——问问那边发生了什么事儿。

说着周公梦向基地小屋那边走去。豹子取出对讲，开始跟基地那边负责的人联系。

豹子：什么事情？

负责人：有三个可疑的人带着俩袋子跑掉，具体原因正在调查。

豹子：调查清楚后，马上汇报。

负责人：是。

周公梦走到小屋里，就见小屋已从旁边的小屋拉来了电灯照明，现场保护得很好。

豹子：你们把具体情况给周老师汇报一下。

一看守：今天晚上，我们觉得天热，就把窗户打开了……

传销基地里，负责人带着一些看守走到楼上，来到财务科门前。

一看守：最开始就是在这儿发现他们三个人的！

这时原来守卫门口那俩看守也在。

其中一个说：是不是嘴里还有酒味？我们也觉得这仨人很奇怪！

他们都把目光看向财务科的门。

一看守：他们手里的袋子不会是财务科里的钱吧？

另一看守：按说不会，这财务科除了周老师和梅总，没人进得去。

负责人：还是进去看看比较好。说着，拿出了对讲机做汇报：梅总，有可疑分子进入过大楼，并带走俩袋子，我们想检查一下财务科里边的情况。

梅艳丽声音：你们等等，我跟周老师汇报一下。

很快梅艳丽的声音又传来了：我马上回去，你们先原地待命。

安排梅艳丽回基地财务科后，周公梦继续在码头的小屋里分析枪击事件。他指着墙壁道：子弹打碎灯泡，可以框定开枪人的位置范围，子弹又打进这面墙壁。从子弹的具体角度，可以往回找到开枪人的大体位置。而开枪人的位置一定是隐蔽的，因此——周公梦说着走到窗户边上看了一会儿，一指成铁、滴答和李开城隐蔽过的位置——他们的位置就在那儿！

看守们呼啦啦向那边冲去，周公梦和豹子也跟在后边过去了。

看守们冲到成铁等人隐蔽过的地方，举起手电，将地面照得雪亮，但已空无一人。周公梦走过来，蹲下身子仔细检查，看出了人趴在这里的痕迹。

周公梦：三个！三个人在这里趴了很长时间！

这时豹子手中的对讲机响了。豹子接起来，听到里边传来梅艳丽带有哭腔的声音：让周老师接，快点儿——

豹子赶紧将对讲机递给周公梦。周公梦接过来后就听到梅艳丽的声音：周老师，你快回来，出事了，他们把钱都给卷跑了！

周公梦呆住了，其余人都在等他指示。

周公梦喃喃自语：两拨人，都是三个——调虎离山？不谋而合？还是误打误撞？

豹子：周老师，怎么办？

周公梦：先回去再说。——码头这边人不能撤，要严加防范，扩大防守范围！

树林里，闫学武在宿营地着急地走来走去。

闫学武：也不知道他们怎么样了。

韩游在一边不言不语。

成强在一边懊悔地叹气：都怪我，要不是我韩游哥也不会被吓成这样，要不是我，你们也不用冒这么大的危险！

闫学武：你也别自责了，被骗的多着呢！

这时，就听到远处树林轻轻响着，一阵脚步声急急地走来，是成铁等人回来了。

闫学武上前问：怎么样？

成铁：一切正常。——韩游怎么样了？

韩游在一边不言不语。

闫学武：不发抖了，情绪好了一些，但还是不说话。

几人在篝火边坐下，成强拿过来一些野果，大家一边吃一边商量下一步的计划。

成铁：他们目前肯定精神高度紧张，会严加防范，根据人的生理周期，四个小时后他们会精神松懈下来，那时咱们再去放一枪。

李开城：刚才咱们撤退的时候听见大楼那边有枪声，不知道怎么回事。

成铁：不管什么事儿，希望不会影响到咱们的疲劳公式。

树林另一处，毕成功带着巩固和陈东匆匆行走着，毕成功突然站住了，巩固和陈东一愣，也跟着站住了。

毕成功：休息一会儿。

陈东惊讶地说：休息？这不是赶紧跑的时候吗！

毕成功：休息是为了跑得更快，为上船做准备，现在你和巩固看着钱袋，我先去撒尿，咱们轮换着把尿撒了，再一口气就直接上船了。

陈东：为什么要撒尿？

毕成功：这是海岛上的规矩，上船前得把尿撒出去，否则得翻船。说着，走到远处去撒尿。

陈东问巩固：还有这规矩？怎么没听说过。

巩固：我也没听说过，不过出海有各种稀奇古怪的规矩，倒也不奇怪。

不一会儿，毕成功走回来了，对巩固说：巩固，你去。

巩固站起来，走到一边就要撒。

毕成功：走远点儿。不能撒在咱们撤退的路线上。

巩固走到远处，撒尿。

陈东问毕成功：不撒不行吗？

毕成功：不行。

陈东：可我没尿。我一紧张就尿不出来。

毕成功：那你就得挤，至少得挤出一滴！

这时巩固已经走回来。

毕成功：快去吧，我们等你。

陈东起身走向远处。

毕成功看见陈东走远，突然迅速把身子凑近巩固，小声地说：我跟你说一句话，你千万不要出声——那艘船只能坐俩人！……

另一边，陈东在憋着劲撒尿，但尿不出来。陈东哼哼着使了几下劲，还是没尿出来。

陈东嘟囔着：管它呢！

提上裤子，转身往回走。但陈东走回来时，毕成功和巩固却不见了。陈东突然明白过来：你们这两个王八蛋！

周公梦办公室，一条绳子放在桌子上。

周公梦看着绳子，对梅艳丽、豹子以及几个看守感叹道：有备而来啊！真是令人匪夷所思！按照这个人的手段，应该不是成铁他们干的，成铁的目的不在钱，那么也就是说还有另一伙人跟咱们作对，而且是计划周密——也许他早就谋划这件事了，如果是这样，这个人应该有出岛的方法和工具。

梅艳丽：周老师，那赶紧带人追吧。

周公梦：追是追不上的，追永远只能在后边。

梅艳丽：那怎么办？两天的收入可都在里边！八十多万元呢！

周公梦走到地图边上，一边看着这个岛的地形，一边问：豹子，要是你拿到了钱，你第一件事会干什么？

豹子：出岛。

周公梦：出岛得经过哪里？

豹子：码头。

周公梦：不光是码头——只要能有船下水的地方，就可以出岛。所以，咱们不去追他们，而是堵。

豹子：周老师，应该去哪儿堵？

周公梦看着地图继续说：他们想出岛，必得有船，船会在哪里呢，当然不会在咱们一眼就能看得见的地方，因此——他用手一指一些明显的地方——这些地方都可以忽略，而——又指一些地方——这些地方都是他们可能出海的地方。如果他们有船，也肯定是藏在这几个地方。现在，豹子你赶紧部署人手，迅速占领这几个地方！

豹子：是！我们抄小路过去！

周公梦：不，不要抄小路，这个人一定知道小路，如果抄小路，还是会落到他的后面——你们要走大路，先开车或骑自行车，到车不能走的时候再抄小路走，人的腿再快也快不过机器！

豹子：是！

树林里，毕成功带着巩固急匆匆走。巩固非常恼怒：你太过分了，不是说你那船能坐五个人吗？怎么成了只能坐俩人！

毕成功：多分一份钱你不高兴吗？

巩固：不高兴！多少算多啊？陈东人家跟着我们也是出了力的！这么做不仁义！

毕成功：别提仁义，从离开成铁他们起，这个词就跟我们没瓜葛了！

巩固：这他妈什么事儿，我可不是这样无情无义的人！

毕成功：人都不认识自己，只有钱能照出他的原形——你是什么人现在你应该清楚了。

巩固大声地说：不清楚，我不是你想的那样！

毕成功：我不跟你争吵，不过你自己想想，当我提出只能坐俩人的时候，你什么反应？你不也是起身跟着我就走了吗？你想过留下来等陈东了吗？你没有！

巩固一下噎住了：都是你逼的我！

毕成功一看巩固不走了，连忙转脸说：好好好，算我逼的，咱们别吵，现在想活命就赶紧走，否则就是再多十倍的钱你也没福享受！

说着向前走，巩固想了想，还是跟上去了。

而落了单的陈东只好在树林里走走停停，走一会儿就把耳朵贴地下听听动静。他在跟踪毕成功和巩固。忽然他听到轰鸣的声音，是汽车开动的声音。此时岛上的道路上，面包车和自行车载着传销组织的保安们纷纷开往各个防守地段。

树林里篝火处，成铁等人也听到了动静。

滴答：好像有汽车行驶的声音。

成铁：先把火弄灭。

几个人把火弄灭。

滴答：是找咱们的吗？

成铁：应该不是。今天他们好像还出了别的事情，如果是找咱们，用汽车是白费力气，周公梦应该没那么傻。

李开城：咱们的计划还照常进行吗？

成铁：计划不变，一个小时后出发去码头！

毕成功和巩固这边，两人急匆匆地走着，也隐约听到了远处传来的声音。

巩固：好像有什么响动。

毕成功：再快点儿，今天晚上要是走不成就糟了！

两人加快脚步。

终于，毕成功和巩固接近了策划逃走的山坡边上。两人悄悄摸过来，很谨慎地猫腰前进。忽然，一只鸟扑啦啦无端地从树林里飞起，毕成功立即拉着巩固停下，悄声对巩固说：有些不对劲儿，先看看再过去。

两人就地蹲到一块石头后边藏起来，一切立刻又变得很静了，什么声音也没有。毕成功和巩固刚要起身，毕成功突然发现旁边一块石头上有影子在动，再往上边一看，山坡顶上，有一个人闪过。毕成功立即拉住巩固，同时捂住他的嘴，他指指人影出没的地方，巩固也发现那边有人影来回走动。两人开始悄悄往后退，消失在树林里。

树林里另一处地方，陈东走着，又停下，因为他什么声音也听不到了，他转悠着，狠狠地踢了一棵树一脚。

而成铁他们再次骚扰的时间也到了。

成铁：时间到了，老李，咱们走。

闫学武：这次我也去吧。

成铁：这次去的人越少越好，人多了目标大。

闫学武：我长得小，不会被当成目标。

成铁：走吧。——滴答，你们要注意安全，不要随便走动。

成铁边带着两人向树林里走去，嘱咐道：这次咱们的目标是人，但不能打伤他，最好能打他身上的某件东西。老李，有没有把握？

李开城：跟你一块儿做事，我把握越来越大。

周公梦睡不着，在办公室里烦躁地来回走动。

周公梦：心神不宁，必有祸端，我感觉今天晚上还会有什么事情发生。

梅艳丽在一边道：钱都被偷走了，再发生什么事也不会比这事更糟了。

周公梦：钱我倒不担心，只要能把住出岛的那些关口，谁也逃不出咱们的手掌心。

梅艳丽：那周老师还有什么可心神不宁的呢？

周公梦：这就是我最担心的地方，按说几个毛头小子也成不了什么气候，但不知为何我老是无法平静，难道这个岛的风水不好？

梅艳丽：你没看看孔子他老人家遇到这种事儿怎么办？

周公梦：《论语》中倒也提到过这样的情况，孔子原话是这么说的："富而可求也，虽执鞭之士，吾亦为之。如不可求，从吾所好。"这句话的前半句就是说，金银财宝如果是可以求得的，争取到的，就是去当一名拿着皮鞭子的下等士兵，我也愿意去做；后半句就是说，咱们现在遇到的情况，就是如果财宝没办法争取到，就去做自己喜欢做的事儿。

梅艳丽：孔子也这么爱财吗？

周公梦：孔子也是人啊！

梅艳丽：不过我觉得孔子他老人家说的，可能对咱们起不到什么指导作用。

周公梦：哦？这话怎么讲？

梅艳丽：你看人家孔子说了，如果能挣到钱就挣，要是挣不到就去做自己喜欢做的事儿，这说明孔子是一个爱好比较广泛的人，但咱们的爱好没那么多，咱们除了喜欢挣钱还是喜欢挣钱。这种情况怎么办啊？

周公梦：《论语》不是谁都能理解的，孔子的话也不是你这样天天只知道做面膜的女孩子能明白的，孔子的真正意思就是说命里有时终须有，命里无时莫强求啊。

梅艳丽：这么说我就明白了，孔子那话说得不好，太绕嘴。

周公梦：护照什么时候能办下来？

梅艳丽：应该就这几天了，咱们出岛之前肯定能办下来。

周公梦：求财有路，花钱也得有方啊，出岛后我带你去澳洲、欧洲转一圈，把全世界各地的面膜都做一做。

两人身体交织在一起走向里间的卧室。

夜晚的码头已经恢复平静，四个保安在码头边一边巡视一边聊刚才的那一枪。

保安甲：我一想起那灯泡就害怕，那枪也打得太准了，参加奥运会没准儿都能拿奖牌儿！

保安乙：指哪打哪，确实野蛮。

保安丙：会不会是瞎猫碰上死耗子呢？

保安甲：你去碰碰试试。

保安乙：我他妈不想干了，这是拿命当儿戏哪！

保安甲：你不干死得更快！

保安丁：你说下一枪他们会打哪儿？

四个人面面相觑，到处瞅瞅，充满恐惧。

保安甲：就盼着赶紧把这班轮过去吧。

而码头小屋内的灯也全都亮着，屋里的保安们都心有余悸，睡不着。

一保安：他们还会来打枪吗？

另一保安：照第一枪那架势，是警告，所以肯定还有第二枪，但这第二枪打哪儿就没人知道了。

一保安：这不跟受刑一样吗，也太折磨人了！

另一保安：你就等着那枪响吧——肯定会响的。

他们说得没错，成铁等人已悄悄走来。三人埋伏在一个不错的位置，能看见码头边上四个保安在来回溜达。

成铁仔细辨认着四个保安：这是 11 号，9 号，15 号和 6 号，11 号和 6 号不能做目标，这两人不属于这个保安团体中的强势人物，他们被击中所引起的恐慌情绪到不了最大。

李开城将枪架好。瞄准其中一个保安。

李开城：那我打 9 号，我看他的裤裆很肥大，我让子弹从他的裤裆穿过去。

成铁：好，千万别打伤他。

这边李开城瞄准着，那边四个保安溜达着。

李开城的瞄准仪中，9 号的裤子已被锁定。

此刻在周公梦房间里，周公梦正趴在梅艳丽身上气喘吁吁地运动着，突然，一声枪响传来——似乎击中了周公梦，他"嗷"的一声一下瘫软在梅艳丽身上。梅艳丽正兴奋着呢，一看周公梦不行了，自己不高兴了。

梅艳丽：怎么了，一声枪响就吓成这样了！

周公梦抬起头，咬牙切齿地说：有备而来，有备而来啊！

码头又乱作一团。

保安们都从小屋里冲出来，纷纷询问打着哪儿了，但这四个保安很茫然。

15 号保安：我们只听见枪响，没看见打哪儿了。

9 号忽然说：凉。

众保安都看着他，不知道他什么意思。

9 号：我觉得凉飕飕的。

15 号：哪儿凉飕飕的？

9 号低下头，众保安跟着低头，9 号看见自己大腿旁边的裤腿被子弹穿了一个小洞，风就是从这儿灌进去的。9 号腿一软，跌倒在地，号叫起来。

9 号：完了，我被打中了，完了！

保安们急忙去扶他，码头上一片慌乱。但其中一个保安是这个保安团队的队长，他没有慌乱，注意观察着四周的情况。

在隐蔽的地方，成铁和李开城已猫腰后撤，但闫学武还在兴奋地看着码头上慌乱的情况。

成铁：学武，快撤，别被他们发现。

闫学武起身后撤——保安队长在观察四周情况的时候看见了闫学武不小心冒出的

头，他抽出枪，招呼了五六个人追了上来。

李开城：他们追来了。

成铁站住，说：那就等着他们来。

闫学武和李开城不知道成铁的意思。

成铁将自己的枪扔给闫学武：你不是一直喜欢枪吗，这一枪让你来开。

闫学武：我打不准啊。

成铁：要的就是打不准。过会儿我让你开的时候你就开。

闫学武：打哪儿?

成铁：随便。别打着人就行。

脚步声越来越近了。

成铁：打吧。

闫学武一时不知道打哪儿好，他转悠了一圈，最后对着前方树梢砰地开了一枪，惊起许多飞鸟。

成铁示意李开城和闫学武跟着自己走。三人悄悄地继续撤离，没有脚步声再跟来。

闫学武：铁子，到底怎么回事啊，怎么放了一枪他们就不追了?

成铁：一看你就没好好上学，这是小学时候学的一个成语，叫惊弓之鸟。

树林里，保安队长等人被这一枪吓得趴在草丛里，好一会儿才敢露出头。

队长：有没有人受伤?

保安们都表示没受伤。

一保安：队长，还追吗?

队长：形势太复杂，还是以保护码头为重。撤。

天亮了，暂时的寂静中透着不安。树林里，一棵树下，陈东靠树上睡着了，阳光晃他的眼睛，把他晃醒。陈东站起来，辨认一下方向，然后向其中一个方向走去。

山坡附近的一块石头后边，毕成功和巩固守着两袋子钱蹲这儿迷糊着，忽然上边传来说话声把两人惊醒——是传销组织的保安在谈话。

一保安：白守了一夜，你说他们能从这儿逃跑吗?

另一保安：谁知道，上头让守就守呗。

毕成功和巩固听着对话，两人大眼瞪小眼。

巩固小声地说：你就只准备了一条船吗？

毕成功点点头。

巩固：我现在觉得传销组织讲得挺好，人生确实需要一个备胎啊！

毕成功看看四周说：咱不能老待这儿，迟早会被抓住！

巩固：带着这么两个袋子，能去哪儿啊？

毕成功看到两块石头之间有缝隙，再看看俩袋子，觉得能放进去，就示意巩固跟着自己走。毕成功和巩固悄悄走到两块石头的缝隙前，毕成功试着将俩袋子都塞进去，正合适，然后两人转身往树林里走。

毕成功：咱们先去树林里找点儿吃的和喝的。

两人走着，巩固一不小心踩了一块石头。石头发出的响声，惊动了坡顶上的保安们。他们也发现了毕成功和巩固，呼喊着追了下来。

毕成功和巩固连忙向树林里逃去。

树林里，成铁和闫学武在水源处往瓶子和杯子里装水；另一边，滴答看着韩游，韩游依然处于精神失常状态，目光呆滞，表情木然。而李开城在检查手中的枪，成强在一边看着，说：李哥，你什么时候教教我呗。

李开城：枪是凶器，这玩意儿最好别碰。

成强还是注意看着李开城的一举一动。

成铁和闫学武打水回来将水分给大家。

滴答：韩游的情况很不好，他心理受到的冲击太大，必须进行精神治疗。

成铁：有什么办法吗？

滴答：我想将韩游催眠后对他进行心理治疗，他现在需要精神和身体的双重放松，你看他现在浑身肌肉僵硬，都是过度紧张的原因。

成铁：那就越快越好，马上进行，需要多长时间？

滴答：大约两个小时，这两个小时中间千万不能被人打扰，如果韩游被人为惊醒会有危险。

成铁：那得找一个隐蔽一点儿的地方。

成铁在四周走了一圈，选了一个相对隐蔽的地方，这里离水源那个地方不远，人隐蔽在这里能看得见那个地方。

成铁招呼大家过来：就这里吧，离水源不远，又不容易被人发现。——滴答，你和韩游到最里边，我们在外边保护你们。

韩游和滴答被大家让到最里边后，成铁说：马上开始吧。说完和李开城、闫学武、成强隐蔽好。

最里边，滴答让韩游坐到一块石头上，将韩游的身子摆正，面向里面，只对着自己一人。滴答也坐下，注视着韩游。

滴答：韩游，你看着我的眼睛……你看到了什么……

韩游看着滴答的眼睛。

另一边，毕成功和巩固在飞跑，后面传销组织的人在追。毕成功带着巩固换了几个方向，始终不能摆脱掉传销组织的人。两人一边跑一边商量对策。

巩固：今天他们追得可真卖力！

毕成功：以前他们追的是人，今天他们追的是钱！

巩固：光这么乱跑可不行，还没被他们抓住就累死了，得想点儿办法！

毕成功：我劲儿都使在腿上，哪顾得上动脑子。

巩固：强龙不压地头蛇！你对这岛熟悉，有没有什么可利用的东西！

这句话提醒了毕成功，他开始一边跑一边看四周的环境。毕成功忽然想起了什么：有了！说完，毕成功带巩固拐弯跑去，后边传销组织的人也跟着追过去。

毕成功和巩固跑过一棵矮树后，毕成功将巩固一把拉住。毕成功：就是这里。

巩固：这里怎么了？

毕成功指指树上：你看。

巩固抬头，就看见矮树上有一个很大的马蜂窝。马蜂窝边上，密密麻麻聚集着一只只马蜂。

毕成功：我小的时候这马蜂窝就在，没人敢动，这马蜂要全出来能蜇死人！

巩固：你什么意思？

毕成功：追的人那么多，就得用马蜂对付他们。咱们把马蜂窝弄下来，他们过来的时候扔过去。

巩固吓得直往后躲：这弄不好，会先把咱们蜇死的！

毕成功：不会的，马蜂你只要不主动攻击它，它一般不会出窝。

巩固还是直摇头，这时后面已经传来杂沓的脚步声了。

毕成功：要不用这马蜂窝，今天咱们跑不了！那钱你也甭想有机会花了！

巩固一看没辙了，说：我也豁出去了，你说怎么办吧？

毕成功将外面的衬衣脱下来，递给巩固，自己拿起枪。毕成功：你上去把马蜂窝用衣服包住，用猛劲一下把马蜂窝摘下来，千万别拖泥带水，要一猛子劲儿！——我在下边保护你！

巩固拿起衣服，小心翼翼地走到马蜂窝底下，踮起脚，用衣服罩上，慢慢地包起，身后的脚步声越来越近。巩固一使劲儿，将马蜂窝从树上撸了下来，马蜂嗡嗡嗡在衣服里响成一团。这时追来的人已经看见了他们，都纷纷向他们扑过来。

毕成功：快扔！

巩固猛一使劲儿，将衣服包住的马蜂窝向追来的那些保安扔去。保安们不知道这是什么东西，一个保安举起枪砰的一枪击中了马蜂窝——成千上万的马蜂已经从里面炸锅一样钻了出来，愤怒的马蜂冲向保安们，保安们被蜇得惨叫着四下跑开。

成铁等人处，滴答正在对韩游进行心理治疗，韩游已渐渐进入催眠状态。

滴答：……太阳照着你的脸，你的手，你浑身都在阳光里，闭上眼睛就能睡去……

韩游闭上了眼睛。

滴答：……什么也不用想，我会替你记着你在哪里，醒来后就能找到回家的路……

韩游突然面部表情一变，肌肉抖动，又处于紧张的表情中。

滴答：告诉我，你看见了什么？

韩游：……黑……黑……全是水……水……很多很多水……我游不出去……

滴答：……你不在水里，你在阳光里，那些水马上就要消失……

韩游：不，还有绳子，捆着我，还有手……很多手，还有脚，很多脚……他们在拽我……在使劲儿把我往下拽，我不行了，我快不行了……

韩游表情痛苦，浑身战栗，在回忆中挣扎，仿佛又在经历那次生死考验。

成铁等人紧张地看着他的背影。

滴答：……慢一点儿，别急，你将要回到阳光里，那些水要消失，那些绳子要消失，那些手和脚都要消失……

韩游：他们还在拽我……

滴答：……别急，你不要慌，不是他们在拽你，是你触碰到了他们……他们的手和脚不会动……你慢慢解开那条绳子就可以……解开那条绳子你就能回到阳光里……

韩游浑身激烈抖动。

韩游：……我快憋死了……水……全是水……水里全是绳子……那些手都变成绳子了……

滴答：……你只剩下一个扣了，解开这个扣你就回到阳光里了，你就可以睡觉休息了……

韩游的手在发抖。

滴答：……对，你已经解开了那条绳子，一切都不存在了，你向上漂浮，空气在你的头顶，阳光马上就要照到你的身体……对，你回来了，太阳照着你的脸，你的手，你浑身都在阳光里，闭上眼睛就能睡去，你睡去，回家的路就在梦里……

韩游的表情渐渐开始恢复，身体也渐渐不再发抖。成铁等人终于松了一口气。

树林里，毕成功和巩固狂跑了一气，再回头看，已经没有追兵追来。毕成功：渴死了，先去找水喝吧。

巩固：他们都被马蜂蜇跑了，咱们赶紧回去驾船跑吧。

毕成功：笨蛋，白天能跑得了吗？他们的快艇一追就能追上！

巩固：他们能不能发现咱们的船？

毕成功：应该不能，不过咱们得求老天保佑陈东。

巩固：保佑他什么？

毕成功：保佑他别被抓住啊！——他要被住了，什么都露馅了！

巩固嘟囔：当时就不应该把他给扔下！

毕成功没理会，在树林里辨认了一下方向后，说：有些事你不明白，——走吧，咱们去喝水。

两人在树林里向水源方向走去。

山坡附近，陈东走来。他仔细听听四周动静，确定无人后，就登上了山坡。他先走到那块石头后边，看见自己和毕成功巩固的行李包都还在，就拿起自己的行李包背上。然后他走到昨天毕成功给他们演示的藏那条绳子的地方，探手进去，拎出来一看，绳子还在，不由得松了口气。但此时，他忽然听见有脚步声向这边走来。

正是传销组织的一群人匆匆向这边走来，为首的是豹子，前边是两三个被蜇得满脸包的人，后边跟着一拨新调过来的保安。

豹子等传销组织的人登上了山坡。豹子四下看着，山坡上已没了陈东。其中一个保安对豹子：豹哥，就是在这儿发现的他们。

豹子：几个人？

保安：俩。

豹子：他们拿着袋子吗？

保安：没有，俩人都空着手。

豹子：检查一下四周，看看有没有什么别的东西。

保安们四下散开，搜查。

在一个缝隙里，陈东往外看着，只见有俩保安向他这边走来，他的心立刻揪了起来。俩保安越来越近，陈东使劲将自己的身子往里挤，但再也挤不动了。这时俩保安已经走到近前，陈东绝望了。

忽然，山坡那边传来声音——找到了，东西在这儿！俩保安一听找到了，就不再往前走，转头回去了。陈东在缝隙里松了一口气，身体松弛了一下，这时他觉得身体靠到了什么，硌了他一下……

山坡上，保安们都聚集到了发现东西的那块石头后面。豹子走过来，见是俩行李包躺在地上，还有一地的啤酒瓶、罐头瓶和矿泉水瓶子等。

豹子：收拾起来，带回去。——这个地方要重点看防。

周公梦办公室里，周公梦在地图前溜达。

周公梦：还没有消息吗？找到他们没有？

梅艳丽：发现了两个人，但没抓到他们，还被他们放出的马蜂蜇伤了好几个人，豹子现在已经从现场往回赶，带了一些东西回来。

周公梦：马蜂窝他们都找得到，真是天不助我啊！今天要是钱运不到岸上去，法总肯定会找我的！

这时桌上电话响了，梅艳丽看了看来电显示，对周公梦说：是法总。——您接不接？

电话铃响着。

周公梦：我还是接吧。

周公梦走到桌前接起电话，态度马上变了一个样儿，不再是岛上老大的样子，变得毕恭毕敬。

周公梦：法总您好，在下周公梦。

法宏德简单而直接：这次的钱怎么少了八十多万元？

周公梦：这个，法总您先别着急，岛上出了一点儿小状况，这笔钱明天再送到岸上。

法宏德：好，那就明天，——我不想明天再打这样的电话。

周公梦：保证不会。

法宏德：那周老师保重。

周公梦还没来得及回答，那边电话已扣掉。周公梦长出了一口气。

梅艳丽：今天能找得到吗？

周公梦：找得到也得找，找不到也得找，这就是命！

梅艳丽：要找不到怎么办？

周公梦：找不到，法总就会来岛上。

梅艳丽：来就来呗，我还没见有法总到现场的时候呢。

周公梦：最好你别见到，他要来，第一，要扣掉咱们收入的 20%，这是我跟他合同中早就约定的，现场不用他盯，如果要他出面，就得扣钱；第二，他不像我这样善良，你知道，我不是个心狠手辣的人！而要换作法总，成铁这几个人早就没命了。

梅艳丽：周老师您是以慈悲为怀啊！不过你慈悲人家可不含糊，一转眼就把咱们辛辛苦苦挣的钱给偷走了！

周公梦：传令下去，全力追击，活要见人，死要见钱！——凡追到人或钱者，奖励十万元！如两者同时追到，奖励翻倍！

成铁等人处，滴答将韩游轻轻放在石头上，韩游已经睡着了，滴答给他盖上了几件衣服。成铁等人守在一边，都紧张地看着他。

滴答将韩游安顿好，走过来：希望他睡一觉醒来能开口要东西吃。

闫学武：如果他能觉得饿，就是身体的生理机能正在恢复正常，不再是恐惧的情绪统治他的身体。

成铁：咱们还有什么吃的吗？

成强：只有几个野果。

成铁：得给韩游准备一点儿别的，补补他的身体。

忽然，他们听见脚步声。

闫学武：有人来了！

他们从隐蔽的地方向外边看去，竟然是毕成功和巩固向他们这里走来，成铁示意大家隐蔽好。毕成功和巩固径直走到水源那个地方，因为他们没带行李，就直接用嘴喝里边的水。两人狂喝一气。成铁等人在看着他们。

闫学武：他们怎么来了，要不要跟他们打招呼？

成铁：不，不要让他们发现咱们，先看看他们要干吗。

第 15 章

水源处，毕成功和巩固喝完水，毕成功发现了地上有篝火燃烧过的痕迹。

毕成功：有人来过了。

巩固：能是谁?

毕成功：应该是成铁他们。

巩固：他们也能找到这水源吗?

毕成功四下瞅着：成铁那小子有点儿门道，找到这里也不奇怪。而且我怀疑他们应该还在附近!

巩固：那咱们赶紧走吧，要是撞见了多不合适。

毕成功：合不合适咱们都得在这附近找地方躲一躲。

巩固：在这儿待着?

毕成功：对啊，在这儿待着最安全，这儿有水啊！——走，到那边去。

他也看中了成铁他们待的这地方，说着带着巩固就向成铁他们这边走过来。

闫学武：他们过来了，怎么办？要不要我出去拦一下?

成铁：先别出去，动静儿不对。

这时不远处有几只鸟呼啦飞起。

毕成功一把把巩固拉住，说：不好，有人来了。

就这一愣神的工夫，树林内出现了追来的传销组织的保安，是钱卜多和俩同伙以及另外三个人。他们看见了毕成功和巩固，一起嚷嚷着追来。毕成功和巩固来不及往成铁他们这边躲了，转身就跑。

保安们杂乱地跑过成铁他们的隐蔽处。滴答担心地看着韩游，怕他被吵醒。韩游在睡梦中皱了一下眉头，滴答赶紧上前握住他的手，使他平静下来。树林里又安静下来。

李开城：强子，走，你跟我出去一趟，给韩游搞点儿吃的。

成铁：老李，要小心。

李开城：放心。——滴答，用一下你的小刀。

滴答将上次在县城买的小水果刀递给了李开城。李开城收起小刀，带着成强朝一个方向走去。李开城和成强走在树林里，李开城走在前边，仔细看着两边的草丛，成强跟在后边不知道李开城要找什么。

成强：李哥，你这是找什么啊？

李开城：找吃的。

成强：草里能有什么吃的？

李开城：别小看这林子，这里边其实能吃的东西很多。

成强：这是海岛，我估计可能没有兔子、山鸡什么的。

李开城：兔子肯定有，不过那个你别想，看见也不能打，一打还不把人给引来了！

说着李开城忽然发现一处草丛跟别的地方不一样。

李开城看着草丛说：这是一条路。

成强纳闷儿：什么路啊？

李开城没回答成强，而是在草丛边上来回看了几遍，用瞄准的姿势把地方瞅准了，然后取出滴答的那把小刀，蹲下身子，把刀身按入土里，只把很小一部分刀尖留在地面上。

李开城站起来说：走吧。

李开城带着成强继续向前走去。

传销基地周公梦的办公桌上，摆着毕成功和巩固的行李包，以及他们喝过的啤酒瓶、罐头瓶什么的。周公梦看着这些东西，梅艳丽和豹子站在一边。

周公梦：人跑了？

豹子：还在追。

周公梦：不见钱？

豹子：还在找。

周公梦用手在拨拉着啤酒瓶子和罐头瓶子，看着上边的牌子。

周公梦：都是好东西啊！连吃的喝的都能提前运到岛上来，看来他算计咱们也不是一天两天了！——在这个地方还发现什么了？

豹子：暂时还没发现别的东西。

周公梦：带我去这个地方。

梅艳丽：您还用亲自去吗？

周公梦：有人带着眼睛是看东西的，有人带着眼睛是找东西的，有人带着眼睛是发现东西的，我不去，有些东西就永远也不会被发现！

树林里，毕成功和巩固在拼命地跑着，躲避着后边人的追赶。

巩固：还有马蜂窝没有？再这么跑下去可就累死了！

毕成功：马蜂窝是没有了，要是他们还继续追，我就只好引他们去那边了！

巩固：哪边啊？

毕成功辨认一下方向：跟我来。

毕成功带着巩固跑，跑到了一个类似山谷的地方，里边树木耸立，石多草深。到进口的时候，巩固要进去，被毕成功拉住。

巩固：多好的地方啊！进去一定藏得住！

毕成功：藏得住也不能进去！这里边会藏得让你自己找不着自己。

毕成功说着，从旁边折了一根枝条，将枝条折成几段，然后招呼巩固。

毕成功：跟我来。

毕成功带着巩固向里边走，毕成功每走几步就将一小块树枝扔到地下，当作路标。往里走了不远，毕成功就拉着巩固躲到了旁边的草丛里，他们等待着外边的动静。

巩固：这到底什么意思啊？

毕成功：我们岛上的人管这条沟叫鬼打墙，进来之后就出不去了，所以我们岛上的人都不往这里边进。

巩固：从没人进来过？

毕成功：当然有不怕死的进来。

巩固：然后呢？

毕成功：死了。

巩固：这么可怕？

然后害怕地四下瞅瞅：那你们怎么知道进来的人死了？

毕成功：我们得把尸体抬出来啊。

巩固：不是进来出不去吗？

毕成功神秘地说：总有人懂得出去的办法！

巩固：就用树枝做记号？

毕成功：当然不是，再往里走树枝就不管用了。

很快，钱卜多带着其余五人追到了鬼打墙边上。钱卜多没多想，就要往里追，一同伙有点儿打怵：钱哥，我怎么觉着这里边有些瘆人。

钱卜多：有什么瘆人的，不就是树多点儿、草多点儿、石头多点儿吗！不想挣那十万块钱了？走吧，这么多人没什么可怕的！说着自己先走了进去，其余人也只好跟上去。

毕成功和巩固在草丛里屏声静气，看着钱卜多和同伙们走进鬼打墙。不一会儿，钱卜多和他的同伙们渐渐走远了，消失在树林里，毕成功和巩固这时才从草丛里探出头来。两人顺着树枝做的路标记号往回走，走出鬼打墙。

巩固回头看看：他们真就出不来了？

毕成功：看他们的命吧。

巩固：咱们现在去哪儿？

毕成功：找点儿吃的，等天黑咱们好出岛。

李开城带着成强走在树林里，李开城一边走一边观察四周的情况。

成强：李哥，你在看什么，我怎么只能看见树和草。

李开城：我们以前挖墓的时候，常年在野外活动，时间长了就看出门道来了，不管什么东西，都有自己的窝，自己的路，只要找到这个规律，就能找到它们。

正说着的时候，李开城发现一高处的草丛有情况，他带着成强走上去。李开城拨拉开草丛，说：有了。

成强也探头来看，惊喜地看见一窝鸟蛋：李哥，你真神了！

李开城对着鸟窝说：鸟大哥，得罪了，我们也得活下去。

说着将鸟蛋捡起来放到口袋里，然后带着成强往回返。

山坡上，周公梦和梅艳丽在豹子等人的带领下，来到了毕成功计划逃走的那个地方。

豹子将周公梦领到那块石头后边说：东西就是在这儿发现的。

周公梦看了看，转身走到山坡边上，打量着四周的地势，又看看陡峭的石头下面的海面。

周公梦：他们应该是想从这边逃走。

豹子：这儿怎么走啊？

周公梦：正因为没法走他才选择这儿。目前不知道他想怎么出岛，但是有两个条件是必须具备的，第一，他怎么下去；第二，他的船在哪里。

周公梦一边说一边来回走着，观察着，然后走到一个地方，突然伸手掏下去。这正是毕成功藏绳子的那个地方，然而周公梦探手进去摸了摸，却什么也没摸到。周公梦失望地把手抽了回来，喃喃喃自语：他总不能插翅飞出去吧。

豹子：难道不是这里？

周公梦：不可能，肯定是这里。

他对四周的保安说：现在你们都给我下到底下去。

保安们面面相觑，都不知道怎么下去。

周公梦：无论你们用什么办法，必须给我下去。

保安们赶紧凑一块儿想办法。

周公梦对豹子说：让他们想吧，只要他们想出办法能下去，也肯定是那个人下去的办法。

梅艳丽：道高一尺，魔高一丈啊！——还是周老师高明！

树林里，李开城带着成强往回走，走到放小刀的那个地方时，成强什么也没有看见。成强：李哥，什么也没有啊。

李开城：你跟我来。

李开城收起小刀，领着成强向前走了几步。成强惊奇地看见，一条蛇已经死在路上了。

成强：这，这蛇怎么死的？

李开城拎起那条蛇，将蛇的肚皮翻给成强看，就见蛇的肚皮下面是一道被小刀刀尖划破的痕迹。

李开城：蛇有蛇路，它游动得很快，小刀的刀尖只要刚刚高出地面，它游过去的时候就不会感觉到，而其实肚皮已被豁开，向前走不了多远它就死了。

李开城将蛇一盘，挑在枪上：走吧，回去给韩游加营养。

树林里，毕成功带着巩固也走到刚才李开城发现鸟蛋的地方。毕成功：这里有一窝鸟，也许咱们能吃到鸟蛋。毕成功分开草丛，看见了鸟窝，但却没有鸟蛋。

毕成功感慨：不管什么地方，人多了真不是件好事儿啊！

山坡上，保安们已经想出了办法。他们把一条绳子套到毕成功拴绳子的地方拴好，再将绳子扔下去，然后一个保安开始用手拽着绳子往下一点儿一点儿移动。

周公梦和豹子在一边看着。豹子吩咐下去的保安：下去四处找找，看有没有船。

周公梦：不必去找。

豹子：为什么？

周公梦：那样找找不到，船肯定在一个我们想不到的地方。

豹子：那会是什么地方？

周公梦：藏东西是有技巧的，从体积上来说，以小藏大不容易找，从性质上来说，以软藏硬不容易找，从形状上来说，以方藏圆不容易找，要藏一条船，要从性质上去找，船要从水上走，所以船如果离岸太远不可能，船离了水就是死船，就跟人离了空气一样，顺着这个思路，你们想船应该在哪里？

梅艳丽看着下边的海面。

梅艳丽：周老师，我明白了，船在水上。

周公梦：对，船一定是在水上，这是常规思维，再按照以软藏硬的思路去想，船应该是在水下。

豹子和梅艳丽很惊讶：水下。

周公梦：对，水下，让他们到水下去摸摸。

又有一个保安来到了下面，说：周老师让咱们下到水里看看有没有船。

另外几个保安：船怎么能在水下？

刚下来的保安：这话你去问周老师。

几个保安抬头一看，见周公梦和豹子、梅艳丽都在看着下面，等他们下水。几个保安只好把外面的衣服脱去，扎猛子跳到水里去找船。不久，保安们纷纷浮出水面，都向上边摇头或摆手。周公梦见下边保安没有找到船，很失望，一时陷入了沉思。

梅艳丽安慰说：也许他们根本就没有出岛的办法。

周公梦忽然命令：收队回去。

豹子疑惑：全回去？

周公梦：对。

豹子：不留人看守这里了？

周公梦坚决地说：不留了。一个也不留。

周公梦说完转身就走，梅艳丽跟了上去。

周公梦一边走一边对梅艳丽说：回去把江雪山给我找来，我有任务给他。

夕阳西下，黄昏的光铺到了海面上，无限温柔。树林里，成铁看见李开城和成强回来了。

成铁：弄到吃的了吗？

李开城晃晃枪上的蛇，又掏出口袋里的鸟蛋给成铁他们看。

李开城：还算丰盛吧？

闫学武：这怎么做啊？

李开城：想学就帮我干活儿，你去给我和一点儿泥巴，强子，你去捡点儿柴火回来生火。

闫学武和成强领命而去。

树林里，毕成功和巩固在一个地方挖着什么。很快，两人挖出一些草根，毕成功用手撸巴撸巴就往嘴里塞。

巩固：这能吃吗？

毕成功：当然能吃，小时候我们经常挖了吃，甜着呢！

巩固：这多少病菌啊？

毕成功：比餐馆里的病菌少多了！天然绿色食品。

巩固：要不我也吃一点儿？

毕成功：如果你能满足这样两个条件就可以不吃，第一，你不饿——

巩固：鬼才不饿。

毕成功：第二，你能保证晚上还有劲儿划船。

巩固惊讶地说：还得划船？

毕成功：船没有腿。

巩固：你怎么不弄艘快艇！一加油门就蹿了！

毕成功：你用脚指头想想，快艇能搁水底下放吗？

巩固悻悻地拿起草根嚼起来。

毕成功：就当忆苦思甜吧。——等出去后，想吃这个也吃不到了。

巩固不经意地说：那得能出去。

毕成功很警觉，马上质疑：什么意思？你说我出不去？

巩固：不是说你出不去，是说你暂时还没出去。你说咱们今天晚上能出得去吗？

毕成功：我从来不回答没有答案的问题。

树林里，成强已经生起了一小堆火，李开城在给韩游准备饭。他先将鸟蛋一个一个放到和好的泥巴里，将泥巴捏成一个团，放到了火堆里；然后又用一些树皮、树叶将蛇裹起来，一点点塞到下面烧出的木炭里。成铁、滴答、闫学武和成强都在一边看着，对李开城的本领惊羡不已，而韩游还在一边的石头上沉睡。

成铁看李开城忙活得差不多了就跟大伙商量：天黑以后，我和老李去码头那边放第三枪。

滴答：今天晚上他们肯定有防范了，你们要小心。

成铁：他们防范得越严密越好，现在要把他们的精神弹簧压到最紧，然后再抻他们，一直抻到他们精神疲劳，到明天晚上，他们将达到一个疲劳的临界点。

李开城：你们说那个毕成功到底是什么人，看样子他对这个岛很熟悉，并且神神秘秘的。

滴答：从他对这个岛的熟悉程度来看，像是在岛上生活过，但他为什么要带着巩固和陈东离开我们呢？

成铁：我觉着他有一条出岛的途径，因为某种原因不愿意和我们分享。

滴答：可他并没有出岛。

成铁：那应该是因为他在岛上的事情还没做完。一切就像你说的，在这样封闭的环境下，人们的心理因素被数倍放大，都容易铤而走险。

闫学武：刚才没看见陈东，难道他们三人不是一起走的？铁子，这能算吗？

成铁：已成结果的事情，算也无益，不过你到时候可以问问陈东。

闫学武：我问他？你的意思是说咱们还能碰见他？

成铁：如果他还没被渴死，咱们应该能见到他。——他会到这儿来喝水的。

闫学武：他一诗人也能找到这儿？他可没你那本事！

成铁：在危险环境中，人的潜能会被激发出来，尤其是感官知觉，会高速运转，人的身体在这样的情况下，就是一架高性能的信息接收器，凡是逃亡过的人，再回到正常生活里，都会比其他人能力更强。是不是老李，你这算是第二次遇险了。

李开城：怎么说呢，这种感觉就像是开窍了，俗话说叫开了天目，这么说有点儿玄乎，但确实比以前心明眼亮，能发现一些别人发现不了的东西。

成强：这个我亲眼看见了，李哥能发现蛇路。

李开城笑笑：这个倒不能算，只能说是一种野外生存经验。

滴答：其实这是一个心理学范畴内的问题，逃亡是正常生活中不可能经历的事情，人的心理在经历了较大的波动后，心理的信息存贮量和抗压力会增强，所以会有脱胎换骨的感觉。

这时，一边的韩游忽然说话了：你们是在说我吗?

大家惊喜地转头看，发现韩游已经醒了。

闫学武：你感觉脱胎换骨了?

韩游：那倒没有，就是觉得饿。

他一说饿，大家都高兴起来，互相击掌祝贺，韩游发愣，不知道怎么回事儿。李开城走到火堆旁，从火堆里取出泥巴，一下敲开，从里边把鸟蛋取出来，递给滴答，滴答剥给韩游吃。韩游拿着滴答给他的一个鸟蛋刚要吃，又想起什么。

韩游：你们呢?

众人都摇头。

成铁：先别管我们，你先吃。

这边，李开城又从木炭里取出树皮，树皮已经烤焦，一碰即碎，而里边的蛇肉却刚好被烤熟。李开城一拿出来，大家就闻到了蛇肉的香味，纷纷称赞。

闫学武：太香了！老李，你出去后当厨子吧。

李开城：你觉着香是因为你饿，人饿了什么都香。

李开城说着将蛇肉切成一段段的，递给韩游。

但韩游坚决不吃：不能只我一人吃，你们要都吃我就吃，你们要不吃我也不吃。

李开城见状只好将蛇肉分给每人一段。大家拿在手里，都有点儿舍不得下口吃。

闫学武：没想到还能吃上肉啊!

这时，忽然响起一个声音，吓了大家一跳——有我一份吗?

成铁等人吃惊地转头去看，意外地发现是陈东。他站在那里看着大家，看样子是饿得不行了。这时李开城已经将手中的蛇肉分完，并没有多余的。

成铁想了一下，走上前，将自己手中那段蛇肉递给陈东。陈东接过蛇肉，一下子就全塞进嘴里了——确实是饿了。

陈东咀嚼几下就将肉吞进了肚里，一抬眼，看见大家都在看他。陈东不好意思地说：请问，有水吗?

成铁递给他一杯水。陈东咕咚咕咚灌下。

闫学武等他喝完，就揶揄他说：陈诗人您去哪儿采风了啊？

陈东没回答闫学武的话，而是说：我……想回来。

大家都看着成铁，等成铁拿主意。

成铁：欢迎归队。

闫学武：哎……

闫学武的话没出口，就被成铁用手势制止住。陈东见大家都不太待见他，自己知趣地走到一边待着。

滴答将成铁叫到一边，说：要不要问他点儿什么？得弄清楚到底怎么回事儿啊。

成铁：他要是不说，你问也问不出来，你再逼他，他就会说谎，还是等他自己主动说吧。

太阳落到了海平面以下，又一天结束了。山坡上，在毕成功策划逃走的地方，江雪山正在带着几个人忙碌着。他不断地催促手下：快点儿，咱们必须赶紧撤离。

树林里，毕成功和巩固悄悄地穿行着，走向那面山坡。另一处，成铁和李开城也走在树林里，他们走向的是码头。

传销基地里，周公梦在办公室读《论语》，梅艳丽在一边走来走去。

梅艳丽：我们现在什么也不做？就这么等？

周公梦：对，等。

梅艳丽：等什么？

周公梦：等即将发生的事情。

梅艳丽：钱追不回来怎么办？明天法总还会过问这事儿。

周公梦：钱能不能找回来今天晚上会有结果的。

梅艳丽：码头那边呢？还会不会有人去打枪？

周公梦：等一会儿你就知道了。

梅艳丽：就让他们这么瞎闹？

周公梦：敌暗我明，最好的办法就是以静制动，等对方露出破绽。

这时桌上的对讲机响了，周公梦抓起来一听是江雪山的声音：周老师，任务已完成。

周公梦：很好。说着挂断对讲机，看看墙上钟表的时间，又拨出另一个号码，说：豹子，你来一下。

梅艳丽：我看豹子这些人也没什么能耐，这么多人连几个人都抓不住！

周公梦：要换上别人，可能还不如豹子他们。

这时豹子敲门进来了。

周公梦问豹子：今天有什么情况？

豹子：今天……失踪了一队人。

周公梦有些意外。

周公梦：哦？怎么回事儿？

豹子：是小钱那队人，一共六个，到现在没回来，派人去找也没找到。

周公梦站起来走到地图前端详了起来。

豹子：要不要继续找？

周公梦：不，他们如果能回来自己就会回来，如果回不来，去找也没用。

豹子：好的。周老师您还有别的吩咐吗？

周公梦：有。——今天晚上有重要任务让你去执行！

码头附近，成铁带着李开城找了一个较远的位置隐蔽下来。

李开城：这么远，打起来没准头。

成铁：这一枪不要准头儿，能打过去让他们听见动静就行，但别伤着人。

李开城：这简单。说着他开始举枪瞄准。

这时忽然码头上驶来一辆面包车，豹子和四个手下从车上下来，向码头走去。

成铁连忙制止他：老李，别走火，看看他们要干什么。

成铁他们远远地看见豹子和四个手下匆匆走到码头边上，看守快艇的保安急忙给豹子解开一条快艇，豹子和手下登上快艇，启动快艇急速驶离。

李开城：这么晚了他们出去干吗？

成铁：不是冲咱们的，岛上应该还发生了些别的事情。

李开城：枪什么时候开？

成铁抬手看表：再等等。按时开枪，培养他们对枪声的期待感。

码头上，四个保安在码头上溜达着。

保安甲：昨天晚上就是这时候响的枪，你们说今天会不会再来一下子？

保安乙：会那么准时？不可能吧？开枪又不是上班，还带按时的！

他话音未落，一声枪响在码头上响起，保安们仓皇四顾。屋里的保安也纷纷跑出来，四处张望，寻找枪声的来源。

而在传销基地周公梦房间里，周公梦也在看表。

周公梦：不愧是数学老师啊，枪声都按时间走，一秒都不带差的。

梅艳丽：你说是成铁开的枪？钱是不是他弄走的？

周公梦：枪是他开的，但钱不会是他偷的。——但他老这么放空枪是为了什么呢？

梅艳丽：这很简单，你抓住他问问就知道了。

周公梦一脸拧巴。

毕成功和巩固已走出树林，来到山坡附近。两人猫在地上观察情况，四周很静。

巩固：老兄，人好像都撤了。

毕成功：走，先去拿钱。

两人猫腰来到那两块石头之间的缝隙。毕成功探手进去摸袋子，但一摸没摸到，他再努力伸手进去，依然没摸到。

巩固觉得事情不对，忙问：怎么了？

毕成功：钱不见了！

巩固一听急了，忙把毕成功扒拉开，自己伸手进去摸，但也是什么都没摸到。后来，他又把头探进去摸，最后干脆挤了进去，在里边来回摸索着。

毕成功：有吗？

巩固爬出来：钱被人拿走了！

毕成功狠狠地蹬了一块石头一脚，发狠道：他奶奶的！

石头被他蹬得滚下了山坡，在寂静的夜里发出了很大的声响。

巩固：你别这么冲动，被人发现就完了！

因为钱丢了，毕成功情绪很冲动，继续大骂：他妈的钱都没了，被发现了又怎么样！

巩固：发现了命就没了，有钱也不好使！——咱们现在主要得想想钱是被谁拿走的。

毕成功：谁拿走的还不是一样！

巩固：可不一样，如果是被传销组织拿走的，咱们就别想了，赶紧逃命，如果是别人拿走的，没准儿咱们还能拿回来。

毕成功也渐渐冷静下来，问：你的意思是？

巩固：我觉得不可能是传销组织拿走的，你看他们下午还对咱们穷追不舍，为什么？就是因为钱还没找到。

毕成功：说得有道理，继续。

巩固：也不可能是成铁他们，成铁的想法不是钱，是想逃走。

毕成功明白了：你是说陈东？

巩固：对，他的嫌疑最大，第一他知道这个地方，第二咱们把他甩了，他怀恨在心，就把咱们的钱偷走了。

毕成功：可他怎么能找到咱们藏钱的地方呢？

巩固：机缘巧合吧。美国电影里都这么解释。

毕成功：走，咱们上去看看绳子，如果还在就说明不是他干的，如果不在，就说明是他拿走了钱。

毕成功和巩固很快登上山坡，来到了藏绳子的地方。毕成功把手伸到藏绳子的地方一试，绳子没了。

毕成功：他把绳子拿走了！

巩固：那就是他干的。他会不会已经驾船逃走了？

毕成功：不可能，那船除了我没人能弄走。

巩固：你不说就在水下吗？

毕成功：就是他知道在水下他也弄不走那船。

巩固：那就好，不过希望他别被抓住。

毕成功：被抓住还不是最可怕的，最可怕的是他重新投靠成铁一伙人。

树林边水源附近，一小堆篝火在燃着，大家在等成铁和李开城回来。闫学武没事干，就挑逗陈东。

闫学武：陈诗人，我确实佩服你，你真有两下子。

陈东不说话。

闫学武：我不问你是怎么走的，我就想问问你，这岛这么大，你是怎么找到我们的？真的，我确实想知道！

陈东见躲不过，只好说：香味儿。我闻到肉香味儿找过来的。

闫学武：没想到你不光耳朵好使，鼻子也这么好使，你这么多功能当诗人真是可惜了。

陈东不说话。

闫学武不依不饶：我觉得你别当诗人了，你可以去培训警犬，开发警犬鼻子和耳朵两方面的功能，这绝对能给我国填补一项技术空白。

陈东开始还忍着，现在终于忍不住了，站了起来：你这是在侮辱我的人格！——我走！

闫学武：你走又不是第一次了——不送！

陈东转身要走，这时成铁和李开城回来了。

成铁：陈东，别走，学武他跟你开玩笑呢。

陈东：有这么开玩笑的吗！

陈东其实也不是真想走，一看有台阶下，嘟囔了这么一句又坐下了。闫学武还想再揶揄几句，又被成铁以手势制止。

滴答：顺利吗？

成铁点点头，又问韩游：感觉怎么样，韩游？

韩游：放心，我没事了。

成铁在火堆边坐下，看着大家。

成铁：从现在起，大家好好睡，明天晚上咱们出岛。

成强：真的可以出去吗？

成铁：如果不出意外的话。

李开城：不再放一枪了？

成铁：不放了，送给他们一个意外指数——这一枪不放他们一晚上就睡不着。

一艘快艇熄了火停在海面上，是豹子和几个手下。他们似乎在等待着什么。

一手下：豹哥，咱们在等什么？

豹子：等人。

手下：什么人？

豹子：偷公司钱的人。

手下：他们会打这儿走吗？

豹子：周老师说会。

手下：豹哥，怎么不见有人来的样子，周老师的话准吗？

豹子：有时候准，有时候不准。

毕成功和巩固从山坡上走下来。

巩固：要不咱们不要钱了，先逃命？

毕成功：那你先要了我的命吧。

巩固：我就怕咱们还没找到陈东，就被传销组织的人抓住了，这要被他们抓住小命可就难保了。

毕成功：能在这个岛上抓住我的人还没出生呢。——走吧，先找个安全地方睡觉。

两人消失在黑夜中的树林里。

码头上小屋的灯都亮着，屋里屋外的保安们都睡不着。正在巡守的保安们更是在等待另一声枪响。

一保安：等着吧，还有一枪！

另一保安：这他妈什么事儿，听不见枪声还没法睡了！

周公梦办公室，周公梦端坐在椅子上闭目出神，梅艳丽等得有点儿不耐烦了：周老师，咱们还要……继续等？

周公梦：等。

又一天开始了。天蒙蒙亮，在一个隐蔽避风的地方，毕成功和巩固靠在一起睡着了。因为困，两人睡得很熟。毕成功在熟睡中好像觉察到了什么，他猛地一下醒来，一边看看眼前，一边推推巩固。巩固也被推醒，睁眼一看——江雪山带着一群保安站在他们面前。毕成功下意识地想拿身边的枪，被一个保安上来用枪顶住了脑袋。

江雪山：毕总，巩总，久违了，欢迎回家。

成功有些不甘心：你是怎么找到我们的？

江雪山：你做了让我们必须找到你们的事情，这就是能找到你的原因。

说着一示意，保安们上来架起两人，押着往回走。毕成功一低头的时候，发现地上有黑色的脚印，忽然他明白了，江雪山他们在地上撒了煤粉，跟踪到了他们。

毕成功一边走一边说：江总，我们什么也没干。

巩固：我们确实什么也没干。

江雪山：这些话等见了周老师你再说。——不过我想他不会喜欢听的！

海面上，快艇里的豹子等人也都困得睡着了。曙光照在他们身上，几个人相继醒来。

一手下：豹哥，周老师说得不准，什么也没等到。

豹子看看天色：咱们回去。

手下：周老师不是说等吗？

豹子：周老师还有一句话，要是天亮还等不到，就回去。

手下：不愧是周老师，想的就是周到。

几个人驾快艇往回返。

树林里水源附近，成铁等人也醒过来了。成铁对大家说：今天咱们的主要任务就是多找一些吃的，把精力和体力给大家补充好。——老李，这事你来负责吧。

李开城：放心，这事儿好办。——强子，学武，你们跟我出去找吃的。

说完，领着两人走了。

滴答在一边仔细观察着成铁，发现他心事重重地走到一边琢磨着什么。

滴答走到成铁身边，问：你有心事。

成铁：没什么，就是紧张。

滴答：不是紧张，紧张的时候你的右手会动，现在它没动，你是有心事。什么事情还要瞒着我？

成铁：不是瞒着你，是不想这么早告诉你。

滴答：什么事？

成铁：今天晚上有一个人不能走。

滴答：为什么？

成铁：我需要一个人牵制码头上那些保安的注意力，否则咱们大家谁也走不了。

滴答：你想好是谁了吗？

成铁：想好了。

滴答：你？

成铁：对。

滴答：是谁都不能是你。

成铁：为什么？

滴答：偷船的任务更重要，得你来指挥，开枪牵制谁都能做。

成铁：谁都能做不是代表谁都可以去做，让谁留下我都不放心。

滴答：你留下我就放心了？——你要留下我也留下。

成铁：那就失去意义了，这不是意气用事的时候。

滴答：可你明明就是在意气用事。

成铁：只要你们能逃到岸上，抓紧时间报警，我这边应该没有危险。

滴答：没有危险为什么不让别人来做？——我认为你这是不负责任，我早就说了，最危险的人物就是你，你这样做极有可能导致行动失败。

成铁：我已经想好了——如果只有一个人留下，这个人只能是我！

滴答：你这是自私的英雄主义！

成铁：我已经决定了。

滴答被噎住，无话可说。

另一边，陈东拿着一瓶水走到韩游身边，递给韩游，跟韩游搭讪：嗨，你好。

韩游：你好。

陈东：身体恢复了吗？

韩游：谢谢，已经差不多了。

陈东：听说你很会水？

韩游：就是从小喜欢水，谈不上很会。

陈东：现在要是让你下水，你能下吗？

韩游：什么意思？

陈东：没什么，我就是看看你身体恢复到什么样子。

韩游：哦，我想应该没问题。我以前没事的时候就喜欢在水里泡着。

陈东：要是水里有东西，你也能捞上来？

韩游：有东西掉水里了？

陈东：没有，我……就是对你们这些身怀绝技的人好奇。好奇而已。

树林里，李开城带着成强和闫学武走着。

李开城：你们今天想吃什么啊？

闫学武：能有吃的就不错了，还可以选择？

李开城：当然，天上飞的，地里藏的，想吃什么咱就能弄到什么。

这时树林里有蝉开始叫。

成强：这玩意儿吃起来不错。

李开城：好，那咱就吃这个。

说着李开城领着他们走到一片较湿润的树下，他瞅了一阵，看准一个地方。

李开城将小刀递给成强：来，从这边往下抠抠。

成强取出小刀，往下抠了抠，一个还没蜕壳的幼蝉便冒出了头。

闫学武惊叹道：你幸亏不是猎人，你要是猎人，什么东西也逃不了！

传销基地周公梦办公室，周公梦坐在太师椅上等待着什么，梅艳丽在一边哈欠连天。这时门开了，江雪山等人押着毕成功和巩固走了进来，这让周公梦和梅艳丽不由得精神一振。

江雪山：周老师，客人已经给您带回来了。

周公梦看着毕成功和巩固：两位早。——时间不多，我就不说客套话了，钱在哪里？

毕成功：什么钱？

周公梦皱皱眉头，对巩固说：你呢？——希望你别给我同样的答案。

巩固：他不知道，我更不知道。

周公梦：你刚才说他不知道，你就更不知道，这是一个递进关系，这说明了什么呢，说明你知道但不能说，把这句话翻译一下，准确的意思应该是说，他不说，你更不能说，对不对？

巩固惊讶地看着周公梦，没想到周公梦分析得这么准确。周公梦盯着巩固的脸继续分析：小伙子，你的脸比你的嘴诚实，它给了我准确的答案。

然后周公梦将头转向毕成功，继续问：我最后一次问你，钱在哪里？——在你回答我之前，我要先告诉你回答之后的结果，第一，你给我的答案让我很满意，那么我不杀你；第二，你给我的答案让我很不满意，那么我将马上让你去阴间，因为你死了，我一样可以从这个小伙子身上知道答案。生，还是死，这是一个问题，你考虑好了再回答我。——钱在哪里？

说话间，一个保安手中的枪顶上了毕成功的脑袋。

毕成功：别杀我，我给你最准确的答案——我不知道，我真的不知道……

周公梦大怒，手一挥，保安就要开枪。

巩固在一边大叫：别开枪，别开枪，我有话说。

周公梦做了个停止的手势，看着巩固说：还是这个小伙子识时务啊——你要说什么？

巩固：我要说，他说的是实话，他确实不知道钱在哪里。

周公梦：你不会是想告诉我你也不知道吧?

巩固：对对对，我就是想告诉你，你就是杀了他，从我这边也问不出来——因为我也不知道。

周公梦脸色一变：我是个慈悲为怀的人，但你们要是欺人太甚，非逼我干我不想干的事情，那我可就——

毕成功的大脑在快速思考着，忽然开口：我不知道钱在哪儿，但我知道那钱被谁拿走了!

周公梦：谁?

第16章

在周公梦准备对毕成功和巩固下毒手的时候，毕成功忽然开口：我不知道钱在哪儿，但我知道那钱被谁拿走了！

周公梦：谁？

毕成功：陈东。

周公梦：陈东？希望你能说得让我相信。

毕成功：一开始是我们一起拿的，但后来陈东趁我们睡觉的时候把钱又偷走了。

周公梦：他为什么要把钱偷走？

毕成功：我也不知道，也许是自己想独吞。

周公梦：你还是没有说服我，陈东不可能把钱偷走，因为他没有一个人出岛的能力，而你有！

毕成功：我也没有。

周公梦：咱们别绕圈子，你的船在哪里？

毕成功：我没有船。

周公梦：你做了这么精心的准备怎么会没准备船，没船你怎么出岛？——你的不诚实让我很失望，我看咱们没有交谈的必要了。

一摆手，俩保安上来就要把毕成功拖走。

毕成功：正是因为我没有船，陈东才把钱偷走的。

周公梦不为所动，毕成功已被拖到门口。

毕成功：因为陈东知道成铁有办法出岛。

周公梦一摆手，保安又停住了。

周公梦：你说什么？

毕成功：成铁有办法出岛？

周公梦：你怎么知道？

毕成功：我们还跟成铁在一起的时候成铁告诉我们的。

周公梦：什么办法？

毕成功：成铁的这个办法叫疲劳公式。

周公梦琢磨着：疲劳公式……什么意思？

毕成功：具体内容我们也不知道，成铁没讲，但是成铁说过，这个疲劳公式是针对码头上快艇的。

周公梦的耳朵里瞬间响起了前两天晚上的几次枪声。

周公梦：你是说陈东带着钱投奔了成铁？

毕成功：对。

周公梦：你这依然是一面之词。

毕成功：你要不信，我可以带你们去找到成铁他们。

周公梦：那我就相信你一次。先带出去。

保安们上来把毕成功和巩固带出去。

周公梦对江雪山：江总，你带人跟着他们去找人，如果发现他们撒谎或者有逃跑的迹象，就地正法。

江雪山：明白。说完，转身出去了。

梅艳丽：周老师，要是法总再来电话问钱的事儿怎么办？

周公梦：来的时候再说。

这时桌上电话响了。

梅艳丽一看来电显示，道：来了。

周公梦深吸一口气，抓起电话：法总您好，在下周公梦。

法宏德的声音：你的小状况解决了吗？有没有变成大状况？

周公梦：多谢法总关心，正在解决。

法宏德的声音：需不需要我上岛？

周公梦：暂时还不劳驾法总。

法宏德的声音：那钱呢？

周公梦：这……

法宏德的声音：如果你明天还不能把钱送到岸上来，我就上岛了。

说着挂了电话，这边周公梦也把电话放下了。

梅艳丽：法总要上岛？

周公梦点点头。

梅艳丽：希望今天能把钱找回来。

此时，周公梦心事重重地摇摇头：我现在感觉钱已经是个小问题了，大不了损失这八十多万元，倒是成铁的这个疲劳公式让我担心，搞不明白他什么意思啊！要真让他得逞出了岛，可不就是一点儿钱的损失了，脑袋都有可能掉。

梅艳丽：周老师，你一世英名，怎么能让个名词给纠缠住了啊？我就觉得疲劳公式没什么可怕的。

周公梦：知己知彼，才能百战不殆啊，你不弄明白对方什么意图，就没法制订对策，没有对策就要吃亏啊！

梅艳丽：我有个办法，不用弄明白疲劳公式的意思就能对付疲劳公式。

周公梦：说。

树林里水源附近的一小堆火旁边，成铁等人正围着火堆从里边扒拉烧熟了的蝉猴吃。

滴答：跟着老李，走哪儿都不挨饿！

闫学武：要不怎么还有人跑了又回来呢！

陈东一听又是闫学武在讽刺自己，气得不吃了，起身走到一边的石头上躺下生闷气。

成铁：学武，你是学武之人，要有风范，以后少说几句。

成铁又起身走到陈东那边。

成铁：陈东，我替学武向你道歉，回来吃点东西吧。

陈东的倔脾气上来了，坚持不挪步。

成铁也没法再说别的，转身回到火堆旁，继续从火堆里拣熟的蝉猴。

陈东听着那边传来他们吃东西的声音，脸上浮现出怨恨的表情。

此刻，江雪山带人押着毕成功和巩固正走在树林里，毕成功一边走一边四下看看。江雪山：毕总有什么想法吗？——不过我要告诉你一个科学事实，子弹比人跑得快。巩固在边上一听，急忙表示：我们不跑，我们不跑。

树林里水源附近，陈东依然躺在石头上，忽然他贴在石头上的那边耳朵似乎听见了什么，他又把姿势调整了一下，进行确认——他确认自己听到了一些脚步声，转过头张口想说什么，却看见成铁他们毫无觉察地依然在吃着东西。陈东想了一下，悄悄站起来，拿起自己的背包，迈步往远处走去。

忽然，成铁在背后叫住他：你去哪儿？

陈东：我不想待这儿了，我要走。

成铁：你应该留在这儿，咱们晚上就可以出岛。

陈东：谢了。但我想走我自己的路。说着转身就走。

成铁：等等。把这个带上。

陈东再回头，就看见成铁向他伸出了手掌，掌心里放着几个蝉猴。陈东再看看成铁——成铁脸上洋溢着诚恳的表情，示意他把蝉猴带上。

陈东接过蝉猴，转身迈出两步，忽然又停住，迅速走回到成铁面前说：叫大家赶紧收拾东西，必须马上离开这里！

成铁惊讶地看着陈东，不明白他的话里是什么意思。

陈东：请相信我！——再不走就来不及了！

众人也抬起头都看着成铁。

成铁：听陈东的！——赶紧撤！大家赶紧收拾东西。

而在远处，毕成功和巩固领着江雪山等人渐渐走近了水源。毕成功向江雪山示意成铁等人就在前面，江雪山立即让手下散开，悄悄向那边包抄。但等他们包抄过来后却发现空无一人，只有一个小火堆。江雪山蹲下看了看火堆，伸出手在火堆上面试了试。

江雪山：他们没走多远，咱们抓紧时间追。

一个保安指指毕成功和巩固：这俩人呢？

江雪山：你们要是觉得带这俩人走路不是累赘你们就带着。说完就往前走了。

保安们得到示意，立刻围上来就要动手。毕成功和巩固觉得不好，情急之下，毕成功连忙呼喊：江总，我们还有用，我对这林子熟悉，知道成铁他们跑哪儿去了，我带你们去找。

巩固也连忙帮腔：对对对，没我们，你们追不上。

江雪山回头说：再给你们最后一次机会！

树林里，成铁等人在转移。

闫学武紧走几步来到陈东旁边，说：多谢你的耳朵！

陈东：你这算是道歉？

闫学武：我不反对你这样认为。

陈东：我不拒绝接受——但我要告诉你，如果只有你一人我不会提醒你的。

闫学武：幸好不是只有我一人。

陈东没再搭理他，而是问成铁：咱们这是往哪边？

成铁：往码头那边，找个离码头近的地方躲起来，晚上行动还方便。

而树林的另一边，毕成功和巩固则带着江雪山等人在寻找着成铁他们。不一会儿，鬼打墙出现在了他们面前。巩固惊讶地看着毕成功，毕成功却煞有介事地对江雪山说：江总，成铁他们就在里面。

江雪山走到入口处望望：你怎么知道他们跑这里边了？

毕成功往地上指指：你看。

江雪山低头，就见地上有一些凌乱、模糊的脚印。其实这些脚印是昨天钱卜多等人留下的，但江雪山看到脚印却相信了他的话。

江雪山：你俩前面带路，走！

巩固惊慌地看着毕成功：这，这，这……

巩固不知道怎么说好。

江雪山警觉地问：怎么了？

毕成功：没什么，他觉得我带你们去找成铁他们，这有点儿不仗义。

江雪山：仗义是死亡他娘。——赶紧地，别磨蹭了，咱们都耽误不起！

江雪山等人裹胁着毕成功和巩固向鬼打墙里边走去。巩固在一旁求助似的看着毕成功，仿佛是说不应该进去。他老瞅毕成功，引起了旁边一个保安的不满，踢了巩固一脚。保安：好好走——他脸上没有路。

毕成功接了一句：对对对，我脸上没有路，路都在心里装着呢。

最后一句他说得语气重了一点儿，巩固一听，似乎放心了一点儿。

毕成功和巩固领着一行人走进了神秘的鬼打墙，很快消失在树林里。

树林里，某隐蔽的地方，成铁等人走到这里，坐下休息。

成铁：现在咱们布置一下晚上的具体行动步骤。晚上九点钟，是放第一枪的时间，放完第一枪之后，码头上会有五到十分钟的混乱和搜查，这个时间咱们按兵不动；混乱和搜查过后，咱们的人就到第一天开枪的地方等待，开枪的人估计大家到位后，就放第二枪，但这一次，不是一枪，而是连续射击，经过这三天的疲劳战术，码头上这些保安已经处于焦躁状态，到时他们肯定会围剿开枪的那个人，码头将处于失守状态，这时咱们的人下水游过六十八米左右就能到第一艘快艇，但到了快艇之后，不能立即上艇走人，而是要大家都上到快艇上去，将所有快艇发动机的拉线弄断，这样才不会被追上，最后只留一条快艇用来逃跑。明白了吗？

大家都点头表示明白，但陈东很敏感。

陈东：谁去开枪？开枪那个人怎么上艇？

大家都等着成铁的回答。

成铁：开枪那个人不上艇。

陈东：什么意思？

成铁：意思就是说，咱们中间有一个人不能跟大家一起走。

众人都面面相觑，没想到还有这么一个问题。

陈东：那，是谁呢？

成铁：我。我不上艇。

李开城：那不行，你必须上艇，没你指挥会乱。——我留下。我会打枪，用你的说法，就是存活下来的概率大。

闫学武：老李你已经出了很多力了，你上艇走，我留下，我好歹还有点儿功夫，他们想抓住我也不那么简单。

成强看着大家，没说什么，但却在思忖着。

成铁：你们不必争了，我已经决定了。我留下，上艇的行动由老李和滴答负责指挥！

鬼打墙里的光线比别处的光线要暗一点儿，林密、草多、空间杂乱。毕成功和巩固带着江雪山等人走着。忽然，一个保安向江雪山报告：江总，不对，这个地方咱们已经来过了，他们这是带着咱们在兜圈子！

江雪山四下看看，走到毕成功和巩固跟前，道：很遗憾，我一再跟你们说不要跟我耍把戏，但你们没有听我的话！

说话间，两支枪顶住了毕成功和巩固的脑袋。此时，毕成功却哈哈大笑起来。笑声激起了林间许多飞鸟，扑棱棱地响起拍打着翅膀的声音，在树林里传得很远，但很快就被密林吞噬了，一时间整个林子显得鬼魅幽深，让众人毛骨悚然。

毕成功笑完，用手指指自己的脑袋：来，朝这儿打！

这倒把保安们给震住了。

毕成功：告诉你们，现在咱们都在鬼门关上，这儿谁都出不去——除了我！

江雪山：我才不信邪呢！——开枪！

巩固大叫：别，他说的是真的，这里边是鬼打墙，进来就出不去，已经死不少人了！——你们有一伙人进来了就没再出去，这你们又不是不知道！

一听这话，保安们都不敢开枪了，江雪山也有点儿相信了。

江雪山：不想死，那就马上带我们出去！

毕成功：把你们带进来就不准备把你们带出去——带出去也是死，你们那套把戏我又不是不知道。

江雪山：那我现在就让你死。

毕成功：很好，我等着呢——但你们要明白，不打死我你们还有一点儿希望，没准儿什么时候我高兴了就带你们出去，要是打死我，你们就等着在这里被饿死渴死，被毒蛇咬死吧。

忽然，一阵风起，风吹树动。保安们都被毕成功的话吓得心惊胆战。

江雪山：别跟我装神弄鬼，我就不信我们这么多人走不出去！——开枪！

但保安们却都不动。

江雪山气急败坏地说：怎么不开枪？

一保安犹豫地说：江总，留着他总是条路，反正这荒山野岭的他也逃不走！

江雪山劈手夺过一把枪：你们不开我开！

他还没来得及瞄准，突然从远处传来一声凄厉的嗥声，然后又突然寂静下来。

江雪山问旁边的保安：什么声儿？

保安们都摇头。

毕成功：人临死之前的叫声！说着向出声的那个方向走去。

江雪山连忙拿枪对着他：干什么去？站住！

毕成功：如果你想活下去，就把你的枪收起来——我去看看，没准能把他救活！

毕成功向前走去，巩固跟上，江雪山等人也只好跟在后面。

此刻，在传销基地周公梦和梅艳丽正在监视室的监视器前，看着岛上繁忙的传销场面：电话间里，传销人员在打电话；财务科里，传销人员在排队交钱；传销课堂上，传销人员在唱歌……

周公梦：多好的形势！要不是出了点儿乱子，这一期的销售堪称完美啊！

梅艳丽：码头那边已经安排好，但江雪山那边到现在也没消息，会不会出什么意外？

周公梦：成铁他们来到岛上后，意外太多了，我现在已经没法判定！再熬三天吧，再熬三天把销售目标实现了，咱们马上就撤，离开这是非之地。——护照办好了没有？

梅艳丽：已经办好。

周公梦：好，你定两张三天后去澳洲的机票。

梅艳丽：这么快就走？

周公梦：一出岛就奔机场，一分钟都不耽搁。

树林里，成铁等人三三两两在隐蔽着，等待天黑行动。滴答和成铁在一起谈话。

滴答：我不走了，留下来跟你一起。

成铁：肯定不行，两个人比一个人危险——这是科学！一个人目标小，不容易被发现。

滴答：可我不放心。

成铁：不会出问题的。

成强则一个人坐在一边，考虑着什么，他时不时注意李开城的枪。那枪放在李开城的身边，李开城躺草地上眯着眼睛休息。

鬼打墙里边，毕成功等人在树林里走着，寻找声音的来源。忽然，他们听见了一个人的呻吟声，就急忙循着那声音而去。终于他们到了出事的地方——出事的是钱卜多等六个人，其中一人躺地上正哼哼着，钱卜多和其余人正在用枪托狠狠往地上捣着。毕成功他们一出现，钱等人立即拿起枪对准毕成功和巩固。

这时，江雪山从后面闪到前边：小钱，赶快把枪收起来。

钱卜多：江总，您怎么来了？快来救人，他被蛇咬了！

毕成功走上前，见被蛇咬的那人躺在地上已近似昏迷状态，旁边有一条被打死的毒蛇。毕成功看了看地上的毒蛇，又扒拉开那个伤者的眼皮看了看。

毕成功：没救了——你们谁有良心给他一枪吧，别让他活受罪了！

江雪山：你这人怎么这样？你现在把我们领出这鬼地方，赶紧把他送医院去抢救，怎么会救不过来！

毕成功：你能不能讲点儿科学？——我们管这蛇叫五步倒！不出五步毙命！要是

他刚被咬的时候，马上把毒吸出来还行，现在毒都到心脏了，华佗再世也没招了。

伤者还在呻吟，但呻吟声越来越小。钱卜多想了想，终于举起枪，砰的一枪，把伤者打死了。众人都面面相觑，脸上充满恐惧。

毕成功指着地上的草：你们记住了，凡是这样的草都不要坐或躺，蛇就喜欢躺这里边，因为它清凉。

众人一听，都惊恐地紧走几步，远离草丛。

毕成功：外边的蛇不主动攻击人，但岛上的蛇不一样，它性子烈，见人就咬……

毕成功停住不说了，但众人都被毕成功的话吓着了，都小心翼翼地前后左右看看，好像四周都是蛇。

毕成功：……而且，你们真不该打死这蛇！

钱卜多：为什么？它可咬死我们一个人！

毕成功：蛇本来就是报复性很强的动物，你打死一条蛇，就会有更多的蛇来报仇！

江雪山：它找得到咱们吗？

毕成功：在这儿，你觉得你比一条蛇能聪明多少？

众人毛骨悚然。

钱卜多：那你说说怎么才能避蛇？

毕成功：俗话说，打草惊蛇，这句话本来的意思就是如何避蛇，蛇很容易被惊动，你只要拿根棍子前后左右拨拉拨拉，蛇一般都会提前出现，因为它没有耐性，不像人一样，会打埋伏——但像各位这样，手里拿着枪，心里想着人可不行，在这里你别想着人在哪里，你得把枪收起来，想着蛇就在你脚底下——如果你想活命的话。

毕成功说着，走到旁边折了两根树枝，回来递给巩固一根。毕成功：给，这就是打蛇棒。其他人一看，也赶紧都把枪收了起来，纷纷学着毕成功的样子去旁边折树枝来当打蛇棒。江雪山在一边有些愣怔，不知道怎么办好。这时毕成功和巩固向前走去，江雪山把枪又对准毕成功。

江雪山：我现在要求你把大家带出去。——带出去之后我可以放了你。

毕成功：你要再不把枪放下，赶紧弄根打蛇棒——他指指地上死的那个人——你的下场不会比他更好。说着向前走去。

众人被毕成功的话吓着了，不由自主地都跟着向前走去。江雪山四下看看，也赶紧到旁边折了根树枝，拨拉着草丛跟着向前走。

毕成功和巩固走在前边，后边跟着江雪山和钱卜多等人。

巩固小声：老兄，咱们这是去哪儿啊？

毕成功：我也不知道。

巩固：啊？

毕成功：之前我从来没进来过，小的时候大人从来不允许我们进来，后来长大了我就出岛上学去了。

巩固：那咱们走个什么劲啊？

毕成功：不走你用什么办法跑啊，那么多人呢！

江雪山在后边见毕成功和巩固在窃窃私语，再看看四周，他们又回到了刚才那个人被蛇咬的地方，不觉疑心大起。

江雪山：停。

众人都停住，但毕成功和巩固还在往前走。

江雪山：我让你们两人也停住。

毕成功和巩固停住。

江雪山：你们这是要带我们到哪儿去？

毕成功：熟悉一下周边环境。我想想出去的路怎么走。

江雪山：你想好了吗？

毕成功：想好了。

江雪山：那么赶紧带我们出去。

毕成功：可能你们出不去。

江雪山：为什么？

毕成功：因为你们没那胆量。

他说完，忽然将手中的打蛇棒一扔，一拉巩固，向他说的蛇经常出没的草丛里跑去。江雪山等人一时没反应过来——反应过来后，向前追又怕毒蛇，于是都纷纷把打蛇棒扔掉，拿起枪准备射击。此时，早已不见了毕成功和巩固的人影了。

巩固一边跑一边心有余悸地说：你不说这草丛里有蛇吗？

毕成功：是啊——但那蛇是国家三级保护动物，都保护的东西了，说明不会很多。

两人回头看看，已经摆脱了后边的追兵，不由得把脚步慢了下来。

巩固：老兄，咱们怎么出去啊？

毕成功：不知道。

巩固惊讶地：你真不知道？

毕成功：真不知道。我刚才说了，从来没进来过。

巩固：那你们村里人呢？不是有人进来过吗？

毕成功：对，确实有人进来过，但他们都有道具。

巩固：道具？什么道具？

毕成功：其实我们村里经常有人进这里，进来捉蛇卖，或者挖草药，但他们进来的时候都会牵一匹马。

巩固：牵匹马？马知道路？

毕成功：对，最后他们都跟着马回去，老马识途，马能找着出口。

巩固：咱们这到哪儿去找马啊？你们都是牵马进来？没别的办法了吗？

毕成功：有一个人进来从不牵马，他想进就进，想出就出，他或许能给我们一点儿启示。

巩固：这人伟大，谁啊？

毕成功：他是我们村的一个疯子。

巩固皱起眉头：疯子和马，就没个正常一点儿的吗？

毕成功：据我所知没有。

巩固：看来心眼多了也不是好事儿！

毕成功：想想办法，总会有办法出去的。

巩固沮丧地说：就怕等咱们出去了，陈东早就卷钱跑了！

毕成功：没那么容易，我不相信没有我，能有人从这岛上逃出去。

巩固：你还是先想想怎么从这鬼打墙逃出去吧。

后边，江雪山还在带着人追寻毕成功和巩固。江雪山在前边走着，忽然听见后边传来扑通一声。他回头一看，是钱卜多手下的一个人摔倒在地上，爬不起来了。

钱卜多：江总，我们实在走不动了，一天一夜没吃没喝，都脱水了。

江雪山：你们就没想办法出去？

钱卜多：想了，昨天晚上走了一夜都没走出去，光转圈了。

江雪山：这他妈什么鬼地方！

一保安：江总，这种地方我以前听说过，只要遇上，你怎么走都走不出去。

江雪山：我就不信这邪，咱们再走的时候做记号，凡是走过的地方都不走。

钱卜多：这办法昨天我们就试过了，没用。江总，我想给你个建议。

江雪山：说。

钱卜多：想活得时间长一点儿，最好别在这里乱走，保持身体内的水分和力气，等周老师派人来救咱们吧。

江雪山摇摇头：如果等周老师来救，早晚是个死，咱们必须自救！

树林里，成铁等人已准备好要出岛。

成铁：过会儿要游泳，能扔的都扔了，带的东西越少越好。

大家又开始检查看什么东西能扔掉。成铁看了看表，把手伸向李开城。成铁：老李，时间到了，把枪给我吧。

李开城犹豫了一下，还是把枪递向成铁，但却被中间伸过来的一双手拿走——是成强。

成强：我去。

成铁：强子别胡闹，把枪给我。

成强后退一步。

成强：哥，就是因为我才把大家害成这样，所以要有人留下，就必须是我！

成铁还要上前拿枪。

成强：哥你别逼我了，我已经决定了，你们放心，这几天我已经看到李哥怎么用枪了，我一定会完成任务的。

李开城：成铁，你就成全强子吧，要不他一辈子心也不安，再说了，这边也离不开你。

成铁只好答应，他将自己手腕上的表摘下来，扔给成强。

成铁：按时开枪！但不要对着人打，开完枪之后要马上撤离，找地方躲起来，不要跟对方纠缠。

成强点点头，把表收好，转身朝码头那边走去。

夜晚的鬼打墙有些阴森恐怖。树的影子映在地上，风起时，被吹得绰绰约约地抖动，就像游离的鬼魅。此刻毕成功和巩固两人躺一块石头上，巩固被搅得心烦意乱。

巩固：你说咱们会不会渴死？

毕成功：从现在开始，你就别想渴的事儿，也别想撒尿，一撒尿就流失水分。

巩固：老兄，那你别说尿的事儿，你一说我就想撒。

毕成功：憋死也不能撒，得逼着身体从里边再吸收水分。

这时一只夜鸟从树上飞起，在树林上空盘旋，时不时还叫一声，让树林显得更加诡异。巩固：鸟大哥，您就歇了吧，您要再叫，我没被渴死也被您吓死了。

毕成功忽然坐起来：咱们有救了。

巩固惊喜地问：你想出办法来了？

毕成功：想出来了，不知道能不能行。

巩固：什么办法？

毕成功：鸟，就是你刚才说的鸟大哥！马为什么能出去，因为马是动物，它没有思想，鸟跟马一样，马能出去，鸟应该也能出去。咱们只要抓一只鸟，它就能带咱们出去。

巩固：鸟是向上的，它可不像马一样闷头走路。

毕成功：咱们只要抓住它了，向上还是向前就不由它了！

树影婆娑。鬼打墙另一边，江雪山等人挤在一处。

钱卜多：江总，你说真有鬼吗？

江雪山：那都是自己吓自己的事儿，人死如灯灭，哪有什么鬼魂！

钱卜多：没有鬼咱们怎么走不出去，我就奇怪，走进来的时候没觉得走了多远，可就是走不出去了。你说要死这里边多冤啊！

江雪山：你们的情绪太消沉了！我就是没精神了，我要是有精神一定给你们上一课，洗洗脑。

一保安：江总，咱都到这地步了，您也别瞒我们了，您在课堂上讲的那些东西是真的吗？

江雪山：如果是真的，就不需要我去讲了。

成强扛着枪来到码头附近某隐蔽的地方，隐蔽好后，开始观察周边情况。码头上跟以前一样，小屋里的灯亮着，有四个保安在快艇附近溜达着。成强锁定位置后，掏出表来看了看，时间已到，他举起枪来瞄准。瞄准仪中出现了保安们的身影，成强赶紧移开，最后他锁定在码头边的栏杆上。

码头上，四个保安在溜达。

一保安看了看表说：枪应该快响了。

另一保安：不用害怕，这哥们儿一向枪法准，我看他不想伤人。

这时砰的一声枪响，只见这保安“哎哟”一声瘫倒在地。

该保安呻吟着：他们换人了，这哥们儿枪法不准！

码头乱作一团。

成强惊骇地看着自己的枪口，他没有想到竟然能把人打中。

成强再看码头那边，被打中的那个保安正被人七手八脚地扶起。

成强：伙计，对不起了！

成强拿着枪起身离去。

周公梦和梅艳丽此时正在房间里谈着话。

周公梦：昨天失踪了一批人，今天又失踪了一批，这个岛快要变成黑洞了。天天打枪，把码头当成他家打靶场了……

这时桌上对讲机响了，梅艳丽接起来：喂……哦……你等一下。

她捂住话筒对周公梦说：周老师，码头有人被击中。

周公梦：死了没有？

梅艳丽：没有，小腿被击中，他们想申请一艘快艇送他去医院。

周公梦：你的意见呢？

梅艳丽：我觉得不能去，因为枪伤去医院容易出事，还会破坏今天晚上的计划。

周公梦：那就让他忍忍吧，小腿又不是大腿，到时给他加点儿奖金，补偿一下。

梅艳丽：加多少？

周公梦：太少了不合适，怎么着也得两千元钱。

梅艳丽松开话筒，对码头上的人：为了顾全大局，让他忍忍，月底给他加一千块钱奖金！

周公梦：你怎么又给他减了一千元？

梅艳丽：猪肉都涨价了，奖金也不能像以前那样大手大脚发了！

码头上，成强又重新找了一个位置隐蔽起来，开始观察码头。码头已经恢复了秩序，还是有四个保安在溜达，但因为刚才有人受伤，他们有些紧张，枪都在手中握着。成强将枪架好，开始寻找打击目标，这次他将枪远离了保安，在码头上的各个目标群中晃来晃去。忽然，码头小屋旁边堆着的一些桶引起了成强的注意，他的枪不再移动，而是把目标锁定在那堆码起的桶上。

此时，成铁等人也来到这里一个隐蔽的位置，观察码头上的情况。

成铁也看见了码头小屋旁边的那堆桶。

成铁小声问滴答：滴答，那堆桶以前在不在？

滴答：不在。

成铁：肯定吗？

滴答：肯定。咱们第一次来的时候肯定没有。

李开城：昨天来的时候也没有。

成铁：奇怪，码头上怎么会突然出现这么一堆桶呢？

在成强的瞄准仪中，桶所在的位置已被锁定，他屏住气，稳住枪托，手指一动，子弹呼啸而出——准确地击中了那堆桶，只听轰然一声——那堆桶竟然爆炸了，并燃起了冲天大火，码头上的保安全被爆炸震得趴到了地下。旁边的小屋被气流掀去了房顶，里边的保安鬼哭狼嚎地纷纷逃了出来，互相搀扶着逃离码头。火光甚至映亮了成铁等人隐蔽的地方，成铁等人也被这爆炸和大火惊呆了。成强比任何人都惊讶，他张大了嘴，难以置信地看着大火。

爆炸声惊动全岛。豹子和保安们纷纷从楼里跑了出来，看着码头那边映到天空的火光。

看着周公梦和梅艳丽也从楼里跑了出来，豹子忙问：周老师，咱们什么时候有炸弹了？

周公梦虎着脸看着火光，没搭茬儿，命令道：快去码头！

码头附近边上，成铁等人看到码头上的保安们都已纷纷逃离。

陈东惊喜地说：机会来了，咱们赶紧过去上艇走吧。

众人都蠢蠢欲动，想要过去上艇。

成铁看着那些燃烧的大火，却突然宣布：不要过去，快撤。

众人大吃一惊。

闫学武：铁子，这机会可真是千载难逢啊！人都走了，连游都不用游，跑过去上艇就走。

陈东：成铁，你这时候可不能为了私情损害大家的利益。

成铁：请大家相信我，我绝不是为了强子，这艇咱们不能上。

李开城：成铁，到底是为什么你跟大家说说。

成铁：那些艇都是空艇——没有油，快撤，再不撤就来不及了。

说着转身就走。众人虽然还在发蒙中，但也都跟上了成铁。

而在码头的另一边，成强同样扛着枪也撤退进了树林里。

鬼打墙里，毕成功和巩固两人坐石头上发愣。

巩固：刚才是地震吗？我听到轰隆一声。

毕成功：不像是地震，像是炸弹爆炸。

巩固害怕地说：好家伙，就为了咱们几个，他们不至于动用炸弹吧？那玩意儿可不好买！

江雪山等人也被惊醒了。一保安看看天边，似乎亮了。

保安：天这么快就亮了吗？

另一保安：屁话，我连个盹都还没打完，天怎么能亮。

该保安指指天边：你们看，那边好像是亮的。

众人都往那边看，那边的天确实比别的地方要亮一点儿。

江雪山：会不会是火山爆发？

基地到码头的路上，周公梦带着梅艳丽和豹子等人坐着面包车匆匆赶来，迎面遇见被爆炸和大火折磨得狼狈不堪的保安们。

他们灰头土脸，浑身是血，抬着那个腿被打伤的保安正往基地走着，看见面包车过来，不由得停下脚步。

周公梦打开面包车的车窗，问：你们要去哪儿？

一保安：周老师，你可来了，快救救我们，我们有很多人被炸伤了。

周公梦：人只有自己才能救自己。

说着一把把车窗拉上。面包车继续开往码头。

一保安愣愣地说：他这什么意思？

另一保安：意思就是说让咱们自生自灭。

码头上，大火还在燃烧。周公梦第一个从面包车上下来，看看大火，再看看另一边的快艇，都整齐地停放在水里，一艘也没少。

周公梦：咎由自取啊！以成铁的聪明他怎么能算不出这就是快艇里的汽油，他怎么会上当！——艳丽啊，这应该谁来承担责任啊？

梅艳丽：我，我……我也没想到他们会开枪打油桶啊！

周公梦：他开不开枪，打不打油桶，你都不能让他们把这些可燃物放码头上！这就是自取灭亡！

梅艳丽：我，我……

周公梦：你铸成大错了！

树林里，成铁带着众人在往树林里撤退。

李开城对成铁说：如果那些快艇真的没有油，那么就是周公梦已经知道了咱们的计划。

成铁：我想可能是毕成功和巩固被他们抓住了，要不他们不会这么肯定地把快艇里的汽油抽出来，让咱们上当。

一边的陈东听说毕成功和巩固可能被抓，脸上有欣喜的表情一闪而过，却被滴答看在眼里。

李开城：强子怎么办？他能知道咱们没有走成吗？

成铁：希望咱们能找到他。

成铁一行消失在树林里。

又一个早晨降临了小岛。

大火已经燃烧完，码头上一片狼藉。

小岛其余的地方依然美丽，雾气透进树林，似乎鬼打墙也不那么可怕了。林间空地上，几只鸟在地上蹦蹦跶跶。一边的草丛里，探出了毕成功和巩固的头。

巩固：要有网就好了。

毕成功看着，忽然对巩固说：把你的衬衣脱下来。

巩固：干吗？

毕成功：想出去就脱。

巩固只好脱自己的衣服。

很快，毕成功把巩固的衬衣扯开做了一个小圈套，摆在林间空地上——只要有鸟走过这个圈套，一拉就可以捕住小鸟。

毕成功握着用衬衣布条撕扯成的线，然后和巩固埋伏在附近的草丛里。

巩固：能有笨鸟上套吗？

毕成功：按照成铁的数学理论，肯定会有鸟儿上套，就是不知道什么时候。

林间空地上，有只小鸟靠近了圈套，但蹦了几下，又朝别的方向去了。

巩固急得骂：这他妈什么破鸟啊！

又来了一只鸟在林间蹦蹦跶跶，走近了圈套，终于跳了进去。毕成功将线一拉，小鸟被套牢了。

巩固跃出草丛，扑向小鸟，一边跑还一边喊：这才是他妈的天使！

树林里，成铁等人还是回到了水源附近的隐蔽处，大家都默默无语。

成铁坐石头上拿着计算器在计算着什么，滴答走了过来。

滴答：快艇还能再偷吗？

成铁摇摇头：不能了，他们知道这计划了，再去偷就是正面强攻，不会得手。

滴答：你还想出别的办法来没有？

成铁：暂时还没有，因为无论什么办法都必须有一条船。

滴答看看四周无人注意，悄悄对成铁说：我观察陈东的情绪有些不对头，他可能对咱们隐瞒着什么，我们有必要查清楚。

成铁：我们应该尊重别人的隐私，我们无权审问他。

过了一会儿，韩游离开众人，走到一偏僻的地方撒尿。韩游正撒着，他的身边出现了一个人——是陈东。陈东走到韩游旁边，也开始撒尿。

陈东：你想不想离开这里？

韩游：没有谁不想。

陈东：我可以让你离开这里。

韩游吃了一惊，转头看着陈东。

韩游：什么意思？

陈东：我有一条船，可以带咱俩离开。

韩游：你有船？

陈东：对。

韩游：你为什么会有船？

陈东：一言难尽。

韩游：船在哪里？

陈东：在哪里不重要，问题是你跟不跟我走？

韩游：为什么不让大家一起走？

陈东：我不确定那船能坐更多的人。

韩游：为什么选我？

陈东：你跟那船有缘。

韩游思忖着。阳光渐渐照到了树林上方。

陈东：这可不是个什么好地方，你比我更清楚。

韩游：我怎么知道你说的是真的？

陈东：骗你对我没什么好处。

韩游回身看看成铁等人的方向。

陈东：不用记挂他们，你上了岸就可以报警，警察会回来救他们的。

韩游还在犹豫。

陈东：你到底想好了没有？

韩游：我想好了——我跟你走！

第17章

鬼打墙里，一只小鸟扑棱棱在飞，但脚被布条拴着，飞不高。布条牵在毕成功的手里，他和巩固跟在小鸟的后边。

看着小鸟挣扎着向上飞，巩固有些急：它还是不向前啊。

毕成功：得给它一个适应的时间，等它知道向上飞不动的时候，它就该向前了——跟人一个德行，不撞南墙不回头。

巩固：还是马好使，它没翅膀啊。

毕成功从这句话里受到了启示，它将小鸟拽回来，把布条解下来，用一只手把小鸟的俩翅膀撸到一起，用布条给扎上，然后把小鸟扔到了地上，小鸟果然飞不起来了，一蹦一跳地向前走。毕成功和巩固互相看看，脸上露出欣喜的表情，跟着小鸟向前走去。

鬼打墙的另一侧，一些蓄着露珠的草叶和树叶轻轻抖动着，被一些舌头贪婪地舔来舔去——是江雪山等人渴得吸露珠。

钱卜多在一旁和江雪山说话。

钱卜多：江总，你是文化人，你得想个办法带大家走出去啊！

江雪山：我现在感觉，文化在这个野蛮的岛上起不了多大作用！

钱卜多：江总，那咱们无论如何也得往前走啊，在这儿不是等死吗！

江雪山：昨天你们倒是走了一天一夜，结果如何？还不是原地踏步。

钱卜多沮丧得不说话了。

江雪山：做无用功比不做还要可怕，因为无用功消耗能量。

钱卜多：江总，咱们这是不是就叫坐以待毙？

江雪山：咱们这叫守株待兔。

钱卜多：什么兔啊？

江雪山：根据鬼打墙的理论，你怎么走都会走回原点，因此只要咱们待这儿不动，毕成功和巩固那俩小子就会走回这里——如果他们不知道怎么出去的话。

钱卜多：要是他们知道怎么出去呢？

江雪山：我没发现他们俩比我聪明，我都想不出来办法，他们就能想出来？

码头上一些保安在清理大火烧过的痕迹。

周公梦房间里，周公梦也在烦恼地来回溜达，梅艳丽在一边看着他。

梅艳丽：周老师，您得当机立断，码头那边的船现在都出不去，得让公司往这边运油。

周公梦：我想来想去，也没有更好的办法，只能给法总打电话了。

梅艳丽：那法总会不会上岛？

周公梦：上不上岛都得给他打，这么大的事儿他可能已经知道了。

梅艳丽：他怎么会知道？

周公梦：你就是不懂现代企业管理啊，哪个领导不在下边安插几个眼线！

说着周公梦深呼吸了几下，抓起电话拨号，但没有人接。

周公梦放下电话，摇摇头：法总没接电话，表示他生气了。

梅艳丽：生气说明什么？

周公梦：第一，说明他对我很失望；第二，说明岛上的事儿他都知道了；第三，说明他很快就要到岛上来了。

梅艳丽：那怎么办？还有没有挽回的余地？

周公梦：有，就是争取在法总来之前把他们抓住，把钱找回来。

梅艳丽：可能吗？

周公梦：世界上没有不可能的事情。这件事情的成功与否在于你。

梅艳丽惊讶地问：我？

陈东带着韩游来到了毕成功策划逃走的那个山坡上，一直走到坡顶，看到了下面的海水。

韩游：船在哪里？

陈东指指下边的海水：就在水底下。

韩游：水底下？

陈东：对。你等一下。

说着，陈东走到一边，闪身到了一块石头后边。韩游不知道他要干吗，就四下看着，忽然他发现脚底下有一层煤灰，有两对脚印踏着煤灰，一直走向远处。

而此时，在水源附近，滴答已经发现韩游和陈东不见了。

滴答：谁看见韩游和陈东了？

成铁、闫学武和李开城一听，忙四下转头看，却不见这两人的踪影。

成铁：大家想一下，刚才看见他们的时候他们在干吗？

闫学武：我记得韩游去撒尿，就没再回来。

李开城：我记得陈东也撒尿去了。

成铁：咱们先在附近找找他们。

成铁等人开始四处找韩游和陈东。

山坡上，陈东从石头后边出来的时候，手里已拿着一盘绳子。他带着韩游走到以前毕成功拴绳子的地方，将绳子拴到石头上，将另一头甩下去。

陈东：走吧。

说着自己先拉着绳子往下走，韩游也跟着顺着绳子下到底部。

陈东：船在这水底下，得下去把绳子解开，船就会浮上来。

韩游：我明白你为什么找我来了。

陈东：我早就说了，你跟这船有缘。

韩游：我先下去看看。

韩游将自己的外衣脱掉，跳了下去。韩游向下游着，他睁眼四处看着，但并没有看到船。

陈东期待着看着水面，韩游忽然从水面一下冒出来。

陈东：看见船了吗？

韩游摇摇头。

韩游：没看见。

陈东狐疑地看着韩游。

韩游：你肯定这水底下有船吗？

陈东：应该是有。

韩游：那我再下去看看。

韩游左右瞅了瞅，走到一块石头旁，弯腰捡起石头抱在怀里，走到水边，抱着石头一起跳了下去。因为有了石头的重量，韩游迅速往下沉着。突然，韩游看到了一条小船，韩游赶紧将石头扔掉。

岸上，陈东焦急地等待着韩游上来。哗啦，韩游再次冲出水面，大口喘着气。

陈东：看见船了吗？

韩游爬上岸来，点点头。

陈东：你怎么不把船弄上来？

韩游把气息调匀了。

韩游：我认为这件事应该报告给成铁。

陈东：你说什么？

韩游：我认为这件事情应该报告给成铁。

陈东：我为什么要报告给他？我又不是他下级！我想走就走，而你也是答应我的。

韩游：你确实不是他下级，但这船是你的吗？

陈东被噎住了。

韩游：咱们大家现在都处于危险的情况下，应该成为一个团结的整体。不是谁是谁的下级，而是不分你我。——我认为这事儿应该告诉成铁，因为这牵涉到很多人的生命安全。

陈东：这船是不是只能坐两个人？

韩游：对。

陈东：怪不得。

韩游：怪不得不什么？

陈东：没什么。——你不愿意咱们两个人逃走？

韩游：我不是不愿意逃走，而是我觉得大家应该齐心协力，风雨同舟。

陈东：咱们逃出去后，不一样可以报警，让警察来救他们吗？

韩游：陈东你记住，逃亡不是写诗，不能讲究个性，只有抱起团来才有可能成功。

陈东：可你刚才还答应我了。

韩游：对不起——我是想看看你说的是不是真的。

陈东：在道义上你辜负了我。

韩游：在更大的道义上，我对得起大家。

说着韩游转身往回走。陈东一看没辙了，又赶紧赶上来说：我有个要求，不管谁走，这俩名额中得有一个是我！

鬼打墙里，小鸟一蹦一蹦向前走，毕成功和巩固跟在后边。

巩固疑惑地问：我感觉它的方向也不对。

毕成功：人倒总是感觉自己的方向对，但人到了这里边就是走不出去。明白吗？

巩固：明白了，用鸟不疑，疑鸟不用。

毕成功和巩固紧盯着那只被绑起来翅膀的小鸟，向前走着。突然，两人看见小鸟不往前蹦了，停了。

巩固纳闷儿：嘿，你说它怎么不走了？

毕成功抬头一看，傻眼了。

毕成功：如果你抬头看看，你就知道为什么了。

巩固抬头一看，也傻眼了——江雪山等人就坐在他们前边，看着他们。

江雪山：两位老总好，如果你们还想再遛遛腿，我们不反对，请便。

这话说得毕成功和巩固面面相觑。

毕成功比较镇定，索性走上前去，说：看你们这次没傻呵呵地举枪，我觉得没必要再遛腿了。

巩固跟在一边也说：他们不是不想举，是举不动了。

果然，传销组织的人都四肢无力地躺在地上，没几个人搭理他们。

毕成功：你说何苦呢，他们每个月给你们发多少工资啊，你们就这么卖命！

毕成功和巩固两人干脆走到江雪山身边坐下了。但那小鸟还蹦跶着，被一个传销组织的保安一把抓住。

保安大嚷：有吃的了！

他的建议立刻得到旁边几个保安的响应，一个还开始生火了。

毕成功：我建议你们把它放生。

钱卜多：就这种情况就别发慈悲了。

毕成功：那倒不是，我是觉得死只鸟是小事，要是死人就不值当了。

钱卜多：什么意思？

毕成功：过会儿你就明白了。

保安们没听他的，继续生火烤鸟。

一旁，江雪山恨恨地对毕成功说：看来你确实不知道怎么出去。——你真不该把我们带进来！

毕成功：不带你们进来我早死了。

江雪山：你们刚才跟着鸟走是想让它带你们出去？

毕成功点点头。

江雪山：有什么说道吗？

巩固在一边说：能从这里边走出去的只有……

话刚说到一半，就被毕成功拦住话头。

毕成功：没有。我们就是随便试试。

江雪山狐疑地望着两人。这时那鸟被烤熟了，几个烤鸟的保安为抢鸟吃争执了起来。争着争着就打起来了，钱卜多在一边目瞪口呆，想拉架都插不进去手和嘴。

毕成功看了巩固一眼：我的意思你现在明白了吗？

接着又意味深长地说：照这样下去，马上就会出现疯子。

树林里水源附近，成铁等人从四周聚拢回来，都表示没有发现陈东和韩游的踪迹。大家正在失望之际，滴答忽然说：他们回来了。

众人扭头，果然看见韩游和陈东从远处走了回来。

成铁忙迎上去，问：没事吧，韩游？

韩游：有事，有大事。

众人一惊。

韩游：陈东发现了一条船。

众人大喜：船？

韩游：对，一条船。陈东不确定这船是否真的有，让我去看了一眼。

陈东听韩游这么说，感激地看了韩游一眼。

闫学武：结果呢？真有？

韩游：真有。

众人欢欣鼓舞。

韩游：在水底下藏着。

众人又一愣。

李开城：船藏在水底下，够新鲜的。

成铁对陈东说：如果可以，陈东你能否给大家说明一下这船的来历？

陈东犹豫着。

成铁：如果你不愿意说，可以不说；如果你愿意说，希望能如实告诉我们。

陈东：那条船是毕成功藏那儿的。

闫学武：他藏条船在那儿干吗啊？

陈东：他家是这岛上的，对这岛上的情况很熟悉，他人在云县工作，是个出纳，因为买彩票挪用了公款，他想把钱补上。正好传销公司要在他家这边搞销售，他就想偷传销公司的钱，为此他做了很多准备，包括在水底下藏了一条船，好偷到钱后逃走，但是，因为……

陈东看了看滴答。

陈东：……因为滴答无意中拿走了一件他的衣服，让传销公司的人把他当作替罪羊抓到了地牢里，使他的计划无法进行了。后来，在大家去救滴答和韩游的时候，毕成功就说服我跟巩固去跟他拿了钱……

闫学武：你们真把钱拿到了？

陈东：拿到了。

众人都觉惊叹。

闫学武：然后呢？

陈东：……拿到钱之后……我们就往船那个地方走，但走到半路上……他们俩把我甩了。

闫学武：这哥俩够黑的！看来诗人确实不适合干这事儿。

韩游：不光是因为他们黑，还因为那条船只能坐两个人！

众人都一愣，没想到船那么小。

成铁：他们把你甩了，但为什么船还在那里？他们怎么不走呢？

陈东：这我也不知道。当时他们把我甩了，我也找不到路，直到第二天我才走到那个地方，我去那个地方一看，下到海边的绳子还在，就估计他们是没走成，因此又回来找你们，我知道韩游很会水，就想让他下去试试那船还在不在。

滴答很注意地看着陈东，听着他的话。

成铁：照这样看来，毕成功是个考虑事情很缜密的人，只要有机会他不会不走，他们应该被抓住了。

韩游：有这可能。我刚才在那坡顶，发现了一片煤灰，有两行脚印顺着煤灰走到树林里去了，传销组织完全有可能顺着那煤灰将他们抓住。

成铁一边思忖着一边说：那么，这也就是说，周公梦其实也发现了那个地方，下圈套将他们抓住，而船到现在为止还没暴露。

韩游：应该是没暴露，因为船藏得很深，一般人下不到那里。

成铁：走，去那里看看。

成铁等人走在树林里，滴答和成铁走在一起。滴答看看大家都没注意他们，就小声对成铁说：陈东的话中有疑点。

成铁：你说。

滴答：发现绳子还在，并不能说明毕成功他们没走，即使他们走了，他们也不一定能把绳子带走，一定是有别的原因。

成铁：我也正在想，现在传销组织迫切要找的人可能不是咱们，而是陈东。

这时陈东忽然喊：快躲起来，有人来了。

大家赶紧到一边隐蔽好。

陈东把耳朵贴地上说：奇怪，好像是个女的……只有一个人。

这时大家隐约听见树林里传来一个女人的喊声：喂……你们在哪里……

——是梅艳丽一个人在树林里怯怯地走着。

她只背着一个包，一边走一边喊：……喂，你们在哪里？我是来谈判的……不要开枪，不要伤害我……两国交战，不斩来使……有什么都好商量……

梅艳丽走着，忽然听见旁边有人说话——你是找我们吗？

梅艳丽转头一看，是成铁他们几个人，正充满敌意地看着她。

梅艳丽赶紧表示：对，我就找你们，你们看，我一没带人，二没带枪，我是带着诚意，代表恒远伟业的周老师来跟你们谈判的。

成铁：你想谈什么？

梅艳丽先不谈，却在观察成铁等人。梅艳丽看到滴答的时候，滴答对她微笑了一下，似是感谢她上次的"救命之恩"，梅艳丽不禁狠狠地多看了几眼。梅艳丽又将目光停留在陈东脸上。

梅艳丽最后对成铁说：他们级别不够，我只跟你一人谈。

成铁想了想：好吧。

成铁领着梅艳丽来到一边。

梅艳丽：周老师说，发展到这一步也不是他想看到的结果，他让我代表他先向你们表示歉意。

成铁：这儿好像是不说客套话的地方，您有什么话就直说吧。

梅艳丽：周老师想请你们到公司做客，保证不伤害你们。

成铁：他用什么做保证？

梅艳丽：用他的人品和他的威望。

成铁淡淡一笑：为什么不送我们到岛外？

梅艳丽：周老师对你特别钦佩，想留你们在岛上小住。

成铁：这小住是几天？

梅艳丽：两天。——后天你们就可以出岛。

成铁：为什么是后天？

梅艳丽：因为我们……

忽然意识到什么，赶紧打住。

梅艳丽：……因为你们也不会想住特别长的时间。

成铁：要是我们不答应呢？

梅艳丽：那周老师会很遗憾，后果会很严重。

成铁：能说说后果吗？

梅艳丽：其实周老师一直在保护你们，因此他一直没有让公司的大老板法宏德出面来处理此事，如果要是大老板来了的话，恐怕就不会像周老师这么善良地对待你们了。

成铁：你们的大老板要来岛上？

梅艳丽：那得看你现在的决定。

成铁：那我想你还是通知你们大老板赶紧来吧，反正迟早都要来。

梅艳丽：你是为了钱？

成铁一愣：什么意思？

梅艳丽：什么意思你应该最清楚，八十多万元你们这么多人分，每人也分不了多少。周老师特意叮嘱我，你带大家去做客，会有一点儿小意思，四十万元，给你个人的。——现在我就可以给你开支票。

说着就要从包里往外拿支票。

成铁：别，您还是把支票收起来吧，在这岛上别说支票，就是现金也没地儿用。

梅艳丽：你不想改变自己的决定？

成铁：是决心。

梅艳丽：成铁，咱们都是80后，我不想恐吓你，但你要对自己的行为负责。

成铁：每个人都必须对自己的行为负责，就像你们的周老师也要为自己善良的行为和高尚的人品负责。——你可以回去了，请转告你们的周老师，我跟他一定还会再见面的，但不是做客。

说完成铁转身回去了。

梅艳丽对着成铁的背影念叨：不听好人言，吃亏在眼前。

成铁等人继续往前走。

滴答和成铁两人在小声交谈。

滴答：有什么发现没有？

成铁：有，一是他们后天就会撤离；二是毕成功偷出来的钱可能被陈东拿走了；三是他们的大老板法宏德可能会到岛上来，咱们得多加小心，从她的口气中能听出来那个人不是个善类。

滴答：如果他们后天就撤，咱们更得抓紧时间。

成铁：对，要是他们撤了，要再抓他们可就难了。

滴答：强子怎么办，到现在还没见他的影儿。

成铁：这岛那么大，要主动去找的话太难了，只要他能把自己藏好，我觉得问题不会太大。

树林里，梅艳丽一个人往回走着，她不能确定方向的时候，就从包里拿出一张地图对照着看一下。不久，她走过一段幽暗的林间，忽然一阵风起，草动、树摇、树叶唰啦啦响，吓得她连忙停住了脚步，四下看看。此时，风又停了，一切回归寂静。没发现有什么异常，梅艳丽便继续向前走，为给自己壮胆，还哼起了一首歌。突然，从旁边一棵树后伸出一只手臂，将她一把掳进了旁边的草丛里，梅艳丽的歌声立刻变成了尖叫。

鬼打墙里，毕成功和巩固躺在阴凉处睡着了。旁边，江雪山这边的人都已奄奄一息。刚才几个为了鸟打架的人都已是鼻青脸肿，一人被饿得直嚷：我现在吃人肉的心都有！

江雪山拎把枪站起来，走到毕成功和巩固身边，用枪管戳戳两人，把两人弄醒。

江雪山对毕成功说：喂，老兄，你是这岛上的人，帮大家想想办法，再这样下去大家就饿死了。

毕成功看看周围江雪山的那些人，又看看江雪山手中的枪。

毕成功：行，我给你们找吃的，你们给我俩一人一把枪。

江雪山警觉地说：你们要枪干吗？

毕成功：这个问题我不需要回答，就问你给不给。说着翻身又要睡。

江雪山无奈地说：好，给你们一人一把。说着把自己手中的枪扔给他们，又回去拿了一把给他们。

毕成功：多谢。——吃的喝的就在你们身子底下。

江雪山：你要我们？

巩固：他没要你们——这几天我俩就靠这个活命。

传销组织的人往身子底下看看，只有青草。

钱指指青草说：就吃这个？

毕成功：巩固，你给他们示范一下。

巩固用手往下一抠，将草连根扒起来，用手撸巴了几下，开始吃草根。

巩固：草根抗饿，草汁儿解渴，就这么个原理。

传销组织的人一看明白了，赶紧挖身下的草根，纷纷大嚼起来。

毕成功和巩固两人开始摆弄枪。

巩固：有枪没枪确实感觉不一样啊！

毕成功一挥枪：走。

江雪山在一边问：哎，你们去哪儿？

毕成功拍拍手中枪：咱们现在是对等阶级，别问这问那的。

山坡上，陈东和韩游带着成铁等人又来到了这里。

韩游指指下边的海水：船就在那水里。

接着和陈东又把绳子拴好，说：可以下去了。

大家都准备要下去，被成铁阻拦住了。

成铁：为了节省时间，只陈东、老李和韩游下去。

大家都看着成铁。

成铁：韩游下去帮他们把船从水里弄出来，然后就回来，由老李和陈东出岛。

滴答：成铁……

成铁用手势制止住滴答的话。

成铁对李开城说：老李，你们出发后先不要直接向县城码头那边走，要绕一个弯先向东南方向进发，因为只有这样才能绕过传销组织的瞭望哨，到了岸上后记住一定要先报警！

李开城：我出去合适吗？要不让……

成铁：这次必须你去，你有野外生存经验。

李开城：好吧。那我们下去了。

陈东、李开城和韩游开始顺着绳子往下走。

草丛里，梅艳丽双手被藤条反绑着，她满脸惊恐地看着对面——对面是成强。

梅艳丽：你放了我，我可以给你钱。

成强正在翻梅艳丽的包，他从包里翻出了地图，一把手枪，还有一些看上去稀奇古怪的化妆品。

成铁一边翻一边跟梅艳丽说话：给多少呢？

梅艳丽一听有戏，赶紧说：你要多少就给你多少。

成强：一听这句话你就不实在。

梅艳丽：不是不实在，是我觉得钱比命值钱。——你要多少？

成强将枪和地图都放自己包里。

成强：你都说了，钱比命值钱，我还要钱干什么，我要命，活命。

梅艳丽转着眼珠，动着心眼。

梅艳丽：我给你钱，也可以保证你安全。

成强：有你在我身边更安全，要是你们的人来抓我，我就把你当靶子。

梅艳丽：你谈过恋爱吗？

成强一愣：什么意思？

梅艳丽：一看你就没谈过恋爱，根本不懂得女人，女人是用来疼的，不是用来绑的，更不是用来当靶子的。

成强：那也得看是什么样的女人吧，像你这样的，不是用来疼的，你是能让别人疼的。

梅艳丽：哟，帅哥说话还这么幽默！

成强：别叫我小帅哥，我就一干车床的工人，担不起这称呼。

梅艳丽：这你就别谦虚了，像你这样有气质的男孩子当工人太可惜了，我真想不出像你这么有气质的人能干出把女人绑起来的事儿。

成强：都什么时候了，你就别把自己当女人了，就把自己当坏人吧。

梅艳丽：我觉得你是不敢正视我是一个女人的事实。你是怕被我的魅力征服吧？

成强：真是笑话。

梅艳丽：那你能不能把我放开？

成强犹豫着。

梅艳丽：怎么？不敢？枪可都在你手里！怕我？

成强：有什么不敢的！

说着上前给梅艳丽把藤条松开。

山坡附近，成铁几个人一面观察着四周，一面看着下面的韩游、陈东和李开城。韩游将外边的衣服脱去后，像上次那样走到旁边抱起一块石头，跳到了水里。韩游迅速下沉，下到了船边后，将石头扔掉，开始解绑住船的绳子。韩游一边解，一边张望着四周，海水让他恐惧。

成铁等人焦急地注视着下面。

韩游在努力解着，他的呼吸越来越困难。韩游出现了幻觉：有人在拽他的脚——韩游的腿使劲蹬着，努力恢复自己的意识。韩游的手逐渐将绳子解开了——韩游的幻觉中出现了很多手在拽他的脚，他的表情极其痛苦。韩游一使劲儿，最后一个扣终于被解开，他和船一起向水面上浮去。

韩游和船一起浮出水面后，就趴在船上，浑身哆嗦。李开城赶紧跳进水里，把船和韩游推到水边，陈东从岸上将韩游拉了上去。

陈东：有没有事，韩游？

韩游摇摇头：没事。身体却止不住地哆嗦。

山坡顶上传来成铁的喊声：有没有问题？

韩游努力止住哆嗦的身体，向上边摆摆手。李开城也向上边摆摆手，然后和陈东将小船翻过来，解下绑在舷边上的桨，两人坐上小船，向远处划去。韩游的情绪已经恢复了，他抓住绳子爬了上去。

树林里，成强怀抱着枪，坐在一块石头上不言不语，梅艳丽在一边焦躁地走来走去。梅艳丽走到哪个方向，枪就会转向哪个方向。

梅艳丽：你要杀还是要剐，劫色还是劫钱，倒是来个痛快的。

成强懒得搭理她，不说话。

梅艳丽：大家都是80后，有什么不能交流的？你想干什么你就说，别不好意思！

成强：你别来回这么走行不行，晃得我眼晕！

梅艳丽：好，我不走，但你得给我个痛快话。没你这样的，把人劫了不给个结果。

成强：好吧，那我告诉你，我就是要让你陪着我等。

梅艳丽一愣：等？等什么？

成强：等我哥他们回来。

梅艳丽：你哥他们回来？从哪儿回来？

成强：跟你说也不要紧，我哥他们已经出岛了，马上就会回来抓你们的。

梅艳丽哈哈大笑起来。

梅艳丽：悲哀，悲哀啊！他们根本没走成。

成强惊讶地看着梅艳丽。

山坡上，成铁和闫学武把韩游拉上来后，几个人站在山坡上，望着李开城和陈东已经划着小船远去了。

滴答站在成铁旁边说：按说不应该放他走，那钱肯定与他有关系。

成铁：不怕他走，如果那钱与他有关系，他就一定会再回来，钱终归还是在岛上。

成铁把视线转向韩游。

成铁：有没有什么不适？我看你刚才在下边不舒服。

韩游：好长时间不下水了，正常反应。

闫学武：铁子，咱们现在去哪儿？

成铁：回水源那边，一是有水，二是如果强子知道咱们没走的话，应该会去那儿找咱们。

一行人向树林里走去。

树林里，这次换成了梅艳丽坐在石头上不动，悠闲地看着成强。成强反而焦躁地走来走去。

成强：没走成？怎么可能没走成？那天码头上的保安明明都走了！

梅艳丽：人没有文化就是不行，你不想想，你用枪打爆的那些是什么东西！

成强：什么东西？

梅艳丽：那是汽油！是码头快艇里的汽油！

成强：快艇里的汽油怎么会在油桶里？

梅艳丽：你以为我们就那么傻，什么都不知道？告诉你，你们的一举一动我们都掌握着，那天我们把油从快艇里弄出来就是要等你们上快艇后抓你们的！可惜，你那一枪打的不是地方！

成强：像我哥那么聪明，你们不可能抓得到他！

梅艳丽：我们确实没抓到你哥……但你哥……算了，我不刺激你了。

成强着急地问：说，我哥怎么了？

梅艳丽：你要坚强一点儿……你哥……已经死了。

成强震惊地说：你说什么？

梅艳丽：你哥当天晚上就被大火烧死了……我今天去就是通知滴答他们去领你哥遗体的。

成强：你见到滴答了？

梅艳丽：见到了。

成强：滴答怎么说？

梅艳丽：滴答他们不愿意去，怕有危险。正好我现在遇到你了，你跟我回去看看你哥最后一面吧。

说着拿起自己的包起身要走。

成强一摆枪：站住。你还是跟我走吧。

梅艳丽：你怎么一点儿亲情也没有，连你哥最后一面都不肯见。

成强：如果我哥死了，见不见都一样；如果我哥没死，我去你那儿就是上当了。

梅艳丽：你不信我的话？

成强：本来我信了，但是你说滴答不愿意去我不信了，如果我哥死了，别说你们这么个传销黑窝，就算是鬼门关她也会去的。走吧，你这么一说倒提醒我了，我该去找找他们才对。

梅艳丽无奈起身，将自己的小包挎到身上。

成强：赶紧走。

两人走在树林里。

传销基地周公梦办公室里，周公梦烦躁地来回走动，豹子站在一边。

周公梦：成不成都该回来了呀，难道成铁他们真不讲规矩把她给扣了？

豹子：林子难走，会不会迷路？

周公梦：不会，我特意让她拿了一份地图。

豹子：周老师，我得提醒您，其实不应该给她地图，如果这地图落到成铁他们手里，可对咱们不利。

周公梦：意外，一切都是意料之外啊！

豹子：要不要我带人去接应一下？

周公梦点点头。

周公梦：还是要去接接她——我真是个重感情的人啊！

海上，李开城和陈东在划船前行。陈东看着涌动的海浪有点儿害怕。

陈东忽然说：老李，我忽然……有不好的感觉……这感觉说不明白，但也许咱们应该回去……

李开城看看天边，对陈东说：你的感觉没错，咱们可能有麻烦了。

陈东一惊：什么？

李开城：你看天边。

陈东看看天边，发现刚才还晴朗的天边已经卷上来了乌云，乌云正迅速地翻滚变幻。从海面上看过去，更显出一番可怕的气象。

陈东几乎要发抖地说：要下雨了。

李开城：雨不可怕，在海上，有雨必有风，有风六尺浪，这才是最可怕的！

陈东：那咱们回去吧！

李开城：回不去了——只能往前走，这是咱们最好的机会！赶紧划吧。

陈东：你这不是要送死吗？！

李开城：不是送死，是求生！

陈东一撂船桨，不划了：我认为咱们应该回去！

李开城严厉地说：陈东，我现在是船长！行船不是想走就走，想回就回的，大家把出岛的机会让给咱们，咱们要是这样轻易放弃对得起他们吗？你知不知道他们在岛上随时有生命危险？

陈东被说得不好意思了，又拿起桨划船。陈东一低头，一看那乌云已经映到了海水里，显出狰狞之相。一些海鸟开始不安地在海面上盘旋，叫着，海面似乎已经开始晃动。大海很大，小船很小。陈东慌乱，老李镇定。划呀划，晃呀晃。

树林里，成铁等人正走着，他们忽然感觉一阵幽暗，抬头看看，就见天边卷过来乌云。

成铁皱起眉头：老李他们有麻烦了，他们应该回来。

滴答：以老李的脾气恐怕是不会回来的！

这时他们忽然听见一阵清亮的笑声——是一男一女。他们大声笑着，向成铁他们这个方向走来。

成铁他们都很惊异。

闫学武：大白天出了鬼！哪儿来的人啊？

但是就着这奇怪的地方、奇怪的时刻出现了这么奇怪的一男一女——男的三十多岁，女的二十多岁，每人都背着一个大旅行包，像两个背包族。成铁等人愣愣地看着他们，这两人看见成铁等人也是一愣。还是背包族先跟成铁他们打起了招呼。

背包女：嗨，你们也是搞户外的吗？

闫学武：最近一直在户外。

成铁和滴答注意观察着两人。

背包男：我们刚到这岛上，认识一下吧，我叫杜鹏，这我女朋友小可，我们都是户外运动爱好者。

滴答：你们怎么到这岛上来的？

背包男：快艇啊。我们自己租了条快艇跑这边来的，主要是听说这边还没有被开发。现在啊，没被开发的地方越来越少了。

滴答：你们来岛上的时候没有人拦你们吗？

背包女：没有啊，谁拦啊？自助旅游他们管得着吗！——咱们一起玩吧，你们比我们早到这岛上来，一定知道的比我们多。

背包男：对啊，来来来，咱们坐下聊，我们这边有吃的喝的，把它共产主义了。

说着两人将包放下，从里面掏出了帆布铺在地上，再拿出吃的，喝的，形成了一个野餐局面。

成铁几个人走了过来。

成铁：那我们就不客气了。

树林里，天色已变得非常暗了，开始起风。梅艳丽在前，成强在后，向着水源的方向走着。梅艳丽一边走一边琢磨，她动着心眼想跑。

成强在后边不断催促着梅艳丽快走，梅艳丽忽然站住了。

成强：怎么了？

梅艳丽从包里取出一筒状化妆品，说：我得抹点儿防晒霜。

成强：那就快点。

这时一阵凉风吹到成强的脸上，成强一哆嗦，看天，发现天上根本没有太阳，忽然醒悟了，这样的天哪还用抹防晒霜啊？他急忙把枪端到手中。

但这时梅艳丽已把那东西打开了盖子，她冲着成强一按，一股强烈的雾状气体喷了出来。

气体喷到了成强的脸上，成强惨叫一声，疼得跌倒在地，双手捂脸，来回打滚——梅艳丽趁机逃跑了，边跑还边说：让你长点记性，女人的包是不能随便翻的！

鬼打墙里，阴风阵阵。草木飘摇。一杆枪从草丛里悄悄伸了出来——枪口在瞄准——风大了。枪“砰”地响了。随着这一声枪响，闪电掠过阴暗的天空，一个滚雷炸响——大雨从天而降！

第 18 章

鬼打墙。风雨雷电。一声枪响。一道闪电。一声滚雷。瓢泼大雨从天而降。一只兔子仰天躺在地上。毕成功和巩固拎着枪跃出草丛，将兔子捡了起来。

大海上。风浪里，李开城和陈东已经不能控制小船的方向，只能尽力维持着小船不被风浪打翻。

树林里。在闪电炸响的一瞬，能看见梅艳丽在慌不择路地奔跑——她跑进了鬼打墙。

树林里。一个野外宿营用的防雨帐篷扎在空地上。帐篷内，成铁等人和背包男女坐里边。外边风雨飘摇，里面双方都在互相观察。

背包男：你们常年在外，连帐篷都没有啊？

成铁：我们不专业，就是偶然出来一趟。

背包男：认识一下呗，刚才光顾扎帐篷了，还没听各位介绍自己呢。

成铁分别介绍：我成铁，他韩游，滴答和闫学武。

背包女：你们是怎么到这岛上来的啊？

成铁等人互相看看，不知道怎么回答。

成铁：这个……说来就话长了。

背包女：说说呗，反正被这大雨堵在这里边也没事干，我们两个人就爱听别人的故事和经历。

成铁略微沉吟一下：我们是被骗到这个岛上来的。

背包女和背包男很惊讶：骗来的？被谁？

成铁：被一个传销公司。

背包男：一共有多少人被骗？

成铁：很多。至少在一千人以上。

背包男：我说的是你们几个？

成铁：我们几个？什么意思？

背包男：哦，没什么，就是说你们这一伙被骗的一共几个人？

成铁：就我们四个。

听到此话，背包男和背包女脸上不经意地掠过一丝疑问。

背包女：你们被骗了怎么还不回家？

闫学武：我们要能回得去咱们就不会相遇了。

背包男：怎么了？难道他们还不让你们回去？

滴答：不但不让我们回去，还追杀我们。

背包女特显得别惊讶地说：追杀？真可怕！又对背包男说，这儿太危险了，咱们别在这儿探险了。

背包男拍拍背包女的肩膀：不怕，不怕，有我呢。

成铁：我劝你们赶快离开这儿，这儿确实不适合探险。

闫学武：可不可以捎我们一段儿？

背包男：当然可以。等雨停了我就带你们离开这儿。

闫学武：好好好，哎呀，早知道这样就不让老李他们冒险了。

话刚一出口，闫学武就知道自已说漏了嘴，但已无法挽回。

背包男：老李？你们还有个老李？带他一块走呗？

成铁等人一时没说话。

背包女忽然显得很生气，对背包男说：算了，等雨停了咱们各走各的吧，人家根本不信任咱们，咱们把他们当朋友，他们却掖着瞒着！

背包男倒很大度：出门在外，都不容易，互相有戒心也是可以理解的。又对成铁说：雨停了你们要愿意跟我们一起走就一起走，要不愿意一起走，就算了。

他这么一说弄得成铁很不好意思。

成铁：兄弟不好意思，我们确实有个老李，也是跟我们一起的，他在下雨之前已经出岛了。

背包女：出岛了？你们不是出不去吗？

成铁：我们找到了一条木船，他们划着出去了？

背包男：他们？不是老李一个人？

成铁：对，还有一个人。

背包女：他们出去会报警吗？

成铁：如果不出意外的话，应该会。

背包男和背包女对视一眼，然后到帐篷边上看看外边，雨已基本停了。他的表情变得非常严峻。

背包男：走吧，既然这里这么危险，咱们不如早点离开。

海面上，小船摇晃着。雨停了，天边现出彩虹。李开城和陈东精疲力竭地坐在船上。陈东：这就叫大难不死吧？

李开城：大难是肯定的，但死不死还不好说，咱们还没上岸呢。

陈东：咱们这是被刮到哪儿了啊？不会被刮到公海上了吧？

李开城：从时间上来说应该没刮那么远。

两人四下看着，忽然陈东发现了什么。

陈东：陆地，老李，咱们到陆地了。

李开城顺着陈东指的方向看去。

李开城：兄弟，那还是一个岛，不是陆地。

一个岛屿出现在他们面前。

陈东：怎么还是个岛！

李开城：能到个岛就不错了，找到人就好。来，再加把劲划几下。

两人开始努力划桨，向那个岛屿前进。

树林里，成铁他们帮着背包男和背包女把帐篷收起来。

背包男和背包女背起背包。

背包男：走吧。说完，带着他们一起出发了。成铁和滴答对视一眼，走在最后。

鬼打墙里，梅艳丽慌张而狼狈地走在树林里。突然，她猛地顿住了脚步，她看见了一具尸体——正是那个被蛇咬死的传销组织的人，梅艳丽吓得厉声尖叫起来。

毕成功和巩固正拎着兔子走，听见了梅艳丽的尖叫。

巩固：是不是……女鬼？

毕成功：应该是个女人——女鬼叫不会这么可怕！

两人向那声音奔去。

江雪山等人也听见了梅艳丽的尖叫。

江雪山：过去看看。

树林里，背包男女在前，领着成铁等人在树林里走。成铁机敏地观察着走的方向，忽然停住了脚步，滴答、韩游和闫学武也都停下了脚步。背包男女在前边感觉到了什么，回过头来，看着他们。

背包男：怎么不走了？

成铁：你知道为什么。

背包男：早就听说你聪明，果然。

闫学武还不明白为什么，但感觉气氛不对，他慢慢向背包男女那边移动。

背包男立即对闫学武说：小矮个你站住，要是你再移动一步，我绝对会打碎你的脑袋。

话音未落，背包男女手中各出现了一把枪。闫学武只好站住。

滴答：你们是谁？

背包男女均抖落身上的背包。

背包男：你的男朋友这么聪明，不妨问问他。

成铁对滴答说：如果我没猜错的话，他就是大老板法宏德。

滴答：就是那个传销头子？

法宏德：是董事长。——很高兴认识你们，走吧。

成铁：你现在放下枪还来得及，我的朋友已经出岛了。

法宏德：你这是在欺骗你自己，你这么聪明的人应该知道今天是东南风，以这样的风向他们即使幸运地没被打翻掉海里，也不可能到岸上。

成铁：恐怕你也在欺骗自己，如果你不害怕他们，怎么会听到他们出岛后那么惊恐。

法宏德：那是因为我谨慎——这就是我作为一个成功人士的秘诀。

他摆摆手中枪说：走吧，别废话了，我没有周公梦那么啰唆，我要是一翻脸可比刚才那天气可怕！

成铁等人没动。

法宏德：要是还不走，我就开枪了，我保证人的脑袋没有子弹硬。

成铁等人无奈地刚要起步，这时一个声音响起——你保证得很对！想不想试试？

是成强。成强端着枪从一棵树后闪身出来。法宏德和他同伴背包女（陈香）愕然回头，看见成强的枪口正对着法宏德。法宏德和背包女一犹豫的时候，闫学武已快步走上来，缴了两人的枪，然后飞起一脚将法宏德踢倒在地。

法宏德呻吟着：野蛮！

闫学武恨恨地说：我最恨别人叫我小矮个了！

鬼打墙里，梅艳丽已停止尖叫，她愣愣地看着前面。忽然有人拍她的肩膀，吓了梅艳丽一跳。她回头一看，江雪山和毕成功两拨人都赶来了。梅艳丽表情惊恐，跑到人群里，直接扑到了江雪山身上，整个身体还在不断战栗着。

江雪山：梅总不必害怕，不过是个死人！

梅艳丽：不不不，他，他没死，他在动。

梅艳丽一说，所有人都吓了一跳，看着地上的死尸。梅艳丽吓得连头都不敢回。但是，大家看到地上的那个死尸并没有什么异样。

江雪山：梅总，你眼花了，死人怎么会动！

这时毕成功觉出了有什么不对，他警觉地看着四周的地下。梅艳丽一听没事儿，又把头扭回来看，这时那死人的衣服却又动了几下，梅艳丽又尖叫一声，把脸扭回去。江雪山等人也发出一片惊呼。

有保安哆嗦着说：是、是、是不是诈……尸了？

他们全体向后退着。

江雪山还在安慰大家：物理现象，这是物理现象，死尸不可能会动！

这时从死尸的衣服里面慢慢爬出了一条蛇，跟打死的那条蛇是一个品种，江雪山等人松了一口气。

江雪山：我说嘛，不过是一个物理现象。

这时却又爬出一条蛇，接着，又是一条，又是一条……江雪山等人目瞪口呆。蛇们似乎闻到了人的气息，它们快速游动着向江雪山等人的方向爬来。

毕成功：蛇报仇来了——快跑！

毕成功和巩固发出喊声后转身就跑，江雪山等人也跟着狼狈逃窜。

而在另一岛上，李开城和巩固已经成功登陆。他们在岛上走着，寻找着人烟。

陈东：这会不会也是个荒岛？

李开城边观察，边说：希望不是。

他们走上一高处的小山坡，往下一看，惊喜地看见一个破败的小村落。

陈东：有救了。

两人往小村落里走去。

树林里。法宏德和背包女被用衣服条绑着坐在地上，嘴里都被塞上了毛巾。成铁等人在一边开会。

闫学武：我觉得咱们就直接拿这两人去跟周公梦做交换，让他给咱们快艇。

成铁琢磨了一下，说：如果去交换，就是鱼死网破的结局，这样的结局鱼和网都不愿意接受，周公梦只要给咱们快艇就意味着他们在劫难逃，你说他会给吗？

闫学武：法宏德可是他们大头儿！

成铁：在利益面前没有大头儿，钱就是大头儿！——周公梦绝对不会让咱们离岛！

滴答：不知道老李他们怎么样了？

成铁：这个法宏德很有门道，他说得没错，按照刚才的风向，老李他们确实上不了岸，但还有到达别的岛的机会，但咱们没有地图，要是有地图就会知道他们的位置。

成强：我有。

成铁惊喜地问：你有地图？

成强点点头：从梅艳丽那边搜出来的。说着从包里取出地图，递给成铁。

成铁赶紧展开地图，见是一张简陋的小岛地形图，周边的地形也有。成铁：这是他们自己找人绘制的，可能就是为了到这岛上来做销售用的。

成铁在地图上寻找了一下，然后用手一指，说：如果他们幸运，应该会到这个岛上。

另一岛上，李开城和陈东走进了那个村落。雨后的村落里，街道上站着三三两两的村民。他们好奇地看见李开城和陈东走来。

李开城问一村民：请问，你们这里有电话吗？

村民：你们哪儿来？干什么的？

李开城：我们……

忽然觉得一两句话说不明白。

李开城：……你先别管我们哪儿来的了，这一句话两句话说不清，我们想打个电话。

该村民：我们都不知道你们从哪儿来，要干什么，怎么会让你打电话？

陈东：老李，就跟他们说吧，——我们从附近的一个岛上来，叫什么……东石岛。

该村民吃惊地问：你们从东石岛来？

李开城：对啊。怎么了？

村民们都面面相觑。

该村民：我带你们去找我们村长吧。

鬼打墙。江雪山等人跟在毕成功和巩固后边跌跌撞撞地跑着，巩固还拎着打来的兔子。

毕成功跑动中看见了巩固手里的兔子，说：把兔子给我。

巩固把兔子递给毕成功。毕成功接过兔子，一扬手，将兔子甩到身后跑过的路上。

巩固：这什么意思？好容易打来的！

毕成功：兔子身上有血，蛇会闻着血的味道跟过来！

他们狼狈地跑着。

树林里，成铁等人还在商量怎么办。

突然，他们听见有脚步声传来。成铁：有人来了，快躲起来。成铁等人赶紧将法宏德和背包女弄到一隐蔽处，自己也隐蔽好。

树林里来人出现了——是豹子等人，他们在树林里搜寻着什么。成铁等人都在紧张地看着豹子他们，而忽视了法宏德。法宏德虽然被捆住，但眼睛却滴溜溜转着想办法。他看见脚底下有块石头，有半截埋土里，就用脚悄悄蹭着这块石头。背包女在一边用身子给他做掩护。

看着豹子等人走近了这个地方，成铁、闫学武和成强赶紧把枪掏了出来。成铁和闫学武用的是法宏德和背包女的手枪，成强用的还是原来的那杆枪。

豹子等人渐渐走过去，成铁等人长出了一口气。但这时法宏德已将那块石头蹭了出来，他狠劲一蹬，石头滚出了草丛，发出了很大的响动。豹子警觉地带人转身，他们端枪向这边走来。闫学武飞起两脚，将法宏德和背包女踢昏，但这时成铁等人已没办法带着法宏德和背包女逃走了。眼看豹子等人越来越近，成铁对闫学武说：让他们停住，否则就开枪了。闫学武气运丹田，大喊：怕死的站住，不怕死的过来！

树林里没了动静，闫学武刚要探头往外看，忽然，枪声大作，子弹乱飞，豹子那边向这边开枪了。火力压得成铁等人抬不起头来。枪声终于歇了，豹子等人又向前走来。成强怒了，抬起枪就要打，但却被成铁拦住。

成铁：别开枪——伤着人不好！

成强：他们可没这么想！

成铁：他们是他们，我们是我们！

成强沮丧地说：都什么时候了，你还讲这个！

豹子带着人正小心翼翼地走向刚才发出声音的地方。突然，又有声音传出：这次你们看明白了再开枪！接着，草丛里站起一个人。豹子急忙瞄准，但却惊讶得张大了嘴。

豹子：法总！

法总耷拉着脖子，还处在昏迷状态。

豹子：法总，法总您还活着吗？

法总不吭声。

隐蔽处传来闫学武的声音：放心，他没死，但如果你们不听话的话他死不死就不好说了。现在我要求你们回去告诉周公梦，在码头上准备一艘快艇，我们天黑后赶到，不要耍花招，否则会让你们的法总和他的老婆死得很难看。

豹子还在犹豫，却看见枪管顶上了法宏德的头，这一顶把法宏德顶醒了。法宏德“哼哼”了一声，但嘴里有毛巾喊不出来。

豹子赶紧带人撤退。

另一岛上。村民们带着李开城和陈东走进一破落的院子，这院子都不像住人的地方。村民站院子里喊：村长，村长。

村长从屋里出来，是一四十多岁的汉子。他看见李开城和陈东俩陌生人吃了一惊。村长：怎么回事儿？

村民走上前，在村长耳朵上耳语。村长听着，脸色渐变，不停地打量起李开城和陈东。李开城和陈东也奇怪地看着这些人的神秘行为。

村长听完村民的介绍，开始问李开城和陈东：你们想干什么？

李开城：村长您好，我们想问一下你们有没有电话，想用一下你们的电话。

村长：你们用电话干吗？

李开城：我们想报警。

村长：报警？报警干什么？

李开城：在那个东石岛上有一个传销团伙，他们在那儿骗财害命，我们现在还有好几个朋友的生命处在危险当中。

村长想了想：这样吧，你们到了这里，先吃点喝点，海上风吹浪打的，估计没少受罪！

接着对带他们来的村民说：带两位客人找个地儿住下，再给他们弄点吃的。

李开城急了：哎我们不是来吃喝的，我们得赶紧打电话报警啊！

村长：这事你们别着急，这事我给你们办了。

村民上来说：走吧。

李开城：不行，村长，我得看着您打电话，您不打电话我们不能走。

村长沉下脸：这里是听你的还是听我的？

李开城：当然是听你的，但您要是不能给我们提供帮助，就让我们离开。

说着要走，村长一挥手，村民们上前拦住了他们。

村长：我说了，我们先给你们找个地方吃点儿喝点儿，至于打不打电话什么时候打电话我们得研究研究。

陈东：人命关天的事儿还得研究？

村长：越是人命关天的事儿越得研究。

鬼打墙。江雪山等人气喘吁吁跑到一个地方停下。江雪山：跑了这么远，那些蛇应该不会追过来了吧？毕成功没回答，他四下瞅瞅，忽然转身就跑。

毕成功：快跑——咱们又跑回来了！

众人四下一打眼，果然是又转回到了刚才的地方，他们嗷嗷叫着又开始拼命奔跑，仿佛他们四周全都是蛇。

另一岛上。时间已经接近黄昏，李开城和陈东被关在一间屋子里，屋内炕上有几样吃的。李开城通过门缝往外看，几个村民守在院子里，看似随意实际上也在看着他们。陈东发牢骚：这岛上的人怎么鬼鬼祟祟的！他们不像是要帮咱们！

李开城又打量着屋内，发现屋子早已是破落不堪了。

而陈东却只盯着炕上那些吃的：吃，还是不吃？

李开城：吃有危险，不吃也好不到哪儿去。

陈东：那就吃吧。

两人开始吃东西。

李开城：你对这村子有什么看法？

陈东：这能叫村子吗，好几百年前的屋子了吧？

李开城：所以，他们应该也不是这岛上的人。

陈东：怎么个意思？

李开城：你还记得东石岛上那个村子吧？那个村子里一个人也没有，成铁曾跟我们说有可能传销组织把人转移走了。

陈东：是他们？

李开城：对，要是他们的话咱们可就麻烦大了，传销组织把他们转移过来肯定会许诺给他们一定的利益，要是他们是一个利益共同体的话，咱们基本就是刚出虎口，又进狼窝。

而此刻在村长家里，一场关于如何处置他们的会议正在开着。

村长：放，还是不放？

一人：咱们跟人家公司可是有合同的，不破坏人家公司的计划，咱们把这两人放了出去报案，那不等于就破坏人家的计划了吗？破坏了计划人家是不会给钱的。

村长：合同要遵守，但法律也要遵守啊，你说要是这公司真像他们两人说得那样骗财害命，那咱们不让他们报案就是触犯法律啊？

另一人：村长，我觉得事情得这么看，首先，咱们跟人家公司有合同，咱们老辈人传下的规矩就是守信，在海上不守信没法活，至于你说的骗财害命的事儿，咱们也只是听他们两人这么一说，他们说的是真是假咱们也不知道，不知道的事儿就不能乱下结论，因此我还是觉得应该先跟人家公司沟通，再说了，你看人家公司周老师那是仙风道骨，这俩人蓬头垢面，没准这俩人是被开除的，怀恨在心呢！

另外几人都附和：对对对，这就是他们公司内部的事情了，应该由他们公司内部解决。至于怎么解决，咱们就不管了，这样咱们既遵守了合同，又遵守了法律。让他们自己调解吧。

村长从炕席底下抽出一手机，说：周老师说了，有什么事情就让我用这手机给他拨电话。村长按键，开机，手机的屏幕亮了。

豹子敲门，走进周公梦房间。周公梦正心急如焚：有艳丽的消息吗？

豹子摇头：没有，但有法总的消息。

周公梦：法总怎么了？他上岛了？

豹子：他不但上岛了，他还被成铁他们抓住了。

周公梦：啊？

豹子：成铁要求咱们给他们准备一艘快艇，他们很快就会到码头！

周公梦：大厦将倾，大厦将倾啊！

这时桌上的电话响了，周公梦无心去接，只是不停地念叨：这可如何是好！这可如何是好！

豹子提醒：周老师，电话。周公梦焦灼地在屋里来回转着，电话也一直响着。

豹子：周老师，电话。

周公梦烦躁得抓起电话：喂——

但他只听那边说了一句，脸色就唰地拉了下来。

黄昏，成铁等人押着法宏德两人在树林里走着，他们的目标是码头。

鬼打墙里，毕成功和巩固带领江雪山等人跑着，忽然发现了自己扔掉的那只兔子。毕成功走上前，用脚踢了踢，就见兔子已经瘪了，身上已没有了血，干了。

毕成功：它的血都被蛇喝光了。

听到这儿，江雪山等人的身体全如筛糠般抖动起来。

钱卜多：咱们赶紧跑吧，没准儿蛇就在附近！

大家都四下看着，好像蛇随时都要出现。

毕成功：如果咱们这么跑下去，不被蛇咬死也得累死。

江雪山：你有什么办法？现在我们都听你的？

毕成功：出去后你们不会再杀我俩了吧？

江雪山：不杀不杀不杀，谁杀你俩我们跟谁急。

毕成功：走，跟我走。

毕成功带着他们走去。

另一岛上。李开城和陈东已经将东西吃完，两人在屋里急得团团转。

李开城：咱们这样怎么对得起成铁他们啊！他们可随时都有危险，全指着咱们报信儿呢！

陈东：我看咱们的处境也不比他们好多少——也许比他们还危险！

李开城：那就只有一个办法了。

陈东：什么办法？

李开城：跑！

鬼打墙里。毕成功带着众人来到一处林间空地停下，然后张望一下四周。

毕成功：就这里吧。如果大家想活到明天的话，现在就去捡树枝木头，一切能烧的都要，务必得在天黑以前把火生起来。众人一听，立即四下散开，去弄柴火。梅艳丽却找地方一屁股坐下，从自己的包里找出小镜子，对镜整理自己的头发和脸。

毕成功：喂，捡柴火去。

梅艳丽惊讶地说：你让我去捡柴火？！你知道我是谁吗？

毕成功：知道啊——你不就一逃命的女的吗？

梅艳丽：我是这岛上的二把手！

巩固正抱着一堆树枝回来，听见了这句话，接了一句。

巩固：看出来了，是挺二的！

梅艳丽：你们什么意思？欺负女人是你们的本事吗？怎么一点儿绅士风度都没有！

毕成功：第一我们不是绅士，第二不想欺负你——不过我得好心提醒你一下，蛇最愿意咬人的屁股。

梅艳丽"嗷"的一声从地上跳起来，不断拍打着自己的屁股。

毕成功：捡柴火去吧，要不你再也没有机会化妆了。

梅艳丽无奈，也加入了捡柴火的行列。

岛上，夕阳沉没。黑夜来临了。

码头某隐蔽的地方，成铁等人带着法宏德两人隐蔽在这里。码头上已经没有了白天的喧嚣，静悄悄的。

滴答：周公梦怎么没什么动静？

成铁：这就对了，他一向喜欢故弄玄虚。但他一定会来的，因为他的主子在这里。

突然，码头灯火大亮，码头上挂出一条横幅：欢迎法总上岛。周公梦带着豹子等人出现在横幅下面。

周公梦手拿一个喇叭开始喊话：成铁，如果你已来到这里，就赶紧出来，将法总交给我们！

滴答：奇怪，他的口气怎么这么强硬，好像有恃无恐。

成铁：再等等，看他有什么花招。

成铁等人旁边，法宏德两人急得直挣扎。闫学武做出一个要踢他们的姿势，他们吓得不敢动弹了。

码头上，周公梦见没什么动静，对一边的豹子说：把牌亮出来吧，别让他们以为只有自己手里有牌，这些人经常被错觉统治着。

豹子一挥手，几个保安押着两人走到前边——成铁他们惊讶地发现竟是李开城和陈东。

周公梦得意地说：天网恢恢，疏而不漏，别以为那么容易就能逃出我的手掌心。

滴答：老李和陈东怎么被他们抓回来了！

成铁：这我就放心了，至少他们还活着。

周公梦还在用大喇叭喊：我做人做事一向光明磊落，现在我提议咱们公平交换，现在请你们把法总和陈总交出来。

成铁：滴答，你现在跟韩游先撤退，去老地方，我们交换完马上就赶过去。

滴答：为什么要我们先走？

成铁：这老狐狸一定会不守信用开枪的，到时候免不了一番恶斗，我们又没那么多武器，你们先撤，人少好行动。

滴答点点头，跟韩游撤退。

韩游：铁子，小心。

成铁点点头。旁边，法宏德在注意听着他们的对话。

滴答、韩游走了。成铁和闫学武、成强押着法宏德他们从隐蔽处走了出来。

周公梦等人见到法宏德一阵骚动。

周公梦用大喇叭喊：欢迎法总，法总辛苦了。

法宏德嘴还被堵着，很狼狈，双眼尽是怨毒。

周公梦又喊：我喊123，咱们双方同时放人。

成铁：学武你告诉他们，就说我们知道他们会不守信用，后果让他们自负。

闫学武气运丹田：周公梦老匹夫你听着，我们少侠成铁已经算出你这只老狐狸将不守信用，因此提前通知你，你不守信用的后果自负，我们已经做好周密的防范措施！——老匹夫，你可以喊了，你千万别守信用！

闫学武这番话让周公梦听着特拧巴。他开始喊了：1……2……3！

双方都把人放了，法宏德两人往周公梦那边跑，李开城和陈东往这边跑。四人擦肩而过的时候，李开城看见法宏德的眼里充满了怨毒。

四个人为了逃命，都跑得很快。

成铁：咱们现在悄悄往后移动。

说完，成铁、闫学武和成强开始往后移动。李开城和陈东跑过来的时候，他们已经渐渐加快了速度。

对方那边，豹子对周公梦说：周老师，他们要逃跑了，开不开枪？

周公梦有些犹豫：以法总的安全为主，刚才我听他们说有防范！

这时法宏德跑过来，一把夺过旁边一个保安的枪，回身就射，并对周公梦大喊道：怎么还不开枪！

周公梦：主要是为了您的安全——他们说有防范！

法宏德顾不上说话，带着豹子等人开枪追击。成铁等人已经跑了起来，他们跑进了树林。

法宏德：把所有人召集起来，跟我去追！

周公梦：法总您要不要休息一下？

法宏德火冒三丈：我休息个屁，丢人丢到姥姥家了！

说着一抬手，用枪将“欢迎法总”的条幅打了个粉碎。

法宏德：给我追！

说完，带人向前追去。

树林里，成铁等人向前跑着，后边，法宏德等人循声追来。法宏德在奔跑中突然想起了刚才成铁和滴答的对话，他停住脚步，问豹子：豹子，有没有近路去白天你发现我的那一带？

豹子：有，咱们有地图，肯定能找到。

法宏德：马上查地图。

滴答和韩游跑在树林里。

滴答突然担忧地说：坏了，刚才成铁跟我说话的时候，被法宏德听见了，他会不会猜出咱们的老地方？

韩游：他有那么聪明吗？

滴答：他不需要很聪明应该就能猜到咱们的老地方指的是哪一带。

韩游：希望成铁能够先到达。

成铁等人跑着，却听不见后边有人追来的声音了。

成强：咱们已经把他们甩掉了。

成铁：不对，以咱们双方的体力情况和精神状态以及法宏德那个人的心性，跑这么一段路不可能甩掉他们，他们一定是另有对策！——难道他们猜出咱们要去哪儿了？

成铁此时也想起了刚才他跟滴答的那段对话。

成铁：我失误了——跟滴答说话的时候没有注意法宏德！他一定是猜出了老地方，找近路去了。

闫学武：要真这样，他可比周公梦难对付！

成强：咱们也有地图，也可以找近路回去。

成铁：不行，咱们已经跑出这么一段路，再找近路会比原路还远，另外，其实法宏德只能找到大致位置，具体的地点他不可能知道，这样咱们双方的因素互相抵消之后，应该差不多同时到达。现在我们要做的就是快，再快！

成铁等人在树林里狂奔。

另一边，法宏德带着人沿一条近路前行。法宏德面容狰狞拎枪冲在最前边，全然不像白天刚开始伪装成背包族的样子。

鬼打墙里的一片林间空地上，燃起了一圈篝火。毕成功、巩固和江雪山等人都坐在这圈篝火里边，毕成功指挥着几个人往火里填着柴火。

江雪山：毕先生，这样蛇就不敢来了吧？

毕成功：敢不敢不好说，因为蛇比人烈，但它要是过来就会变成死蛇，咱们就有蛇肉可以吃了。

江雪山：你不是说不能打死它们吗？

毕成功：你们不已经打死一条了吗？打死一条和打死一百条没有区别，仇已经结下了。

江雪山：这里蛇……多吗？

毕成功：多不到哪儿去，但也不会少，几十条这样的蛇总该有吧。

江雪山：几十条，应该还能对付。

巩固：就这几十条还好说，就怕它们发展下线，这一生二，二生四，四生千千万了！

江雪山尴尬得说不出话来。

梅艳丽：这是我们的知识产权，你不是我们公司的人，就别轻易引用我们的话！

巩固：二……当家，这就对不住您了，我以前就是个卖盗版的，虽说改邪归正了，但口头上盗盗还不犯法！

梅艳丽：就不爱跟你们这种没文化的人说话！

篝火不远处，有蛇在游动。

树林里，滴答和韩游已跑到了水源处。

另一处，法宏德带人急急行走着。他们翻上一座小山丘。

豹子：下去就是那边。

法宏德：咱们赢了，肯定会赶在他们之前赶到！

成铁等人也在跑着，成铁忽然停住脚步：强子，把地图给我。

成强取出地图，闫学武打亮一个火机。借着火光，成铁迅速查看了一会儿地图后，忽然"啪"地收起地图，说：有了。法宏德要走的那条近路是从右边插下去，现在滴答和韩游在中间，咱们在最左边，如果滴答和韩游能向咱们这边走的话，那么法宏德又会被咱们甩到身后。

闫学武：怎么通知他们？开枪的话，滴答他们要是把咱们当成法宏德怎么办？

成铁：那就得把枪声变成暗号！

成铁举起手枪，向着天空"啪啪啪啪"有规律地射了四枪。枪声清脆地在黑夜的树林中响起。

滴答和韩游正在水源处等着，忽然听到了枪声。

韩游：谁开的？成铁还是法宏德？

滴答：听起来很有规律，是成铁！——这不是枪声，是暗号！一声向左，两声向前，三声向右，四声向后——这是让咱们往回走！快！

滴答和韩游反身往回跑。

另一处，法宏德也听到了枪声，顿住。

法宏德：奇怪，无缘无故他们开什么枪？

豹子：法总，这好像是他们的暗号！

法宏德：什么暗号？

豹子：我也弄不太清楚，但好像是指引方向的，我听见好几次了，他们自己的人明白！

法宏德：把地图给我。

有人把地图递过来。

法宏德看地图，再看看枪声传来的方向，忽然明白了。

法宏德：快——他们把咱们甩到身后了！直接往枪声那边追！

法宏德带人追去。

滴答和韩游在树林里跑着，成铁等人在焦急地等待着。终于有脚步声传来——滴答和韩游赶到了。

成铁长出了一口气：大家听着，法宏德比周公梦难对付，今天晚上对咱们来说比较严峻，咱们要做好应对各种困难的准备！

李开城：咱们体力和人员包括武器装备都不如对方，成铁你觉得该怎么办？

成铁：我说过在逃跑模式中，跑的一方总会很困难，躲相对来说安全性大一点儿，但今天晚上咱们必须得跑，因为法宏德是一个极具破坏性的元素，任何侥幸的和冒险的做法都不适宜于对付这个人，现在大家调整一下呼吸，再跑的时候就不会停下来，要一直甩掉他们。

众人调整各自的呼吸。

成铁：准备好了吗？

众人都表示准备好了。

成铁：咱们这次跑，是就慢不就快，因为咱们是一个整体，谁都不能掉队，所以，跑最慢的在最前边，谁觉得自己跑得最慢？

没人应声，都不觉得自己跑得慢。

成铁：那我就点名了——滴答在最前边，老李其次，韩游再次，陈东第四，强子、我还有学武殿后。

众人听着成铁的指令排好队形。

成铁：出发！

成铁等人跑了起来。

法宏德等人追赶而来。

周公梦跟在队伍中狼狈不堪，他有点儿跟不上趟。

周公梦：法总，法总。

法宏德皱眉：什么事？

法宏德嘴上回答，但脚下不停，周公梦只好努力跑着跟法宏德说话。

周公梦喘着粗气：法总，我有三句话想说，一、天黑地险，不易追赶，要追不如天亮再追；二、你地位岂是他们能比得了的，让豹子他们追就行；三、咱们再有明天白天一天的销售量，就可以完成咱们这一期的销售目标，没必要跟这么几个人治气！

法宏德：人活一口气！

说着加快脚步，将周公梦甩在身后。周公梦叹息一声，只好继续狼狈地跟在队伍后边。

鬼打墙里，毕成功等人在篝火圈里都累得睡着了。篝火圈边，有几处火小了，几条蛇游动着靠近了那里。

树林里，成铁等人井然有序地跑着，法宏德等人在后边不停地追着。成铁等人跑到了鬼打墙入口处，滴答停住了，她不敢向前跑了。因为是夜晚，鬼打墙越发显得阴森恐怖、深不可测，还有夜鸟不时发出奇怪的叫声。

成铁：怎么了滴答？

滴答看看鬼打墙里边，有些胆怯：我……看着里边有点儿害怕。

成铁看看四周的地势情况，说：往这里边走安全系数最高！

滴答：我不敢！

成铁：强子，你打头！

成强走到前边，率先进了鬼打墙，后边的人陆续跟进去。滴答挽着成铁的手臂走进去。

滴答：我怎么觉着这里边怎么那么可怕呢！

成铁：晚上，什么东西看上去都有点儿可怕！

滴答：不是，别的我不怕，我就是到了这里才害怕！

成铁等人消失在鬼打墙里。

第19章

成铁等人消失在鬼打墙里。一会儿，法宏德也带人冲过来了。法宏德立马就要往里闯，这时周公梦在后边喊：法总，不可，万万不可！

法宏德带人站住，等着周公梦气喘吁吁追上来。

法宏德：周老师，又怎么了？

周公梦：法总，此地凶险，不可深入，不可深入啊！

法宏德：怎么个凶险法儿？你给我讲讲。

周公梦：法总，你看，此岛为海岛，别处皆海岛景象，正所谓名副其实，但此处却甚为突兀，自成一体，高低嵯峨，如封似闭，我怕里边有凶猛之物或不死冤魂！

法宏德：我就不信这个！说着还要往里走。

周公梦：法总，实践出真知啊！——公司已经有两拨人失踪了，包括梅艳丽，我估计都是进这儿出不来了！

法宏德开始犯嘀咕。

法宏德：真这么邪乎？你不是会各种法术吗？破了它不就得了？

周公梦：法总，要破也不难，但得有所准备啊。

法宏德：那依你之见呢？

周公梦：依我之见，咱们让豹子带人在此处看守，我回去想出破解之法再来抓他们也不迟！

法宏德想了想：好吧，那就这么办！

鬼打墙的篝火处，毕成功等人在睡觉。梅艳丽在做梦——她梦见一条蛇向她咬过来……梅艳丽被惊醒，大叫起来。

梅艳丽：蛇，蛇……

众人全被惊醒，严阵以待。

江雪山：蛇在哪儿?

梅艳丽：梦，梦里……

众人松了口气。毕成功却说：不在梦里，在这里。众人顺着毕成功指的方向看去，不禁大吃一惊——几条蛇在较弱的那一处篝火圈外边，看着他们。

毕成功：快加火!

众人手忙脚乱地往火上加木头。篝火熊熊，蛇被吓得退到了草丛里，不见了。

鬼打墙里，成铁等人跑了一会儿，听不到后面的声音了，成铁就招呼大家停了下来。

成铁：陈东你听听，后边有没有人追上来。

陈东趴地上听听：没有人追。

成铁：生火，咱们就地休息。

而在传销基地，周公梦领着法宏德两人走进了自己的办公室。法宏德扫了一眼屋里的情况，说：你这儿弄得很豪华啊!

周公梦：主要是不想给咱们公司丢脸!——我先把销售情况向您做一汇报，到明天晚上咱们基本就能把这一期预定的销售目标实现，我的计划是明天晚上咱们内部的核心人员就逐步撤退，天亮之前，全部撤完。

法宏德：现在进岛的人多不多?

周公梦：已经呈下降趋势，没什么后劲了。

法宏德：按说以这样的情况可以再待三五天，多收个一两百万元是可能的!

周公梦：法总，这次非比寻常，成铁那帮人的能量不可小估，到目前他们没跑出去已算万幸!

陈香：什么万幸，白天的时候我跟法总差点儿就把他们抓住了!

周公梦：那不还是差一点儿吗?很多事情，差就差在这一点儿上。——法总，咱们可不能因小失大啊!

法宏德：你不用劝了，撤退之前我必须抓到成铁他们，这个跟头不能栽!你赶紧想办法吧，把你说的那个什么凶险之地给弄明白了。

周公梦：好的，法总，您二位先休息，这事交给我来办。

法宏德两人进周公梦里边的那个套间睡觉去了。周公梦抓起电话，拨了一个号。

周公梦：喂……

鬼打墙里，成铁等人已经升起了篝火。大家都围在篝火边上，成铁在看那张岛上的地图，另外的人在聊天。

闫学武：……你们发现事情不好就赶紧跑啊，怎么还等着人去抓你们！

陈东：你以为老李比你笨？他一上岛就发现苗头不对，后来他们把我俩关一小屋里的时候，老李说得跑，但刚一出门就被摁住了！

闫学武：要我去就好了！

陈东：你去也不好使，人家镰刀、斧头都抡出来了，你拳头再硬能硬得过那玩意儿！

李开城在一边说：这次对不住大伙儿，没把信带出去！

滴答：没事，只要大家都还安全就好！

成强对成铁说：哥，就没别的办法了吗？

大家都把注意力看向成铁。

成铁：有。——但我还没完全算好。

滴答：得抓紧时间，我感觉他们在这岛上不会待很长时间了，只要他们一撤，就再也抓不住他们了。

李开城：成铁，你说说，咱们一块儿拿拿主意。

成铁：从初次上岛那天起，我就感觉这个传销组织在混淆我们的距离概念，他们进岛的时候总是绕一个弯路，这样造成的结果是上岛人员觉得离岸很远，在心理上有了距离感，从而将安全感寄托在团队身上，而通过最近我对这个岛的观察和一些数据的测算，我发现这个岛跟岸边的距离没有咱们想象得那么远！

闫学武：没有想象得那么远是多远？

成铁：如果这份地图的比例准确的话，那么东石岛到岸的直线距离是 12.4 千米。

滴答：这也只是一个数字概念，你跟大家说说你的想法。

成铁：这实际上是一个徒手可以横渡的距离。

陈东：你的想法不是游过去吧？

成铁：正是！

众人都震惊地看着成铁，只有韩游内心最复杂，自己在一边思忖着。

成铁：这个数字可能大家都没什么直观感受，我想韩游可能对这个数字会敏感些，韩游你给大家介绍一下横渡的概念。

韩游缓缓地说：我就以北京体育大学的张健为例给大家说一说，2001 年，张健横渡渤海海峡，渤海海峡的距离是 123.58 公里，他用了 50 小时 22 分；2001 年，张健横渡英吉利海峡，英吉利海峡的距离是 23.69 公里，他用了 11 小时 56 分；也是在 2001 年，他横渡长白山天池，3.37 公里的距离他用了 1 小时 5 分 17 秒；2003 年，他横渡青海湖，26.3 公里他用了 8 小时 53 分。

陈东：你怎么记得清这么多数据？

韩游：因为我也喜欢这项运动。

刚才成铁在韩游说那些数据的时候不停地计算，现在开始说自己运算的结果。

成铁：如果以张健的速度来算，从东石岛横渡到岸上的时间应该为 5 个小时左右。

李开城：但张健是专业人士，这一点不能不考虑。

成铁：实际上，这一点可以不考虑，因为横渡这项运动没有专业与非专业之分，实际上，每年都有很多人横渡英吉利海峡，这里边大多是非专业游泳爱好者，而且这些爱好者游出的成绩经常在十个小时以内，比张健的成绩还要好！

滴答一直在观察韩游，发现韩游的情绪比较复杂。

陈东：那谁去游？韩游吗？

大家都把注意力转向韩游，韩游不知道说什么好。

滴答：我反对！

大家又都看着滴答。

滴答：我反对这个计划！这个计划太冒险！第一，人家张健还有别的横渡的人都有科学的、周密的横渡计划，不是随心所欲想横渡就横渡，还得看天气情况，并且最重要的是，他们都有导航员，随时调整他们的横渡方向，还有服务人员给他们定时进食，而咱们要是横渡的话，无法预测天气情况，没人导航，基本上不可能成功。

成铁：滴答说得很对，她说的正是我们要面对并必须解决的问题。在横渡这项运动中，最难的一点是人为无法控制的因素，因此天气是最大的敌人。如果天气允许的话，其他的条件如进食、方向，都能通过各种手段获得。老李，以你的经验明天中午到下午这段时间天气会怎么样？

李开城仰头看了看天。天空星子密布，晦暗不明。

李开城忧虑地说：从目前来看，天气应该不坏，但你比我更清楚，在这个地区有句俗话，叫雷雨三个晌，意思就是说只要是雷雨就会持续三天。

成铁：我知道这句俗话，但实际上这句俗话早就不灵了，现在已经没有那么多雨可下了，还是要相信自己的经验。

韩游在旁边沉思。

滴答：那你的意思还是要横渡？

成铁：对。

滴答：大家的意思呢？——同意的举手？

没人举手。

滴答：成铁，你的这个想法是错误的！

成铁：在目前这个环境下，必须得有超常规的想法才能寻得生机。

滴答将最尖锐的问题提了出来：那你想过没有，韩游前几天刚经受了一场心理打击，他现在根本做不了横渡这件需要体力、毅力和心理控制力的事儿。

韩游抬起头来，惭愧地看着大家。

成铁：滴答你误会了，我想的横渡人选并不是韩游！

大家愕然地看着成铁。

滴答：不是韩游？除了韩游没人能干得了这件事儿。

成铁：不，还有一个人，我觉得他能行！

滴答绝望地说：你别告诉我是你！

成铁：正是我。

众人立即提出反对。

成强：哥你这不开玩笑吗？这是大海，不是游泳池！

闫学武：铁子，我一向支持你，但这事绝对不行，你不是韩游，游不了那么远，即使是韩游，这事都还得两说。

李开城：成铁，我觉得这事儿不托底，不光天气问题，关键是你没有类似的水上经历。

陈东：成铁，我佩服你的想象力但不支持你的行为！

韩游没说话。

成铁：韩游，你给我说句公道话，小时候咱俩也一块游过泳，你觉得我到底能不能游？

韩游：从理论上讲，任何一个游泳爱好者游十多公里都没问题，但实际来说，你很难游过去，因为这个距离要求游的人得有一定的长距离游泳的经验，这个你没有。

成铁见没有人支持他，但依然很坚决：我已经决定了！——正所谓置之死地而后生！

滴答：你这是一意孤行！

成铁：现在大家休息，明天一早起来采集草叶上的露水并帮我找点吃的，解决我途中的饮食问题。这是唯一的出路，请大家支持。

众人再无话了，都在篝火边和衣而卧。今夜无人能眠。韩游眼睛睁着大大的，脑子在做着激烈的斗争。

鬼打墙另一边也是篝火熊熊，毕成功、江雪山等人都睡不着。

梅艳丽发愁地抱怨：今天晚上没做面膜，脸皮发紧。

没人搭理她。

江雪山对毕成功说：毕先生，你对这里熟悉，还是拜托你多想想办法，我们大伙儿现在都听你的。

毕成功：出去之后也听吗？别现在笑脸，一出去就是枪口。

江雪山：不会，不会，我们都是讲良心的人！

毕成功看看四周说：明天要再出不去，恐怕还得死人！

鬼打墙，成铁等人处。篝火边的韩游已经闭上了眼睛。韩游的思绪深处——韩游在水中挣扎，无数只手伸出来拉他的脚，不让他往上走，韩游努力摆脱，但他越使劲拉他的手就越多，韩游快要挣扎不动了，韩游口中发出了声音：救命！——韩游猛地惊醒，坐起来。旁边其他的人也都被他的叫声惊醒。

成铁：怎么了，韩游？

韩游抱歉：不好意思，做了个梦，没事。

大家又心事重重地躺下。

天亮了，一艘船靠近了码头。传销组织的人竟然从船上牵下了一匹马。

鬼打墙里，草叶上的露珠被成铁等人采集到水杯或者瓶子里，一些野果也被采下。李开城走到成铁身边，说：成铁，我觉得你这个计划该取消。你这样去冒险，其实我们每一个人都有心理负担。

成铁看看正在升起的太阳，说：过会儿你就会觉得我这个计划的必要性了——法宏德马上就会追过来，如果咱们的消息不能及时传出去，就不只是我一人冒险的事儿了！

传销基地楼下，传销组织的保安们在列队待命，旁边站着一匹马。周公梦陪着法宏德和陈香从楼道里出来。

法宏德：你把那个鬼地方弄明白了吗？

周公梦：已完全弄明白并找到破解之法。

法宏德一抬头，看见一匹马站那儿，愣住。

法宏德：你弄匹马干什么？我不爱骑这玩意儿！

周公梦：法总，这不是给您骑的，这就是破解之法！

法宏德：什么意思？

周公梦：昨天晚上咱们幸亏没进去，那个地方有鬼打墙，进去出不来。即使是当地人也不敢轻易进去。

法宏德：进去就牵匹马？

周公梦：对。老马识途。

法宏德：听着有点儿玄乎，我还是更相信枪！——出发！

鬼打墙里，毕成功在篝火边上来回溜达，思索着。江雪山等人眼巴巴看着毕成功。巩固跟在毕成功身边。

毕成功：鬼打墙就是迷路，你说人为什么迷路？

巩固：迷失方向了呗。

毕成功：为什么会迷失方向？

巩固：这，这……

毕成功：是因为指引方向的指引物不对！

成铁等人也在鬼打墙里走着。忽然，走在最前边的闫学武看见了死掉的那个人。

闫学武：停！你们看。

大家随着闫学武的指示，看见了那个人。

成铁：看上去是传销组织的人。这里不是久留之地，快走。

他们绕过死尸向前走。走不多远，他们又看见了那只干瘪的兔子。

成铁向四周观察了一下，说：这条道不好走，咱们换个方向。

成铁等人拐弯前行。过了一段时间后，他们惊奇地看见了他们昨天晚上烧过的篝火堆。滴答：天哪，咱们又走回来了！

李开城：鬼打墙！

陈东：大白天哪来的鬼？

李开城：鬼打墙并不真是鬼打的墙，我们走夜路或在偏僻的地方经常遇到。

陈东：那该怎么办？

李开城：如果是夜路，就等天亮，如果是在白天，就做记号，多走几次，总能走出去。

成铁：今天咱们不能做记号，法宏德会顺着记号找到咱们。并且，这个地方做记号也不一定管用。

陈东：为什么？

成铁：死的那个人未必想不到要做记号，但他一样没走出去。

众人面面相觑。

滴答：昨天晚上我就觉得这里有点儿怪异，但没想到是鬼打墙。

闫学武：铁子，如果想游出去的话，必须利用白天的时间。咱们不能被困在这里。

成铁看着周围：大家不必惊慌，鬼打墙其实只是一种科学现象。

陈东：科学现象？这应该是神秘现象，科学没法解释。

成铁：那只是你诗人的解释，实际上生物运动的本质是圆周运动。如果没有目标，任何生物的本能运动都是圆周。也就是说，如果我们没有目标，走的将永远是一个圆圈。这是因为生物的身体结构有细微的差别，比如鸟的翅膀，两个翅膀的力量和肌肉发达程度有细微的差别。人的两条腿的长短和力量也有差别，只不过这种差别很难察觉，这样迈出的步子的距离会有差别，比如左腿迈的步子距离长，右腿迈的距离短，这样积累走下来，肯定是一个圆周运动。

陈东：那人靠什么走直线？

成铁：大脑和眼睛。当我们确定一个目标后，我们的大脑通过眼睛不断修正方向，修正我们那些细微的差距，因此会到达目标。

闫学武：可我们现在走的时候也有目标啊？怎么会又走回来了呢？

成铁：现在咱们肯定是失去了方向感，眼睛和大脑的修正功能不准确了，或者说大脑反馈的信号是假的、混乱的，咱们感觉在按照直线走，其实是在按照本能走，走出来必然是圆周。

闫学武：但是咱们有目标啊，有目标也会失去方向感？

成铁：对，目标物太多就等于没有。这个地方就是目标物太多，不易察觉它们的细部特征，容易让我们混淆。就像咱们看欧洲人一样，总觉得他们长得差不多，分不出谁是谁。分辨不出标志物，接收到的信号就是错误的，因为人认清方向主要靠标志物，当这些标志物造成假象，给你错误信息的时候，你觉得自己仍有方向感，其实却是在本能运动，也就是圆周运动。古代时候很多所谓的迷魂阵用的就是这个道理。

陈东：道理我们都明白了，关键问题是咱们能不能找得到出去的办法。

成铁：当然能，这没什么难的，只相当于一道初中难度的数学题。

陈东感叹地说：这次出去后，我一定得好好补习一下数学。

成铁：要出去，咱们必须把握两点，第一，宏观目标，这个目标物一定不能是附近的，越远越高越好，而且这个目标物最好是恒定不变的。

闫学武：太阳行吗？

成铁：可以，但得考虑它运行的速度和角度。

成铁：第二，微观调整。这个时候，不要相信我们的眼睛和大脑，要相信数据，也就是说，你脑子接收到的一切你都不要接受，只机械地迈动脚步。

李开城：成铁，我觉得这有点儿难度，你让一个人脑子什么也不想，这是不可能的。

陈东：除非这个人是白痴。

成铁：但你们忘了一个人——滴答。她能让人做到脑子什么也不想。

闫学武：你是说催眠？

成铁：对。让滴答将咱们其中一个人催眠，进入梦游状态，给他一个暗示，让他按照咱们定的大目标走，这样就可以带我们出去。——是不是，滴答？

滴答沉默着不愿意答应，她内心里不想让成铁出去冒险横渡。

成铁：滴答，事关重大，错失良机就来不及了——法宏德很快就会赶到。

滴答见事情不可逆转，只能说：好吧。

成铁松了一口气。

成铁：你在我们中间选一个人，看谁最合适。

滴答一一看过，将目光锁定在陈东身上。

滴答：陈东最合适。

陈东惊讶道：我？

滴答：对。

陈东有点儿害怕：怎么我就成最合适的了？

滴答：你的脑细胞最活跃，易于接受我的催眠信息。

陈东：催过去还能催回来吧？我别被你催成白痴啊！

滴答：你是文化人，要相信科学！

陈东看看大家：那我就奉献一回吧。

滴答：你现在站好，面向太阳，身体放松……

鬼打墙入口处，豹子等人还在守护着。法宏德带着人和一匹马过来，杀气腾腾进了鬼打墙。

鬼打墙一处，毕成功带着巩固、江雪山等人在树林里走。毕成功一边走一边看着周围，好像在辨认着什么。

江雪山：毕先生，有把握出去吗？

毕成功：没出去之前只能说有希望。

鬼打墙，成铁等人处。滴答已经将陈东催眠成功。

滴答：……向着太阳走，一直向前……

滴答说着轻轻推了陈东一下，陈东开始迈着步子向前走，成铁等人跟在后面。现在陈东处于梦游状态，正按照滴答的暗示一步步向前走着。

鬼打墙里，法宏德带人走着，很快发现了那具死尸，连忙停住。

法宏德：派人上去看看。

豹子一挥手，一手下上前将那具死尸翻过来。

手下：是咱们的人！

法宏德在四周观察了一下。

法宏德：跟我走。

众人跟他向前走去。

法宏德等人又发现了那只干瘪的兔子。法宏德一脚将那只兔子踢开，带人继续上前。周公梦在一边：法总，方向对吗？

法宏德：我打了十年猎，什么都逃不过我的眼睛！

走了不久，法宏德等人又发现了毕成功等人烧过的那圈篝火。法宏德上前用手在烧过的火堆上试了试，说：他们刚走时间不长，追得上。

法宏德辨认了一下地上的痕迹，带着他们向一个方向追去。

鬼打墙另一边，毕成功辨别着四周的情况带着江雪山等人向前走。

忽然，巩固感觉到了什么，大喊：有人。

大家都停下来仔细听，果然后边有人追来。

巩固问毕成功：能是谁?

梅艳丽兴奋地说：肯定是周老师救我来了!

毕成功和巩固迅速拿出枪，但却被江雪山等人用枪顶住。

毕成功：兄弟你不守信用。

江雪山：两军交战，各为其主。

毕成功：没我你们出不去。

江雪山：你小看了周老师。

巩固气愤地说：搞传销的真他妈不能信，白救你们了!

这时法宏德、周公梦等人出现了。

梅艳丽一看见周老师就扑了上去：周老师，我差点儿捐躯啊!

周公梦拍打着她说：有我呢!

毕成功看着法宏德等人，意外地看见了他们旁边有匹马。

巩固也看见了那匹马，他跟毕成功目光对视了一下，两人都有点儿绝望。

江雪山上前汇报：法总，周老师，我们已经将逃跑的这两人擒获！其中一人在抓捕他们的过程中被害!

巩固：呸！他明明是被蛇咬死的，要不是我们，你们都被咬死了!

法宏德：有没有发现其他人的行踪?

江雪山：其他人？没有。

毕成功趁法宏德和江雪山对话的时候，手中的枪口悄悄转向他们旁边的那匹马。

法宏德：要这两人干吗？杀了!

传销组织的人刚要动手，毕成功手中的枪响了。砰的一声，马倒地而死。传销组织的人纷纷将枪对准毕成功。

鬼打墙，成铁等人处，正处于梦游状态的陈东听到枪声身子一震，脚步顿了一顿。气氛骤然紧张起来，大家都紧张地看着陈东和滴答。

滴答赶紧跑到陈东跟前：看着我的眼睛……

滴答专注地看着陈东；陈东也看着滴答，他的眼神有些涣散。

滴答：看着我，看着前方，什么也没有发生，往前走，往前你就能看到大海，看到浪花涌上海滩……

陈东的脚步又渐渐恢复。

鬼打墙另一边，法宏德围着死马转了一圈，走到毕成功跟前。

法宏德：你很有胆识，也很有谋略，以为打死我们的马，我们就出不去了，我们就不敢杀你。对不对？

毕成功不说话。

法宏德：你错了！我法宏德从来就不信世界上有走不出去的路！

说完举枪就要射。江雪山上来攥住法宏德的手腕。

江雪山：法总，千万别啊！这地方真走不出去！而且，我们把这地方的蛇得得罪了，蛇随时都会来报复！

法宏德：什么乱七八糟的！我打了那么多年猎，蛇也打了不少，没听说过有报复的！

周公梦在一边说：法总，实践是检验真理的唯一标准，像他们走了这么多天都走不出去，一定是有蹊跷的，不如审问一下再说。

江雪山：对对对，审问一下，这个毕成功他知道出去的办法！

法宏德：那就让他说说。

江雪山对毕成功说：毕先生，机会我给你争取到了，请说吧。

毕成功：我可以带你们走，但决不说。

法宏德一枪顶在毕成功的肚子上，将毕成功顶得弯下了腰。

法宏德：我最恨别人威胁我了！

又一指巩固：你来说！

巩固：我，我不知道。

法宏德：不知道要这个人有什么用，杀了！

巩固吓得急忙改嘴：我知道，我知道，我知道！

法宏德：你知道什么？

巩固：我知道牵匹马进来能出去！

法宏德看看那匹死马，生气地说：你敢耍我？！

巩固：不不不，我还知道，疯子能走出去！

法宏德：你说什么？

巩固：我也是听说的，以前这岛上有个疯子，想进就进，想出就出。

法宏德：疯子能出去，这是什么道理？

周公梦：法总，疯子什么也不想啊，他什么也不想就不会被迷惑。

法宏德：那这就行了，还有什么出不去的？

江雪山：法总，马死了，疯子也没地儿找啊？

法宏德：亏你还是做洗脑教练的！我看你得给自己先洗洗脑子。

法宏德指指毕成功和巩固：这不就是俩现成的疯子吗？

江雪山：他们不疯！

周公梦在一边说：法总的意思是你们把他俩弄疯！

说话间，传销组织的几个人上前就要动手，毕成功和巩固大吃一惊。

巩固：毕哥，快想办法啊！

毕成功：慢着，我还有别的办法。

法宏德：我不想听了，疯子的办法挺好。

毕成功：人不是想弄疯就弄疯的，万一把我们弄死了呢，不就不好使了吗？

法宏德：只给你一次机会，看你说不说实话。

毕成功：鬼打墙就是迷路，迷路就是迷失方向，迷失方向是因为没有方向指引物，或者方向指引物是错误的，前几天我们走不出去就是被各种各样的指引物迷惑了，我现在找到了一种不可能被迷惑的指引物。

法宏德：什么？

毕成功：颜色。树和树相似，石头和石头相似，这些东西都容易被混淆，但颜色不会被混淆，我从小在岛上长大，知道什么样的植物什么样的颜色，而且这些东西都是分片儿长，我只要顺着这些植物的颜色向前走而不是根据植物的形状，就能走出去。

法宏德：你的意思就是我现在不能杀你？

毕成功：杀我的后果你一定预料不到。你现在可以把那匹死马掀开看看，马身子底下有什么。法宏德示意几个人去掀那匹死马。几个保安上去将死马掀开，就看见在死马流血的身子底下赫然钻出了两条蛇，吓得几个保安“嗷”地将死马扔下。法宏德也吃了一惊。

毕成功：岛上不比岛外，杀了我你们谁也活不成。

周公梦：法总，我看还是让他赶紧把我们带出这个地方。我觉得这个地方阴气太重，不可久留。

法宏德：那成铁他们呢？不抓到他们我得被活活气死！

周公梦：法总不必生气，成铁他们在这里，只能被困死。而他们要是能出去了，咱们一样可以再抓他们。

巩固小声对一边的毕成功说：毕哥，原来成铁他们也进来了。他们能出得去吗？

毕成功：成铁想进就进，想出就出。

法宏德听见了毕成功的话有些不解：你说说，怎么成铁想进就进，想出就出，不是只有马和疯子可以做到吗？

毕成功：成铁是个天才，天才有的时候和疯子是一个意思。

法宏德：你的意思是说他们可能已经出去了？

毕成功：只要他想！

鬼打墙里，陈东在梦游状态中带领大家不停地向前走着。此刻，他走进一段幽暗的长长的树林，阳光在这里变得很微弱，大家都小心翼翼跟在他后边，生怕惊扰了他。前边，陈东突然站住了——他被阳光打亮了。成铁等人跟上去，往前一看，发现已经走到了树林外边，再往前就是沙滩，以及一望无际的海面。而此时陈东还在梦游状态中，滴答走到陈东跟前，将他的眼睛合上。

滴答：你看见了什么？

陈东：大海。

滴答：你到目的地了吗？

陈东：到了。

滴答：你醒了，可以睁开眼睛了。

陈东睁开眼睛，不敢相信地看着大海。

陈东惊讶地对大家说：我怎么走过来的？

成铁等人哈哈大笑，冲出幽暗的树林，冲向海边，陈东也跟着冲了过去。他们冲到水里，激起了浪花。

鬼打墙另一边，毕成功和巩固在前边，带着法宏德等人向前走。毕成功一边走一边仔细辨认着各种花草的颜色，很明显地能感觉出来他们走得有点儿磨蹭。

法宏德不耐烦了：如果你们不能比疯子走得更快一点儿，我就不如用疯子了。

毕成功和巩固的脚步立即加快了。

海边，成铁等人已经从走出鬼打墙的兴奋劲儿中恢复过来，他们开始给成铁做横渡前的准备。成铁在看地图，选择线路；滴答在调试她上次买的那个指南针；李开城和成强将野果用线穿成串；闫学武和陈东在往一瓶水上边拴布条。只有韩游坐在沙滩上，呆呆地看着大海，他的内心也在波翻浪涌。然而只要他一试着闭上眼睛，海水中的那些手就过来抓他，韩游只好沮丧地睁开眼，一下子躺倒在沙滩上。

鬼打墙里，毕成功和巩固加快速度领着法宏德等人走着。毕成功的脑子并没闲着，一直在琢磨逃跑的方法。

当他们走到一片林深草密的地方时，毕成功忽然停住脚步，大呼：蛇！有蛇！所有人都吓得退后了一步。

法宏德警觉地问：蛇在哪里？

毕成功：你们听，咝咝的，蛇在草丛里走，很多条，一条蛇发不出这样的声音来……法宏德等人仔细听着，却没听见什么动静。这时毕成功从旁边一根树上折了根树枝，又示意巩固也折了一根。毕成功：我俩上前看看。

毕成功和巩固拿着树枝上前拨拉着察看。江雪山听说有蛇，吓得直往后退，等看到毕成功和巩固往草丛里走的时候，不禁有些狐疑，他觉得这两人的姿势有些熟悉，他眼前忽然闪过上次被毕成功和巩固以蛇吓退的场面，立刻明白过来——江雪山大叫：他们要跑！

他话刚出口的同时，毕成功和巩固两人已一猫腰，钻进了草丛。法宏德等人在后边一阵乱射，追了上去。

海边。成铁将地图收起，站起来。

李开城来到他身边，问：选好方向了吗？

成铁：选好了。

李开城：如果你现在改主意，我们大家都不会失望。

成铁：谢谢。但我不会改的，这是一次绝好的机会，我算过了，成功率超过90%。

滴答走过来，将那块指南针手表戴到他手臂上。

陈东在一边说：这是壮丽的诗篇。

成铁笑笑：以后有机会你给我朗诵。

成铁说完，开始脱外边的衣服。这时背后传来一个声音——等等。

大家回头一看是韩游。韩游从沙滩上站了起来，他走到成铁身边，说：我去。

众人吃惊地看着韩游。

成铁：你去我不放心。

韩游：你去我更不放心——你去得战胜大海和风浪，我去只要战胜自我！

韩游说着将成铁手腕上的指南针手表取下，戴到自己手腕上。

韩游：伙计们，我需要你们的加油！

众人纷纷上来跟韩游拥抱。

闫学武：兄弟，看你的了！

李开城：小兄弟，我们会再见的！

成强：韩哥，我在这边给你加油！

滴答：最困难的时候，你就想想我跟你说过的那些话。

韩游：放心。

成铁：兄弟，保重！

韩游将外边的衣服脱掉，只剩下了一条短裤。成铁等人将那些野果和水用布条拴到他身上。

成铁：滴答，你把水果刀找出来。

滴答找出水果刀。

成铁：给韩游把头发剃掉。越短越好。

滴答：这是为什么？

成铁：这么长的距离，要将一切不利因素减到最小，头发也是阻力之一。

滴答开始用水果刀给韩游剃头发，韩游的头发一缕缕掉了下来。

成铁坐下来，从行李包里取出一个笔记本，找出一支笔在一张纸上写着什么。

成铁将纸条写完，起身走到韩游身边，琢磨着怎么弄到韩游身上。这时韩游的头发已剃完，因为是用水果刀剃的，所以参差不齐，不伦不类。

成铁：谁给我找块不怕水的东西过来。

闫学武：我这包上的皮子不怕水。

闫学武拿水果刀割了块皮子递给成铁。成铁将纸条贴到韩游的手臂上，又在外边用皮子给封上，最后用布条缠紧。

韩游：这是干什么用的？

成铁：你不用管它——当它有用的时候你自然会想起来用它。

鬼打墙里，法宏德等人追赶了毕成功和巩固一会儿。法宏德忽然停住了脚步，低头观察着地面。

法宏德：我找到成铁他们了！

一块湿润一点儿的地面上，有成铁等人留下的足迹，一直延伸向一片林子。

法宏德带人向林子那边冲去。

海边，韩游向大海里走去。海水越来越深。

成铁等人望着韩游的背影，表情充满期待和担心。

韩游走在水里，忽然向前一跃，开始了横渡！

大海浩瀚无边。韩游在向前游。

鬼打墙里，毕成功和巩固在树林里奔跑。毕成功一边跑，一边辨别着周围的颜色。各种颜色在他眼中一掠而过，终于毕成功带着巩固跑上一块高坡。站在高坡上，两人看见了远处的大海。巩固激动地说：终于出来了！

毕成功和巩固跑下高坡，向大海的方向跑去。

鬼打墙里。法宏德辨别着成铁等人的足迹，带人跑在一片幽暗的树林里。忽然他们跑出了幽暗的树林——强烈的阳光扑面而来。大海展现在他们面前。

第20章

海边。法宏德带人冲出幽暗的树林，强烈的阳光扑面而来，大海展现在他们面前。江雪山、梅艳丽以及钱卜多等人高声欢呼，欢呼他们死里逃生。法宏德却注意看着地下成铁等人的足迹，那足迹一直延伸着走向了海边。法宏德带着周公梦、豹子等人顺着成铁等人的足迹走向海边。

海边的沙滩上，遗留着成铁等人杂乱的坐卧行走过的痕迹。法宏德和周公梦四下注意查找，希望找到更多的线索。

法宏德：他们在这儿停的时间不短。

周公梦：从足迹上看，是成铁他们七个人。

法宏德捡起地下的几缕头发，非常疑惑：他们还有闲心在这儿剪头发？

这时，周公梦汇报：法总，他们向那边去了。

成铁等人的足迹在沙滩上向前延伸而去，法宏德顺着足迹带人向前追赶。

法宏德：数数他们是几个人。

周公梦清点足迹，依然是七个人。

周公梦：法总，人数没变，七个。

法宏德：只要没出这岛，就不怕他们兴风作浪！

成铁等人走出海滩。其中闫学武和成强各自拿着韩游的一只鞋，一边走一边往下按脚印，制造出韩游行走的痕迹。成铁等人从沙滩走进树林，身后留下的痕迹不再那么明显时，闫学武和成强才收起韩游的鞋。

闫学武：法宏德有那么神吗，连脚印都能看出来？

成铁：你想这个人能化装成背包客到岛上来抓咱们，该是个多么阴险的人物！

闫学武：再见他时得多踢他几脚！

滴答：咱们还是祈祷在警察到岛上来之前别再见到他了吧！

李开城：成铁，咱们现在去哪里？

成铁：咱们现在该玩儿消失了，从逃亡公式中暂时消失，直到正确答案出现的时候再显示数据。

成铁看看四周。

成铁：大家现在找地方各自方便一下，三分钟后集合！

大家都各自找地方方便。

陈东走到一僻静处小便，他耳朵忽然灵敏地动了一下……

成铁则是心事重重，他仰头看着树林上面的天空——高远的天空上，有流云滚动。

滴答走到他身边：传奇需要老天成就。

成铁把目光收回来：希望他能战胜自我。

这时，闫学武、成强、李开城都返了回来，就是不见陈东。

成铁：陈东呢？看见他了吗？

众人都摇摇头。

成铁：赶紧找找。

众人散开寻找，但到处都找不见陈东的踪影。

忽然，闫学武叫了起来：快来看这边。

众人跑过来，就见一处树后，有些杂乱的脚步痕迹以及被脚踩倒的野草。野草上面，还有一条明显的人被拖走的痕迹。

成铁：陈东被抓走了！

闫学武：这会是谁呢？

成铁：如果我没猜错，应该是毕成功和巩固。

闫学武：那怎么办？咱们还玩儿消失吗？

成铁：咱们要玩儿消失的话，我怕他们会彻底消失。快跟上去。

成铁等人顺着痕迹追上去。

法宏德和周公梦带人追到树林边上。这时江雪山那拨人实在走不动了，有两三个人晕倒在地上。

江雪山：法总，周老师，我们不是不想出力，是实在不行了。

周公梦对法宏德：法总，不如我带这拨人回去筹备撤退事宜，你带豹子他们去追他们。

法宏德：也好。带帮窝囊废不如不带。

周公梦听着这话有点儿拧巴，但还是笑脸对法宏德说：法总，您玩儿打猎游戏可以，但在下有个建议，就是无论如何，在晚饭前您得回公司大本营，还是要以大局为重。

法宏德看看天空说：你回去准备吧，不用到晚饭前，我就把他们一个个收拾完了。

周公梦：如此甚好。

说完，就带着梅艳丽、江雪山等人沿海滩回传销基地去了。

法宏德带着豹子进入了树林。

成铁等人顺着痕迹追赶毕成功和巩固，法宏德等人则在后边追赶成铁他们。毕成功和巩固在前边最累了，因为两人要轮流背着被打晕的陈东跑，此时早已累得气喘吁吁。

巩固：毕哥，你还是得想办法呀，这样很快就会被人家追上！

毕成功：我这不正在想吗！

巩固：我记得成铁说过，在追逐模式中，如果不尽快转换双方关系，很快就会给追上。要不咱们藏起来？

毕成功：昨天刚下过雨，痕迹太明显，藏不住。

巩固：毕哥，不是我不爱财，可我实在背不动了。

说着就要把背上的陈东搁下。毕成功急忙阻拦：兄弟，你再坚持一会儿，我想到办法了。

巩固：你可别蒙我！

两人继续往前跑去。

在追赶过程中，成铁几个人也稍微拉开了距离，李开城、闫学武和成强走在最前边，成铁和滴答跟在后边。忽然，成铁看见李开城他们前边有一些树枝一样的东西堆在地上，跟其他的地面不太一样，非常可疑。

就在李开城他们即将踏上去的时候，成铁大叫：别走那边！

但为时已晚——李开城等三人已踏上去了——那个地方轰然坍塌，是一个陷阱。

李开城和成强直接掉了下去，闫学武在身子掉下去的瞬间，用脚蹬了一下墙壁，然后用手攀住陷阱的边缘，又翻了上来。成铁和滴答也冲过来，大家一起往下边看。

成铁：老李，强子，怎么样？

李开城和成强在下边抖落尘土和其他掩饰物。

李开城：还好，比墓穴舒服一点儿。

李开城把身子往下一蹲，对成强说：你踩我肩膀，我把你驮上去！

成强：李哥，你先上。

李开城：这不是客气的时候——快点儿！

成强只好踩上李开城的肩膀，李开城使劲儿站了起来，上边成铁和闫学武伸出手，把成强拉了上来。接着他们想拉李开城上来，却碰到了困难——陷阱太深，他们够不到李开城。李开城努力将枪向上伸直举起，但还差一点儿距离。

成铁：老李你别急，我们去找根长一点儿的树枝。

李开城在下边说：好的。

这时滴答却说：来不及了！

成铁等人一愣，再一听，喧杂声在树林那边出现了，法宏德等人已经追来了。

成铁：老李，法宏德他们来了。

李开城坦然一笑：你们赶紧撤吧。

成铁感情复杂地说：老李……

李开城：快走！

成铁：老李，他们过来的时候你千万不要开枪，要被他们俘虏，他们抓不到我们不会杀你的，——这样我们就还有机会救你！

李开城：知道了，你们快走。

成铁几个人急忙跑到一边隐蔽起来。

法宏德带人追过来，发现了陷阱。他们慢慢走到陷阱边上，有人想探头看看，被法宏德用手制止。法宏德示意众人将枪口对准陷阱里边，“砰砰砰”开了几枪。

旁边成铁等人痛苦地闭上了眼睛。

法宏德指挥豹子等人向陷阱里扫射一番之后，陷阱里边顿时悄无声息。法宏德一挥手，几个传销组织的人上前探头察看。突然，陷阱里边“砰砰”射出两枪，两个传销组织的人被击毙，落到陷阱里。法宏德等人大惊，对着陷阱里边又是一番扫射，打得陷阱里边尘烟四起。

隐蔽处，闫学武攥起了拳头，滴答和成强眼含泪水，成铁痛苦地闭上了眼睛。

陷阱边上，法宏德等人再上前察看，陷阱里边再无子弹射出。忽然法宏德在一边发现了毕成功和巩固逃跑的痕迹，连忙带人继续追赶而去。

等法宏德走远，成铁等人从隐蔽处走出来，走到陷阱边上，默默看着下面，里面一片血迹斑斑。

天空中流云翻卷，晦暗不明。浩渺的海水里，韩游在向前游着。

韩游一边游，一边不时通过指南针和太阳，努力调整着自己的方向。

传销基地，周公梦和梅艳丽一回到房间里，梅艳丽就躺到了沙发上。

梅艳丽：哎哟，累死了。

周公梦严厉地说：快起来收拾东西，今天晚饭后撤离！

梅艳丽：不能再待一天吗？我现在这身子骨太虚！

周公梦：到了澳洲你再休息吧！——现在起来赶紧订两张明天飞澳洲的机票。

传销基地的电话间里，依然是一些传销人员在忙碌地打电话联系业务——他们对即将发生的事情毫不知情。而在活动区。一些传销人员还在侃侃而谈。

一传销人员：我进入百万富翁俱乐部后，得先买辆奔驰！

另一传销人员：太土了，要自己开还是得奥迪！

——谈的话题和以前的周总和王总何其相似！

码头上依然有快艇将一些传销人员运来。

树林里某隐蔽处，陈东躺在地上，仍处在昏迷状态，毕成功不断掐他的人中。陈东呻吟一声，醒了。陈东先是茫然地看着毕成功和巩固，接着就明白过来，充满敌意地看着两人。

毕成功：兄弟，咱们明白人就不说糊涂话了，钱在哪里？

陈东：钱不是被你们拿走了吗？怎么倒问起我来了？

毕成功：兄弟，我觉得咱们之间有误会。

陈东：什么误会？

毕成功：你是不是以为是我们俩把你给甩了？

陈东：我没这么以为，但这是事实。

毕成功：你误会我们了——我们没有甩你，是你撒完尿后自己把方向走反了，我们找不到你才走的。而且我们两人也没走，我们找地方把钱藏起来后又回来找你。你想啊，要不是找你，我们早就走了，对不对？

陈东：既然你们把钱藏起来了，又怎么找到我头上？

毕成功：那钱后来不见了，钱没有腿，总得有人拿。

陈东：很可惜，那个幸运的人不是我。

毕成功：你在说谎，但我不怪你，因为上次的事情不管怎么说，都怪我们两个，现在我跟巩固愿意跟你三三四分那钱，我跟巩固每人三，你自己四。怎么样？只要你同意，咱们把钱取了后就立即驾驶我那船离开这里。

陈东：你那船能坐几个人？

毕成功：上次我不是说了嘛，五六个人没问题。

陈东：做出纳的尤其不能说谎——你那船坐两个人都费劲怎么能坐得了五个人？我看你只是给自己准备的！

巩固也怀疑地看了毕成功一眼。

巩固：你这不会是真的吧？

毕成功一惊：巩固你不要信他的——事实胜于雄辩，等你们看到船的时候就明白了。

陈东气愤地说：作为一个诗人，我实在不能容忍你的虚伪，你那船我不但见了，我还坐过了。

毕成功：你说什么？你不可能将那船从水下弄上来。

陈东：人自信过头了确实不是什么好事情——不是只有你能潜下去。

毕成功：你破坏了我的计划。

陈东：你破坏了我的世界观。

毕成功：你不把钱交出来很难离开这个岛。

陈东：你不用吓唬我了，经过这几天的事情，我发现我没有想象中那么怕死，而且我想如果巩固是个明白人，他不会支持你。

毕成功：你这是在逼我！

毕成功走上前，要对陈东动手。巩固忽然伸出手拦住了毕成功。

毕成功：你不想要钱了？

巩固：钱未必在他手里。岛上情况那么复杂，你怎么能确定钱就一定是陈东拿了。

毕成功：咱们采取一点儿手段就知道是不是他拿了。

巩固：你这种做事方式很像今天的黑老大——这不是好人做事的方式。

毕成功：我现在只想把我的钱拿回来，方式我不管。——我要是不把这钱拿回去补上，还不如死了。

毕成功刚说出死了，就听砰的一声，毕成功后背被击中，栽倒在地。陈东和巩固大吃一惊，赶紧连滚带爬地跑掉。树林另一边，法宏德满意地收起枪。

豹子：法总好枪法!

法宏德：手生了，不如前几年了!

地上，毕成功的眼睛没有闭上，因为他没有成功。

树林里，成铁等人跟踪法宏德的行迹而来。这时，天空中忽然响起了几声干雷，沉闷地滚过树林上空。成铁几人担忧地抬起头看着天上，他们的心随着韩游飘到了大海上。此时，树梢开始晃动，天空渐渐暗了下来。

大海里，韩游在向前奋力游着。忽然海上面卷过来一片阴影，韩游抬头看天空，发现太阳被一片乌云盖住。大海的浪花涌动得比刚才激烈了起来，韩游在波翻浪涌间起伏。韩游努力调整着自己的情绪和呼吸，保持节奏向前游着，但比原来吃力多了。韩游没有注意到，他小腿上绑野果袋子的布条在游动中渐渐松了。终于，在他努力摆腿的时候，野果终于脱落了下去，韩游感觉到了什么，一侧身子，看见野果落入海中，韩游本能地一扎头，去捞野果，但野果比他想象中落得要快，在水中沉了下去。韩游想尽力把野果袋捞回来，但这时他眼前出现了幻觉——无数只手在拉韩游的脚，将他往海里拉，韩游努力挣扎着，但越挣扎手越多，手变成了绳子……韩游在海水和自己的幻觉里挣扎。

在海水中韩游不断浮沉，他的呼吸越来越急促。这时好像从极遥远的地方传来声音，仔细听是滴答的声音，这声音越来越大——太阳照着你的脸，你的手，你浑身都在阳光里，闭上眼睛就能睡去……韩游在挣扎中闭上了眼睛。

韩游听见自己的声音：……黑……黑……全是水……水……很多很多水……我游不出去……滴答的声音：……你不在水里，你在阳光里，那些水马上就要消失……

韩游的声音：不，还有绳子，捆着我，还有手……很多手，还有脚，很多脚……他们在拽我……在使劲把我往下拽，我不行了，我快不行了……滴答：……慢一点儿，别急，你将要回到阳光里，那些水要消失，那些绳子要消失……

韩游：他们还在拽我……滴答：……别急，你不要慌，不是他们在拽你，是你触碰到了他们……他们的手和脚不会动……你慢慢解开那条绳子就可以……解开那条绳子你就能回到阳光里……

韩游浑身剧烈抖动。韩游的声音：……我快憋死了……水……全是水……水里全是绳子……那些手都变成绳子了……

滴答的声音：……你只剩下一个扣了，解开这个扣你就回到阳光里了……

韩游在挣扎。

滴答：……你向上漂浮，空气在你的头顶，阳光马上就要照到你的身体……对，你回来了，太阳照着你的脸……

韩游从水里猛地把头抬起来，这时太阳从乌云后边露了出来，韩游的脸被阳光照着，韩游大口地在呼吸。

韩游解下另一条腿上的瓶子，喝了几口水后，情绪开始恢复，他继续向前游去。雷声远去。乌云渐渐飘走。

树林里，陈东和巩固在狂奔。

陈东：我们能逃得过今天吗？

巩固：这得问咱们的腿。

两人努力跑，法宏德带人在追赶。

巩固一边和陈东跑着，一边辨认方向。

巩固：往这边跑，得给他们点儿颜色看看。

巩固带着陈东跑向一个方向。

巩固：把你的衬衣脱下来。

陈东：干吗？

巩固：到时候你就知道了。

巩固和陈东跑到上次那个马蜂窝的地方。那个马蜂窝还躺在地上，马蜂们并没有离去，还聚集在上次被子弹打成两半的马蜂窝里。这时巩固伸手拿过陈东已经脱下来的衬衣，他轻轻走上前，用衬衣将两半马蜂窝一下抖起来。里边的马蜂感觉到了什么，在衬衣里边嗡嗡地飞起来。

听着衬衣里边马蜂愤怒的嗡嗡声，陈东紧张地说：你千万兜紧了，否则咱俩死都死不利索！巩固忽然用衣服把马蜂窝扎紧，甩手将马蜂窝抡起来，在空中转着圈。

陈东看得胆战心惊：兄弟，你这是要自杀吗！

巩固只管一个劲儿抡着，可以听到衣服里的马蜂嗡嗡震怒的声音，估计马蜂们已经疯了。

法宏德等人杀气腾腾地赶来。突然，有声音喊——接招吧你们!

法宏德等人一抬头，见一黑乎乎的东西扔了过来，法宏德本能地举枪就射——这些传销组织的人中有吃过这亏的，急忙大喊——别开枪！但法宏德的枪已经响了，子弹准确地击中了马蜂窝——马蜂炸窝了！愤怒的马蜂扑向法宏德等人。法宏德眼疾手快，将自己身边的几个手下向前一推，拉起陈香转身就跑。法宏德和陈香不愧是户外爱好者，逃命的速度极快。而在他们身后却是一片惨叫声，传销组织多人被蜇倒在地。

大海里，韩游在奋力前游。韩游已显出疲态，他再次取下瓶子，喝掉最后一口水，继续前行。

树林里，成铁等人在追踪。忽然，前边传来痛苦的呻吟声。他们急忙上前，看见传销组织三四个人都被蜇倒在地，都已奄奄一息。

滴答：太可怕了！——咱们救得了他们吗?

成铁：除了他们公司，谁都救不了他们!

传销基地周公梦房间，周公梦和梅艳丽正在收拾东西。门被撞开，法宏德两人脸上鼓着几个大包进来了。

周公梦一看大惊：法总，这是怎么了?

法宏德：怎么了，你不会自己看吗!

周公梦对梅艳丽说：快去找消炎药!

梅艳丽急忙从抽屉里翻出几片消炎药，又倒了两杯水，递给法宏德他们。

法宏德将药片吃下后，恨恨地说：我必须将这几个人杀之而后快!

周公梦：在下一定竭尽全力帮法总实现这个目标!

法宏德：那几个人必须死。他们要全死了，这期的销售提成给你加两成。我上岛应该扣你钱的约定也取消。

周公梦：钱倒不是问题，主要是得替法总出气，两位只管好好休息，容我想想办法。

大海，夕阳已西落。韩游奋力游着，但动作已僵硬。饥饿让他的意识有些模糊，天边的夕阳在他的眼里都已变形。韩游呼吸开始困难了，大口喘着粗气，然而在换气的瞬间，他忽然发现了什么，他不敢相信地再次去看——陆地就在前方！

韩游振奋起精神，向前奋力游着。他的身子在波浪间沉浮着，动作已经变成完全机械化的了，与其说是在游，不如说是被海浪推上海边。韩游游着，忽然感觉到身下坚硬了，他试着用脚踩住地面，一下子站了起来。

韩游从海水中摇摇晃晃走出，上了海滩。韩游一边走一边观察——他的意识已经有些模糊——他坚持着不让自己摔倒。在韩游摇晃的视点中出现了一片荒凉的海滩：无人、无房，只有一片杂乱的礁石。韩游走着，想喊点什么却什么也喊不出来。

恍惚中韩游忽然听到了有什么声音从一块礁石后边传来。韩游晃晃悠悠走到礁石后边，发现是一对中年男女正在衣冠不整、如痴如醉地偷情。两人正在缠绵状态中，都没发现韩游。韩游急得想说点什么，但是虚脱、劳累和饥饿让他什么也说不出来。

这时中年男人身子底下的中年女人终于发现了韩游——韩游头发怪异，只穿一条短裤，浑身晃荡，失魂落魄——女人吓得大叫了起来。中年男人被女人的大叫声惊着了，也跟着回头，同样被吓坏了，拉起女人就跑，韩游想追，但脚步完全不听话。韩游看见中年男人和女人偷情的地方有一堆食品，上去捧起来就吃，完全没有吃相——回到了饥饿的本能！

中年男人和女人跑了一段距离回头望，正好看见韩游在狼吞虎咽吃他们吃剩下的食品。

女人：他是人类吗？

中年男人：够呛！

这时韩游吃了几口东西，身体恢复了一点儿，他抬头看见中年男女在回头看他，急忙冲上前去，想跟中年男女说点什么。中年男人一看这怪物又来了，急忙又拉着女人跑。韩游着急，嗷嗷叫着在后边追——他还是发不出完整的声音。中年男女没命狂奔。他们跑出了海滩，跑到一条小路上，那里停着一辆电动车，是他们先前停那儿的。中年男女跑过来，男人拿出钥匙发动电动车，但因为紧张手哆嗦一时发动不起来。韩游越来越近。

女人：快跑吧——他追上来了！

中年男女弃车而逃。韩游跑过来，他看看中年男女已跑得没影，便发动起电动车，沿着小路而去。

中年男女躲在一块石头后边看见怪人骑走了他们的自行车，女人连忙催促男人：快，快报警！

男人哆嗦着掏出手机拨号：喂，110吗……

夕阳已落。

天全黑了下来，传销基地楼下活动区里一片灯火通明。所有的传销人员都站在楼下，人手一个火把。江雪山站在台阶上拿大喇叭演讲。

江雪山：各位老总，晚上好——

传销人员：晚上好！

一两千人的声音声势浩大。

江雪山：今天晚上，我受法总和周老师的委托，向大家宣布一件事情，这件事情关系到各位的前途和发展，关系到我们百万富翁俱乐部的安全。因此，法总和周老师，请求各位老总协助公司来处理这件事情。

下面传销人员喊口号：公司有难，匹夫有责！我为人人，人人为我！

江雪山：任何一项事业，尤其是伟大的事业都会受到阻挠，现在，我们公司和各位老总的伟大事业就受到了阻挠和危害。在岛上，有一小撮破坏分子正在危害公司的事业，危害各位老总的切身利益，为了维护公司的良好运转并使各位早日进入百万富翁俱乐部，法总和周老师请求各位老总现在到岛上找出这几个破坏分子并让他们受到应有的惩罚！正所谓公司有难，匹夫有责！我为人人，人人为我！

传销人员又喊：公司有难，匹夫有责！我为人人，人人为我！

监视室里，周公梦和梅艳丽正陪着法宏德他们在观看楼下活动区这一场面。

法宏德：这就是你想出来的办法？

周公梦：对，群众的力量还是巨大的，尽管法总您勇不可当，但靠一人之力不可能扫荡全岛，这样让这一两千人去搜，他们藏无可藏，跑无可跑，躲无可躲。

法宏德：他们能听话吗？

周公梦：您继续看下文——凡是来搞传销的，都是钱的奴隶，让他们听话的办法很简单！

江雪山继续演讲：……为了感谢各位老总对公司的支持，只要抓获一名破坏分子者，奖励五十万元！

传销人员群情激奋。

江雪山：在抓获过程中，如不慎将破坏分子打死，由公司承担法律责任，除奖励奖金五十万元外，另行奖励压惊费五十万元！

传销人员都被金钱烧红了双眼。

江雪山：出发！

传销分子们轰然一声，四散开去冲向小岛。整个小岛似乎都被照亮了。

树林里，成铁等人正蜷伏在某隐蔽的地方。忽然，他们隐约听见远处传来潮水一样的呐喊声，抬头看去，发现远处有点点火光涌来。成铁等人呆了。

闫学武：这是什么意思？

成铁：他们利用群众了。

他们四处看看，火把四面八方涌来。无处可逃。

成铁忽然说：跟我来！

树林里另一处，陈东和巩固也被漫山遍野的火把惊着了。

陈东：这他妈的才叫铺天盖地。

巩固：咱们逃到鬼打墙去行吗？

陈东：十个鬼打墙也被他们踩平了！

两人傻傻站着，忽然明白过来，仓皇而逃。

而在岸上，韩游骑着电动车驶进了一个小镇。他怪异的打扮吓得小镇街道两边的人纷纷逃避。韩游看见街道边有一个小卖部，连忙下车走上前去。小卖部里的人也被吓坏了，吧嗒一声把门关上了。韩游敲了半天门，但里面的人说什么也不开。韩游急了，连连用脚踹门。

这时一辆警车呼啸着驶进小镇，韩游一转头，见是警车，便兴奋地迎了上去。但警车里出来的人却迅速地将韩游摁倒在地，韩游依然咿呀着说不出话来，被押上了警车。

岛上，传销人员全岛搜寻着。最前边的一些传销人员忽然听见有声音在喊——我看见他们了，他们往那边跑了！

传销人员迅速地拥过来。嚷嚷着说发现了踪迹的是四五个人——正是成铁等人，他们把被马蜂蜇昏的几个人的衣服穿在身上，掩盖了之前破烂的衣衫。

传销人员：哪儿呢？

成铁随手指了一个方向：往那边一闪跑过去了！

传销人员都高喊着追过去了。

这时一个传销人员却感觉有什么不对劲，他在人堆中嚷嚷着说：他们几个怎么没有火把？他们怎么没有火把？

但人太多了，没人听他的，他被裹挟在人群里向前冲去。成铁等人落到了传销人员的后边。

闫学武：咱们现在去哪儿？

成铁：码头！——该是公布正确答案的时候了！

另一处，陈东和巩固在奔跑。后边火把的包围圈越来越小。

警车上，韩游双手被铐着，喉咙里发出愤怒的声音，但是说不出话。一警察：还是一哑巴！韩游更急得说不出话了。他忽然看见了手臂上成铁给他绑的纸条，于是将手臂举到一警察眼前，被不明事理的警察一把打落。韩游再次举起手臂，警察终于看见了韩游胳膊上被绑着的东西。

警察从韩游胳膊上解下那片东西，取出纸片，一看之后，脸色大变。

警察：快，接通指挥总部！

……

很快，许多警车就闪烁起来，响彻夜空。一辆辆警车从公安局大门开出，开向码头。

在岛上的成铁等人已慢慢靠近了码头。码头上停靠着一艘大船，正有传销组织的人往船上搬东西。

此刻周公梦和法宏德还在房间里谈话。

周公梦：法总，您就等好消息吧，我这边已经准备停当，咱们随时撤退。

这时桌上的电话响了。周公梦接起电话，听了几句，脸色大变。

周公梦：法总，快撤，公安局的人已从码头出发，向我方向驶来！

几人起身仓皇撤退。

岛上另一边，陈东和巩固在拼命奔跑，但火把的包围圈渐渐变小，已把二人团团包围。

陈东：还跑吗？

巩固绝望地说：跑也没用了！

火把照亮野外，传销人员发现了巩固和陈东。为了抢夺胜利果实，传销人员挤作一团冲过来。